Amanda Cox

Der Laden der unerfüllten Träume

Francke

Über die Autorin:

Amanda Cox ist Theologin und Seelsorgerin. In der langjährigen Beratung und Begleitung von Menschen hat sie Erfahrungen gesammelt, die sie zur Entwicklung der vielschichtigen, facettenreichen und emotional anrührenden Charaktere ihrer Romane inspirierten. Mit ihrem Mann und drei Kindern lebt sie in Tennessee.

www.amandacoxwrites.com
amandacoxwrites
Amanda Cox Writes

FSC
www.fsc.org
MIX
Papier aus verantwortungsvollen Quellen
FSC® C014138

Bibliografische Information der Deutschen Nationalbibliothek
Die Deutsche Nationalbibliothek verzeichnet diese Publikation in der Deutschen Nationalbibliografie; detaillierte bibliografische Daten sind im Internet über http://dnb.dnb.de abrufbar.

ISBN 978-3-96362-350-9

Originally published in English under the title
The Secret Keepers of Old Depot Grocery
by Revell, a division of Baker Publishing Group,
Grand Rapids, Michigan, 49516, U.S.A.

35037 Marburg an der Lahn
Deutsch von Silvia Lutz
Umschlagbilder: © iStockphoto.com / Morsa Images; lilly3
Umschlaggestaltung: Francke-Buch GmbH / Marion Schramm
Satz: Francke-Buch GmbH
Printed in Czech Republic

www.francke-buch.de

Für die Betreiber der echten *Old Depot Grocery*.
Ich hoffe, ich werde dem Laden
in meiner kleinen Geschichte gerecht.
Mit der *Old Depot Grocery* verbinde ich sehr angenehme
Kindheitserinnerungen.

Kapitel 1

Heute

Sarah schob mit ihrem nackten Fuß den Kleidungshaufen vom Abend zuvor, aus dem das Designer-Label ein wenig zu auffällig herausragte, beiseite. Dann zog sie die Schublade der Kommode in ihrem alten Kinderzimmer auf, in der zweifellos noch alles ganz genau so lag, wie sie es vor zwölf Jahren zurückgelassen hatte. Ein unverkennbarer Lavendelduft strömte ihr entgegen.

Der vertraute Anblick ihrer Lieblings-T-Shirts und der Duftsäckchen, die Mama in jede Schublade legte, linderte den Schmerz in ihrer Brust. Dieser Schmerz war ihr bis auf die Veranda und zur Haustür ihrer Mutter in Brighton, Tennessee, gefolgt.

Sie holte ein T-Shirt und abgeschnittene Shorts aus der Schublade und schlüpfte anstelle ihres geborgten Nachthemds hinein, erleichtert, dass sie immer noch in die alten Shorts passte und den Reißverschluss mühelos schließen konnte. Sarah stand vor dem großen Spiegel in der Ecke und betrachtete ihr Spiegelbild. Das ausgewaschene T-Shirt mit dem Aufdruck »Old Depot Grocery« saß ein wenig enger, als ihr lieb war, aber es passte noch. Ihr Blick wanderte nach unten zu den großen, eckigen Pflastern, die ihre Mutter auf ihre Knie geklebt hatte, um die Schnitte zu schützen, die Sarah erst registriert hatte, als ihre Mutter in der Nacht zuvor auf das getrocknete Blut gedeutet hatte.

Das Bild im Spiegel wirkte wie eine Zeitreise: ein Mädchen mit aufgeschlagenen Knien – wenn sie verdrängte, dass die Verletzungen an ihren Knien nicht von einem Sturz mit den Rollschuhen stammten.

Der köstliche Geruch von Mamas berühmten Waffeln mit Soße drang unter der Tür hindurch ins Zimmer. Sarah passte jetzt vielleicht noch in die Kleidung aus ihrer Schulzeit, aber wenn Mama anfinge, sie zu mästen, wäre das bald vorbei.

Sie ging barfuß über den abgetretenen beigen Teppich durch den Flur ins Badezimmer, um sich Wasser ins Gesicht zu spritzen. Als sie den Blick hob, um den Korb mit den Handtüchern zu suchen, die ihre Mutter im Regal neben dem Waschbecken aufbewahrte, entdeckte sie ein großes Tritonschneckengehäuse von ihrer Hochzeitsreise mit Aaron vor sechs Jahren. Ein Geschenk, das sie ihren Eltern geschickt hatten.

Sarah hielt sich die Muschel ans Ohr und lauschte, ob sie die Wellen rauschen hören konnte. Sie war damals Hand in Hand mit ihrem Mann am Strand spazieren gegangen und vor ihnen hatte sich ein Ozean an Möglichkeiten ausgebreitet. Sie legte die Muschel ins Regal zurück und nahm ein Handtuch.

Dann versuchte sie, mit dem weichen Frotteestoff diese Erinnerungen wegzuwischen. War es möglich, im Leben die Resettaste zu drücken und noch einmal von vorne anzufangen? So zu tun, als hätte es nie etwas anderes gegeben als diese ländliche Kleinstadt und den Traum eines kleinen Mädchens, für den Rest seines Lebens Kaufladen zu spielen?

Sarah folgte ihrer Nase und begab sich in die Küche. Ihre Mutter hatte eine Baumwollschürze um die Taille gebunden und stand vor dem Herd, wo sie luftige Waffeln auf einen Teller stapelte. Über Mamas Kopf zierte ihre Hühnersammlung die Küchenschränke, die in allen Formen und Größen aufgereiht waren, als marschierten sie in einer Parade durch die Küche. Sarah lächelte.

»Guten Morgen, Mama. Das Frühstück duftet verlockend. Aber du hättest dir nicht so viel Mühe zu machen brauchen.«

Ihre Mutter drehte sich um und musterte sie kurz von Kopf bis Fuß. Ihre Miene blieb unverändert. Undurchschaubar. »Es kommt nicht alle Tage vor, dass meine Tochter zu einem spontanen Besuch hereinschneit.«

Sarah versuchte vergeblich, die Gefühle zu deuten, die Mama

zu dieser Aussage veranlassten. Sie war nicht sicher, ob Traurigkeit oder Vorsicht dahintersteckten.

Obwohl Sarah ihre Mutter aus dem Tiefschlaf gerissen hatte, als sie um zwei Uhr morgens vor ihrer Haustür aufgetaucht war, hatte Mama sich das nicht anmerken lassen. Sie hatte Sarah ins Haus geholt, ihre Wunden gereinigt und ihr eine Tasse Kräutertee gekocht, bevor sie Sarah schließlich in ihr altes Zimmer geführt hatte. Ihre Mutter war immer gastfreundlich, auch wenn der Gast völlig unerwartet auftauchte.

Vielleicht hatte Mama aber auch schon seit zwei Wochen mit Sarah gerechnet und war eher überrascht gewesen, dass es so lange gedauert hatte, bis sie den Trost ihrer Mutter suchte.

Sarah setzte sich und ihre Mutter schenkte ihr eine Tasse Kaffee ein. Als Sahne und Zucker untergerührt waren, trank Sarah einen Schluck, aber obwohl sie dieses Getränk normalerweise als tröstlich empfand, rebellierte ihr Magen. Sie stellte die Tasse mit einem dumpfen Geräusch auf den Kieferntisch zurück.

»Stimmt etwas mit dem Kaffee nicht?«

Sarah schluckte die Übelkeit, die in ihrer Kehle aufstieg, hinunter und schüttelte stumm den Kopf, da sie es nicht wagte, den Mund zu öffnen.

Mama stellte Sarah und sich je einen Teller mit Waffeln und Soße hin. Dabei wich ihr Blick keinen Moment von ihrer Tochter, als könnte der unablässige Augenkontakt Sarahs Lippen die Antworten auf nicht ausgesprochene Fragen entlocken. »Fühlen sich deine Knie heute besser an? Glaubst du, wir haben alle Glassplitter erwischt?«

*Kristall*splitter. »Ja. Es fühlt sich gut an. Danke.«

Sarah hatte sich seltsam taub gefühlt, als sie auf dem flauschig rosa bezogenen Toilettendeckel gesessen hatte, während Mama die Splitter aus ihrer Haut entfernte.

Ein Unfall, hatte sie geantwortet, als Mama gefragt hatte, was passiert war. Aber das Zerschmettern der zarten Kristallgläser auf den Mahagoniböden, bevor sie gestern das schweigende

Haus verlassen hatte, hatte eine ungewohnt reinigende Wirkung gehabt. Die Zerstörung war Absicht gewesen; dass sie sich in dem Chaos, das sie angerichtet hatte, geschnitten hatte, nicht.

»Also …« Mama trank einen kräftigen Schluck aus ihrer Tasse.

Sarah stocherte am Rand ihrer Waffel herum und wappnete sich für die Frage, die dieser langen Pause folgen würde.

Mama stellte die Tasse ab und tupfte sich mit einer Serviette das Kinn ab. »Wie lang hast du vor zu bleiben?«

Sie sagte diese Worte mit einem sanften Lächeln, obwohl sie eigentlich gar nicht wissen wollte, wie viele Tage Sarahs Besuch dauern würde. Sie wollte mit diesen Worten lediglich klarstellen, dass sich Sarah nicht auf Dauer hier verkriechen konnte.

»Wann kommt Papa zurück?«

Mama warf einen Blick auf den Wandkalender, als wüsste sie den Dienstplan ihres Mannes, der als Fernfahrer unterwegs war, nicht auswendig. »In einer Woche hat er frei. Dann ist er sieben Tage zu Hause.«

»Oh gut. Ich freue mich auf die Zeit mit ihm.« Hoffentlich genügte das, um ihre Mutter davon abzuhalten, tiefer nachzubohren, wie Sarahs Pläne aussahen. Und vielleicht genügten zwei Wochen, um ihre Mutter an die Idee zu gewöhnen, aus dem Mutter-Tochter-Team, das den »Old Depot«-Lebensmittelladen betrieb, der seit Jahrzehnten in Familienbesitz war, ein Mutter-Tochter-*Enkelin*-Trio zu machen.

Sarah hätte nie weggehen sollen. »Wann fährst du zum Laden?«

»Erst kurz vor Mittag.« Mama massierte ihre Hände. »Ich habe einen Arzttermin.«

»Bist du krank?«

»Nur eine Routineuntersuchung.«

Sarah schob sich vom Tisch zurück. »Ich fahre zum Laden, um ein wenig Zeit mit Oma zu verbringen. Und um ihr zu helfen, falls sie Hilfe braucht.«

»Du kannst ihr höchstens helfen, zur Vernunft zu kommen«, murmelte Mama mit dem Mund an ihrer Tasse.

»Was hast du gesagt?« Sarah holte eine Plastikdose aus dem Küchenschrank.

»Willst du nichts mehr essen? Du bist sowieso nur ein Strich in der Landschaft.«

»Tut mir leid. Mein Magen ist heute Morgen ein wenig überreizt.« Sarah legte ihre angebissene Waffel für später in die Plastikdose. Im Haus ihrer Mutter wurde kein Essen weggeworfen. Wenn ihre Mutter wüsste, wie viele Gerichte Sarah vorbeigebracht worden waren, die sie nicht angerührt hatte und die jetzt alle zu Hause im Kühlschrank verschimmelten, bekäme sie einen Schlaganfall.

»Vielleicht solltest du dich noch mal ins Bett legen und dich ein wenig ausruhen.«

Das Letzte, was Sarah brauchte, war noch mehr Zeit allein mit ihren Gedanken. »Nein. Ich denke, ein Tag in unserem Laden ist genau das, was mir der Arzt verschreiben würde.« Sie stellte ihren Teller in die Spüle.

»Sarah …«

»Tschüss. Bis später.« Sarah zwang sich zu einem fröhlichen Tonfall und lächelte. Dann nahm sie ihre Handtasche und Schlüssel vom Garderobenständer neben der Haustür, bevor sie in Mamas zweites Paar Flipflops schlüpfte.

Ihre Mutter rief aus der Küche. »Wir müssen reden. Der Laden …«

Sarah entfloh ihren Worten, indem sie die Tür hinter sich ins Schloss zog.

Während der Fahrt sog sie die Kleinstadtatmosphäre auf. Das Städtchen strahlte etwas Altmodisches aus, abgeschieden in einem unscheinbaren Winkel der Erde, abgeschirmt vor den Veränderungen der Zeit. Nachbarn, die auf der Veranda vor ihren Häusern saßen, hoben die Hände und winkten, als sie an ihnen vorbeifuhr. Andere bearbeiteten bereits fleißig ihre Blumenbeete. Sarah verlangsamte die Geschwindigkeit für einen Traktor, der von der Hauptstraße abbog. Einige Minuten später erreichte sie den alten Laden und konnte sich auf der fast leeren Fläche davor einen Parkplatz aussuchen. Sie ließ den vertrauten Anblick der Schaufensterfront mit den zwei Giebeln auf sich wirken. Zwischen den Giebeln verkündete ein rot gestrichenes Schild: OLD DEPOT GROCERY. Sarah atmete tief aus. Dieser Atemzug reinigte ihr Herz und ihre Seele.

Sie stieg aus dem Auto und trat vorsichtig über die Löwenzahnpflanzen, die in den Rissen auf dem Gehweg blühten. Löwenzahn war nicht so schön wie Rosen, aber viel widerstandsfähiger.

Die Ladentür flog schwungvoll auf und riss sie aus ihren Gedanken. Heraus stolperte ein gestresster Mann in Anzug mit einem sonderbar hüpfenden Gang. Ihm folgte Oma, die finster dreinblickte und mit einem Besen nach dem Mann stach, der bereits in sein Auto geflüchtet war, in Sekundenschnelle den Motor angelassen hatte und eilig das Weite suchte.

Sarah verkniff sich nur mühsam ein Lachen, als sie sah, welche Angst ihre zierliche Großmutter dem kräftigen Mann, der aus ihrem Laden geflohen war, eingejagt hatte.

Oma drohte dem davonfahrenden Auto noch einmal mit dem Besen und rief: »Und lassen Sie sich ja nie wieder hier blicken, Sie … Sie Verbrecher! Die *Old Depot Grocery* stand nie zum Verkauf und daran wird sich auch nichts ändern!«

Kapitel 2

Juni 1965

Glory Ann schleppte sich die Treppe hinab, während das Morgenlicht, das durch die Fenster ins Treppenhaus fiel, sie in einen weichen, warmen Schein hüllte. Der perfekte Tag für die Junihochzeit, die nie stattfinden würde.

Ihre Mutter stand am Fuß der Treppe und massierte sich die Schläfe. »Schatz, bitte zieh dich um. Es ist ein wunderschöner Sommertag. Dieses schwarze Kleid raubt deinem Gesicht jede Farbe.«

Die Blässe kam wahrscheinlich eher daher, dass sie lange über der Porzellantoilette gehangen hatte. Aber für das Privileg, Jimmys Kind auszutragen, nahm Glory Ann gern jede Last auf sich.

»Ich bin in Trauer.« Wen interessierte es schon, dass niemand mehr Trauerkleidung trug? Das schwarze Kleid war ihre Art, aller Welt zu zeigen, wie viel er ihr bedeutet hatte.

Ihre Mutter seufzte schwer und ließ die Schultern hängen »Ich weiß, dass du dachtest, du würdest ihn lieben …«

Das war es! Das war der eigentliche Grund, warum Mutter nicht gefiel, dass Glory Ann seit einem Monat in diesem schwarzen Kleid durchs Haus schlich.

»Mutter.« Glory Ann hoffte, ihr Tonfall genügte als Warnung. Sie wollte dieses Gespräch nicht schon wieder führen – nach der Kernschmelze am Esstisch, als sie ihren Eltern endlich das Geheimnis gebeichtet hatte, das sie wochenlang für sich behalten hatte: dass sie, die Pfarrerstochter, mit neunzehn schwanger war.

»*Unehelich!*« Mamas Reaktion würde sie für den Rest ihres Lebens nicht vergessen.

Sie schüttelte den Kopf. Die ersten Worte aus dem Mund ihres Vaters waren gewesen: »Was machen wir jetzt? Einen Toten kannst du nicht heiraten, Glory Ann.«

Während sie wie erstarrt auf der Treppe stehen blieb, tauchte ihr Vater neben Mutter auf. Er hatte die Zeitung in der Hand und seine Lesebrille über die Stirn hochgeschoben. Sein Gesicht war von tiefen Falten gezeichnet und grau. Das schöne Morgenlicht konnte die Last, die ihren Vater niederdrückte, genauso wenig wegnehmen wie Glory Anns Trauer.

Ihre Mutter rieb über ihren schmalen Nasenrücken. »Jetzt geh und zieh dein schönes gelbes Kleid an. Das mit den aufgestickten weißen Blümchen. Bitte.«

Anscheinend wollten ihre Eltern Glory Ann bei ihrem heutigen Besuch bei alten Freunden nicht nur dabeihaben, sondern erwarteten auch, dass sie die Rolle des kleinen Sonnenscheins spielte.

Beide sahen so erschöpft aus, dass sie ihrer Bitte nachkam. Glory Ann fügte sich fast immer. Deshalb war es für ihre Eltern auch so ein großer Schock gewesen, dass Jimmy und sie, die Vorzeigekinder einer guten christlichen Erziehung, zu weit gegangen waren. Nur dieses eine Mal, hatte sie geschworen, aber sie hatte ihren Eltern angesehen, dass sie ihr das nicht glaubten.

Dabei war es wirklich nur dieses eine Mal passiert. In einem Moment voller Tränen und Angst, Trauer und Hoffnungen. Jimmy war in den Krieg eingezogen worden und trotz seiner Tapferkeit hatte er dort drüben keine fünf Minuten überlebt. Das hatte sie gewusst. Seine tiefsinnigen blauen Augen waren dazu geschaffen gewesen, grüne Maisfelder unter der Sonne des Südens zu bewundern, und nicht die Grauen des Krieges in Vietnam mit ansehen zu müssen.

Vor dem ovalen Spiegel zog Glory Ann das schwarze schlicht geschnittene Kleid aus und betrachtete die cremefarbene Figur ihres Spiegelbilds. Ihre Hand legte sich auf die leichte Wölbung ihres Bauchs. Auf die Stelle, an der ein wenig von ihr und ein wenig von Jimmy heranwuchs. Ein Same der Liebe. Vielleicht hätte er nicht gesät werden dürfen, aber trotz der Schmach, die sie und ihre Familie ertragen müssten, konnte sie sich nicht überwinden, ihre Schwangerschaft zu bereuen.

Nachdem sie in das fröhliche Kleid geschlüpft war, wie ihre Mutter es verlangt hatte, zähmte sie ihre eigensinnigen schwarzen Locken und kniff sich in die Wangen, damit sie ein wenig Farbe bekamen. Dann steckte sie den Brief, den sie nie abgeschickt hatte, in ihre Tasche.

Wenn sie es gewagt hätte, ihn abzuschicken, und die Post ein Wunder vollbracht hätte, wäre der Brief bei Jimmy vielleicht noch rechtzeitig angekommen und er hätte vor seinem Tod erfahren, dass er Vater wurde. Vielleicht hätte diese Nachricht etwas geändert. Irgendwie.

Als sie zum Auto hinausging, stellte ihr Vater gerade einen kleinen Koffer in den Kofferraum. *Mutter bringt der Frau, die wir besuchen, anscheinend Stoffreste zum Quilten mit.*

»Ich bin bereit.«

Als er ihre Stimme hörte, hob er den Kopf und blickte sie überrascht an. »Du siehst hübsch aus.«

Sie setzte das nette Lächeln auf, das er erwartete. Die letzte Zeit war angespannt genug gewesen. Sie wollte an diesem schönen Frühsommertag eine angenehme Zeit mit ihren Eltern verbringen. Was sie getan hatte, konnte sie nicht ändern, aber sie könnte den heutigen Tag gut gestalten. Sie öffnete die hintere Tür des hellbraunen Cadillacs.

»Setz dich doch zu mir nach vorne.«

»Aber Mama …«

»Deine Mutter hat sich mit Kopfschmerzen ins Bett gelegt.« Er wandte den Blick ab. »Wir fahren zu zweit.«

Trotz ihrer Versuche, während der Fahrt ein Gespräch zu führen, saß ihr Vater steif hinter dem Lenkrad und gab nur knappe, einsilbige Antworten.

Glory Ann gab es schließlich auf und starrte durchs Fenster auf die grünen Felder. Es war alles andere als leicht gewesen, ihren

Eltern zu beichten, was Jimmy und sie getan hatten. Dieses Geheimnis hatte sie eigentlich mit ins Grab nehmen wollen. Aber einige Geheimnisse wollten ans Licht kommen. Einige Geheimnisse wuchsen mit der Zeit und entwickelten ein Eigenleben.

Was dachte Papa jetzt von ihr? Liebte er sie noch oder machte er sich mehr Gedanken darüber, wie die kleine Gemeinde reagieren würde, wenn die Leute begriffen, dass der Pfarrer nicht einmal verhindern konnte, dass seine eigene Tochter vom richtigen Weg abwich?

Eine Stunde später fuhren sie in eine Kleinstadt namens Brighton, in der es nur eine einzige Ampel gab. Ihr Vater stellte das Auto vor einem Gebäude ab, das aussah, als wäre es früher einmal ein Bahnhof gewesen. Auf den Gleisen davor, die von Unkraut überwuchert waren, fuhren schon lange keine Züge mehr. Auf dem Schild über der Tür stand OLD DEPOT GROCERY.

Ihr Vater stellte den Motor ab und lehnte die Stirn ans Lenkrad.

»Papa?«

Er richtete sich wieder auf und schaute sie mit einem schmalen Lächeln an. »Bist du bereit?«

Wozu bereit? Sie hatte gedacht, sie würden Bekannte besuchen. Warum wollte er in einem kleinen Lebensmittelgeschäft einige Orte entfernt einkaufen gehen?

»Clarence Clearwater ist ein sehr netter Mann. Seine Eltern waren mit meiner Familie gut befreundet. Das hier ist sein Laden.«

»Okay.« Sie legte den Kopf schief. Warum sollte sie sich für Clarence Clearwater und diesen Lebensmittelladen interessieren?

Vater zögerte und sein Mund bewegte sich, als wollte er mehr sagen. »Komm, wir gehen hinein und ich stelle dich ihm vor.«

Glory Ann stieg aus dem Auto und betrachtete die Leute, die auf dem Gehweg kamen und gingen. Die neugierigen Blicke, die sie erntete, machten deutlich, dass in einer Kleinstadt wie dieser neue Gesichter Aufsehen erregten. Einige der Passanten waren wettergegerbte Farmer in abgetragenen Arbeitsoveralls. Andere waren ähnlich gekleidet wie sie und trugen moderne Kleidung.

Aber alle diese Leute schienen hierherzugehören. Wie Stoffstücke, die auf einer Patchworkdecke zusammengenäht waren.

Sie folgte ihrem Vater. Welche Blicke würde sie ernten, wenn sich ihre Schwangerschaft nicht mehr verbergen ließe? Wie würde ihre eigene Kleinstadt sie behandeln? Immer war sie der kleine Liebling mit der melodischen Stimme, der zierlichen Figur und dem züchtigen Verhalten gewesen, der Sonnenschein, den jeder mochte. Jetzt war sie eine gefallene Frau.

Sie warf die Schultern zurück und beschleunigte ihre Schritte. Sie müsste sich einfach eine dickere Haut zulegen, den Kopf heben und die anderen mit funkelnden Augen warnen, nichts Falsches zu sagen. Ihre Tage als schüchterne Pfarrerstochter waren vorbei.

Sobald sie den Laden betraten, steuerte ihr Vater auf einen Mann mit grüner Kaufmannsschürze zu. Er war wahrscheinlich zehn Jahre älter als sie. Er war groß, hatte aber eher schmale, gebeugte Schultern und eine krumme Nase, die aussah, als hätte er sie ein- oder zweimal gebrochen, ohne sie wieder begradigen zu lassen. Aber seine etwas zu eng zusammenstehenden, braunen Augen waren sanft und freundlich.

Ihr Vater nickte dem Mann zu und sie führten ein kurzes, geflüstertes Gespräch. »Komm zu mir, Glory Ann. Ich möchte dich gern vorstellen. Das ist Clarence Clearwater.«

Glory Ann gab dem Mann die Hand. Der Fremde drückte sanft ihre Hand und schaute sie fragend an.

Dann nickte er entschieden und wandte sich ihrem Vater zu. »Sir, es ist mir eine Ehre, Ihre Tochter zu heiraten.«

Die Luft wurde plötzlich drückend heiß. Vor Glory Anns Augen verschwamm alles und der Raum schien zu schwanken. Starke Arme legten sich um sie und ihre Welt wurde genauso schwarz wie das Kleid, das sie an diesem Morgen angezogen hatte.

Licht drang wieder zu ihr durch. Glory Ann lag auf etwas Weichem, Modrigem. Die Luft war von tanzenden Staubkörnern und leisen Stimmen erfüllt. Sie setzte sich mühsam auf und stellte fest, dass sie auf einem schmuddeligen Sofa in einem vollgepferchten Büro lag, das von einer grünen Schreibtischlampe erhellt wurde.

Ihr Vater stand von einem Stuhl auf und ging neben ihr in die Hocke. »Schatz, geht es dir wieder gut?«

Er reichte ihr eine Tasse Wasser und sie trank einen Schluck, um das pelzige Gefühl aus ihrem Mund zu vertreiben. Ihr Kopf wurde langsam wieder klar und sie erinnerte sich an die Worte, die Clarence gesagt hatte, bevor sie in Ohnmacht gefallen war.

Sie schnappte nach Luft. »Ich weiß nicht, was du vorhast, aber ich werde … ich werde diesen Mann nicht heiraten. Das kannst du nicht von mir verlangen.«

Clarence räusperte sich und stand vom Schreibtisch auf, hinter dem er gesessen hatte. Er machte eine unbeholfene Verbeugung. »Ich lasse Sie eine Minute allein.«

Ihr Vater ergriff ihre Hände. »Glory Ann, Clarence ist ein guter Mann. Er ist ein Geschäftsmann und genießt in dieser Stadt hohes Ansehen.«

»Und er will sich eine schwangere Frau aufhalsen, die ihn nicht einmal heiraten möchte? Was für ein Mann kann er schon sein? Ein Mann, den keine will.«

»Ich kenne Clarence und seine Familie seit Jahren. Ich würde das nicht tun, wenn sie keine guten Menschen wären.«

»Du würdest das nicht tun? Was ist mit mir? Ich weiß, dass ich einen Fehler gemacht habe, aber muss ich den Rest meines Lebens dafür bestraft werden?« Ihre Kehle schnürte sich zusammen und ihre normalerweise melodische Stimme klang vor Fassungslosigkeit eher wie ein Quietschen.

Ihr Vater drückte die Fingerspitzen zwischen seine Brauen. »Ich bestrafe dich nicht. Ich versuche, dir zu helfen. Unserer Familie zu helfen. Du hast uns in eine schwierige Situation gebracht, Glory Ann.«

Ihre Kinnlade fiel herunter. *Ihr* Leben wurde durch ein Neugeborenes auf den Kopf gestellt. Über *sie* würde sich die Stadt den Mund zerreißen und auf *sie* würde man herabblicken. War die Schande der Grund, warum ihr Vater sie hierhergebracht hatte und mit einem Mann verheiraten wollte, den sie nicht kannte? »Schwierige Situation?«

»Ich könnte meine Stelle in der Kirchengemeinde verlieren.«

Ihr Magen zog sich zusammen.

»Der Kirchenvorstand ist unzufrieden. Die Besucherzahlen bei den Gottesdiensten gehen zurück. Dafür gibt man mir die Schuld. Und jetzt bist du schwanger und es gibt keinen Mann, der die Vaterrolle übernehmen könnte. Ich fürchte, das ist der Tropfen, der das Fass zum Überlaufen bringt.« Er nahm ihre Hand und drückte sie verkrampft.

»Für mich brauchst du es nicht zu tun. Der Himmel weiß, dass ich damit klarkommen werde. Aber deine Mutter? Sie ist in dieser Gemeinde aufgewachsen. Überleg, was es für sie bedeuten würde, wenn wir wegziehen müssten.«

Mutter wirkte schon immer so zerbrechlich wie eine Porzellanpuppe und Glory Ann war klar, dass sie leicht zu erschüttern war. Sie bemühte sich schon ihr ganzes Leben lang, ihre Mutter vor den harten Seiten des Lebens abzuschirmen. Wenn die Nachrichten zu düster waren, schaltete sie das Radio aus oder versteckte die Zeitung. »Ich …« Sie entzog ihrem Vater ihre Hand. »Und jetzt? Werde ich für immer von zu Hause verbannt?«

»Ihr beide heiratet, sobald ihr eine Heiratserlaubnis bekommt, und gründet eine Familie. Clarence hat sich bereit erklärt, das Kind als seines anzuerkennen. Dieses Kind wird geliebt und versorgt werden. Es wird Teil einer stabilen Familie sein. Wenn du es nicht für deine Mutter tun willst, dann denk an das Kind. Überlege, welchem Spießrutenlauf es ausgesetzt sein wird, wenn du Clarence nicht heiratest.« Er schaute sie mit großen Augen flehend an.

Ihre Hände zitterten und sie faltete sie verkrampft auf ihrem

Schoß. »Kann ich in Ruhe darüber nachdenken? Clarence erst ein wenig kennenlernen?« Diese Worte schmeckten bitter auf ihrer Zunge.

Sein Blick richtete sich auf den Boden und er schüttelte den Kopf. »Dafür ist keine Zeit. Die Gerüchte werden auch so schon schlimm genug sein.«

Glory Anns Magen rumorte, und das hatte nichts mit dem kleinen Leben zu tun, das in ihr heranwuchs. Kein Wunder, dass ihre Mutter heute Morgen nicht gewollt hatte, dass sie Schwarz trug. Sie hatte dafür gesorgt, dass sich Glory Ann für ihre Hochzeit angekleidet hatte, auch wenn sie davon nichts geahnt hatte.

»Aber Mama ist nicht dabei.« Sie verabscheute den jammernden Tonfall ihrer Stimme, aber an ihrem Hochzeitstag sollte doch eigentlich ihre Mutter bei ihr sein!

»Sie … sie wollte dir zuliebe dabei sein. Aber sie konnte es nicht ertragen. Sie hat deine Aussteuertruhe für dich gepackt.«

Ihre Träume von einer romantischen Junihochzeit hatten an dem Tag, an dem sie von Jimmys Tod erfahren hatte, einen tödlichen Schlag erlitten. Es kam ihr vor, als würde Erde auf einen Sarg geworfen, dessen Insasse immer noch um Luft rang.

Drei Tage später wurde Glory Ann Hawthorne in dem düsteren, beengten Büro *Mrs Clarence Clearwater*, und das alles nur, um ein Geheimnis zu hüten, für das sie sich nicht schämte.

Kapitel 3

Heute

Zufrieden, weil sie den ungebetenen Eindringling erfolgreich verjagt hatte, ließ Oma mit einem finsteren Blick den Besen sinken. Als sie Sarah auf dem Gehweg entdeckte, erstarrte sie und kniff die Augen zusammen.

»Sarah? Meine Güte, bist du das wirklich?«

»Glory-Oma«, flüsterte Sarah den Spitznamen, den sie als Vierjährige ihrer Großmutter gegeben hatte und den sie bis heute benutzte.

Ein breites Lächeln vertrieb die harten Linien, die sich soeben noch in Omas betagtes Gesicht gegraben hatten, und sie breitete die Arme aus. Sarah lief zu ihr und sank an ihre Brust – die Zufluchtsstätte, nach der sie sich gesehnt hatte.

Nach einer Weile hielt Oma Sarah von sich ab und blickte ihr wie ein Scanner, der eine Statusabfrage macht, durchdringend in die Augen. Ein leises Seufzen kam über ihre Lippen. »Ich weiß, es ist schwer, aber du schaffst das. Du bist ein Clearwater-Mädchen, und Clearwater-Mädchen sind aus hartem Holz geschnitzt.«

Das unvoreingenommene Vertrauen ihrer Großmutter erwärmte Sarah. Sie war so dankbar, dass sie nicht die typischen Standardsprüche zu hören bekam, die ihr in den letzten Wochen ständig an den Kopf geworfen worden waren. Auf die Sätze »Alles geschieht aus einem Grund«, »Die Zeit heilt alle Wunden« oder »Es war viel zu früh« konnte sie die nächsten hundert Jahre gern verzichten.

Oma drückte Sarahs Schultern und in ihren Augenwinkeln bildeten sich Fältchen. »Ich bin so froh, dass du zu Hause bist.«

Ja, Sarah hoffte von ganzem Herzen, dass es wieder ihr Zuhause werden konnte. Sie zupfte an einem abgebrochenen Daumennagel und kam sich plötzlich wie die verlorene Tochter vor, die mit leeren Händen nach Hause zurückkehrte. »Habt ihr im Laden zufällig eine Stelle frei?« Ein heiseres Lachen kam aus ihrem Mund.

Oma nickte und warf einen Blick über Sarahs Schulter auf die Ladenfront. Dann richtete sie ihren Blick auf Sarah. Aus ihren Augen sprachen wilde Entschlossenheit und tiefes Verständnis. »Für dich gibt es hier immer einen Platz. *Immer.* Komm mit hinein.« Oma schob die Ladentür auf.

Das Läuten der kleinen Kuhglocken über der Tür erklang wie eine Begrüßungsmelodie. Aber sobald Sarah über die Türschwelle trat, verflog das tröstliche Gefühl. Die leeren Stellen in den Regalen starrten ihr wie Zahnlücken in einem früher einmal strahlend lächelnden Gesicht entgegen.

Wo waren die Kunden? Die Stimmen, die sich den neuesten Klatsch erzählten oder scherzhafte Bemerkungen machten? Diese Stimmen hatten den alten Laden mit Leben erfüllt. Als Sarah langsam weiter in den Laden hineinging, stießen die Bodendielen ein klagendes Stöhnen unter ihren Füßen aus. »Wa-was ist hier los? Hat sich eine Lieferung verzögert?«

Oma seufzte und winkte mit der Hand ab. »Wir durchqueren gerade eine kleine Talsohle. Keine Sorge. So etwas kommt vor. Wenn man so lange auf der Erde ist wie ich, kennt man das. Schwere Zeiten sind nur Phasen. Sie kommen und gehen. Aber wir bleiben. *Old Depot Grocery* wird es immer geben.«

Wir bleiben. War das eine Anschuldigung? Aber nein, Omas Blick wanderte mit einer Entschlossenheit, die in Sarahs Brust etwas zum Leben erweckte, durch den totenstillen Laden.

Oma stemmte die Hände in die Hüften. »Gut, dass du hier bist. Du kannst mir helfen, Rosemary klarzumachen, dass sich unser alter Laden nicht kampflos geschlagen gibt.«

Mama wollte den Laden schließen? Hatte sie darüber heute Morgen mit Sarah sprechen wollen? Sie hatte vermutet, Mama wolle sie erneut daran erinnern, dass sie ihr Leben lang in dem Laden gearbeitet hatte, damit Sarah das nie tun müsste.

Aber Mamas Behauptung, dass sie nie eine andere Wahl gehabt hätte als Brighton, war in Sarahs Augen immer unbegründet gewesen. Mamas Schwester Jessie war viel gereist, sie hatte studiert und etwas aus ihrem Leben gemacht.

Doch Sarah war dankbar, dass ihre Eltern schwer gearbeitet und alles getan hatten, damit sie das Leben führen konnte, das sie wollte. Seit ihrem Schulabschluss hatte Sarah diese Kleinstadt weit hinter sich gelassen und viele faszinierende Orte auf der Welt bereist. Aber nur ein einziger Ort auf der Weltkarte löste in ihr eine starke Sehnsucht aus – der Ort, an dem sie Oma in die Augen sehen und sich von ihrer geduldigen Stärke und ihrer für die Menschen im Süden typischen Hartnäckigkeit anstecken lassen konnte.

Sarah folgte Oma ins Lager. »Also, Liebes, wenn du diese haltbaren Lebensmittel nach dem Ablaufdatum sortieren könntest, hilft uns das, unsere nächsten Sonderangebote festzulegen. Wir sind ein wenig ins Hintertreffen geraten.« Die kahlen Stellen in den Regalen sahen allerdings nicht nur nach einer kleinen Talsohle aus.

»Seid Mama und du die Einzigen, die hier arbeiten?«

Oma seufzte und sagte im Hinausgehen: »Ja. Irgendwie sind wir zu zweit zu viel, aber gleichzeitig sind wir zu wenig.«

Vielleicht wäre drei genau die richtige Anzahl.

Oma ließ Sarah in dem stillen Raum allein, um die Waren zu sortieren. Ihre Gedanken gingen auf Wanderschaft und brachten sie an den Ort zurück, vor dem sie geflohen war. In einen anderen schwach beleuchteten Raum. Das romantisch beleuchtete Zimmer war modern und exklusiv eingerichtet und nicht mit eingestaubten Konservendosen gefüllt.

Essen, das Sarah aus dem Feinschmeckerrestaurant hatte liefern lassen, in dem Aaron und sie ihr erstes Date gehabt hatten, hatte auf dem Tisch gestanden. Das flackernde Licht der Wachskerzen hatte sich in den Facetten der Kristallkerzenständer glitzernd gespiegelt. Aaron hatte keine zwei Bissen gegessen, als das Telefon klingelte. Die Wärme, die sich in ihr ausgebreitet hatte, verflog schlagartig und wurde von einer spürbaren Kälte abgelöst.

»Ich bin in zehn Minuten da.« Er stand auf, wischte sich den Mund an seiner Serviette ab und lächelte sie entschuldigend an. »Es dürfte nicht lange dauern. Ich bin bald zurück. Dann feiern wir unseren Hochzeitstag ohne weitere Unterbrechungen.«

Sie konnte sich nicht überwinden, sein Lächeln zu erwidern. »Kann das nicht jemand anderes übernehmen?«

»Eines Tages werde ich nicht mehr ständig abrufbereit sein müssen. Dann holen wir alles nach. Versprochen.«

Sarah verdrängte diese Erinnerung an den Abend vor zwei Wochen und floh aus dem Lagerraum. Inzwischen war bestimmt ein Kunde in den Laden gekommen.

Sie schnappte sich eine Schürze vom Haken neben dem Büro, zog sie über ihren Kopf und band sie im Gehen auf ihrem Rücken zu.

Sobald sie das gelbgrüne Leinen unter ihren Händen fühlte, öffnete sich in ihr etwas wie ein Überdruckventil und sie atmete tief ein.

Wie versprochen erschien Mama am Mittag. Sie stieg aus dem Auto, kaute auf ihrer Unterlippe und rieb sich die Hände. Sarah beobachtete, wie ihre Mutter tief ausatmete und eine heitere Miene aufsetzte, während sie auf die Ladentür zuging.

Beim Eintreten begrüßte Mama sie mit einem Winken und ging nach hinten ins Büro. Sarah gab Mrs Warners Einkäufe in die Kasse ein und half ihr dann, die Tüten zu ihrem Auto zu tragen. Mit einem erleichterten Seufzen blickte sie dem davonfahrenden Auto nach.

Selbst hier in Brighton, meilenweit entfernt von ihrem Leben in

Kenilworth, einem Vorort im Norden von Chicago, spürte sie das Mitgefühl oder eher Mitleid der Leute. Aber hier kannte wenigstens niemand ihren Aaron.

Wie lang würde es dauern, bis sie über das Wetter und den neuesten Tratsch plaudern könnte, ohne sich ein »Es tut mir ja so leid« anhören zu müssen? Bei diesen Worten suchte sie immer unsicher nach einer Antwort und versank erneut in ihrem Schmerz.

Sie kehrte zu ihrem Platz an der Kasse zurück und setzte sich auf den Hocker.

»Sarah, bitte komm zu mir«, rief Mutter von hinten.

Sarah blickte sich schnell um. Der Kundenstrom schien schon wieder versiegt zu sein. Mit einem Seufzen ging sie an der fast leeren Obst- und Gemüseabteilung vorbei. Sie schob einen Einkaufswagen aus dem Weg, der hier im Süden »Buggy« genannt wurde. Ihr Mann, der in Neuengland aufgewachsen war, hatte gelacht, als er diese Bezeichnung zum ersten Mal aus ihrem Mund gehört hatte.

Sarah verdrängte diesen Gedanken. An diesem Ort, den Aaron außer bei einem kurzen Besuch nie betreten hatte, sollten die Erinnerungen eigentlich nicht so schmerzlich sein. Aber sie schlichen sich immer wieder ein. Lebhafte Bilder sowohl von den guten als auch von den hässlichen Dingen.

Ihre Mutter stand neben dem Delikatessenregal im hinteren Teil des Ladens und reichte ihr einen Pappteller, der mit einem Schinkenbrot und Kartoffelsalat beladen war. »Hier. Du siehst aus, als könntest du etwas zu essen vertragen. Ich löse dich an der Kasse ab. Wo ist überhaupt deine Großmutter?«

Sarah nahm den Teller, obwohl sich ihr Magen zusammenzog. Normalerweise liebte sie den Kartoffelsalat ihrer Mutter, aber im Moment empfand sie die Kombination aus Senf und Mayonnaise als Angriff auf ihren Geruchssinn. »Das weiß ich nicht. Sie hat erwähnt, dass sie mit jemandem wegen einer Ziege sprechen müsse.«

Mama schaute sie entsetzt an. »Was?! Was hat sie jetzt schon wieder vor?«

Sarah grinste. »Ich habe keine Ahnung.« Sie stellte ihr Essen auf den Tresen, ohne es angerührt zu haben, und das Lächeln verschwand aus ihrem Gesicht. »Mama, was ist mit dem Laden los? Oma hat gesagt, es sei nur eine kleine Talsohle, aber die Regale sind so leer.«

Ihre Mutter verzog das Gesicht. »Der Laden …« Sie seufzte. »Die Zeit und das Leben bleiben nicht stehen und dieser alte Laden kann einfach nicht mithalten. Deine Großmutter will es nicht wahrhaben. Bete für mich, denn mit ihren Heimlichtuereien und Bestellungen, die wir uns nicht leisten können, bringt sie mich noch um den Verstand. Außerdem verjagt sie alle Immobilienmakler, die sich tatsächlich für diese alte Immobilie interessieren.« Sie hob die Hände und ließ sie resigniert wieder fallen. »Wir müssen die Gunst der Stunde nutzen, um den Laden mit Gewinn zu verkaufen, bevor es zu spät ist. Wenn deine Oma nicht verkauft, tut es irgendein anderer Grundstückseigentümer.« Mama schaute Sarah durchdringend an. »Zu zweit können wir sie vielleicht zur Vernunft bringen.«

Sarahs Herz stockte. »Du kannst dieses Haus nicht einfach aufgeben. Dieser Laden ist ihr Leben. Es muss doch eine Möglichkeit geben, ihn wieder auf Vordermann zu bringen.«

Mama erstarrte und hektische rote Flecken traten in ihr Gesicht. »Wir kämpfen schon eine ganze Weile. Das wüsstest du, wenn du nicht nur einmal im Jahr zu einem Kurzbesuch kommen würdest.« Sie bedachte Sarah mit einem Blick, der Stahl zum Schmelzen bringen würde. »Außerdem *gebe* ich dem Laden nicht den Todesstoß. Irgendwann muss man einfach den Tatsachen ins Auge blicken und von einem toten Pferd absteigen.«

Panik machte sich in Sarahs Brust breit. »Du kannst den Laden nicht schließen. Das kannst du nicht machen! Brighton braucht die *Old Depot Grocery*!« *Ich* brauche unseren alten Laden, unser kleines Familiengeschäft!

Ihre Mutter wischte ihre sauberen Hände an der Schürze ab. »Nein, die Stadt braucht den Laden nicht. Nicht mehr. Hast du das neue Gebäude am Ortsrand nicht gesehen? Eine große Supermarktkette hat dort vor zwei Wochen eine Filiale eröffnet. Das lässt sich nicht ändern. Wir vergeuden nur unsere Energie, die wir lieber auf andere Dinge verwenden sollten.« Sie atmete tief aus. »Hilf mir einfach, deine Großmutter zu überzeugen, Sarah. Sie ist fünfundsiebzig. Sie arbeitet sich nur kaputt, wenn sie noch länger versucht, diesen Laden am Leben zu erhalten. Sie verdient ihren Ruhestand. Sie verdient es, etwas von der Welt zu sehen, bevor …«

»Ich will die Welt nicht sehen. Das hier *ist* meine Welt.«

Als die scharfe Stimme am Ende des Gangs ertönte, drehten sich Sarah und ihre Mutter erschrocken herum.

Dort stand Oma und hatte die Hände in die Hüften gestemmt. »Wir können doch nicht einfach tatenlos zusehen, wie dieses Kaufhaus unser Erbe stiehlt. Ich arbeite seit sechsundfünfzig Jahren in diesem Laden. Und falls mich der Herr lang genug leben lassen sollte, würde ich noch einmal sechsundfünfzig Jahre hier arbeiten.«

»Mama.« Die Worte kamen mit einem resignierten Seufzen aus Mamas Mund. »Sarah, sag es ihr. Vielleicht hört sie auf ihre Enkelin, die Betriebswirtschaft studiert hat, da sie mich ja für so erbärmlich unfähig hält.«

Sarahs Blick wanderte zwischen den beiden Frauen hin und her, die sich benahmen, als wäre sie ein Lieblingsspielzeug, an dem zwei streitende Kinder zerrten.

Die Kuhglocken klingelten über der Eingangstür. »Oh, Kundschaft.« Sarah ließ die beiden stehen und bahnte sich eilig einen Weg durch das Labyrinth aus Gängen zum vorderen Teil des Ladens. In diesen Gängen fände sie sich mit verbundenen Augen zurecht. Hinter ihrem Rücken hörte sie, wie ihre Großmutter und ihre Mutter im Flüsterton miteinander stritten.

So hatte sie sich ihre Heimkehr nicht vorgestellt.

Kapitel 4

Dezember 1965

»Dieses Baby wird so groß, Jimmy. Es gerät bestimmt nach dir und hat deine langen Beine, die hier drinnen strampeln.« Glory Ann wischte sich mit dem Arm einen Schweißtropfen von der Stirn. Stöhnend verlagerte sie ihr Gewicht und stützte ihren immer größer werdenden Bauch mit den Händen ab. Sie gab ihre Hocke auf und setzte sich vor das Regal, das sie mit Suppendosen auffüllte, auf den Fußboden.

Sie blickte in Jimmys Augen und betrachtete seine blonden Locken, die widerspenstig in seine Stirn hingen, obwohl er immer versuchte, sie mit Pomade zu bändigen. Er lehnte sich an das Regal und bedachte sie mit seinem typischen Lächeln, bei dem sich ein Grübchen auf seiner Wange bildete. Ihr Herz schlug höher wie jedes Mal, wenn sie ihn anschaute.

Dann wanderte ihr Blick zu der Narbe an seinem Zeigefinger, gleich über dem Fingerknöchel – eine bleibende Erinnerung an einen Unfall auf dem Bauernhof, den er als Kind erlitten hatte.

Die Ärzte hatten gesagt, es sei ein Wunder, dass sie diesen Finger hatten retten können. Dieses »Wunder« war wahrscheinlich sein Todesurteil gewesen. Menschen wurden aus unzähligen Gründen als kriegsuntauglich ausgemustert; wenn man keinen Zeigefinger hatte, um den Abzug einer Waffe zu betätigen, wäre das bestimmt ein triftiger Grund.

Glory Ann zog an der feuchten Polyesterbluse, die auf ihrer Haut klebte, und versuchte, ein wenig Luft an ihre schwitzende Haut dringen zu lassen. »Ich weiß, du hast gesagt, dass man überall Schönheit entdecken kann, wenn man nur gut genug hinsieht, aber du hast dich geirrt. An einer dicken, runden, schwitzenden, schwangeren Frau, die Dosen in dieses staubige Regal stapelt, ist nichts Schönes.« Sie schnaubte.

»Glory Ann? Ist jemand in den Laden gekommen? Ich habe die Glocken über der Tür gar nicht gehört.« Clarences Stimme riss sie aus ihrem Tagtraum.

Das Licht in Jimmys Augen erlosch; an seine Stelle trat eine Traurigkeit, die an Glory Anns Herz zehrte. Sie warf einen Blick hinter sich, wo sich Schritte näherten. »Wir sprechen bald wieder miteinander.«

Jimmy nickte kurz und wandte sich ab.

»Glory Ann. War jemand hier?«

Clarence stapfte mit seinen Plattfüßen zu ihr. Neben ihr blieb er stehen und verschränkte die Arme vor seiner grünen Schürze. »Liebes, was machst du da auf dem Boden? Die Regale sollte doch Mable auffüllen. In deinem Zustand ist das viel zu anstrengend.«

Bei der liebevollen Anrede zog sich ihr Magen zusammen. »Ich bin nicht invalide. Die Arbeit muss erledigt werden und Mable musste früher gehen. Sie hat einen Anruf von der Schule bekommen: Ihr Jüngster hat Fieber.«

»Wenn du ein Wort gesagt hättest, hätte doch ich diese Arbeit übernehmen können.« Er hielt ihr die Hand hin und schaute sie mit einem schmerzerfüllten Lächeln an. »Komm, ich helfe dir vom Boden auf.«

Sie ignorierte seine Hand, begab sich in einer alles andere als würdevollen Pose in die Hocke und musste sich beim Aufstehen an dem Regal abstützen. Sie wischte sich die Hände ab und rückte die grüne Schürze zurecht, die sich über ihren Bauch spannte, der aussah, als befände sich ein Basketball darin. »Kein Problem. Ich habe mich sowieso zu Tode gelangweilt.«

Clarence streckte die Arme in ihre Richtung. Als sie erkannte, was er beabsichtigte, trat sie schnell zurück und wischte sich die Haare aus der Stirn.

»Ist alles in Ordnung, Glory Ann?«

»Klar.« Sie stemmte die Hände in die Hüften.

Clarence wandte den Blick ab und schaute zum Ladeneingang, als wolle er sich vergewissern, dass sie allein waren. »Ich … ich höre dich, weißt du, wenn du mit ihm sprichst.«

Glory Ann ballte die Hände so fest, dass sich die Nägel in ihre Handflächen gruben. »Wenn ich mit *wem* spreche?« Vielleicht war es grausam, ihren Mann zu zwingen, den Namen des Mannes auszusprechen, den sie liebte, aber sie hatte das Gefühl, dass er mit seinen großen, unbeholfenen Füßen auf etwas Heiligem herumtrampelte.

Clarence starrte auf den Boden und das Schweigen zwischen ihnen zog sich in die Länge. Schließlich hob er den Blick und ein Muskel zuckte an seinem Kinn. »Jimmy«, sagte er leise.

Glory Ann blinzelte ihre plötzlichen Tränen zurück, da sie auf den schmerzlichen Stich, den ihr Jimmys Name aus Clarences Mund versetzte, nicht vorbereitet war.

»Ich weiß, dass Trauer viele Formen annehmen kann, aber ich bin nicht sicher, ob es gesund ist, wie du mit ihm sprichst.« Clarence' Stirn runzelte sich wie eine Walnussschale und er wandte den Blick ab. »Du sprichst mit ihm, als stünde er direkt neben dir.«

Ihr Blick wanderte zu den Schaufenstern. Jimmy *war* direkt neben ihr. Er sammelte die Scherben ihres gebrochenen Herzens ein und hielt sie fest, damit sie nicht auseinanderbrach. Wenn sie sich genug konzentrierte, schlenderte sie manchmal mit Jimmy statt durch die Gänge in diesem Laden durch die langen Maisreihen auf der Farm seines Großvaters, auf die er so stolz gewesen war. So hätte ihr Leben aussehen sollen; diese Version war für sie viel realer als alles, was sie vor sich sah.

Clarence trat zu ihr und legte eine Hand auf ihre Schulter. Seine sanfte Berührung ließ sie zusammenzucken. »Ich denke, du solltest dir jemanden suchen, mit dem du darüber sprechen kannst. Jemanden, der tatsächlich da ist. Es ist einfach so … du bekommst bald ein Kind. Und du hast schon so viel durchgemacht. Ich habe den Eindruck, dass du immer noch an einem anderen Ort mit einem anderen Mann feststeckst, und ich sehe nicht die geringste Heilung. Ich weiß, dass du mich nicht als deinen Ehemann betrachtest, und ich mache mir nicht vor, dass du mich je so sehen wirst, aber ich hoffe, du kannst mich wenigstens als Freund sehen, der dich sehr mag, Glory Ann. Ich mache mir Sorgen um dich.«

Er tätschelte ihre Schulter und hob den leeren Pappkarton auf, aus dem jetzt alle Suppendosen ausgepackt waren. Als er sie wieder allein ließ, blinzelte sie mit trockenen Augen. Ihr Herz fühlte sich in einem Moment blutend und schmerzlich an und im nächsten leer und hohl.

Vielleicht klang sie, als wäre sie verrückt, weil sie mit einem Toten sprach. Clarence wusste nicht, dass ihr diese Gespräche mit Jimmy halfen, nicht völlig den Verstand zu verlieren. Es war viel leichter, sich vorzustellen, wie ihr Leben hätte sein sollen, als sich der Realität zu stellen. Und zu akzeptieren, wie der Rest ihres Lebens aussehen würde.

Sie wäre für immer an einen Mann gebunden, den sie nicht lieben konnte.

Lieber Jimmy,

unser kleines Mädchen kam auf die Welt, während eine dünne Schneeschicht die Erde bedeckte und im Radio Weihnachtsmusik lief. Natürlich konnte niemand die Musik hören, weil ich so laut schrie und weinte.

Verrate niemandem, dass ich das gesagt habe, aber sie sieht aus wie ein griesgrämiger alter Mann. Kahlköpfig, runzelig und mit rotem Gesicht. Ich vermisse es, sie in meinem Bauch zu haben. Irgendwie hatte ich dadurch das Gefühl, dir näher zu sein.

Mir ist nicht entgangen, wie mich Clarence in den letzten Wochen immer wieder angesehen hat, wie er verstohlene Blicke

über die Verkaufsregale warf, mit Sorgenfalten auf der Stirn, als könnte ich jeden Moment zusammenbrechen. Vielleicht sind seine Befürchtungen berechtigt.
Die Krankenschwester fragt mich immer wieder, ob sie meinen Mann ins Zimmer holen soll. Ich habe sie stattdessen um Papier und einen Stift gebeten. Stimmt etwas nicht mit mir, dass mich eine Erinnerung mehr tröstet als ein Mensch aus Fleisch und Blut? Vielleicht, aber der Mann, dem ich mein Herz geschenkt habe, ist leider so weit fort, dass ich ihn nicht mehr zu mir rufen kann.
Es erschüttert mich, Jimmy, dass ich deine Nähe nicht mehr fühlen kann. Ich habe versucht, dich hier bei mir zu sehen, wie du lässig auf dem orangen Plastikstuhl neben mir sitzt und unsere kleine Tochter stolz anstrahlst, aber der Stuhl bleibt leer.
Werde ich nach und nach das verträumte Funkeln in deinen Augen vergessen? Wird der süße Heugeruch deines Haars auch verblassen? Oder kommst du zu mir zurück? Bitte, Jimmy! Komm nur noch einmal zu mir zurück, damit ich so tun kann, als wären wir beide zusammen und bewunderten dieses Kind, das wir gezeugt haben.
Ich werde es niemandem verraten, aber ich habe mir einen Jungen gewünscht. Ich hätte ihn Jimmy genannt, egal was dann alle gesagt hätten. Erinnerst du dich an dieses Buch mit den Blumennamen, das du so geliebt hast? Ich habe in der Bibliothek ein Exemplar dieses Buches gefunden. Darin werde ich den Namen für unser Mädchen finden.
Mutter ist nicht gekommen, aber das war eigentlich keine Überraschung. Ich weiß, dass ich das vergeblich gehofft habe. Sie hat mich kein einziges Mal besucht, seit ich hierhergezogen bin. Nicht einmal für die Babyparty, die die Gemeinde in Brighton für mich veranstaltet hat. Ich habe unser Baby ganz allein in einem sterilen weißen Raum zur Welt gebracht. Nur eine Krankenschwester hat meine Hand gehalten.
Ich kann keine Briefe in den Himmel schicken, das weiß ich.

Und ich weiß, dass die Bilder von dir nur Produkte meines einsamen Herzens waren. Aber falls du mich irgendwie vom Himmel aus hören kannst, sollst du wissen, dass ich es schaffen werde. Ich liebe Clarence nicht. Aber er ist freundlich. Und er erwartet nicht viel. Ich denke, das Gefühl, das ich für ihn habe, ist Dankbarkeit.
Deine Tochter wird gut versorgt werden, Jimmy. Und ich werde auch irgendwie zurechtkommen. Und die Schönheit finden, die du immer in dieser grauen Welt gesehen hast.

In ewiger Liebe
Glory Ann

Kapitel 5

Heute

Als die Glocken über der Ladentür klingelten, eilte Sarah nach vorne. Der Streit, den Mama und Oma mit gedämpften Stimmen austrugen, beherrschte die Atmosphäre in dem leeren Laden. Ihre Diskussionen waren seit einer Woche Sarahs ständiger Begleiter.

Ein großer, schlaksiger Mann in abgetragenen Jeans und Arbeitsstiefeln stand mit dem Rücken zu ihr neben der Kasse. Der verbeulte Cowboyhut, den er geistesabwesend gegen sein Bein klopfte, sah aus, als wäre er beim Viehtreiben unter die Hufe der Rinder geraten. Neben seinen Füßen stand eine Kiste mit Gemüse.

»Willkommen in der *Old Depot Grocery*. Wie kann ich Ihnen helfen?«, fragte sie.

Er drehte sich um. Seine blaugrünen Augen hoben sich von seiner sonnengebräunten Haut ab. »Guten Tag, Ma'am.«

Sie genoss den tröstlichen Klang seines langsamen, trägen Südstaatendialekts.

»Ihre Chefin hat zwar neulich gesagt, dass sie keine Lieferungen mehr braucht, aber an meinem Stand sind heute ein paar Sachen übrig geblieben. Ich dachte, ihr könnt sie vielleicht verkaufen. Ich will dafür kein Geld.«

»Meine … Chefin?« Sarah blinzelte und hatte Mühe, dem Mann zu folgen.

»Ms Rosemary?«

Ein Schnauben kam über ihre Lippen. Chefin wäre tatsächlich eine treffende Beschreibung für ihr Verhältnis zu Mama.

Er schaute sie fragend an.

»Rosemary ist meine Mutter. Ich bin ihre Tochter, Sarah.«

Ein freundliches Lächeln trat in sein Gesicht. »Hallo, Sarah. Ich bin Clay. Sind Sie zu Besuch hier?«

Sarah zuckte die Achseln und lächelte. »Ich bin für … für … nun, ich bin vorerst hier.«

Sein Blick wanderte zu ihrer Schürze. »Wie ich sehe, haben die beiden Sie sofort hier im Laden eingespannt.«

»Oma sagt immer: Müßiggang ist aller Laster Anfang.«

Clay nickte, aber eine gewisse Vorsicht trat in seine Augen. »Sie ist eine weise Frau.«

»Das ist sie.«

Er hob die Gemüsekiste hoch und marschierte in Richtung Gemüseabteilung. Omas und Mamas Stimmen nahmen an Lautstärke zu.

Sarah verzog das Gesicht. »Stellen Sie die Kiste einfach hier auf die Theke. Ich packe sie dann aus.« Sie lächelte ihn schwach an. »Bitte. Ich bin dankbar, wenn ich etwas zu tun habe und mich aus den Diskussionen heraushalten kann.«

Sein Mundwinkel zuckte und er stellte die Kiste auf den Rand der Verkaufstheke. Dann setzte er seinen verbeulten Hut wieder auf. »Einen schönen Tag noch, Sarah.« Sein Blick wanderte zum hinteren Teil des Ladens, wo die keifenden Stimmen ihrer Mutter und Großmutter nicht zu überhören waren. »Grüßen Sie Ms Rosemary und Ms Glory Ann von mir.«

Der Mann tippte an seinen Hut und verließ den Laden.

Bei dieser Geste musste sich Sarah ein Grinsen verkneifen. Tippen an den Hut, Ma'am, Ms und Mrs – sie war definitiv wieder im Süden!

Sie hievte die volle Gemüsekiste, die er abgestellt hatte, hoch und füllte die leeren Fächer auf. Als sie damit fertig war, bewunderte sie den farblichen Kontrast der Rispentomaten, der Zucchini und der Butternusskürbisse.

Mit frischem Gemüse in den Regalen sah der alte Laden gleich nicht mehr so leer und verlassen aus – solange sie die kahlen Regale hinter sich ignorierte.

Ihre Mutter und Großmutter kamen in ihre Richtung, diskutierten aber immer noch über Kassenbücher und Bestellungen und das Schicksal der Stadt.

Plötzlich blieb ihre Mutter abrupt stehen und deutete aufgebracht auf das Gemüse. »Was ist das? Mama, ich habe dir gesagt, dass wir kein Gemüse mehr bestellen. Von der letzten Lieferung musste ich die Hälfte wegwerfen.«

Oma stemmte die Hände in die Hüften. »Ich habe nichts bestellt. Das habe ich dir überlassen. Was offensichtlich ein großer Fehler war.«

Sarah räusperte sich. »Ein gewisser Clay hat das Gemüse gebracht. Er sagte, es sei an seinem Stand übrig geblieben.«

Omas Gesicht wurde weicher. »Du hast Clay kennengelernt? Er ist ein guter junger Mann.«

Mama verdrehte die Augen. »Ein wenig weich in der Birne, wenn du mich fragst. Er bringt uns kostenlos Gemüse. Diese Sachen sehen nicht nach Resten aus.«

»Achte nicht auf deine Mutter, Sarah. Sie hat einfach ihre Launen. Clay ist ein netter Mann.« Oma wackelte mit den Brauen. »Und er sieht gut aus, nicht wahr?«

Sarah grinste. Trat eine leichte Röte auf die Wangen ihrer Großmutter? »Das klingt, als wäre jemand verknallt.«

Oma drohte ihr scherzhaft mit dem Finger. »Für so einen Unsinn bin ich viel zu alt. Aber ich kann nichts dafür, wenn er ein Auge auf *mich* geworfen hat.«

Über Omas neckende Worte musste Sarah lachen.

Oma legte den Kopf schief. »Du solltest ihn kennenlernen, Sarah. Du würdest ihn mögen.«

»Um Himmels willen, Mama! Sie hat gerade erst ihren Mann beerdigt. Sie trauert und ist nicht in der Stimmung, Clay Watson schöne Augen zu machen.«

Oma schnaubte. »Das habe ich doch gar nicht gemeint …«

Sarahs Ohren begannen zu klingeln und ihr Brustkorb zog sich zusammen.

Trauern. Eine gute Ehefrau würde trauern. Aber sie wollte einfach nur vergessen. Ihr Magen rumorte. Sarah legte schnell die Hand auf ihren Mund und eilte zur Hintertür, um sich nicht auf den gewachsten Holzboden zwischen den Regalen zu übergeben.

Rosemary ging über den Gehweg am Rand des Marktplatzes und strich sich übers Gesicht. Als könnte sie damit die entsetzten Blicke wegwischen, mit denen Sarah und Mama sie jedes Mal ansahen, wenn sie erwähnte, dass sie den Laden schließen müssten. Die beiden reagierten, als hielte sie ein Messer in der Hand, von dem noch das Blut tropfte, nachdem sie es ihnen in den Rücken gejagt hatte.

Bei ihrer Mutter konnte sie das ja noch verstehen.

Aber bei Sarah? Ihre Tochter hatte sich keinen Deut um den Laden geschert, seit sie vor zwölf Jahren aus Brighton weggezogen war.

Rosemary schnaubte. Sie hatte ihr Leben lang um diesen Laden gekämpft. Hatten Sarah und Mama wirklich keine Ahnung, wie schwer es in Krisenzeiten gewesen war, den Laden über Wasser zu halten? Wie oft er kurz vor dem Konkurs gestanden und sie sich krummgearbeitet hatte, um ihn wieder zum Laufen zu bringen? Hatten sie keine Ahnung von dem ständigen Spagat, die Kosten für den Laden zu stemmen und den Bedürfnissen der Stadt gerecht zu werden?

»Hey, Rosemary.«

Rosemary hob eine Hand und winkte Karl auf der anderen Straßenseite zu. Er machte die Eisenwarenhandlung dicht, die jahrelang das Herzstück des Marktplatzes gewesen war. Ein gelbes Räumungsverkauf-Banner war über die Schaufensterscheibe gespannt. Der alte Mr Benton hatte bis zu seinem letzten Atemzug versucht, seinen Laden zu retten. Und bis zum Tag seines Todes darin gearbeitet. Ein solches Schicksal wollte sie ihrer Mutter ersparen.

Wenn sie den Laden an die Landentwicklungsfirma verkauften, solange diese noch Interesse an ihrem Land hatte, könnten sie beide eine anständige Summe kassieren. Zumindest genug, um Mama gut zu versorgen und ein Sparkonto anzulegen, damit Rosemary Rücklagen für ihre eigene ungewisse Zukunft bilden konnte. Sie ballte die Hände zu Fäusten und löste sie wieder, während sie versuchte, das Kribbeln aus ihren Fingerspitzen zu vertreiben.

Seit dem zarten Alter von siebzehn hatte Rosemary die Aufgabe geschultert, alles zu tun, um ihre Mutter gut zu versorgen. Wenn der Laden verkauft war, könnte sie diese Mission endlich als erfüllt betrachten.

Sie betrat das Reisebüro in dem kleinen historischen Haus am Rand des Marktplatzes, sank mit einem Stöhnen auf die Couch und befreite ihre geschwollenen Füße aus ihren Schuhen.

High Heels näherten sich klappernd auf dem Hartholzboden. »Mädchen, warte ab, bis du das Kreuzfahrtpaket siehst, das ich zusammengestellt habe. Selbst dein bodenständiger Mann wird davon begeistert sein.« Cathy, ihre Freundin seit Kindertagen, trat mit einer Mappe, die so dick war wie ihre schlanke Taille, aus ihrem Büro. In dieser Mappe steckten die Träume, an denen sie beide seit über einem Jahr arbeiteten. Seit Rosemary Wind davon bekommen hatte, dass die große Kaufhauskette eine Filiale in der Stadt eröffnen würde. Diese Träume waren nach ihrer Diagnose noch mehr vorangetrieben worden. Mit ihrem Anteil aus dem Ladenverkauf wollte sie Bo und sich eine kleine Luxusreise gönnen als Ausgleich zu den vielen Reisen, zu denen sie bisher nie Zeit gehabt hatten. Der Rest würde in ein Sparkonto fließen, um künftige Arzt- und Krankenhausrechnungen zu bezahlen.

Rosemary hob eine Hand. »Du kannst die Mappe gleich wieder ganz hinten in deinem Aktenschrank verstauen. Mama will an dem untergehenden Schiff festhalten, bis sie so viele Schulden angehäuft hat, dass kein Eigenkapital mehr übrig ist.«

Cathy setzte sich mit ihrer Barbie-Figur auf die Sofakante und legte eine Hand auf Rosemarys Schulter.

»Außerdem«, fuhr Rosemary fort, »wissen wir beide ganz genau, dass Bo einer solchen Reise nie zustimmen würde. Er bezeichnet sich zwar als Angler, aber er hat eine Todesangst davor, auf dem Wasser zu sein.«

»Wir könnten immer noch einen Mädchen-Ausflug daraus machen. Du und ich in gelben gepunkteten Bikinis.« Cathy stieß sie freundschaftlich mit der Schulter an.

Bei dieser Vorstellung schluckte Rosemary ein Lachen hinunter. Cathy käme selbst in ihrem Alter mit so etwas wahrscheinlich noch durch. Aber Rosemary hatte mehr Kurven, als ein Bikini würdevoll verbergen könnte. Sie schüttelte den Kopf. »Mama will nicht verkaufen. Und wenn wir nicht verkaufen, weiß ich nicht, wie wir die Rechnungen begleichen, geschweige denn einen Traumurlaub bezahlen sollen.«

»Es wird alles gut ausgehen. Du wirst schon sehen.«

Rosemary erhob sich und ging aufgewühlt in dem engen Raum auf und ab. »Du hast die Blicke nicht gesehen, mit denen mich Mama und Sarah ansehen. Als wollte ich hinausgehen und Lassie erschießen.«

»Ich bin so froh, dass Sarah nach Hause gekommen ist. Ich weiß, dass sie euch die lange Fahrt zur Beerdigung ersparen wollte, aber in einer solchen Situation braucht ein Mädchen seine Mutter.«

Rosemary setzte sich wieder. Ihnen die lange Fahrt ersparen? Sie glaubte eher, dass sich Sarah nicht – *wieder* – für ihre hinterwäldlerische Familie hatte schämen wollen. Rosemary war bewusst, dass Bo und sie bei Sarahs eleganter Hochzeit wie zwei bunte Hunde herausgeragt hatten. »Sie ist nur zu einem kurzen Besuch hier. Kannst du dir vorstellen, dass meine Mutter versucht, Sarah auf ihre Seite zu ziehen? Sarah hat nicht vor, auf Dauer hierzubleiben. Ja, sie verbindet mit dem Laden sentimentale Erinnerungen, aber Mama und ich können uns keine Sentimentalitäten leisten.«

Cathy legte die Mappe neben Rosemary aufs Sofa. »Glaube mir, Glory Ann wird die Sache einsehen und du bekommst die Chance zu dieser Traumreise und zu den vielen anderen Dingen, die du jahrelang auf Eis gelegt hast.« Sie unterstrich ihre Worte mit energischen Gesten.

Rosemary grinste. Wenn ihre Freundin gezwungen wäre, die Hände still zu halten, könnte sie sicher überhaupt nicht sprechen.

»Ich verstehe aber immer noch nicht, warum du ihnen nicht einfach die Wahrheit sagst.« Cathy stemmte eine Hand in ihre Hüfte und deutete mit dem Zeigefinger ihrer anderen Hand auf Rosemary. »Wenn sie den wahren Grund wüssten, aus dem du den Laden verkaufen willst, würden sie anders reden. Nimm dir ein Beispiel an deiner Schwester und denk ausnahmsweise einmal an dich.«

Rosemary seufzte. Die Sache war viel komplizierter. Natürlich würde sie Sarah von ihren gesundheitlichen Problemen erzählen, aber erst wenn Sarah selbst wieder Boden unter den Füßen hatte und sich ein neues Leben aufgebaut hatte. Rosemary hatte alles getan, damit ihre Tochter wichtige Lebensentscheidungen nie aufgrund von Pflichtgefühlen traf, da durfte sie jetzt nicht schwach werden.

Rosemary zwang sich zu einem Lächeln und nahm die dicke Mappe. »Du hast recht. Es wird gut ausgehen. So oder so. Ich kann also genauso gut noch ein bisschen länger träumen.«

Cathy nahm eine Dose vom Ecktisch. »Ich habe gestern Abend Brezeln mit Schokoguss gemacht. Die magst du doch so: salzig und süß zugleich.«

»Dann schieb sie rüber, Schwester. Eine Schokoladentherapie ist genau das, was ich heute Nachmittag brauche.«

Kapitel 6

März 1967

Glory Ann holte ihre Tochter vom Rücksitz und freute sich an dem süßen Babyspeck, der immer noch an den Beinen des fünfzehn Monate alten Mädchens zu spüren war. Der blond gelockte Knirps schob die Arme seiner Mutter weg und schaute Glory Ann mit seinen blauen Augen eigensinnig an. »Runter! Selbst gehen.«

Glory Ann strich mit dem Daumen über die klebrige Wange des Kindes. »Okay, aber bleib neben mir. Es wird nicht gelaufen. Heute ist Oma Hawthornes Geburtstag.« Ihr Brustkorb zog sich zusammen. »Wir müssen uns von unserer *allerbesten* Seite zeigen.«

Glory Ann stellte ihre Tochter ab und strich die Falten aus dem kleinen rosafarbenen Kleid. Dann bewegte sie die Hand über die Vorderseite ihres eigenen orangefarbenen Kleides. »Gib mir die Hand.«

Sie war seit Monaten nicht mehr bei ihren Eltern gewesen, und obwohl ihre Mutter versprochen hatte, nach Brighton zu kommen, hatte sie die einstündige Fahrt nie unternommen. Weder in den vielen Monaten, in denen das Kind in Glory Anns Bauch herangewachsen war, noch als sie in dem sterilen Krankenhaus Wehen gehabt und sich nach der beruhigenden Hand ihrer Mutter gesehnt hatte. Und auch nicht in den fünfzehn Monaten, seit ihre Tochter auf der Welt war.

Sie atmete zitternd ein und fand Halt in dem festen Griff ihres Kindes um ihren Daumen. Sie hatte es für eine gute Idee gehalten, Mutter an ihrem Geburtstag zu überraschen, aber angesichts der vielen Autos vor dem Haus war sie wahrscheinlich ein Eindringling, ein nicht eingeladener Gast in dem einzigen Haus, in dem sie sich je zu Hause gefühlt hatte.

»Komm, Liebes.« Glory Ann hielt die Hand ihrer Tochter, die mühsam die Verandastufen erklomm. Das Stimmengewirr, das aus dem Haus drang, zog sie näher und sie trat ein, ohne anzuklopfen. Alles wurde still und im nächsten Moment wurde ein lautes »Happy Birthday« angestimmt.

Glory Ann schwang ihre Tochter auf die Arme und sie betraten gemeinsam den spärlich beleuchteten Raum, blieben aber außerhalb des Kreises aus bekannten Gesichtern stehen, der sich um den Küchentisch gebildet hatte. Der Schein der Geburtstagskerzen ließ das Gesicht ihrer Mutter weicher und um Jahre jünger aussehen. Etwas verkrampfte sich in Glory Anns Magen und sie verdrängte aufsteigende Gefühle, die sie nicht genau benennen konnte.

Das Lied endete und im Raum wurde es still, während die Gäste darauf warteten, dass ihre Mutter die Kerzen ausblies. In der Stille platzte das kleine Mädchen in Glory Anns Armen mit einem aufgeregten »Happy birday, Oooma!« heraus.

Schlagartig richtete der ganze Raum seine Aufmerksamkeit auf sie. Glory Ann wich instinktiv zurück.

Neben ihr ertönte ein lautes Keuchen. Jimmys Mutter drückte die Hand an ihre Brust und starrte das Kind an. Glory Ann schluckte. *Jimmys Tochter. Mrs Woodston merkte doch bestimmt nicht …*

Ihr Vater trat leise zu ihr und führte sie aus der Küche, während ihre Mutter die Kerzen ausblies. Er übertönte den Applaus und sprach mit gezwungen fröhlicher Stimme. »Es ist so schön, dass du es geschafft hast zu kommen, Liebes. Komm, wir haben ein Zimmer vorbereitet, in dem die Kinder spielen können, damit sich die Erwachsenen ungestört unterhalten können.«

Glory Ann drückte ihr zappelndes Kind fest an sich und beschleunigte ihre Schritte, um ihrem Vater zu folgen, der eilig die Treppe hinaufstieg. Er schob die Tür zu ihrem alten Zimmer auf.

»Hier kann unser kleines Mädchen spielen.« Seine Stimme klang fröhlich, aber die Anspannung in seinem Gesicht war deutlich zu sehen und Glory Anns Magen zog sich noch mehr zusammen.

Glory Ann ließ ihren Blick durch das Zimmer wandern. Von ihren persönlichen Sachen war nichts mehr übrig. Nur eine Kommode und ihr altes Bett mit dem Eisengestell, auf dem eine Patchworkdecke lag, waren geblieben. »Wo sind die anderen Kinder?«

»Oh, ähm, es ist nur sie.« Er deutete mit dem Kopf zu ihrer Tochter, die jetzt auf dem geflochtenen Teppichläufer saß, mit den Fingern über die Schlingen strich und leise vor sich hin plapperte.

Mama erschien im Türrahmen. Sie war ein wenig außer Atem.

Vater verzog das Gesicht. »Ich sorge dafür, dass sich unsere Gäste wohlfühlen, während ihr beide euch unterhaltet.« Damit floh er aus dem Zimmer.

»Meine Güte, das war wirklich eine … eine *nette* Überraschung, dass ihr beide gekommen seid.« Mama faltete die Hände vor sich und stand stocksteif da.

Glory Ann kniete neben ihrem Kind nieder. »Es tut mir leid. Ich wusste nicht, dass du Besuch hast.« Sie wandte den Blick ab und betrachtete die dünnen Vorhänge, die in der Spätnachmittagssonne zu leuchten schienen. »Als ich letzte Woche angerufen habe, hast du nichts von einer Geburtstagsfeier gesagt.«

Mama ging zum Bett und setzte sich auf die Patchworkdecke. Dann begann sie, mit dem ausgefransten Saum zu spielen. »Liebes, ich liebe dich und meine süße Enkeltochter. Das weißt du.« Sie räusperte sich und hob das Kinn. »Aber … aber ich halte es für das Beste, wenn du uns nicht mehr hier in Humboldt besuchst. Wir kommen lieber zu dir. Jetzt, da du ein Kind hast, ist die Fahrt für dich bestimmt viel zu beschwerlich.«

»Das stört mich nicht. Es ist schön, zu Hause zu sein.«

»Glory Ann, Liebes … ich versuche nur, es vorsichtig auszudrücken. Du kannst kommen, wenn du willst, aber bring das Kind nicht mit. Sie … sie ist ihm wie aus dem Gesicht geschnitten. Diese Augen. Dieses blonde Haar. Je älter sie wird, umso weniger lässt es sich leugnen. Jimmys Mutter bekam fast einen Nervenzusammenbruch, als du die Küche verlassen hattest.«

Mama war bestimmt nur paranoid. Glory Anns Puls hämmerte in ihren Ohren und ihr Brustkorb zog sich enger zusammen. »Das, was wir tun, ist falsch. Es ist falsch, sie ihnen vorzuenthalten. Sie haben ihren Sohn verloren. Wir sollten ihnen nicht auch noch die Chance rauben, ihr einziges Enkelkind kennenzulernen.« Sie zog ihr kleines Mädchen in die Arme und atmete den tröstenden Duft seines Haars ein, bevor sich das Kind ihren Armen wieder entwand, da es von einer Hutschachtel unter dem Bett angelockt wurde. Die Kleine zog die Schachtel auf den Teppich und öffnete und schloss den Karton, in dem sich noch Dinge von Glory Ann befanden, immer wieder. Dabei flüsterte sie jedes Mal: »Kuckuck.«

»Wir sollten ihnen die Wahrheit sagen.«

Mama kniete vor Glory Ann nieder und packte ihren Arm. Ihre Gesichtsfarbe, die im Schein der Geburtstagskerzen warm und rosig gewesen war, war jetzt ganz bleich geworden. »Das … das kannst du nicht machen. Damit ruinierst du *alles.*«

Die langen, manikürten Nägel ihrer Mutter gruben sich in ihren Arm und ihre Augen glänzten feucht.

Glory Ann erschauerte. »Wir könnten sie bitten, es niemandem zu verraten. Es für sich zu behalten.«

»Es geht jetzt nicht mehr nur um den Ruf unserer Familie. Wie würden die Leute Clarence behandeln, wenn sie erfahren, dass sein Kind gar nicht sein Kind ist? Sie würden ihn als Lügner bezeichnen. Es würde Schande über ihn und seine Familie bringen.« Mama schüttelte den Kopf. »Die Woodstons dürfen nichts von ihrem Enkelkind erfahren. *Niemals.* Wer weiß, ob sie überhaupt die Wahrheit akzeptieren würden? Sie könnten es als Angriff auf den Charakter ihres verstorbenen Sohnes betrachten. Clarence hat dich in der ganzen Sache unterstützt. Du schuldest den Woodstons nichts.«

Wer war diese Frau, die vor ihr kniete?

»Alles wird gut«, sagte Mama. »Du wirst schon sehen. Wir werden euch besuchen.«

Benommen nahm Glory Ann ihre Tochter und die Hutschachtel. »Wir gehen, Mutter. Es ist nicht zu übersehen, dass wir hier nicht willkommen sind. Grüße Vater von mir.«

Während ihr Auto die Auffahrt hinabrollte, warf Glory Ann einen letzten Blick in den Rückspiegel auf das Haus, in dem sie aufgewachsen war. Am Fenster im ersten Stock, in dem früher ein naives Mädchen gestanden und von einer wundervollen Zukunft geträumt hatte, stand jetzt die steife Gestalt einer Frau. Sie zog die Vorhänge zu und verschwand aus ihrem Blick.

Auf der Rückfahrt nach Brighton zog sich jeder Kilometer wie tausend Kilometer hin und der Abstand zwischen Glory Ann und den Menschen, die sie aufgezogen hatten, wurde immer größer. Glory Ann war nicht begriffsstutzig. Ihre Eltern würden nie nach Brighton kommen, um sie zu besuchen.

Und Glory Ann würde nicht in ein Haus zurückkehren, in dem ihre Tochter nicht willkommen war.

Sie parkte hinter der *Old Depot Grocery* und wischte über ihre vom Weinen geschwollenen Augen.

»Mama …?«

Glory Ann schaute in den Rückspiegel und genoss den Anblick ihres Engels mit den verschlafenen Augen. »Es ist alles gut, Schatz. Komm, wir steigen aus.«

Sobald sie das kleine Mädchen aus dem Auto gehoben und die Hintertür geöffnet hatte, lief die Kleine, so schnell sie konnte, durch die Gänge zwischen den Regalen, während ihr Glory Ann mit schweren Schritten folgte. In der Abteilung mit den Konservendosen ging die alte Miss Lettie in die Hocke und strich eine widerspenstige Locke von der Wange des Kindes. »Hallo, Püppchen! Hilfst du heute deiner Mutter?«

Das kleine Mädchen strahlte. »Ja ... helfe!«

Während die liebe Frau plauderte und dem Kind eine Liebe schenkte, die es von seiner eigenen Großmutter nie bekommen würde, verschwand Glory Ann um die Ecke. Die Dielen quietschten unter ihren Füßen, aber zum ersten Mal flüsterten die Holzbalken ein neues Lied. Ein Lied, das sie zu Hause begrüßte.

Denn hier wurde sie geliebt. Angenommen. Und nein, die Stadt kannte die Wahrheit nicht. Aber Clarence kannte sie. Obwohl er ihr versprochen hatte, dass sie nur auf dem Papier verheiratet bleiben konnten, sagte ihr die zärtliche Art, mit der er sie anblickte, dass er sich nach mehr sehnte.

Clarence stand im Türrahmen des Lagerraums. Sein kleines Mädchen lief an Glory Ann vorbei und warf sich in seine Arme. »Papa, Papa, Papa!«

Er schwang sie in die Höhe und wirbelte sie im Kreis herum.

In diesem Moment erwachte in Glory Anns Brust etwas Neues zum Leben und bahnte sich einen Weg zwischen den Scherben. Es war nicht das atemberaubende Herzschlagen, das sie jedes Mal gefühlt hatte, wenn sie Jimmy angesehen hatte, aber die Liebe, mit der Clarence ihr Kind behandelte und es als sein Kind annahm, heilte die schmerzenden Wunden, die andere ihrem Herzen zugefügt hatten.

Vielleicht würde sie Clarence nie so lieben, wie sie Jimmy geliebt hatte, aber Clarence war ein guter Mann. Sie holte den zerfledderten Briefumschlag, den sie immer bei sich trug, aus ihrer Handtasche. Darin steckte der Brief, den sie nie abgeschickt hatte, weil es zu spät gewesen wäre. Sie hob die lockere Diele in der hintersten Ladenecke hoch, die sie eigentlich hatte festnageln wollen, und schob den Umschlag weit unter das Brett.

Als Clarence das Kind abstellte, trat Glory Ann zu ihm. Sie schlang die Arme um ihn und merkte, wie er vor Überraschung erstarrte. Glory Ann legte den Kopf zurück und las die Fragen in seinen braunen Augen. Sie waren seit zwei Jahren verheiratet, aber ihre Ehe war nicht viel mehr als eine Wohngemeinschaft und Geschäftspartnerschaft. Sie hatte ihn noch nie so berührt. Aber nun stellte sie sich auf Zehenspitzen und drückte ihm einen zarten Kuss auf den Mund.

In ihr explodierte kein Feuerwerk. Ihre beiden Füße blieben fest auf dem Boden stehen. Es war kein Vergleich zu den Küssen mit Jimmy, bei denen sie in traumhaften Sphären geschwebt hatte. Aber Jimmy war tot. Und sosehr sie es sich auch jedes Mal, wenn sie ihre Tochter ansah, wünschte – er würde nicht zurückkommen.

Clarence' Reaktion auf ihren Kuss war beschützend und warmherzig. Das war genau das, was sie in ihrem neuen Leben brauchte. Etwas Beschützendes und Warmherziges.

Kapitel 7

Heute

Sarah saß auf dem Hocker vor dem Schreibtisch ihrer Großmutter im Büro hinter dem Laden. Oma war über das Kassenbuch gebeugt. Das Licht der Schreibtischlampe mit dem grünen Lampenschirm betonte ihre Falten.

»Warum erledigst du das nicht alles am Computer, Oma?«

»Pah.« Oma machte eine abfällige Handbewegung. »Das macht deine *Mutter*. Ich führe selbst Buch. Trau nie einer Maschine, Sarah.«

Sarah nahm ihr Handy, um die Zahlen schnell zusammenzurechnen. Als sie die entgangenen Anrufe sah, wand sie sich innerlich. Zwei von ihrer Immobilienmaklerin und einer von Aarons Anwalt. Sie konnte sich noch nicht überwinden, sich diesen Aufgaben zu stellen. Also steckte sie ihr Handy wieder in die Handtasche. »Natürlich. Trau nie einer Maschine. Das kenne ich aus *Terminator*.«

»Was?«

»Vergiss es.« Sarah versteckte ihr Grinsen hinter dem Salzkräcker, an dem sie knabberte. »Und, was sagen die Bücher? Was ist nötig, um den Laden weiter über Wasser zu halten?«

Ihre Großmutter seufzte schwer. »Wir müssen einfach weitermachen, Liebes. Es geht nicht darum, dem nachzujagen, was größer oder besser ist. Sondern darum, wer durchhalten kann, wenn alles verloren scheint.« Sie klopfte mit ihrem Bleistift auf das Kassenbuch. »Natürlich sind alle neugierig auf dieses große, neue Kaufhaus, bei dem die Leute zum Einkaufen nicht einmal aussteigen müssen, wenn sie nicht wollen. Dort werden ihnen die Waren direkt ins Auto geladen. Aber das ist nicht von Dauer. Das ist nur eine weitere Eintagsfliege.«

Sarah schob die Unterlippe zwischen ihre Zähne. »Ich weiß nicht. So ist es inzwischen fast überall. Die Leute wollen Bequemlichkeit. Vielfalt. Schnelligkeit. Wir müssen einfach eine Möglichkeit finden, damit zu konkurrieren. Wir könnten einen eigenen Bestellservice einrichten.«

Oma schüttelte den Kopf und verzog das Gesicht. »Nein, nein, nein. Siehst du das denn nicht? Wir müssen nicht so werden wie *sie*. Die Leute *wollen* Bequemlichkeit. Aber sie *brauchen* etwas ganz anderes. Das, was sie brauchen, bietet ihnen unser Familiengeschäft.«

»Und das ist?«

»Kind, Kind.« Omas dunkelbraune Augen strahlten und blickten sie eindringlich an. »Warum bist du eigentlich hier?«

Weil sie ein Feigling war. Weil sie sich verloren fühlte und allein war und Angst hatte. Weil sie nicht wusste, wohin sie sonst gehen sollte. »Weil ich euch vermisst habe.«

Oma zog die Brauen hoch. »Das hat aber lange gedauert.«

Ein Messer bohrte sich in Sarahs Brust. Wenn sie im Sommer nach ihrem ersten Studienjahr Aaron eine Absage erteilt hätte, als er und seine Familie sie eingeladen hatten, mit ihnen eine Europareise zu machen, hätte vielleicht ihr ganzes Leben eine andere Richtung eingeschlagen. Obwohl es sie gereizt hatte, die Welt zu sehen, hatte sie sich auch nach Brighton gesehnt. Bis Mama erklärt hatte, dass dies eine einmalige Gelegenheit sei und dass sie zu Hause nicht *gebraucht* werde. Mama hatte es gut gemeint, aber diese Worte hatten wehgetan. Sehr. Also war sie in jenem Sommer mit Aaron gefahren. Und auch in jedem Sommer danach. Dabei hatte sie sich jedes Jahr weiter von den Kleinstadtträumen entfernt, die früher einmal ihr Herz beherrscht hatten. »Oma, es tut mir so leid. Ich …« Aber was konnte sie sagen? Es gab keine Entschuldigung.

Oma winkte ab. »Ich will dir keine Schuldgefühle machen. Ich denke nur, dass du nicht recht hast damit, dass wir so werden müssen wie die anderen auch. Du und jeder andere, der durch diese

Türen tritt, kommt hierher, weil sich der Laden nicht bei jedem Windstoß verändert. Wir sind stabil. Wir sind von Dauer. Wir sind zuverlässig. Wenigstens waren wir das, bis deine Mutter kein frisches Gemüse mehr bestellte.« Sie brummelte leise vor sich hin.

Sarah pickte Salzkristalle von ihrem Kräcker und sog sie von ihren Fingerspitzen. »Aber was sagen die Bücher? Unterstreichen die Kassenbücher das, was du sagst: Können wir uns über Wasser halten?«

Oma klappte das Kassenbuch geräuschvoll zu und stützte sich an der Schreibtischkante ab, um aufzustehen. »Vergiss die Bücher. Vergiss die Zahlen. In der *Old Depot Grocery* ging es nie um Zahlen.«

»Ja. Aber …«

»Aber nichts. Ich dachte, du bist auf meiner Seite.«

»Das bin ich. Ich muss nur wissen, wo wir stehen, damit ich helfen kann.«

»Wir halten durch. Wir kämpfen. Das ist alles, was zählt. Kämpfst du mit mir?«

Sarah stand von ihrem Hocker auf. »Selbstverständlich.«

Oma kam um den Schreibtisch herum und umarmte sie. »Wir können nicht zulassen, dass dieser Laden schließt, Sarah. Wenn der Laden zumacht, weiß ich nicht …« Oma nahm die Arme von ihr und verkrampfte die Hand um den Ausschnitt ihrer Bluse. Ihr Kinn zitterte.

Sarah legte die Hände auf die Schultern ihrer Großmutter. »Das lassen wir nicht zu, Oma. Wir finden einen Weg.« Denn ihre einzige Alternative wäre die Rückkehr nach Chicago. In das Haus aus kaltem Marmor und Glas. »Ich fahre jetzt nach Hause, um Mama beim Kochen zu helfen. Kommst du später auch zu uns?«

»Heute Abend nicht. Heute ist Pokerabend mit den Mädels.«

Sarah schaute sie mit großen Augen an. »Pokerabend?«

Oma winkte lässig ab. »Diesen Namen hat die verrückte Paulette unserer Nähgruppe gegeben: ›Pokerabend Gebets- und Nähkreis‹. Paulette, Mable und ich treffen uns, um gemeinsam zu nähen und die Gebetsanliegen der Gemeinde vor Gott zu bringen.« Mit einem Seufzen verdrehte Oma die Augen. »Paulettes Beitrag ist der neueste Tratsch. Ich versuche, ihr das abzugewöhnen, aber bis jetzt ohne viel Erfolg.«

Sarah grinste. »Ich rede beim Abendessen mit Mama. Vielleicht hat sie ja Ideen, wie wir die Geschäfte wieder beleben können. Wenn uns etwas einfällt, gebe ich dir Bescheid.«

»Pah. Sie hat schon die weiße Fahne gehisst.« Oma schüttelte den Kopf. »Ich hätte nie gedacht, dass sie das Vermächtnis ihres Vaters einfach so wegwirft.«

Sarah richtete sich auf. Mama sprach nie über Opa. »Vielleicht verbindet sie mit dem Laden nicht nur angenehme Erinnerungen wie wir beide.«

Oma schnaubte. »Ich sage dir eines: Ihr Vater und ich haben alles getan, um ihr ein gutes Leben zu ermöglichen. Und jetzt will sie einfach verkaufen? Das bringt mich um den Verstand.«

Sarah parkte vor dem kleinen blauen Haus, in dem sie aufgewachsen war. Als sie den Pick-up ihres Vaters in der Einfahrt entdeckte, schlug ihr Herz höher. Er war einen Tag früher zu Hause, als sie erwartet hatte. Mit der Handtasche über der Schulter stieg sie die Stufen hinauf und riss die Tür auf. »Papa?«

Ihr Vater blickte auf. Er saß in seinem Lieblingssessel und hatte seine Lesebrille auf der Nase. Er stand auf und drückte sie herzlich an seine Brust. »Schön, dass du zu Hause bist, Liebling.« Er drückte ihr einen schmatzenden Kuss auf den Kopf. »Ich bete die ganze Zeit für dich. Wie kommst du …?«

»Können wir das *bitte* lassen, Papa?«

»Wie du willst.«

Sie sank in seine Arme und wurde von seinem Flanellhemd und seinem würzigen Rasierwasser eingehüllt. »Wo ist Mama? Ich dachte, sie wäre längst zu Hause.«

Mit einem Achselzucken kehrte er zu seinem Sessel zurück und warf einen Blick auf die skurrile Uhr an der Wand. Ein blaues Huhn, dessen Beine die Minuten- und Stundenzeiger bildeten. »Sie kommt wahrscheinlich jeden Moment heim. Als ich anrief, war sie in der Stadt bei Cathy.«

Sarah trat vor und konnte gerade noch einen Schreckensschrei unterdrücken, als sie beinahe über einen großen schwarzen Haufen auf dem Boden stolperte. Der große schwarze Haufen hob langsam den Kopf und eine träge rosa Zunge tauchte auf.

»Das ist Huck. Ein furchtbarer Entenhund und ein noch schlimmerer Wachhund. Aber das siehst du ja selbst.« Papa strich mit der Hand über seine ergrauten Bartstoppeln und legte dann lässig ein Bein über das andere.

Sarah wich dem Labrador aus und setzte sich ihrem Vater gegenüber aufs Sofa, wo sie ein Knie unter ihr Kinn zog, wie sie es als kleines Mädchen immer gemacht hatte. Der Hund richtete sich auf und streckte sich mit einem knurrenden Gähnen, dann legte er den Kopf auf den Hausschuh ihres Vaters. Sie deutete mit dem Kopf auf die Entenjagd-Zeitschrift, in der er gelesen hatte. »Ein neues Hobby?«

Er schüttelte den Kopf. »Ich habe es versucht. Aber ich musste feststellen, dass dieser faule Hund wasserscheu *und* schussscheu ist. Wahrscheinlich enden wir eher als Wanderer statt als Entenjäger.«

Sarah lachte. »Ich kann gar nicht glauben, dass dir Mama erlaubt, einen Hund im Haus zu halten.«

»Ein kleines Wunder, was? Sie hat nichts dagegen, solange sich Huck anständig benimmt. Und ich nehme ihn auf meine Touren mit. Sie muss sich also nicht allzu lang mit unserem Schnarchen abfinden.«

»Spielst du immer noch mit dem Gedanken, bald in Rente zu gehen?«

Er setzte sich vor und stützte die Hände auf seinen Knien ab. »Eigentlich schon. Aber ich bin nicht sicher, ob es der richtige

Zeitpunkt ist. Ich habe überlegt, ob ich die langen Touren aufgebe und auf Kurzstrecken umsteige. Andererseits weiß ich nicht, ob es deine Mutter aushalten würde, wenn ich die ganze Zeit zu Hause wäre.«

Das wäre für beide eine Umstellung. Das Leben ihres Vaters war ein ständiges Kommen und Gehen, aber das war bei Fernfahrern nun einmal so. Ihre selbstständige Mutter hatte in all den Jahren nie den Eindruck erweckt, als würden sie die langen Phasen, die Papa auf der Straße verbrachte, allzu sehr stören. Sie sagte zwar, dass sie ihn vermisste, aber sie schien immer ganz gut zurechtzukommen, egal ob er da war oder nicht.

Sarah hingegen hatte seine Abwesenheit immer schmerzlich gespürt, besonders in ihrer Teenagerzeit. Papas ruhige Art war immer ein angenehmer Puffer zwischen den temperamentvolleren Persönlichkeiten seiner Tochter und seiner Frau gewesen.

»Was, glaubst du, wird sie machen, wenn unser Laden schließen muss?« Würde sie sich zur Ruhe setzen? Sich eine neue Aufgabe suchen? Sarah konnte sich ihre Mutter nirgendwo anders als zwischen den Verkaufsregalen im Laden oder in der Küche des kleinen Landhauses mit ihrer Hühnersammlung vorstellen.

»Cathy will sie schon länger zur Partnerin in ihrem Reisebüro machen.« Seine Augen funkelten und ein Muskel in seiner Wange zuckte. »Ich habe irgendwie gehofft, dass sie sich für das Entenjagen begeistern könnte. Wenn jemand den alten Huck dazu bringen kann zu gehorchen, dann sie.«

Die Mückengittertür an der Rückseite des Hauses fiel scheppernd zu und hinter ihnen raschelten Papiertüten. »Das habe ich gehört, Bo Anderson. Ich kann nichts dafür, dass du so viel Geld für einen Hund ausgegeben hast, der keine Lust hat zu jagen.«

Huck hob den Kopf, als sie eintrat. Er gab sich angemessen zerknirscht, weil er als Entenjäger nicht zu gebrauchen war, und legte winselnd den Kopf zwischen seine Vorderpfoten.

Mama stellte die braunen Papiertüten auf den Wohnzimmertisch. »Ich habe Essen mitgebracht. Ich war zu lange bei Cathy und hatte keine Lust zu kochen.« Sie zuckte die Achseln und schaute Sarah und ihren Vater finster an, als sollten sie es ja nicht wagen, das zu kommentieren.

Sarah warf einen Blick auf ihren Vater. Er schaute die Papiertüten enttäuscht an, sagte aber kein Wort. Mamas köstliche Küche war wahrscheinlich einer der Höhepunkte seiner Zeit zu Hause.

Mama warf einen Blick auf Sarahs Handtasche, die auf dem Fußboden lag. »Räum deine Sachen weg und wasch dir vor dem Essen die Hände.«

Schlagartig war Sarah wieder ein zwölfjähriges Mädchen.

Kapitel 8

Dezember 1967

Glory Ann hatte die Arme bis zu den Ellbogen im Spülwasser und ihre Bluse war vorne nass. Sie konnte noch so vorsichtig sein, aber ihr großer, runder Bauch wurde beim Geschirrspülen nach dem Abendessen trotzdem immer triefend nass.

Es klang so, als liefe das Zubettbringen nicht nach Plan. Sie hörte Clarence' Stimme in den unterschiedlichsten Tonlagen. Offenbar hatte er Rosemarys Betteln nachgegeben und las *Rotkäppchen* noch einmal mit verstellten Stimmen vor. Er hatte ein viel zu großes Herz! Wahrscheinlich würde er das Märchen auch noch ein drittes und viertes Mal vorlesen. Er konnte diesem kleinen Wildfang einfach keinen Wunsch ausschlagen.

Sie summte zur Melodie, die im Radio gespielt wurde. Das Kind in ihrem Bauch strampelte und boxte. In wenigen Wochen würde aus ihrer dreiköpfigen Familie eine vierköpfige Familie werden. Diese Schwangerschaft war so anders als die erste. Mutter zu werden, war kein so großes Geheimnis mehr und sie fühlte sich auch nicht so allein. Dieses Mal ließ sie Clarence' Liebe zu.

So süß die letzten neun Monate auch gewesen waren – seit sie in Clarence mehr sah als nur einen Ersatzvater für ihr Kind und ihn als den Ehemann wertschätzte, der er von Anfang an hatte sein wollen –, graute ihr trotzdem vor den Veränderungen, die unaufhaltsam auf sie zurollten.

Clarence trat in die Küche. »Ich konnte endlich entkommen. Jetzt schläft sie wie ein kleiner Engel.« Er schlurfte in seinen Hausschuhen über den Boden, nahm ein Geschirrtuch und begann, die Teller abzutrocknen und in den Schrank zu stellen.

»Sie liebt dich, das weißt du.«

Er lächelte sanft. »Ich liebe sie auch. Sie ist mein kleiner Sonnenschein.« Als er Glory Ann forschend ansah, wandte sie den Blick ab, da sie nicht sicher war, wie sie die Sorgen, die sie nachts um den Schlaf brachten, in Worte fassen sollte.

Clarence trat hinter sie und drehte sie vom Spülbecken weg. Dann trocknete er mit dem Geschirrtuch ihre Hände ab. »Was belastet dich, meine süße Glory Ann?«

Die meisten würden Clarence nicht als attraktiven Mann im klassischen Sinn bezeichnen, aber sie sah jeden Tag seine selbstlose Liebe, und das machte ihn für sie unbeschreiblich schön. »Ich …« Sie brach ab. Sie konnte es nicht sagen.

Er legte den Kopf zur Seite. »Liebst du mich? Liebst du mich wirklich?«

»Natürlich«, flüsterte sie.

»Und glaubst du mir, wenn ich sage, dass ich dich liebe?«

Sie nickte.

»Wovor sollten wir uns dann fürchten? Sag mir, was dich belastet. Wenn wir Dinge nicht aussprechen, geben wir ihnen die Macht, unser Leben ohne unsere Erlaubnis zu beherrschen.«

Glory Ann legte die Hände auf ihren runden Bauch. »Ich habe Angst vor den Veränderungen in unserem Leben.«

Er legte seine Hände auf ihre. »Wir haben bald noch ein zweites Kind, das wir lieben können. Was macht dir daran Angst?«

Sie schüttelte den Kopf. »Dieses Kind ist dein Kind. *Ganz* dein Kind. Nicht nur dem Namen nach. Dieses Mal müssen wir uns nicht verstellen. Wirst … wirst du es nicht mehr lieben als Rosemary?«

Er lächelte und schaute sie mit zärtlichen Augen an. »Ich habe mich für das kleine Mädchen, das sich unter seine Decke kuschelt und nicht einschlafen wollte, entschieden. Sie hat zwar nicht meine DNA, aber ich liebe sie, wie sie ist und weil sie deine Tochter ist. Dieses kleine Mädchen gehört zu mir. Und ich gehöre ihr.« Er drückte ihre Hände. »Und du gehörst zu mir und ich gehöre dir. Ich habe mich kein einziges Mal verstellt.«

Clarence drehte die Lautstärke des Liebeslieds lauter, das knisternd im Radio lief. In einem langsamen Tanz bewegten sie sich durch die kleine Küche, während ihr runder Bauch auf seinem flachen Bauch lag.

Er führte sie zu einer halben Drehung, zog sie dann eng an seine Brust und tanzte langsam mit ihr weiter.

Sie legte den Kopf an seine Brust und schloss die Augen. Trotz allem, was Clarence sagte, würden sich die Dinge ändern. Aber in diesem Moment wollte sie glauben, dass er ihre beiden Kinder von ganzem Herzen lieben würde.

Als das Lied endete, schaute sie ihn an. »Warum hast du das getan?«

Er runzelte die Stirn. »Warum habe ich was getan?«

»Warum hast du eingewilligt, als dich mein Vater fragte, ob du mich heiratest. Um alles zu vertuschen.«

Clarence besaß weit mehr Integrität und Ehrlichkeit als Glory Anns Vater, der Pfarrer war, und trotzdem hatte er bei der Täuschung bereitwillig mitgespielt. Um ihre kurze Schwangerschaft zu erklären, hatte er allen im Ort erzählt, dass er vor einigen Monaten die Tochter von Freunden seiner Familie geheiratet habe, sie aber erst nach Brighton geholt hatte, nachdem er für seine neue Frau ein Haus gekauft hatte. Er hatte erzählt, dass es für ihn selbst kein Problem gewesen sei, im Büro der *Old Depot Grocery* zu wohnen, aber dass er der Frau, die er liebte, etwas Besseres bieten wolle. Als er das gesagt hatte, hatte er sie immer so liebevoll angesehen, dass nie jemand auf die Idee gekommen wäre, seine Worte infrage zu stellen.

Seine Augen wurden groß. »Meine Güte, Frau. Ich hatte die Chance, ein wunderschönes Mädchen zu heiraten. Ich mache zwar vielleicht nicht viel her, aber ich bin nicht auf den Kopf gefallen.«

Sie schlug verspielt gegen seine Schulter. »Hör auf. Ich meine es ernst. Ich will es wirklich wissen.«

Er atmete tief aus. »Als du in meinen Laden getreten bist, hast du meinem Leben einen Sinn gegeben, den ich vorher nicht kannte.«

Glory Ann schürzte die Lippen. »Was für einen Sinn? Du musstest dich um Probleme kümmern, die eigentlich gar nicht deine Probleme waren.«

»Du hast einen langen Tag hinter dir. Komm, ruh deine Beine ein wenig aus und wir unterhalten uns in Ruhe darüber.« Er zog ihr einen Stuhl heran und als sie saß, schob er einen anderen unter ihre Beine.

Dann ging er zum Herd und stellte den Wasserkessel darauf. Anschließend holte er die Dose mit der Kräuterteemischung, die sie abends so gern trank. Sie beobachtete, dass er still und nachdenklich wurde.

Nachdem er ihren Tee zubereitet hatte, holte er einen zweiten Stuhl und setzte sich neben sie. Er blickte sie entschlossen an. »Die Familie, aus der ich komme, hat zwar nicht viel Geld, aber sie hat etwas, das noch wichtiger ist. Einfluss.«

Glory Ann nickte. Das hatte ihr Vater erzählt.

»Als Soldaten zum Kriegsdienst eingezogen wurden, versprachen meine Eltern, dafür zu sorgen, dass ich nicht in den Krieg ziehen müsste.«

Glory Anns Kehle schnürte sich zusammen. Wenn das nur jemand für Jimmy getan hätte!

»Ich wollte ihre Hilfe nicht. Es war nicht fair, dass mein Schulfreund in den Krieg ziehen musste und ich nicht, nur weil meine Familie Freunde in hohen Positionen hatte. Also kündigte ich meine Stelle bei der Bank, die mein Vater leitete, und kam nach Brighton.«

Er blickte auf den Boden. »Dennoch, obwohl ich gegen meine Eltern rebelliert und mich trotzig zum Kriegsdienst gemeldet hatte, wurde ich als dienstuntauglich ausgemustert.«

Glory Ann legte den Kopf schief. »Dein Asthma?«

»Ja. Ich kaufte das verlassene Bahnhofsgebäude für einen Apfel und ein Ei und richtete den Laden ein. Aber ich fühlte mich elend. Auch wenn ich diesen Krieg nicht ganz verstand – gegen wen wir kämpften und warum –, waren meine Freunde dort und riskierten ihr Leben, während ich zu Hause die Böden fegte.« Er blickte zu Boden.

Sie konnte seine Gefühle gut nachvollziehen. Das war einer der Gründe, warum es ihr so leichtgefallen war, noch lange auf ihn wütend zu sein, obwohl er von Anfang an unbeschreiblich freundlich zu ihr gewesen war. Denn Jimmy hatte in den Krieg ziehen müssen und Clarence war zu Hause geblieben.

»Als sich dein Vater bei mir meldete, bekam ich neue Hoffnung. Ein Lichtstrahl kam in meine Welt. Ich war nicht länger nutzlos.« Clarence legte die Hände um seine Tasse.

»Weil es jemanden gab, der dich brauchte?«

Er trank einen langsamen Schluck aus seiner Tasse. »Ich konnte nicht in den Krieg ziehen und kämpfen. Weil dein Verlobter das hatte tun müssen, konnte er nicht für dich da sein, obwohl du ihn gebraucht hättest. Deshalb habe ich dich geheiratet; nicht weil ich verzweifelt oder einsam war oder als Akt der Nächstenliebe. Ich habe dich sozusagen stellvertretend für Jimmy geheiratet. Ich kannte ihn nicht. Aber als du an jenem Tag in meinen Laden kamst, habe ich den Schmerz und die Trauer in deinen Augen gesehen. Und obwohl ich seinen Platz in deinem Herzen nie einnehmen kann, konnte ich dir einiges geben. Ein Zuhause, in dem du deinen Kopf zur Ruhe betten kannst. Einen Laden, in dem deine Hände etwas zu tun haben, während dein Herz heilen kann. Und meinen Nachnamen als Schutz vor einer Welt, die nicht immer freundlich ist.«

Er nahm ihre Hand. »Als ich dich heiratete und das Privileg bekam, unser kleines Mädchen zu lieben, war die *Old Depot Grocery* plötzlich mehr als nur ein Laden. Ich diente meinem Land, indem ich dort, wo es nötig war, Stabilität und Liebe gab. Und ich habe dich vom ersten Moment an geliebt. Vielleicht nicht als Ehemann, sondern als jemand, der wusste, was es heißt, allein zu sein, und der dein Freund sein wollte.«

Er legte eine Hand auf ihren runden Bauch, in dem ihr gemeinsames Kind heranwuchs. »Ich könnte nie Jimmys Platz einnehmen. Aber ich bin so dankbar, dass wir gemeinsam unseren eigenen Weg in dieser Welt, die selten freundlich und fair ist, gefunden haben.«

Sie hob seine Hände und küsste seine schwieligen Fingerknöchel. »Ich liebe dich, Clarence Clearwater. Ich liebe dich so sehr.«

Kapitel 9

Heute

Sarah trat in die Küche und rieb sich den Schlaf aus den Augen. Ihr Körper war schwer und ihre Schritte waren schleppend. Ihre Mutter stand vor dem Herd. Der Speck und die Wurst, die in der Pfanne brutzelten, erfüllten die Luft mit einem würzigen Geruch.

Ihr Vater legte seine Entenjagd-Zeitschrift weg, als Sarah eintrat. »Guten Morgen, Liebes. Gut geschlafen?« Seine Augen leuchteten auf und Lachfalten traten in seine Augenwinkel.

Sie strich ihre vom Schlaf zerzausten Haare zurück. »Ja, ich habe wirklich gut geschlafen.« So gut wie seit Wochen nicht mehr. Trotzdem fühlte sie sich immer noch irgendwie, als wäre sie in den Schleudergang einer Waschmaschine geraten. »Wie spät ist es eigentlich?«

Ihre Mutter drehte sich vom Herd zu ihr herum. »Fast neun. Ich muss in einer halben Stunde im Laden sein. Mama hat heute Morgen aufgesperrt.« Sie stellte einen großen Teller mit selbst gemachten Brötchen, gebratenem Speck und Wurst und eine Schale mit Red-Eye-Soße neben die Eier und Maisgrütze auf den Tisch. »Ich habe all deine Lieblingsspeisen gemacht. Bis auf die Soße. Das war der Wunsch deines Vaters.«

Ihr Vater trank einen kräftigen Schluck Kaffee und sein Blick wanderte in die Ferne. »Als du ein kleines Mädchen warst, bist du morgens genauso in die Küche getapst. Dein Haar saß wie eine zerzauste goldene Krone auf deinem Kopf. Deine Mutter hat immer geschimpft und gezetert, weil es so mühsam war, die Knoten herauszubürsten.«

Mama schaltete sich ein. »Es war, als versuchte man, ein Spinnennetz zu entwirren. Ich habe Gott im Himmel gedankt, dass ich nur ein Kind hatte, dessen Haar ich entknoten musste.«

Sarah schmunzelte leise über ihren nostalgischen Vater und ihre praktisch denkende Mutter.

Als alle am Tisch saßen, nahmen sie sich an den Händen und ihr Vater sprach das Tischgebet. Es war lange her, dass Sarah sich vor einer Mahlzeit oder sonst irgendwann die Zeit genommen hatte, um Gott zu danken. Als sie noch zu Hause gelebt hatte, war das Gebet ein selbstverständlicher Teil ihres Lebens gewesen. Aber als sie fortgegangen war und eine völlig neue Welt betreten hatte, waren diese Dinge, die doch eigentlich tief in ihr verwurzelt gewesen waren, schneller verschwunden, als sie zugeben wollte.

Sie brauchte das. Diese Rückkehr zu ihren Wurzeln – mental, emotional, körperlich. Geistlich. Könnte sie diese Wurzeln wieder zum Wachsen bringen?

Ihre Eltern begannen, sich Essen auf die Teller zu laden. Sarah wählte eine Brötchenhälfte und zupfte an der weichen Innenseite, da sie hoffte, damit ihren Magen beruhigen zu können.

»Ich habe eine ganze Stunde gekocht und du isst nur eine Brötchenhälfte? Du hast zu lange oben im Norden gelebt. Wahrscheinlich hättest du lieber nur einen Bagel und eine Tasse Kaffee.«

In der letzten Woche waren Salzkräcker tatsächlich das Einzige gewesen, was Sarah halbwegs vertragen hatte. Aber Sarah wusste aus Erfahrung, dass die Übelkeit nur noch schlimmer wurde, wenn sie überhaupt nichts zu sich nahm. »Illinois ist nicht oben im Norden, Mama. Es liegt im Mittleren Westen.«

»Wenn es dort keinen süßen Tee auf der Speisekarte gibt, ist es für mich oben im Norden.«

Als Mama ihre eigenwillige geografische Einteilung nach der Verfügbarkeit von süßem Tee weiter ausführte, wanderte Sarahs Aufmerksamkeit hin zu vergrabenen Erinnerungen, die an die Oberfläche traten: ihr erstes Frühstück, als sie von ihrer Hochzeitsreise nach Hause gekommen waren. Ihr Mann, der in Connecticut aufgewachsen war, war ganz grün im Gesicht geworden, als sie stolz verkündet hatte, dass sie Brötchen und Soße nach dem Rezept ihrer Mutter zubereitet hatte. Lachen und Necken hatten die Küche erfüllt, als sie erklärt hatte, dass sie von keiner deftigen Bratensoße sprach, sondern von einer süßen Schokoladensoße.

Ihre Kehle schnürte sich zusammen. In diesem Haus in Chicago war früher tatsächlich gelacht worden. Es hatte unbeschwerte Momente gegeben, bevor Aarons Bruch mit seinem Vater sein Leben beherrscht hatte. Bevor ihre gemeinsame Zeit immer weniger und die Versprechen, alles »eines Tages« nachzuholen, immer mehr geworden waren.

»Sarah?« Mamas Stimme holte sie in die Gegenwart zurück.

Sie blinzelte, um die Tränen, die ihr in die Augen schossen, zurückzudrängen, und konzentrierte sich auf ihre Mutter. »Es tut mir leid. Das Essen ist köstlich. Ich fühle mich heute Morgen nur nicht besonders gut.«

Mama hielt mit ihrer Gabel inne, die sie gerade mit einem Stück Wurst und Rühreiern beladen hatte. Sarah schluckte schwer und bemühte sich, nicht an die fette Wurst und die glibberige Konsistenz der Eier, die auf der Gabel wackelten, zu denken.

»Schatz, wenn du nicht bald darüber sprichst, wirst du noch krank.« Mama beugte sich über den Tisch und drückte ihre Hand.

»Ich habe einfach in letzter Zeit nicht viel Appetit. Und mir ist absolut nicht danach, beim Frühstück über den Tod meines Mannes zu sprechen.«

Ihr Vater hob den Blick von seiner Zeitschrift und schaute Sarah über den Rand seiner Brillengläser an. »Selbstverständlich. Du musst nicht darüber sprechen.« Er tauschte die Zeitschrift gegen die Tageszeitung, öffnete sie geräuschvoll und schaute seine Frau vielsagend an. »Nicht wahr, Rosemary?«

Mama schürzte die Lippen und ging zum Kühlschrank, aus dem sie einen Krug Orangensaft holte. »Nein. Aber es ist nicht gesund, alles in sich hineinzufressen.«

Mama musste gerade reden! Sarah konnte sich nicht erinnern, dass ihre Mutter je über ihren Schmerz und ihre Verluste gesprochen hätte. Außerdem handelte es sich bei ihr nicht um die normale Trauer einer Frau, die ihren Mann verloren hatte. Mama und Oma hatten keine Ahnung, wie sehr eine einsame Ehe an einem Menschen zehren konnte.

Mama schenkte Sarah ein Glas Orangensaft ein.

Sarah hob den kühlen Rand des Glases an ihre Lippen und tat so, als würde sie trinken. »Was, glaubst du, müssen wir tun, damit wieder mehr Kundschaft in den Laden kommt?«

Papa hielt seine Zeitung höher, als wolle er sich dahinter verstecken.

»Sarah.« Mama stellte den Krug ab. »Die Zeit für den Laden ist vorbei. Das siehst du doch bestimmt auch ein. Verrate nichts deiner Großmutter, aber heute kommt ein potenzieller Käufer, der sich das Gelände ansehen will. Ich bin nur froh, dass er immer noch interessiert ist, obwohl ihn deine Großmutter bei seinem letzten Besuch sehr unfreundlich behandelt hat.«

»Was?!« Sarahs Stimme wurde schrill.

»Er hat auch schon Zahlen genannt. Seine Firma hat wirklich Interesse. Wenn wir jetzt verkaufen, würde sowohl für deine Großmutter als auch für mich eine schöne Summe herausspringen. Ich versuche schon eine ganze Weile, ihr klarzumachen, dass dies die weiseste Entscheidung wäre. Durch den Verkauf hätte sie für den Rest ihres Lebens ausgesorgt.«

»Was wollen diese Leute mit unserem alten Laden? Du hast doch gesagt, dass er nicht mehr rentabel ist. Nicht mehr zu retten. Wenn sich diese Leute melden, noch bevor der Laden überhaupt auf dem Markt ist, müssen sie doch Potenzial darin sehen.«

Die Hand ihres Vaters tauchte hinter der Zeitung auf, tastete nach seiner Kaffeetasse und holte sie in sein Versteck.

Mama atmete schwer aus. »Nun ja … sie interessieren sich nicht für das Geschäft … oder das Gebäude.«

Sarah verkrampfte die Hände auf ihrem Schoß.

Ihre Mutter zuckte die Schultern. »Sondern für das Land, auf dem das Gebäude steht.«

Sarah starrte sie an und sah im Geiste, wie eine Abrissbirne ihre Zufluchtsstätte zertrümmerte.

Mama trank einen kräftigen Schluck von ihrem Orangensaft. »Ich tue nicht so, als würde ich alle Zusammenhänge begreifen, aber diese große Firma braucht Lagerhallen für ihre Waren. Brighton ist durch seine geografische Lage ein idealer Brückenkopf zwischen den größeren Städten in der Region. Wir müssen die Gelegenheit ergreifen, bevor sie einen anderen Verkäufer finden.« Mama räusperte sich. »Die neuen Lagerhallen könnten für deinen Vater eine ideale Gelegenheit sein, von Fernrouten auf kürzere Routen umzusteigen.«

Papa verschluckte sich hinter seiner Zeitung und ließ sie sinken. Mit rotem Gesicht sagte er: »Rosemary, Liebes, bitte lass mich aus dem Spiel, wenn du …«

»Du willst die *Old Depot Grocery* einreißen, um einer Lagerhalle Platz zu machen?« Sarah schob sich vom Tisch zurück. »Mama, das soll wohl ein Witz sein! Ganz abgesehen davon, dass du alles verkaufen und den Ort zerstören willst, mit dem ich meine glücklichsten Kindheitserinnerungen verbinde. Der Schwerlastverkehr wird exponentiell zunehmen. Erst kommt diese große Kaufhauskette in den Ort und jetzt auch noch das? Brighton wird sich für immer verändern.«

Mama hob die Hände und ließ sie wieder fallen. »Die Stadt hat sich schon verändert, Sarah. Wenn wir nicht verkaufen, dann kaufen sie von jemand anderem. Sie haben bereits eine Zusage für das leer stehende Grundstück direkt neben uns, vorausgesetzt, sie können zusätzlich ein angrenzendes Grundstück erwerben. In Brighton gibt es viel Land. Wenn sie unser Grundstück nicht kaufen, finden sie ein anderes. Wenn wir diese Gelegenheit nicht nutzen, werden wir alle verlieren. Dein Vater. Deine Großmutter und ich.«

»Bitte tu das nicht! Unser Laden darf nicht schließen!« Sarah hasste den jammernden Tonfall in ihrer Stimme, aber sie versuchte verzweifelt, sich an ihre Zukunftsträume zu klammern.

Ihre Mutter stand auf und fing an, die Essensreste in Plastikbehälter zu verpacken. Sie schüttelte den Kopf. »Du bist vor zwölf Jahren weggegangen und hast dem Leben hier keine Träne nachgeweint. Die *Old Depot Grocery* ist ein Geschäft, kein Erinnerungsalbum.«

»Jetzt bleibe ich aber hier. Ich arbeite im Laden mit.« Sarah stand auf und ging aufgebracht in der Küche auf und ab. »Ich setze das Wissen ein, das ich bei meinem BWL-Studium erworben habe, und wir schaffen es. Der Laden ist gut für Oma. Dadurch hat sie nach wie vor eine Aufgabe. Wir können das schaffen. Gemeinsam.«

Ihre Mutter trat mit einem Schöpflöffel in der Hand auf sie zu. »Du wirst *nicht* wegen dieses Ladens wieder hierherziehen.«

»In Kenilworth hält mich nichts.«

»Ich sage dir, was passieren wird: Du bleibst eine oder maximal zwei Wochen hier und langweilst dich bald zu Tode. Dann kehrst du in dein eigentliches Leben zurück. Aber Oma und ich sind dann immer noch hier und versuchen zu überleben.«

»Es war ein Fehler, von hier wegzugehen. Diesen Fehler möchte ich wiedergutmachen.«

Mama schüttelte den Kopf. »Wie kannst du so etwas sagen? Ich weiß, dass der Schmerz, weil du Aaron verloren hast, unerträglich ist. Aber es war die richtige Entscheidung, von hier fortzugehen. Du glaubst vielleicht, wenn du dich hier verkriechst und vor der Welt versteckst, könnte dich das vor Schmerz bewahren, aber das stimmt nicht.« Für einen kurzen Moment erlosch das Feuer in ihren Augen und ein tiefer Schmerz schimmerte durch.

Sarah fühlte sich unwohl. Ja, eigentlich sollte ihre Trauer unerträglich sein. Sie sollte doch eigentlich sehr darunter leiden, dass der Mann gestorben war, mit dem sie ihr ganzes Leben hatte verbringen wollen. Stattdessen fühlte sie sich innerlich leer – außer wenn sie über die abgenutzten Holzböden des alten Ladens ging und seine vertrauten Gerüche aufsog. »Du solltest an Oma denken und nicht an das Geld. Wenn sie mit ansehen muss, wie der Laden in Grund und Boden gewalzt wird, bringt sie das um.«

Mama drehte sich steif von der Arbeitsplatte um, hatte aber den Kochlöffel immer noch in der Hand.

»Sprich nicht so mit mir, junge Dame. Du hast keine Ahnung, wovon du redest.« Sie stemmte eine Hand in ihre Hüfte und deutete mit dem Löffel auf Sarah. »Oma, dein Vater und ich werden nicht jünger. Wir müssen für die Zukunft planen, solange wir noch gesund genug sind, um sie selbst bestimmen zu können.«

»Sarah. Rosemary. Bitte.« Ihr Vater stand vom Tisch auf. »Können wir uns bitte beruhigen.«

Sarah knirschte mit den Zähnen. Mama tat, als wären Papa und sie nur zwei Schritte von ihrem Grab entfernt, dabei waren sie noch nicht einmal im Rentenalter. Oma erfreute sich bester Gesundheit und hatte mehr Energie als die meisten, die nur halb so alt waren wie sie. Das alles war nicht so dringend, wie es ihre Mutter darstellte. Warum tat sie das?

Huck trottete in die Küche und winselte laut. Sarah nahm die Hundeleine vom Haken neben der Hintertür. »Ich gehe mit Huck Gassi.« Ihr Magen rumorte. Sie musste dringend aus dem Haus kommen. Sie kam sich vor, als wäre sie wieder siebzehn. Damals hatte Mama sie gedrängt, aus Brighton wegzugehen. Etwas Sinnvolles aus ihrem Leben zu machen. Warum konnte sie nicht verstehen, dass sie genau das versuchte?

Als die Mückengittertür krachend zufiel, sank Rosemary mit einem tiefen Stöhnen auf ihren Stuhl.

Bo stand auf und wischte mit seiner Serviette einen Krümel von seiner Wange. »Das Frühstück war köstlich, Liebes. Soll ich dir helfen, die Küche sauber zu machen, bevor ich zum Teich gehe?«

Rosemary blickte zu ihm hinauf. »Willst du nicht warten, bis Sarah zurückkommt? Vielleicht hört sie auf dich.«

Er hob abwehrend beide Hände. »Oh nein. Nein danke. Ich will nicht zwischen die Fronten geraten.«

»Du verstehst doch meinen Standpunkt. Überleg nur, wie gut es wäre, wenn du kürzere Routen fahren könntest. Durch das neue Kaufhaus und die neue Lagerhalle hättest du jede Menge Möglichkeiten.«

»Unsere Tochter leidet im Moment sehr. Sie will lieber über die Rettung des Ladens reden als über den Tod ihres Mannes. Ich fürchte, sie ist zurzeit wirklich sehr labil. Durch Aarons Tod wurde Sarah ihre Zukunft geraubt und jetzt hat sie das Gefühl, auch ihre Vergangenheit zu verlieren.«

Eine erdrückende Last legte sich auf Rosemarys Schultern. »Soll ich die Gelegenheit, für uns alle vorzusorgen, nicht nutzen, nur weil Sarah sentimentale Erinnerungen an ihre Kindheit hat?«

»Das habe ich nicht gesagt. Und ja, ich werde versuchen, mit ihr zu reden. Aber nicht über den Laden, auch nicht über ihren Mann oder darüber, wie es in ihrem Leben weitergehen soll. Ich bin nicht lange hier und muss bald wieder auf die Straße. Ich will ihr vor allem zeigen, dass ich für sie da bin. Das ist mir wichtiger, als sie umzustimmen.«

Rosemary verschränkte die Arme vor ihrer Brust und starrte auf die Baumwolltischdecke. Sie zeigten ihrer Tochter in dieser schweren Zeit, die sie durchlebte, ihre Liebe am besten, wenn sie sie davon abhielten, sich in Brighton zu verkriechen. »Du hältst mich auch für ein herzloses Monster, nicht wahr?«

Er trat zu Rosemary und legte die Hände auf ihre Schultern. »Nein, das tue ich nicht. Aber ich glaube nicht, dass der Rest unseres Lebens davon abhängt, ob der Laden verkauft wird oder nicht. Unser Leben liegt in Gottes Händen. Atme einfach durch und schau, wie sich alles zusammenfügt.«

Er hatte leicht reden. Er hatte die Kassenbücher nicht gesehen. Bo zerbrach sich nicht jeden Tag den Kopf darüber, wie sie ihre Mutter in ihren letzten Jahren versorgen sollte. Er schien sich um nichts allzu große Sorgen zu machen. »Tief in meinem Herzen weiß ich, dass du recht hast, Bo. Aber ich kann einfach nicht aufhören zu überlegen, wie …«

»Ich weiß.« Er zog sie an seine Brust und massierte ihren Rücken. »Du musst es mir nicht erklären.«

Sie legte die Wange an sein Hemd und atmete seinen vertrauten Geruch ein, der die Anspannung aus ihrem Brustkorb vertrieb. Die unerschütterliche Ruhe dieses Mannes trieb sie zwar oft in den Wahnsinn, aber ihre unterschiedlichen Persönlichkeiten sorgten immer für eine gute Ausgewogenheit.

Er nahm ein Geschirrtuch. »Was hältst du davon, wenn ich abspüle und du machst dich fertig? Um wie viel Uhr wollte der Kaufinteressent kommen? Wenn du ihn nicht erwischst, bevor er den Laden betritt, wirft ihn deine Mutter schneller hinaus, als er schauen kann.«

Rosemary warf einen Blick auf ihre Armbanduhr und stöhnte. »Mama bringt ihn um. Und mich auch.«

Es war wirklich nicht fair, dass ihre Schwester diese Kleinstadt und die ganze Verantwortung einfach hinter sich gelassen und sich weit weg von Brighton ein eigenes Leben aufgebaut hatte.

Kapitel 10

April 1972

»Auf die Plätze, fertig, los!« In dem konvexen Überwachungsspiegel, der über den großen Regalen mit Konservendosen im hinteren Teil des Ladens hing, erhaschte Rosemary einen Blick auf ihre Schwester Jessamine. Sie trug einen weißen Strickpullover, auf dem das rote zottelige Gesicht und die gelbe Kartoffelnase von Elmo aus der Sesamstraße zu sehen waren. Das gleiche Bild prangte auch auf Rosemarys Pullover. Sie folgte dem Trippeln von Jessamines Füßen auf dem Boden. »Dieses Mal erwische ich dich, Jessie.«

Ihre Schwester gewann jedes Mal, wenn sie Verstecken spielten. Denn sie schummelte. Jessamine schummelte bei allem. Rosemary schlich auf Zehenspitzen weiter, wich vorsichtig allen knarrenden Dielen aus und bewegte sich wie bei einem Tanz. Wenn sie sich an Jessie heranschlich, statt zu versuchen, sie durch Schnelligkeit zu erwischen, würde sie dieses Mal vielleicht gewinnen. Außerdem hätte Mami vielleicht nicht so viel dagegen, wenn sie dieses Spiel leise spielten, statt schreiend durch die Gänge zu laufen.

Bevor Rosemary um die Ecke bog, warf sie einen langen Blick auf die Bürotür hinter sich. Mami hatte ihr ausdrücklich aufgetragen, im Büro zu bleiben. Auf dem Teppich, wo ein Stapel Bücher aus der Bibliothek wartete. Sie sollte ihrer Schwester vorlesen. Aber Jessamine hatte gejammert und genervt, bis Rosemary es nicht länger ausgehalten hatte. Ihre Schwester raubte ihr noch den ganzen Spaß am Lesen. Dabei war sie im Lesen richtig gut. Ihre Lehrerin, Mrs Franks, sagte, sie sei die Beste in ihrer Klasse.

Rosemary schlich durch den Seitengang und strengte die Ohren an, um Jessies leise trippelnde Schritte auszumachen. Diese Geräusche gingen im lauten Gewirr der Erwachsenenstimmen leicht unter. Sie beugte sich um ein Regal herum, wich aber sofort wieder zurück und drückte sich eng an das Regal. Miss Susan und Miss Carla, zwei altjüngferliche Schwestern, die zusammenwohnten, standen in der Backwarenabteilung.

Wenn Rosemary eine Chance haben wollte, Jessamine zu erwischen, müsste sie unbemerkt an den beiden Frauen vorbeikommen. Denn sie würden sie mit ihrem »*Hallo, Rosemary, Liebes, du musst uns unbedingt besuchen kommen und dir die jungen Kätzchen ansehen, die unsere Sadie bekommen hat*« sofort verraten. Natürlich würde sie die Kätzchen gerne sehen. Sie würde sogar die Umarmungen der alten Damen, die nach Mottenkugeln rochen, ertragen, aber im Moment gab es wichtigere Dinge.

Rosemary schlich weiter, vorsichtig darauf bedacht, allen quietschenden Dielen und gesprächigen Kunden auszuweichen. Sie spähte in die Ecken, um zu sehen, ob sie irgendeine Spur von ihrer Schwester entdeckte.

Aber Jessamine befand sich an keinem ihrer üblichen Verstecke. Rosemary lugte durch die gebogene Glasscheibe der Feinkosttheke und hinter die riesigen Fleischstücke, die darauf warteten, mit der Schneidemaschine zerlegt zu werden, an der ihr Vater mit einer Geschwindigkeit und Präzision arbeitete, die sie immer wie gebannt verfolgte. Doch in den Ecken und unter den Stühlen war keine Jessamine zu sehen.

Grady Harrison stand in seinem löchrigen Overall vor der Theke und gab eine Bestellung auf. Papa öffnete das riesige Glas mit den in Rote-Bete-Saft eingelegten pinkfarbenen Eiern. Als er Rosemarys Blick bemerkte, grinste er über ihre angewiderte Miene. Also ehrlich, wie konnte jemand freiwillig diese ekligen Soleier essen? Sie legte einen Finger an ihre Lippen. Papa zwinkerte ihr verschwörerisch zu und nickte.

Eine angenehme Wärme breitete sich in ihrer Brust aus. Ihr rettender Held. Er würde alles stehen und liegen lassen und ihr helfen, Jessamine zu finden, wenn Mami es erlauben würde. Das verriet ihr das Funkeln in seinen Augen.

Rosemary wagte sich mutig in den Lagerraum mit den hohen Regalen und langen Schatten, obwohl sie wusste, dass ihre Schwester vor diesem gespenstischen Raum noch mehr Angst hatte als sie selbst. Er besaß eine kerkerartige Tür, die so schwer war, dass die Kinder sie nicht öffnen konnten, wenn sie ins Schloss fiel. Auch hier entdeckte sie keine Spur von Jessie.

Sie steckte die Hände in die Taschen ihrer steifen Jeanshose. Identische Hosen. Identische Elmo-Pullover. War diese identische Kleidung, die Jessie und sie immer trugen, Mamis Versuch, sie gleichzumachen? Wollte sie Rosemary damit Jessie gleichmachen? Jessie, die anscheinend nie in Schwierigkeiten geriet, obwohl Rosemary im Gegensatz zu ihr immer versuchte, sich an die Regeln zu halten.

Rosemary wurde des Spiels, das sie offensichtlich nicht gewinnen konnte, müde und schlenderte in den vorderen Teil des Ladens. Mami unterhielt sich lächelnd mit einem grauhaarigen Bauern namens Bert, der jede Woche Gemüse lieferte. Die harten Linien um Mamis Augen, die ihr hübsches Gesicht so oft trübten, hatten sich entspannt. Sie lächelte und lachte dann über etwas, das Bert sagte.

Von diesem angenehmen Geräusch angezogen, schlich Rosemary näher. In diesem Moment entdeckte sie Jessie! Sie saß bei Mamis Füßen hinter der Kasse und spielte mit einem Matchbox-Auto, das irgendein kleiner Junge hier vergessen hatte. Ihre Schwester blickte auf und lächelte breit wie die widerliche Grinsekatze aus *Alice im Wunderland*.

Glaubte Jessie, hinter Mamis Beinen wäre sie sicher? Das würde sie ihr schon zeigen! Heute würde Rosemary gewinnen. Sie schlich näher, solange die Aufmerksamkeit ihrer Mutter auf die Leute gerichtet war, die vor der Kasse anstanden, um ihre Einkäufe zu bezahlen.

Jessamine wich weiter zurück und drückte sich, so eng sie

konnte, an das Regal unter der Kasse. Ihr triumphierendes Grinsen verblasste.

Dieses Mal konnte sie nicht entkommen.

Als Rosemary Jessamine fast erreicht hatte, trat ihre Mutter hinter der Theke hervor und umarmte eine junge Frau, deren Augen sehr traurig aussahen.

Jessamine nahm ihre neue Fluchtmöglichkeit ins Visier und machte schnell einen Satz nach vorne.

Rosemary warf sich auf sie, um sie festzuhalten. Dabei verfingen sich ihre Finger in Jessamines roten Haarspangen.

Jessamine kreischte. »Au! Rosemary hat mich an den Haaren gezogen!«

Bei den übertriebenen Schmerzensschreien ihrer Schwester verdrehte Rosemary die Augen und wollte ihre Finger aus Jessamines Haaren befreien. »Du bist nur sauer, weil ich gewonnen habe.«

Ein stählerner Griff legte sich auf ihre Schulter. Rosemary blickte in das wütende Gesicht ihrer Mutter hinauf.

»*Rosemary Jimson Clearwater!*«

Sie zuckte zusammen. Jetzt kannte die ganze Welt ihren schrecklichen zweiten Vornamen. Diesen Namen teilte sie mit dem giftigen Stechapfel.

»Ich habe dir gesagt, dass du im Büro bleiben sollst. Du weißt, dass du nicht wie eine Wilde durch den Laden laufen sollst. Gestern hättest du beinahe die alte Mrs Steventon umgestoßen. Heute habe ich dich ausdrücklich angewiesen, im Büro zu bleiben und im Laden niemandem in die Quere zu kommen.«

»Aber Jessie …«

»Jessie hat friedlich neben meinen Füßen gespielt, bis du aufgetaucht bist und einen Streit vom Zaun gebrochen hast.«

»Ich habe nicht …«

Ihre Mutter hob die Hand. »Schluss jetzt! Geh wieder ins Büro und lies. Oder frag deinen Vater, ob er hinten Hilfe braucht.«

Rosemary blickte zu den Erwachsenen hinauf, die sie umringten. Fünf Augenpaare waren auf sie gerichtet. Lippen waren geschürzt. Erkannte denn niemand, wie unfair Mami war? Aber sie hörten alle nur Jessamines Jammern. Und sie sahen Rosemarys Finger, die sich in den Haaren ihrer Schwester verheddert hatten.

Ein glühender Kloß bildete sich in ihrer Kehle. Rosemary lief davon, bevor sie vor diesen neugierigen Augen zu weinen anfinge. In einem leeren Regalfach in der hintersten Ladenecke kauerte sie sich zusammen und die Tränen, die sie so mühsam zurückgehalten hatte, brachen sich Bahn.

Mami bevorzugte Jessamine immer. Wenn die Schwestern sich stritten, war es immer Rosemarys Schuld. Wenn ihre Schwester stürzte und sich das Knie aufschlug, wurde Rosemary ausgeschimpft, weil sie nicht besser auf sie aufgepasst hatte. Rosemary konnte sich noch so sehr bemühen, gut zu sein, Jessamine war immer besser.

Der zweite Name ihrer Schwester war Hope, Hoffnung. Die alten Leute hier in der Gegend hatten für Jimson noch einen anderen Namen: Teufelsapfel.

Rosemary fand, dass dieser hässliche zweite Name besser zu Jessamine passen würde. Wahrscheinlich hatte ihre Schwester das alles geplant. Sie hatte Rosemary überredet, Mamis Anweisungen, dass sie im Büro bleiben sollten, zu ignorieren, weil sie die ganze Zeit gewusst hatte, dass am Ende Rosemary Probleme bekäme und nicht sie. Warum liebte Mami Jessamine mehr als sie?

Rosemary ließ dem stummen Schluchzen, bei dem ihre Schultern bebten, freien Lauf. Sie weinte ihren ganzen Schmerz hinaus und betete, dass ihr Gott helfen würde, ein besseres Mädchen zu sein. Ein Mädchen, das Mami genauso sehr lieben würde wie Jessie. Rosemary weinte so lange, bis ihr Körper ganz schwer wurde und ihre Augen vom vielen Weinen wehtaten.

»Rosemary, Liebling. Wach auf.«

Bei der tiefen Stimme ihres Vaters schlug Rosemary die Augen auf. Der große Mann war neben ihrem Versteck in die Hocke gegangen. Er breitete die Arme aus und Rosemary rutschte aus dem Regal und schmiegte sich an seine Brust. Er küsste ihre Locken und drückte sie fest an sich.

»Was machst du denn in dieser Ecke, hm?« Seine Stimme war wie ein warmes Handtuch, das um sie gelegt wurde.

Sie blickte blinzelnd in Papas sanfte Augen hinauf. »Warum liebt Mami Jessie mehr als mich?«

Er drückte sie liebevoll an sich. »Oh, Schatz. Das stimmt nicht. Ich weiß, dass es dir manchmal vielleicht so vorkommt. Sie erwartet viel von dir, weil du die Ältere bist. Aber das heißt nicht, dass sie dich nicht lieben würde. Das verspreche ich dir.«

Sie wollte ihm gern glauben. Aber wenn Mami Jessamine ansah, leuchteten ihre Augen immer liebevoll.

»Ich mache Mami traurig. Ich strenge mich so sehr an, sie glücklich zu machen, aber wenn sie mich anschaut, sieht sie manchmal so unglücklich aus. Und wenn ich sie dann frage, was ich falsch gemacht habe, wird sie ganz … ganz … ganz gereizt.«

Der Brustkorb ihres Vaters hob und senkte sich. Das Pochen seines Herzens erfüllte ihre Ohren.

»Nein, Liebes. *Du* machst sie nicht traurig. Ich glaube, sie *ist* manchmal einfach traurig.«

»Warum?«

Er rieb mit der Hand über sein Gesicht. »Wahrscheinlich ist jeder Mensch manchmal traurig.«

»Du auch?« Ihr sanftmütiger Vater, der immer ein Lächeln und ein fröhliches Lachen auf den Lippen hatte? Er doch bestimmt nicht.

Er richtete sich auf und schwang sie auf seine Hüfte, obwohl sie inzwischen ein großes Mädchen war, viel zu alt, um getragen werden zu müssen. Er ging mit ihr durch die stillen Gänge. Die Welt außerhalb der Schaufenster war pechschwarz.

»Manchmal werde ich wahrscheinlich auch traurig. Aber der Herr hat mich mit so vielen Gründen gesegnet, fröhlich zu sein, dass die Traurigkeit neben den ganzen wunderbaren Dingen, die ich habe, ziemlich klein erscheint.« Er drückte sie herzlich an sich. »Die Liebe in meinem Leben ist so, so viel größer.« Er drückte ihr einen lauten, schmatzenden Kuss auf die Wange und sie kicherte.

Sie zappelte, bis sie den Kopf an die warme Stelle unter seinem Kinn legen und das laute Pochen seines Herzens hören konnte.

»Mami fährt morgen Freunde besuchen. Sie will, dass du sie begleitest. Nur du und sie.«

Zweimal im Jahr machten Mami und sie einen Ausflug in eine Kleinstadt, die Humboldt hieß. Sie trafen immer donnerstags um Punkt dreizehn Uhr dort ein. Sie fuhren immer zu demselben kleinen weißen Haus. Mamis Freunde waren älter als sie. Wenn das ältere Ehepaar Rosemary anschaute, sahen die beiden manchmal auch traurig aus. Aber jedes Mal, wenn Rosemary ihnen ein Lied vorsang oder ihnen eine Geschichte vorlas oder ihnen erzählte, wie sie im Laden half, verschwand diese Traurigkeit und sie wirkten plötzlich glücklich.

Der Anblick, wie sich ihre Gesichter veränderten, war das Herrlichste auf der ganzen weiten Welt.

Aber wenn der kleine Kuckuck aus der Wanduhr auftauchte und dreimal »Kuckuck« rief, verließ Mami eilig das Haus und zog Rosemary mit sich, auch wenn Rosemary den Apfelkuchen, den die Frau immer für sie backte, noch nicht ganz aufgegessen hatte, und versprach, dass sie bald wiederkommen würden.

Das ältere Ehepaar lächelte und winkte, wenn Mami mit dem Auto rückwärts aus der Einfahrt bog.

Aber wenn Rosemary einen verstohlenen Blick hinter sich warf, sah sie immer das gleiche Bild: Die Frau vergrub ihr Gesicht an der Brust des Mannes. Er legte die Arme um sie und beide standen mit bebenden Schultern da.

Kapitel 11

Heute

Als Sarah in den Alten Bahnhofsladen trat, war alles still. Sie steuerte aufs Büro zu. Gedämpfte Stimmen drangen durch die Tür. Sie bewegte sich geräuschlos weiter und lauschte.

»Es ist wirklich nicht zu fassen, wie sich dieser Mann benimmt«, hörte sie Oma zetern. »Er marschiert schon wieder auf mein Grundstück und benimmt sich, als wäre er der Herr hier. Ich habe ihm klargemacht, dass er schleunigst verschwinden und sich ja nicht mehr blicken lassen soll.« Sarah verkniff sich ein Schmunzeln. Wenn Oma aufgebracht war, schaltete sie im Bruchteil einer Sekunde von ihrem süßen Südstaatenakzent in den breiten Dialekt um, der hier auf dem Land gesprochen wurde.

»Mutter, bitte. Jetzt wäre der Zeitpunkt ideal, um den Laden zu verkaufen. Jetzt kommen die Interessenten noch zu uns. Sind dir die ganzen »Zu verkaufen«-Schilder vor den Gewerbeimmobilien denn noch nicht aufgefallen? Alle wollen verkaufen.«

»Fang mir nicht damit an, Rosemary. Wage es ja nicht, mir so zu kommen. Du hast deine Argumente vorgebracht, warum du den Laden verkaufen willst, und du kennst meine Meinung dazu.«

»Es gibt noch etwas, das du wissen musst. Mama, warte.«

Schritte näherten sich und Sarah wich schnell zurück und eilte in den nächsten Gang, um nicht beim Lauschen ertappt zu werden.

Oma kam um die Ecke und brummte etwas vor sich hin. Als sie Sarah entdeckte, verstummte sie abrupt. »Hallo, Liebes.«

»Hallo, Oma. Ein schwerer Tag?«

Oma knurrte leise. »Diese Leute sind wie Aasgeier, die über uns kreisen. Sie warten nur darauf, uns zu zerfleischen.«

Hinter Oma tauchte Sarahs Mutter auf. Mit zusammengekniffenen Lippen suchte sie hinter Omas Rücken den Blickkontakt zu ihrer Tochter und schüttelte mit flehenden Augen leicht den Kopf. Oma wusste also nicht, dass der potenzielle Kaufinteressent aufgrund von Mamas Einladung hier gewesen war.

Oma schaute ihre Tochter an. »Wenn du es nicht erwarten kannst, den Laden loszuwerden, dann verkauf deinen Anteil doch an Sarah. Sie ist gerne hier, nicht war, Schatz?«

Sarah öffnete den Mund. »Ich …« Sie wollte tatsächlich gern Teil des Ladens, Teil dieses Vermächtnisses sein. Aber nicht auf diese Weise.

»Sarah wird ihr Geld nicht verschleudern, um Miteigentümerin eines sinkenden Schiffs zu werden.«

»Ehrlich gesagt will ich …«

»Nein, Sarah. Bitte nicht.« Mama hob eine Hand und brachte Sarah mit abwehrender Handfläche zum Schweigen, bevor sie ihre Aufmerksamkeit wieder auf Oma richtete. »Du musst der Realität ins Auge blicken.« Mama schob sich um Sarah und Oma herum und ging nach vorne.

Der leere Laden war für drei Generationen eigensinniger Südstaatenfrauen viel zu klein.

»Ich brauche frische Luft.« Schon wieder. Eigentlich sollte Sarah hier in Brighton leichter durchatmen können.

Sie sprang in ihren Wagen und fuhr los. Vorbei an kleinen Familienbetrieben, deren Geschäfte früher floriert hatten und von denen viele jetzt verlassen und mit Brettern zugenagelt waren. Die »Zum Verkauf«-Schilder standen schon so lange in dem kniehohen Gras, dass die Schrift verblasst war. Sie seufzte laut. Sie musste doch irgendetwas tun können, um ihr traditionsreiches Familiengeschäft vor einem ähnlichen Schicksal zu bewahren. Aber das, was sie während der Fahrt sah, bestätigte nur, wie recht Mama hatte.

Sarah stellte das Auto auf dem Parkplatz vor der winzigen öffentlichen Bibliothek ab, ging hinein und atmete den unverkennbaren Geruch von alten Büchern ein. Die kühle, ruhige Atmosphäre hatte eine lindernde Wirkung auf die Hitze, die sich in ihr aufgestaut hatte. Sie schlenderte an den Regalen entlang, strich mit den Fingern über die abgegriffenen Buchrücken und suchte nach Biografien. Die Geschichten anderer Menschen hatten sie schon immer fasziniert. Die Stärke, mit der sie es mit widrigen Situationen aufgenommen hatten, gab ihrer eigenen schwindenden Stärke neuen Aufwind. Obwohl sie das Buch schon zigmal gelesen hatte, wählte sie *Die Geschichte meines Lebens* der taubblinden amerikanischen Schriftstellerin Helen Keller aus und ging damit zur Ausleihe.

Mrs Parsons, die hier schon als Bibliothekarin gearbeitet hatte, als Sarah noch zur Grundschule gegangen war, lächelte, als sie Sarah sah. »Oh, hallo, Liebes. Es ist so schön, dich zu sehen.« Mrs Parsons sprach mit ihrer gewohnten ruhigen, aber herzlichen Stimme. Hatte sie schon immer einen so sanften Tonfall gehabt oder hatten ihre Jahre in der Bibliothek ihren Tonfall geformt?

»Ich freue mich auch, Sie zu sehen. Wie geht es Ihnen?«

»Ach, du kennst mich ja. Ich wusele hier herum wie eine einbeinige Katze im Stroh.«

Sarah lachte leise über die typische Antwort der Frau. »Ich habe keinen Bibliotheksausweis mehr, aber ich würde dieses Buch gern ausleihen.« Sie schob die Biografie über die Theke.

Mrs Parsons nahm das Buch und scannte es ein. »Du bist wahrscheinlich noch im System. Das dürfte kein Problem sein – es sei denn, es stehen noch unbezahlte Strafgebühren aus.«

Sarah schluckte schwer, als sie sich an eine Biografie von Marie Curie erinnerte, die zufällig mit in ihr Studentenzimmer gewandert war und nie wieder den Weg zurück in die Bibliothek von Brighton gefunden hatte. »Oh. Dann könnte es schwierig werden.«

Mrs Parsons schmunzelte. »Kein Grund zur Panik. Ich wollte dich nur aufziehen. Ich glaube, in ganz Brighton gibt es keinen Einzigen, der seine Bücher pünktlich zurückgibt.« Sie steckte eine Karte in das Buch und schob es ihr zu.

Dann zogen sich ihre Mundwinkel nach unten und sie berührte Sarahs Hand und drückte sie herzlich. »Es hat mir so leidgetan, als ich vom Tod deines Mannes hörte. Ich bete für dich.«

Sarah setzte ein trauriges Lächeln auf und gab die einzige Antwort, die ihr einfiel. »Vielen Dank.« Dann nahm sie das Buch, verabschiedete sich mit einem unsicheren Winken und begab sich zum Ausgang.

Als sie wieder im Laden ankam, überließ Oma ihr ihren Lieblingsplatz, die Kasse. Aber als es eine gute Viertelstunde ruhig im Laden blieb, überlegte sie, Oma im Lagerraum Gesellschaft zu leisten.

In diesem Moment klingelten die Glocken über der Tür und Clay trat ein. »Hallo, Sarah. Haben sich die Gemüter beruhigt, seit ich das letzte Mal hier war?«

Sarah stemmte die Hände in die Hüften. »Ja. Wenigstens ist es im Moment ruhig. Oma räumt im Lager auf und Mama hat sich ins Büro zurückgezogen. Es kracht zwar ein- bis zweimal am Tag, aber dann verpufft der Ärger wieder.«

Clay grinste. »Diese beiden Frauen lassen sich wirklich nichts gefallen. Kaum zu glauben, dass ein einziger Tante-Emma-Laden die beiden aushält.«

Sarah legte ihr aufgeschlagenes Buch mit den Seiten nach unten aufs Kassenband, um später weiterzulesen. »Das finde ich auch. Eigentlich müsste dieser Laden längst wie eine Rakete zum Mond fliegen.«

»Ich will dich nicht länger beim Lesen stören. Ich muss ein paar Sachen einkaufen und habe einige Fragen an deine Großmutter.« Er tippte an seinen verbeulten Hut und nahm einen Einkaufswagen.

Kurze Zeit später hörte sie Clays tiefe Stimme, die sich mit der ihrer Großmutter vermischte. Irgendetwas wegen des *Bauern-Almanachs* für dieses Jahr. Lächelnd verfolgte Sarah das freundschaftliche Gespräch. Über diese Geschichte wüsste sie gern mehr. Wie waren ihre betagte Großmutter und der Mann

Mitte dreißig, der neu in die Stadt gezogen war, so gute Freunde geworden?

Glory Ann trat an diesem Abend müde in ihr Haus. Als sie an einem Bild von Clarence vorbeikam, strich sie mit dem Finger über den unteren Rand des dünnen Goldrahmens. »Was soll ich machen, Clarence? Ich kann doch nicht einfach aufgeben. Du würdest bestimmt nicht aufgeben. Du hast nie aufgegeben. Weder bei mir noch bei unserem Laden. Aber ich bin nicht sicher, ob ich diesen Kampf ohne dich gewinnen kann.«

Auf dem Weg zur Küche betrachtete sie die Bilder an der Wand, die mit Schnappschüssen aus ihrem Leben tapeziert war. Obwohl sie an dem Tag, an dem sie mit neunzehn Jahren Clarence geheiratet hatte, die Hoffnung auf Glück aufgegeben hatte, hatte das Glück sie trotzdem gefunden.

Sie nahm das selbst gebaute Kaleidoskop vom Tisch auf dem Flur, spähte durch die Linse und drehte das kleine Rad, das mit gebrochenen Stücken aus buntem Glas bedeckt war. Es war eines von Clarence' letzten Geschenken gewesen. Aus diesen ganzen gebrochenen Stücken entstand jedes Mal, wenn sie das Rad drehte, etwas Neues und Schönes.

Traf sie die falsche Entscheidung? War es falsch, sich so vehement an das zu klammern, was früher gewesen war? Zu diesem Schluss käme sie vermutlich, wenn sie nicht den Schmerz in Sarahs Augen gesehen hätte. Dieses Mädchen brauchte die *Old Depot Grocery* genauso, wie Glory Ann sie vor vielen Jahren gebraucht hatte. Es lohnte sich, den finanziellen Ruin zu riskieren, wenn dieser alte Laden erneut Zuflucht für ein leidendes Herz sein konnte, das eine Beschäftigung für die Hände brauchte, während es sich durch seine Trauer kämpfte.

Das Klingeln des Telefons riss sie aus ihren Gedanken. »Hallo?«

»Ich setze wegen einer Notsituation ein Treffen des Pokerabends und Gebets- und Nähkreises an. Mable ist auch in der Leitung. Sag auch etwas, Mable.«

»Hallo, Glory Ann.« Mable klang genauso müde, wie sich Glory Ann fühlte. Vielleicht war sie aber auch nur verärgert, weil Paulette sie wieder in irgendeine Sache hineingezogen hatte.

Glory Ann schüttelte den Kopf. »Worum geht es denn, Paulette?« Es könnte alles Mögliche sein, angefangen bei intimen Details zum jüngsten Streit ihrer Nachbarn bis zu einem Sonderangebot im Cato-Modeladen.

»Das kannst du dir doch denken! Die ganze Gemeinde weiß Bescheid. Lissie Baker saß im Gottesdienst neben Clay und hat ihm schöne Augen gemacht, obwohl sie sich doch auf die Predigt konzentrieren sollte. Ich sage euch: Sie hat ein Auge auf diesen Jungen geworfen. Wir müssen etwas unternehmen.«

Glory Ann wäre beinahe herausgerutscht, dass Paulette das sicher nicht aufgefallen wäre, wenn sie sich selbst auf die Predigt konzentriert hätte, aber sie biss sich auf die Zunge. »Lissie ist eine nette junge Frau. Ich wünsche den beiden alles Gute.«

Paulette schnaubte. »Wie kannst du das nur sagen? Wir wissen doch alle, dass Sarah für ihn perfekt wäre. Glaubst du, sie könnte sich mit dem Gedanken anfreunden, wieder hierherzuziehen?«

Mable schaltete sich mit ihrer dünnen Stimme ein. »Paulette! Schäm dich. Sarah ist eine verheiratete Frau.«

Als es in der Leitung still wurde, bildete sich ein schwerer Stein in Glory Anns Magen. Das war nicht der erste Gedächtnisverlust, den Mable hatte. »Sarahs Mann ist gestorben, Mable. Aber du hast auf jeden Fall recht: Wir sollten uns in einer so sensiblen Sache auf keinen Fall einmischen.«

Glory Anns Handy auf dem kleinen Tisch blinkte auf und begann zu klingeln. »Mädchen, Jessamine meldet sich zu ihrem wöchentlichen Anruf. Ich habe keine Zeit, um über die arme Lissie Baker und ihre Liebeshoffnungen zu reden. Einen schönen Abend euch beiden!« Sie beendete das Gespräch am Festnetztelefon und meldete sich an dem Handy, das ihr Jessamine letztes Jahr zum Geburtstag gekauft hatte.

»Mama? Hier ist Jessie.«

»Hallo. Was gibt es bei dir Neues, mein liebes Mädchen?« Jessie war in diesem Jahr dreiundfünfzig geworden, aber für ihre Mutter bliebe sie immer das verträumte Mädchen mit den strahlenden Augen.

Glory Ann entspannte sich in ihrem Schaukelstuhl, während sie Jessies jüngsten Abenteuern lauschte. In ihrem Leben gab es immer etwas Neues. Sie zog neue Projekte für diese Elektronikfirma, die sie leitete, an Land oder kletterte auf Berge oder lernte surfen. Jessie war so ganz anders als der Rest der Familie. Glory Ann wollte gar nicht so tun, als verstünde sie das Leben, für das sich Jessie entschieden hatte, aber sie klang auf jeden Fall glücklich. Wenn nur Rosemary auch diesen inneren Frieden besäße, den ihre Schwester gefunden hatte.

Plötzlich sprudelten die Worte aus Glory Anns Mund und unterbrachen Jessies Schilderungen von ihrer Woche. »Rosemary will den Laden verkaufen.«

In der Leitung wurde es einen Moment lang still. »Ist das dein Ernst?«

Rosemary machte schon seit einem ganzen Jahr immer wieder Andeutungen in diese Richtung, aber in letzter Zeit hatte sich etwas verändert. »Leider ja. Ich verstehe sie nicht. Ich dachte immer, sie liebt den Laden. Sie hat sich immer so dafür eingesetzt. Sie hat ihr ganzes Leben in diesem Laden verbracht, genauso wie ich.«

»Ich hatte immer irgendwie das Gefühl, dass sie nur geblieben ist, weil sie wegen Vater Schuldgefühle hatte.«

Glory Ann verkrampfte die Hand um den Ausschnitt ihrer Bluse, als ihr Worte, die sie jahrzehntelang verfolgt hatten, durch den Kopf gingen. Worte, die sie inmitten ihres lähmenden Schmerzes zu ihrer ältesten Tochter gesagt hatte. Wenn sie die Zeit zurückdrehen und diese Worte zurücknehmen könnte, wäre alles vielleicht ganz anders.

»Bist du weggegangen, weil es nach seinem Tod zu schwer war hierzubleiben?« Glory Ann biss sich auf die Unterlippe. Sie hatte ihr Möglichstes getan, um die Lücke, die ihr Mann hinterlassen hatte, zu füllen. Aber Clarence hatte immer die Familie zusammengehalten, nicht sie.

Ein Seufzen drang an ihr Ohr. »Brighton war für mich nie das Zuhause, das es für dich und Rosemary ist. Ich wollte die ganze Welt sehen.«

»Ich wüsste einfach gern, was in sie gefahren ist.«

»Vielleicht hat sie endlich erkannt, dass man vor seinen Schuldgefühlen nicht weglaufen kann.«

Rosemary war definitiv nicht aus Hingabe an Glory Ann die ganzen Jahre hiergeblieben. Obwohl sie sich körperlich nahe geblieben waren, bestand selbst an den besten Tagen manchmal eine tiefe Kluft zwischen ihnen.

Rosemary behauptete immer, dass alles zwischen ihnen bestens wäre. Aber nach Clarence' Tod war etwas Unausgesprochenes passiert, das ihre schon vorher angespannte Beziehung verändert hatte. Doch wie konnte man etwas in Ordnung bringen, wenn der andere nicht sagte, was ihn verletzte?

Kapitel 12

März 1973

Mit dem Klemmbrett in der Hand durchquerte Glory Ann den schwach beleuchteten Lagerraum. Das Poltern von Jessamines und Rosemarys Füßen, die durch die leeren Gänge liefen, erfüllte die Luft. Die Mädchen waren heute so aufgekratzt. Es war für sie alle eine Erleichterung gewesen, als sie das Schild auf »Geschlossen« umgedreht hatte und die Mädchen endlich ungehindert durch den Laden laufen konnten.

Als sie die Bestände kontrolliert hatte, ging sie nach vorne in den Laden und nahm die Zeitung, die sie wegen des starken Kundenansturms am Morgen nicht hatte lesen können. Aber ihr war den ganzen Tag schon schwer ums Herz: Seit der Zeitungsjunge den heutigen Stapel abgeliefert hatte, ließ ihr die Schlagzeile keine Ruhe, die ankündigte, dass die letzten Kriegsgefangenen endlich nach Hause zurückkehrten. Der Schmerz in ihrem Herzen hatte einen Namen: Trauer.

Hatte sie sich die ganze Zeit unbewusst an die Vorstellung geklammert, dass irgendwie ein Irrtum passiert sein könnte? Sehnte sie sich in irgendwelchen Fantasien, die sie sich nicht einmal selbst eingestehen wollte, nach einem Alternativuniversum, in dem Jimmy aus heiterem Himmel wieder nach Hause kam und genauso aussah wie an dem Tag, an dem er in den Krieg gezogen war? In einer anderen Version des Lebens, in der sie immer noch auf ihn wartete?

Sie schüttelte den Kopf. Was wäre denn, wenn dieses Fantasieszenario tatsächlich eintreten würde? Sie war eine glücklich verheiratete Frau mit zwei Töchtern. Aber die Medaille hatte zwei Seiten: Einerseits wusste sie, dass sie reich gesegnet war, und doch sehnte sie sich manchmal nach etwas, das nicht sein konnte.

Die Glocke klingelte und Clarence kam durch die Ladentür. Sein Lächeln ließ ihr Herz augenblicklich leichter werden.

Er legte beide Hände wie einen Trichter um seinen Mund und rief: »Prinzessinnen der *Old Depot Grocery*, wo seid ihr?«

Kreischende Rufe, Lachen und das schnelle Trippeln von Füßen ertönten, als die Mädchen aus irgendeiner Nische auftauchten, in der sie gespielt hatten. Rosemary lief voraus. Sie lief, so schnell sie konnte, und versuchte immer, als Erste bei ihrem Vater anzukommen. Durch und durch ein Papamädchen.

Obwohl ihre Töchter bereits sieben und fünf waren, schwang der große Clarence in jedem Arm ein Mädchen hoch, als würden sie nicht mehr als ein Brotlaib wiegen. Das eine Mädchen hatte ungebändigte blonde Locken und blaue Augen. Das andere sah genauso aus wie Glory Ann in diesem Alter.

»Können wir jetzt nach Hause fahren? Wenn ich nicht bald etwas von der Suppe bekomme, die eure Mutter gestern gekocht hat, breche ich vor Hunger zusammen.«

Er stellte die Mädchen wieder auf den Boden und gemeinsam schalteten sie die Lichter im Laden aus und kontrollierten, ob alle Türen abgesperrt waren. Auf dem Weg zum Auto nahm er Glory Anns Hand in seine riesige Pranke. Während die Mädchen ins Auto stiegen und auf ihre Sitze kletterten, brachte Clarence Glory Ann mit einer sanften Geste zum Stehen. Seine Miene war so ernst, dass ihr Herz stockte. »Geht es dir gut, Glory Ann?«

Sie verzog die Lippen zu einem Lächeln. »Warum sollte es mir nicht gut gehen?«

Er legte den Kopf schief. »Ich habe die Zeitung auch gesehen.«

Das war also der Grund für die leichte Traurigkeit, die seine Mundwinkel nach unten zog. Ein kleiner Teil ihres Herzens würde Jimmy immer lieben, und das wusste Clarence. Aber ein riesengroßer Teil ihres Herzens liebte Clarence – mit einer großen, erfüllenden Liebe, die ihr Trost und Freude schenkte.

Glory Ann stieß ein Seufzen aus. Sie wollte ehrlich zu ihm sein. Sie waren immer ehrlich zueinander. Selbst wenn es schmerzte. »Es war hart, das zu lesen. Ich freue mich wirklich, dass die Männer nach Hause kommen. Und … es ist falsch, aber ich bin wahrscheinlich ein wenig eifersüchtig … als wäre ich um etwas betrogen worden.«

Clarence zuckte leicht. Es war nur eine winzige Bewegung an seinem Kinn, aber sie entging ihr trotzdem nicht.

Glory Ann wandte den Blick ab. »Es tut mir leid. Ich sollte so etwas nicht sagen. Es kommt nur einfach manchmal heraus, weil du der Einzige bist, bei dem ich seinen Namen aussprechen kann.«

»Es ist wirklich okay.«

Sie schüttelte den Kopf und aus diesem tief verdrängten Winkel in ihrem Herzen stiegen Tränen auf. »Nein, das ist es nicht. Diese Gefühle für Jimmy sind nur Gefühle. Gefühle, die auf einem Traum von vor langer Zeit basieren. Das, was wir, du und ich, miteinander haben, ist echt. Es ist der Alltag. Es ist ehrlich. Es tut gut. Es ist mein Zuhause. Dieser Krieg hat uns beide betrogen. Ich habe einen Jungen verloren, den ich sehr liebte. Und du … du hast dir beschädigte Ware aufgehalst.«

Er strich mit dem Daumen eine Träne von ihrer Wange. »Du bist Glory Ann und ich bin Clarence.« Er deutete zu den zwei Mädchen, die auf dem Rücksitz des Autos spielten. »Und das sind unsere geliebten Mädchen. Ich würde sagen, trotz aller zerbrochenen Teile haben wir ein wunderbares Leben.« Er legte ihre Hand auf seinen Arm. Sie gingen langsam weiter, um diesen stillen Moment noch ein wenig länger zu genießen.

»Ich würde dir einfach eine Version von mir wünschen, die nicht so verloren und verwirrt ist. Du verdienst eine Frau ohne gebrochene Stellen.«

Er zuckte die Achseln. »Glory Ann, sag mir ehrlich: Hättest du mich überhaupt wahrgenommen, wenn dich das Leben nicht gebrochen hätte?«

»Ich …« Sie klappte den Mund zu, denn sie wusste, dass er recht hatte, und sie hasste sich deshalb noch mehr.

Er schüttelte den Kopf. »Wenn wir durch eine gebrochene Linse schauen, können wir manchmal etwas Wunderbares und Unerwartetes sehen.«

Er hielt ihr die Autotür auf und küsste sie auf die Wange. »Ich liebe dich, Glory Ann.«

»Ich liebe dich auch.« Das war die Wahrheit. Sie liebte ihn wirklich sehr.

Während Glory Ann auf der Heimfahrt zuhörte, wie Clarence' schiefe Baritonstimme das Lied im Radio mitsang und Rosemary und Jessamine auf dem Rücksitz spielten, betete sie und ließ ein weiteres Stück ihres Schmerzes los.

Als sie die Stufen ihres kleinen blauen Hauses im Stil einer Ranch hinaufstiegen, lag ein Paket auf der Veranda. Glory Ann hob es auf.

»Was ist das?« Clarence trat hinter sie.

Sie drehte sich um und senkte die Stimme zu einem Flüstern. »Ein Geschenk von den Woodstons.«

Es war so hart gewesen, als das ältere Ehepaar an die Westküste gezogen war. Als würde Glory Ann Jimmy noch einmal verlieren. Sie hatten erklärt, dass es einfach zu schmerzhaft sei, in diesem Haus in Humboldt zu wohnen. Und sie hatten Verwandte, die im Nordwesten an der Pazifikküste wohnten. Manchmal schickten sie jedoch immer noch kleine Geschenke und fügten liebevoll auch etwas für Glory Anns beide Töchter bei. Ihre Liebe war so treu und herzlich, ganz anders als Glory Anns Eltern, die ihre Großelternrolle so problemlos abgegeben hatten.

Sie nahm das Paket mit ins Haus und trat an den Herd, um den Eintopf aufzuwärmen.

Clarence und die Mädchen spielten im Wohnzimmer. Er knurrte wie ein Ungeheuer. Die Mädchen kicherten und kreischten.

Glory Ann holte ein Messer aus der Schublade und schlitzte das Klebeband auf. Eine Nachricht lag obenauf.

Liebe Glory Ann Clearwater,

ich muss Ihnen leider mitteilen, dass James und Aurilee Woodston plötzlich und unerwartet gestorben sind. Unter ihren Sachen haben wir diesen kleinen Porzellanhund gefunden; er lag in einer Schachtel, auf der Ihr Name stand. Wir vermuten, dass Sie eine Freundin von früher sind, und wollten Ihnen diesen Hund zukommen lassen.

Glory Ann verkrampfte die Hand um das Papier. Clarence kam in die Küche. »Ich habe die Mädchen ins Badezimmer geschickt, damit sie sich vor dem Essen die Hände waschen.« Er öffnete den Küchenschrank und holte vier Schüsseln heraus. »Glory Ann, was ist los?«

Sie löste sich aus ihrer Erstarrung und sein sanfter Tonfall linderte ihren Schock. »Das Paket, das auf der Veranda lag. Darin befand sich eine Nachricht. Jimmys Eltern … sie sind gestorben.«

»Oh, das tut mir sehr leid.« Er zog sie in seine Arme.

Ihre zwei Töchter stürmten in die Küche. Eine von ihnen war die letzte Verbindung zu Jimmy, die ihr auf dieser Erde geblieben war.

Später, als alle im Haus schliefen, schlich sie in die Küche zurück. Sie nahm den sorgfältig eingepackten Gegenstand aus der Schachtel. Schicht für Schicht Verpackungsmaterial. Darin lag ein kleiner Porzellanhund. Er hatte große blaue Augen und hängende Schlappohren. Er sah genauso aus wie der hässliche Mischlingshund, der Jimmy immer überallhin nachgelaufen war.

Sie vergrub das Gesicht in einem Geschirrtuch, um ihr Schluchzen zu ersticken. Dieser Hund war bei Jimmys Trauerfeier auf sein Grab gestellt worden. Er gehörte zu den wenigen Dingen, die ihr an jenem dunklen Tag ein Lächeln entlockt hatten – ein kleiner hässlicher Jagdhund, der zwischen den ganzen schönen Blumengestecken gesessen hatte. Das hätte Jimmy bestimmt gefallen.

Glory Ann setzte sich auf den Küchenstuhl, befühlte das glatte Porzellan, das kühl in ihren Händen lag, und weinte um die Familie, die sie seit Jimmys Tod Stück für Stück verloren hatte. Jetzt war nur noch ihre Tochter übrig.

Kapitel 13

Heute

Am frühen Mittwochmorgen zog Sarah ihre grüne Schürze über, drehte das Schild an der Tür auf »Geöffnet« und sperrte die Ladentür auf. Dann drehte sie an dem großen Knopf des alten Röhrenradios, bis sie einen Sender mit Rock-Oldies fand, und stellte die Lautstärke höher.

Mama und Oma hatten unbedingt kommen und helfen wollen, aber schließlich hatten sie sich überzeugen lassen, dass beide einen freien Vormittag vertragen konnten. Gott sei Dank, denn einen erneuten Streit zwischen den beiden hätte sie nicht verkraftet.

Sie setzte sich auf den Hocker und betrachtete die Regale, die jetzt wieder voll waren. Oma hatte als Geschäftsführerin eine Entscheidung getroffen und die Verantwortung übernommen, Waren zu bestellen. Sarah und sie hatten gestern bis spätabends die Regale aufgefüllt und alles für heute vorbereitet. Jetzt müssten nur noch Kunden kommen!

So gern sie Oma auch unterstützen wollte, konnten sie nicht einfach so weitermachen wie bisher und andere Ergebnisse erwarten. Sie wollte von ganzem Herzen glauben, dass der Untergang des Ladens nicht unabwendbar war, aber sie sah keine Lösung.

Sie nahm ihre neueste Errungenschaft aus der Bibliothek, *Ich weiß, warum der gefangene Vogel singt*, zur Hand. Der Schmerz, die Hoffnung und die Stärke, die aus Maya Angelous Worten sprachen, erhoben sich von den Seiten, legten sich um Sarahs eigenen Schmerz und trösteten sie.

Als die Glocken über der Ladentür klingelten, blickte sie auf.

Eine betagte Frau, wahrscheinlich ein wenig älter als Oma, trat mit gekrümmtem Rücken und einer Einkaufstasche, die an ihrem Arm hing, ein. Ms Mable Lee gehörte zu Omas Freundinnengruppe, die gleichzeitig ein Nähkreis, ein Gebetskreis und eine Klatschrunde war, obwohl Oma – wenn auch bislang erfolglos – versuchte, sie in diesem letzten Punkt zu reformieren.

Ms Mable blickte auf. »Sarah Anderson? Bist du das?«

Sarahs eingeübtes Lächeln verblasste, als sie ihren Geburtsnamen hörte. »Ja, Ma'am. Es freut mich sehr, Sie zu sehen. Meine Güte, Sie sehen ja noch jünger aus als das letzte Mal, als ich hier war. Was ist Ihr Geheimnis?« Sie trat hinter der Kasse hervor, zwinkerte der älteren Dame verschwörerisch zu und umarmte sie herzlich.

»Ach, hör auf. Du weißt doch ganz genau, dass du keine Lügen verbreiten sollst, junge Dame.« Ms Mable schlug scherzhaft auf Sarahs Arm, ihr Mund verzog sich aber zu einem Grinsen.

Sarah begleitete sie durch die Gänge, bückte sich, um Dinge aus den untersten Fächern zu nehmen, oder streckte sich, um Waren von oben zu holen, an die Mable nicht herankam. Dann ging Sarah zur Feinkosttheke hinten im Laden und schnitt ihr ein halbes Pfund geräucherten Truthahnschinken und einen würzigen Cheddarkäse auf. Während der ganzen Zeit hörte sie sich Mables Erzählungen von ihren Kindern, Enkeln und den erst kürzlich geborenen Urenkeln an.

»Hier geht es sehr ruhig zu. Besonders jetzt, seit der neue Laden *Shop n' Go* aufgemacht hat«, bemerkte Sarah, während sie Ms Mable mit ihren beladenen Einkaufstaschen nach vorne begleitete. »Sie wohnen näher bei dem neuen Laden, nicht wahr? Warum kaufen Sie nicht dort ein?«

»Ah, ich lebe lang genug, um nicht zu viel auf glänzende neue Sachen zu geben.« Sie grinste zu Sarah hinauf. »Glänzende Sachen sind zwar manchmal ganz nett, aber ich komme wegen der Menschen hierher.«

Die Sehnsucht in Mables Stimme zehrte heftig an Sarahs Herzen.

Sie trat hinter die Kasse, nahm eine Konservendose nach der anderen, suchte das grellorange Preisschild und tippte den Preis in die gebogene Kasse ein, die mindestens aus den 1950er-Jahren stammen musste. Sie liebte die schweren, mechanischen Knöpfe unter ihren Fingern. Sie waren etwas Solides und Greifbares.

»Ms Mable, haben Sie eine Idee, wie wir die Leute wieder in den Laden holen können?«

Sarah packte die Lebensmittel in die große Jutetasche der alten Frau.

Ms Mables zittrige, mit Leberflecken übersäte Hände nahmen eine Schachtel Kräcker, um ihr beim Einpacken zu helfen. »Es ist schwer, Menschen zu einem langsameren Tempo zu bewegen, wenn sie keinen Grund dafür sehen. *Mehr, größer, schneller* ist leider das Motto unserer Zeit.«

Gemeinsam schlenderten sie zu Mables Auto hinaus. Sarah trug die schwere Tasche und stellte sie dann vorsichtig auf den Rücksitz. Bevor Mable die Fahrertür öffnete, umarmte sie Sarah noch einmal. »Ich hoffe, du bleibst eine Weile. Weißt du, Brighton wäre ein netter, ruhiger Ort für eine Familie.«

»Ähm …«, stammelte Sarah. War die Nachricht irgendwie an Ms Mable vorbeigegangen? Es gäbe keine Familie. Und selbst wenn es eine gegeben hätte, hätte Aaron nie gewollt, dass seine Kinder hier aufwachsen würden. Er hätte sie an die angesehensten Privatschulen geschickt. Er hätte dafür gesorgt, dass sie in Schwimmmannschaften Pokale abräumten. In Tennisteams Erfolge verbuchten. Ganz abgesehen davon, dass er hier beruflich keine Perspektive gesehen hätte. Ihre Kinder hätten nie in Brighton aufwachsen können. Das Leben hier war anders. Nicht besser oder schlechter. Einfach anders. Inkompatibel.

Als Mable wegfuhr, traf Oma ein. Sie trat neben Sarah und hob die Hand, um ihrer Freundin nachzuwinken. »Schade, dass ich Mable verpasst habe. Sie kam heute früher als sonst.« Oma legte eine Hand auf Sarahs Schulter. »Falls sie etwas Sonderbares gesagt hat, musst du nachsichtig sein. Mir ist aufgefallen, dass sie anfängt, vergesslich zu werden.« Oma atmete zittrig ein. »Vielleicht ist es mir deshalb so wichtig, diesen Laden zu erhalten. Weil ich denke, wenn ich jeden Tag die Tür aufsperre und diese Schürze umbinde, werden die vielen kleinen Einzelheiten meines Lebens nicht aus meinem Gedächtnis verschwinden.« Sie lächelte Sarah mit traurigen Augen an und ging dann in den Laden.

Ein paar weitere Autos fuhren auf den Parkplatz und Sarah folgte Oma, um den nächsten kleinen Kundenstrom zu bedienen.

»Wann willst du es ihr sagen, Rosemary? Wann willst du beiden die Wahrheit sagen?«

Mit steifem Rücken drehte sich Rosemary zu Bo herum, das Geschirrtuch in der einen Hand und einen tropfenden Teller in der anderen. »Jetzt noch nicht. Sonst bleibt Sarah hier. Sie darf nicht hierbleiben. Und Mama …« Sie wusste selbst nicht genau, warum sie ihre Mutter noch nicht über ihre Diagnose informiert hatte. Wenn sie es nicht laut aussprach, würden die Symptome vielleicht nicht über das gelegentliche Kribbeln und die Taubheit in ihren Händen oder die Steifheit in ihren Beinen hinausgehen.

Bo stand auf und nahm ihr das Geschirrtuch und den Teller ab. Er legte beides auf die Arbeitsplatte und ergriff dann ihre Hände. Sie wurde reflexartig steif, um nicht zusammenzubrechen. Aber heute war Bo da. Vor ihr lagen noch viele Tage, an denen sie stark sein musste, an denen sie sich gegen die Verzweiflung wappnen musste, die sich anschleichen wollte. Sie lehnte sich in seine Arme und stellte sich einen Moment lang vor, dass seine starken Arme sie tatsächlich vor der Multiplen Sklerose schützen könnten, die bei ihr erst spät auftrat.

Mit der Wange an seinem Flanellhemd beruhigte sich ihr Atem und passte sich seinem gleichmäßigen Ein- und Ausatmen an, bevor sie die Frage stellte, die sich von Sonnenaufgang bis Sonnenuntergang wie ein Refrain in ihrem Kopf wiederholte. »Bin ich egoistisch?«

Bo zog den Kopf zurück und legte seine großen, vom Arbeiten schwieligen Hände an ihre Wangen. Seine sanften, freundlichen Augen schauten sie durchdringend an. »Du tust das, was du immer tust. Du versuchst sicherzustellen, dass alle gut versorgt sind. Aber das wissen sie nicht, weil du ihnen nicht alles erzählst.«

Rosemary trat zurück und ging in der kleinen Küche auf und ab. »Es spielt keine Rolle, was sie von mir denken, solange das geschieht, was geschehen muss.«

Er verschränkte die Arme vor seiner Brust und lehnte sich an die Arbeitsplatte. »Ich glaube, es ist dir trotzdem wichtig.«

Rosemary seufzte schwer. »Ich muss einfach dafür sorgen, dass Sarah nach Illinois zurückfährt und sich wieder auf das Leben konzentriert, das gut für sie ist. Sie hat dort Beziehungen, vielleicht könnte sie in dem Krankenhaus, in dem sie Mitglied im Aufsichtsrat war, eine Stelle in der Krankenhausleitung bekommen. Oder etwas in der Finanzwelt machen. Aaron hat viele einflussreiche Leute gekannt.« Sie rang die Hände, die vom Geschirrspülen noch ganz feucht waren. »Ich will nicht, dass sie meinetwegen das Leben aufgibt, das sie sich aufgebaut hat.«

Bo räumte einen hohen Stapel Teller weg. »Erstens: Ich kenne zwar nicht alle Einzelheiten, aber ich glaube nicht, dass Aaron Sarah mittellos zurückgelassen hat. Ich bin ziemlich sicher, dass sie genug finanziellen Spielraum hat, um sich ihre nächsten Schritte in Ruhe überlegen zu können. Zweitens, und das ist viel wichtiger: Was ist, wenn sie hierbleiben und für dich da sein will?«

Sie schüttelte den Kopf. »Das denkt sie vielleicht jetzt, in diesem flüchtigen Moment, in dem alles auseinanderbricht, aber Sarah ist für Größeres und Besseres bestimmt als für das, was ihr Brighton bieten kann.«

Bos Hand erstarrte im Küchenschrank. »Würdest du hierbleiben, wenn du die Zeit zurückdrehen könntest? Würdest du alles wieder genauso machen?«

»Welche Rolle spielt das schon? Wir können die Zeit nicht zurückdrehen.« Ein tiefer Schmerz pochte in ihrer Brust. »Die eine Entscheidung, die ich mehr als alles andere bereue, kann ich nicht ungeschehen machen. Und da ich das nicht kann, ist alles andere irrelevant. Ich musste mich um den Laden kümmern. Um Mama.« Sie schaute in seine grauen Augen und drückte seine Hand. »Außerdem würde ich uns beide niemals ungeschehen machen wollen.« Ihre Kehle schnürte sich zusammen und ihre Stimme wurde leise und rau. »Ich will nur einfach nicht, dass Sarah glaubt, sie müsste meinetwegen hierbleiben.«

Er legte die Hände auf ihre Schultern. »Ich bemühe mich, einen Weg zu finden, damit ich öfter zu Hause sein kann. Ich werde für dich da sein. Und du wirst diese gesundheitlichen Probleme meistern. Was sagt deine Mutter immer?« Er tippte mit dem Zeigefinger an sein Kinn. »Du bist ein Clearwater-Mädchen. Und Clearwater-Mädchen sind aus hartem Holz geschnitzt.«

Er lehnte seine Stirn an ihre. »Es wird sich eine Lösung finden.«

Kapitel 14

Juli 1975

Brathähnchen und Kartoffelbrei. Etwas Besseres als den Sonntagabend gab es nicht – am Küchentisch zu sitzen, während Mama kochte und im Radio Gospelmusik lief.

Rosemary saß mit ihrem Zeichenblock und einem kleinen Porzellanhund am Tisch. Den Jagdhund hatte Mama von Freunden geschenkt bekommen. Rosemary versuchte, die Traurigkeit des kleinen Hundes in ihren Zeichnungen einzufangen, aber obwohl sie diese betrübten Augen immer wieder zeichnete, konnte sie das Original einfach nicht treffend wiedergeben.

»Möchtest du ihn haben?«

Rosemary hob den Kopf.

Mama schaute sie an, den Kochlöffel in der Hand, das Haar unter einem roten Tuch mit weißen Punkten zurückgebunden. »Den kleinen Hund. Möchtest du ihn haben?«

Ein warmes Gefühl breitete sich in Rosemarys Brust aus. »Ich?«

Mama lächelte und nickte, aber ihre Augen waren gequält. »Du scheinst ihn sehr zu mögen. Er gehört dir.«

»Ich werde ganz vorsichtig sein.« Rosemary sprang auf und schlang die Arme um ihre Mutter.

»Ach, lass mich wieder los. Ich muss aufpassen, dass mein Hähnchen nicht anbrennt.«

Mama klang rau, aber sie meinte es nicht so. Das war einfach ihre Art, sagte Papa. Außerdem hatte sie Rosemary etwas Wertvolles geschenkt, obwohl sie nicht Geburtstag hatte, und sie hatte nicht einmal gesagt, dass Rosemary mit Jessamine teilen musste.

Rosemary nahm den kleinen Jagdhund vom Tisch und lief in ihr und Jessamines Kinderzimmer, um den perfekten Platz für ihn zu finden. Einen Platz, wo er sicher wäre. Wo sie ihn anschauen und sich immer an dieses angenehme warme Gefühl in ihrem Bauch erinnern konnte.

Papa saß in seinem Lieblingssessel und las Zeitung. Sie sprang zu ihm. »Papa, schau, was mir Mama geschenkt hat! Sie hat gesagt, dass der Hund jetzt mir gehört.«

Er legte die Zeitung weg und zog Rosemary auf seinen Schoß. »Meine Güte, was für ein schönes Hündchen du da hast.«

Rosemary warf einen Blick auf Jessamine, die auf dem Teppich saß und mit ihren und Rosemarys Puppen spielte. Eine war blond und die andere brünett, genauso wie sie beide. Jessamine verdrehte die Haare der blonden Puppe ein wenig zu heftig. Rosemary wollte sie gerade darauf aufmerksam machen, doch dann strich Papa eine Locke aus ihrem Gesicht. »Sei mit dem kleinen Hund vorsichtig. Er ist zerbrechlich.«

»Ja, das weiß ich, Papa. Ich werde ganz vorsichtig sein. Er bedeutet Mama viel und sie hat ihn mir geschenkt, damit ich gut darauf aufpasse. Ich will gleich einen guten Platz für ihn finden.«

Im Kinderzimmer räumte Rosemary das Regalfach über ihrem Bett leer und stellte den Hund neben einige ihrer anderen Lieblingsfiguren. Das war der perfekte Platz. Selbst wenn der Hund aus dem Regal fallen sollte, würde er auf dem Bett weich landen.

Mama hatte sie ausgewählt, um auf dieses besondere Geschenk aufzupassen. Nur sie. Rosemary legte sich auf ihr Bett zurück und konnte einfach nicht aufhören zu lächeln.

Mamas melodische Stimme drang durchs Haus. »Mädchen, wascht euch die Hände und kommt zum Essen.«

Rosemary hüpfte ins Badezimmer. Als sie mit frisch gewaschenen Händen zurückkam, stand Jessamine im Türrahmen ihres gemeinsamen Zimmers. Sie hielt den kleinen Jagdhund in ihren schmutzigen Händen.

»Jessamine, stell meinen Hund zurück! Er gehört mir. Das hat Mama gesagt.«

Jessamine schaute sie finster an. »Ich wollte ihn nur ansehen. Er ist so ein hässlicher, alter Hund.«

»Mir gefällt er. Deshalb hat ihn Mama auch mir gegeben und nicht dir.« Was Jessie sagte, interessierte sie nicht. Rosemary wusste, dass der kleine Hund etwas Besonderes war, denn manchmal beobachtete sie, wie Mama ihn anschaute, als befände sie sich an einem anderen Ort und in einer anderen Zeit. »Ich habe gesagt, dass du ihn zurückstellen sollst.«

Jessamine betrachtete den Hund und eine düstere Miene verdunkelte ihre engelhaften Gesichtszüge. Sie hob den Hund hoch und ließ ihn fallen. Rosemary machte einen Satz nach vorne. Der Hund schien im Zeitlupentempo zu fallen, aber sie konnte sich trotzdem nicht schnell genug bewegen, um ihn aufzufangen.

Der Porzellanhund zerschellte mit einem lauten Krachen auf dem Linoleumboden. Rosemary sank auf die Knie. Unter den eiligen Schritten ihrer Eltern vibrierte der Boden.

»Was ist passiert?« Die Stimme ihrer Mutter war ganz schrill.

Rosemary konnte ihr keine Antwort geben. Sie hatte etwas Kostbares besessen und hatte es nicht geschafft, es länger als eine Minute zu beschützen.

»Ich habe den Hund versehentlich fallen gelassen.« Jessamines Stimme klang zuckersüß und zerknirscht.

Tränen schossen Rosemary in die Augen und liefen über ihre Wangen. Ihr Vater ging neben ihr in die Hocke und streichelte ihren Rücken. Worte explodierten heiß wie ein glühendes Feuer in Rosemarys Kopf. *Jessamine hatte den Hund absichtlich fallen gelassen.* Sie war eifersüchtig gewesen, weil Rosemary eine Sekunde lang etwas gehabt hatte und sie nicht.

Sie kniff die Lippen zusammen, um ihre Worte zurückzuhalten. Jessamine würde die Wahrheit abstreiten. Wenn Mama Jessamines Worten mehr glaubte als ihren, würde ihr das noch mehr wehtun, als damit zu leben, dass dieses Unrecht an dem kleinen Hund nicht gesühnt wurde.

Mama sagte nur: »Tsss.« Rosemary hob den Kopf. Ihre Mutter stemmte die Hände in die Hüften. »Das lässt sich nun nicht mehr ändern. Passt auf, dass ihr euch keine Scherben eintretet, Mädchen, und geht zum Tisch. Ich mache das hier sauber.«

Rosemarys Beine wollten sie nicht tragen.

Mama war der kaputte Hund wichtig gewesen. Wirklich. Warum tat sie jetzt so, als wäre er ihr völlig gleichgültig?

Papa half Rosemary auf die Beine. Sie stieg über die kaputten Teile und folgte Jessamine, die unbeschwert zum Tisch hüpfte und eine fröhliche Melodie summte.

Vielleicht hatte Mama Rosemary den Hund in Wirklichkeit nur deshalb gegeben, weil sie ihn gar nicht wollte.

Papa füllte ihre Teller. Bevor sich Mama zu ihnen setzte, öffnete sie den Abfalleimer und wollte die Scherben hineinwerfen. Doch dann hielt sie inne, klappte den Deckel wieder zu und legte die Kehrschaufel mit den Scherben darauf.

Mama stand mit dem Rücken zu ihnen und tupfte sich mit einem Küchenhandtuch die Augen ab. Dann setzte sie sich und ihr Gesicht war so ruhig wie ein stiller See an einem kühlen Sommertag. Sie beugten die Köpfe und hielten sich an den Händen, während Papa das Tischgebet sprach.

Glory Ann wachte mitten in der Nacht auf. Sie tastete nach der Stelle neben sich, wo normalerweise ihr Mann schlief, und stellte fest, dass sein Platz leer war. »Clarence?«, flüsterte Glory Ann in die Dunkelheit hinein. Sie schlich durch den Flur und folgte dem Lichtschein. Clarence saß mit dem Rücken zu ihr vornübergebeugt am Küchentisch. Seine Schreibtischlampe stand neben ihm auf dem Tisch.

Als sie eintrat, hob er den Kopf und blickte sie über den Rand seiner Brille an.

Sie schüttelte den Kopf. »Ich hätte es wissen müssen.«

Er lächelte sie schwach an. »Ich kann einfach nicht aus meiner Haut.«

Sie setzte sich neben ihn und betrachtete die Scherben, die Klebstoffflasche und seine Pinzette. »Du hättest die Scherben einfach wegwerfen sollen.«

Er zog eine Braue hoch. »Du hast sie auch nicht weggeworfen. Mehr brauchte ich nicht zu wissen. Die arme Rosemary. Sie hatte sich so gefreut, weil du ihr diese Figur geschenkt hast.«

Glory Ann aber kannte seine wahren Beweggründe. Er saß hier und strapazierte seine Augen und seine Geduld um Glory Anns willen. Er versuchte immer, ihre zerbrochenen Teile wieder zu kitten. »Du würdest für dieses Mädchen alles tun.«

»Sie hat mich seit dem ersten Tag um den Finger gewickelt.«

»Glaubst du, Jessamine hat ihn absichtlich fallen gelassen?«

Er klebte eine weitere winzige Porzellanscherbe an und hielt sie fest, bis der Klebstoff anzog. »Vielleicht. Ich hoffe nicht. Es ist wirklich traurig, dass sie nicht besser miteinander auskommen.«

»Ich bemühe mich so sehr, beide gleich zu behandeln.«

Er lächelte sie liebevoll an. »Aber sie sind nicht gleich. Vielleicht ist es auch ganz gut so. Wenn du Rosemary anschaust, siehst du immer auch Jimmy, und das ist gleichzeitig mit schönen und mit traurigen Gefühlen verbunden. Vielleicht sollten wir aufhören, uns so sehr anzustrengen. Und einfach akzeptieren, dass die beiden verschieden sind.«

Ihr Kinn zitterte. »Danke.«

»Wofür, Liebes?«

»Dafür, dass du der Klebstoff bist.« Glory Ann schaute ihm in die Augen.

Seine Mundwinkel hingen einen Moment nach unten und er legte die geklebten Teile auf die Zeitung, mit der er den Tisch ausgelegt hatte. Er nahm ihre Hände. »Ich weiß, dass ich nicht deine erste Liebe oder deine romantischste Liebe bin. Aber ich liebe dich und du liebst mich. Und das ist für diesen alten Jungen vom Land mehr als genug.«

Er schaltete das Radio ein und zog sie auf die Beine. Gemeinsam wiegten sie sich zu den knisternden Klängen eines Liebeslieds.

Bis tief in die Nacht schmiegte sie sich in Clarence' Arme und sehnte sich kein einziges Mal nach dem blonden blauäugigen Jungen, den sie früher einmal geliebt hatte. Wie könnte sie das auch, wenn sie von dem Mann, der sie in den Armen hielt, so sehr geliebt wurde? Clarence irrte sich. Er und sie schrieben miteinander die schönste Liebesgeschichte.

Sie warf einen Blick auf die zerbrochenen Scherben des Porzellanhunds, die auf dem Tisch ausgebreitet waren. »Klebe ihn nicht zusammen, Clarence. Ich will nicht, dass du das weiterhin machen musst. Du brauchst die kaputten Teile meiner Vergangenheit nicht länger zusammenzufügen.«

Er reichte ihr lächelnd die Flasche mit dem Klebstoff. »Und wenn wir es zusammen machen?«

Kapitel 15

Heute

Sarah saß auf einem Hocker hinter der Kasse, knabberte Salzkräcker und schaute sich mit den Kopfhörern in den Ohren die neueste Folge von *In einer Minute verheiratet* auf ihrem Smartphone an, um der Langeweile zu entfliehen. Sie würde nie zugeben, dass sie diese melodramatische, chaotische Realityshow ansah. Aber die Hintergrundgeschichten von Menschen, die bereit waren, einen anderen Menschen zu heiraten, den sie erst seit sechzig Sekunden kannten, interessierten sie. Außerdem lenkte die Show sie gut von ihren eigenen Problemen ab.

Die Glocken über der Ladentür klingelten. Sarah drückte auf »Pause«, obwohl die Braut jeden Moment zum Altar schreiten würde. Ms Paulette betrat den Laden. Mit einem breiten Lächeln winkte sie Sarah zu. »Ich habe gehört, dass du wieder in Brighton bist. Die kleine Sarah Anderson, die das Familienerbe weiterführt.«

Sarah stand auf. »Hallo, Ms Paulette. Wie geht es Ihnen?«

»Ich kann mich nicht beklagen. Und dir?« Sie kam in ihren schwarzen Lackschuhen und ihrem wadenlangen Rock auf sie zu.

»Mir geht es gut.« Abgesehen davon, dass sie nichts essen und nicht schlafen konnte. Ganz zu schweigen davon, dass sie in den langen Phasen, die sie nachts wach im Bett lag, ihr letztes Gespräch mit ihrem Mann ständig in Gedanken wiederholte und eine nicht vorhandene Botschaft zwischen den Zeilen heraushören wollte.

»Aaron …« Worte lagen ihr auf der Zunge. Worte, die ihn anflehen wollten, bei ihr zu bleiben, den Notfall auf der Arbeit einfach zu ignorieren. Die Sehnsucht, dass er sich für sie entscheiden und an ihrem Hochzeitstag bei ihr bleiben würde.

Er hielt inne und sein attraktives Gesicht wirkte angespannt und müde. »Ja, Schatz?«

»Ach nichts.«

»Okay.«

Aaron. Ja, Schatz. Ach nichts. Okay.

Sechs Wörter. Dann war er fort gewesen.

Aber das wollte Paulette sicher nicht hören. Sarah riss sich von ihren Erinnerungen los und kehrte in die Gegenwart zurück. Sie nippte an ihrem Gingerale und lächelte unsicher.

Paulette legte den Kopf schief und musterte Sarah. »Habe ich dir eigentlich erzählt, dass ich in jungen Jahren Krankenschwester auf der Entbindungsstation war? Ich hatte Dienst, als deine Mutter und deine Tante geboren wurden. Ich war auch dabei, als du geboren wurdest. Es ist wirklich schade, dass ich in den Ruhestand geschickt wurde.« Sie deutete auf Sarahs Bauch. »Ich hätte sehr gern Dienst, wenn dein Baby kommt.«

Sarah verschluckte sich. Das Gingerale brannte in ihrer Nase. »Aber, Ms Paulette, ich bin nicht …« Sarah legte eine Hand auf ihren flachen Bauch. Waren denn alle alten Leute in Brighton verwirrt?

Paulette legte den Kopf zur Seite. »Bist du dir da sicher, Liebes? Denn du siehst ganz danach aus.« Ihr Blick wanderte zu der weißen Plastiktüte mit den Salzkräckern und der Limonade neben der Kasse.

»Ja, ich bin mir sicher. I-ich weiß nicht, ob Mama es Ihnen erzählt hat, aber ich habe meinen Mann vor etwas über einem Monat verloren. Mein empfindlicher Magen ist nur eine Folge der Trauer.« Warum sagte sie das? Sie war niemandem eine Erklärung schuldig.

»Deine Mutter hat das erwähnt. Herzliches Beileid. Aber wer weiß? Manchmal segnet uns Gott inmitten eines bitteren Verlusts mit etwas Süßem.«

Süß? Wie in aller Welt sollte es süß sein, mit dem Kind eines Mannes schwanger zu sein, der gestorben war, bevor sie die Gelegenheit gehabt hatte, ihn zu verlassen? Sarah zwang sich zu einem angespannten Lächeln. »Kann ich Ihnen bei Ihren Einkäufen helfen?«

»Nein, meine Liebe, das ist nicht nötig. Ich brauche nur ein paar Sachen, und die finde ich selbst.«

Als Ms Paulette im ersten Gang verschwand, nahm Sarah eine Zeitschrift, setzte sich und blätterte die Seiten durch, ohne jedoch irgendetwas auf den Hochglanzseiten wahrzunehmen. Die plaudernden Stimmen der Kunden, die in den Laden kamen, und Omas fröhliches »Hallo« wurden neben den lärmenden Gedanken in Sarahs Kopf zu entfernten Hintergrundgeräuschen.

Ms Paulette war eine eigenbrötlerische alte Frau. Kein Wunder, dass man sie in den Ruhestand geschickt hatte. Sarah war nicht schwanger – das konnte einfach nicht sein! Sie versuchte, die Wochen zurückzuzählen, um herauszufinden, ob die Worte der pensionierten Krankenschwester möglicherweise zutreffen könnten. Aber die Tage und Wochen verschwammen ineinander und ergaben keinen zusammenhängenden Zeitstrahl.

Sarah gab die Waren von drei Kunden in die Kasse ein und begrüßte ein Paar, das den Laden betrat, nahm aber nicht wirklich wahr, wer diese Leute waren. Sie war viel zu sehr mit der aufwühlenden Vorstellung beschäftigt, dass sie womöglich doch mit Aarons Kind schwanger sein könnte.

Ms Paulette kam an die Kasse. Sie legte Nudeln und die nötigen Zutaten für eine Bolognesesoße auf das Kassenband.

Sarah lächelte, weigerte sich aber, der Frau in die Augen zu schauen, da sie plötzlich das irrationale Gefühl hatte, Ms Paulette könne Dinge sehen, die Sarah niemandem verraten wollte. Sie rechnete die Summe der Einkäufe zusammen und gab dann Ms Paulette das Wechselgeld heraus.

Die Glocken über der Tür klingelten und Clay betrat den Laden.

Ms Paulette räusperte sich und legte eine schmale rosa Schachtel, die in eine Plastikfolie eingeschweißt war, auf das Kassenband. »Und das, meine Liebe, ist für dich. Ein Strich für negativ. Zwei Striche für positiv.«

Mit glühendem Gesicht hob Sarah das Kinn und sah, wie Clay eilig hinter einem Regal verschwand und auf den hinteren Teil des Ladens zusteuerte.

Sarah starrte ihm nach und knirschte mit den Zähnen. Ihre Mutter hatte sie dazu erzogen, Ältere immer mit Respekt zu behandeln, aber die Art, wie sich diese Frau in das Leben anderer Leute einmischte, war wirklich unerträglich.

»Das ist die zuverlässigste Marke, wenn du mich fragst. Viel Glück!« Ms Paulette schlenderte zum Ausgang und verließ den Laden.

Sarah nahm die Schachtel des Anstoßes mit einer schnellen Handbewegung vom Kassenband und warf sie in den Behälter zum Wiederauffüllen der Regale, bevor jemand den Schwangerschaftstest sehen konnte. Bestand die Chance, dass Clay diese kurze Szene entgangen sein könnte?

Die Wände um sie herum wurden erdrückend und die Zeit verging viel zu langsam. Sie konnte nicht länger hier stehen und sich von dieser rosa Schachtel provozierend anstarren lassen. Sie musste etwas tun.

Um sich abzulenken, nahm sie das dünne Telefonbuch und suchte die Nummer der Zeitungsredaktion. Was du heute kannst besorgen … Sie konnte die Zeitungsannonce für die Steakaktion aufgeben, bevor die Redaktion für heute schloss. Sie lachte bei sich. Wann hatte sie das letzte Mal ein Telefonbuch in der Hand gehabt?

Sarah wählte die Nummer der Zeitungsredaktion.

»Hallo, hier ist die *Brighton Daily Post*. Sandy am Apparat. Was kann ich für Sie tun?«

Sarah war völlig überrumpelt. Sie hatte erwartet, dass sie 1 für Englisch, dann 3 für die Anzeigenabteilung und 5 für irgendetwas anderes drücken müsste.

»Ha-hallo. Ich bin Sarah …« *Ashby oder Anderson? Ashby oder Anderson?*

»Hallo? Sind Sie noch da?«

Nein. »Ja. Entschuldigung. Hier ist Sarah von der *Old Depot Grocery*. Ich möchte eine Anzeige für eine Aktion aufgeben. Nächste Woche verschenken wir Steaks.« Sie wickelte das spiralförmige Telefonkabel um ihren Finger.

»Fantastisch. Ich nenne Ihnen kurz unsere Preise.«

Am anderen Ende der Leitung ratterte Sandy eine endlose Liste von Optionen herunter. Anzeigengrößen und Preise pro Zeile, aber in Sarahs Ohr verschwamm alles zu einem fernen Murmeln. Sarah hielt das Telefon so fest in der Hand, dass ihre Fingerknöchel schmerzten, und ließ ihren Blick durch die Schaufensterscheibe wandern. Ms Paulette konnte nicht recht haben!

»Ma'am? Ma'am?«, dröhnte die Stimme an Sarahs Ohr. Wie lang versuchte Sandy schon, ihre Aufmerksamkeit zu erregen?

»Entschuldigung. Ich bin da.«

»Sagt Ihnen eine dieser Optionen zu? Ich kann sie gern wiederholen, wenn Sie möchten.«

In diesem Moment näherte sich Clay der Kasse. War sein Blick auf ihren Bauch geheftet? Sie richtete sich höher auf, zog ihren Bauch ein und wandte sich von ihm ab.

»Ma'am?« Die Stimme am Telefon klang besorgt.

»Ähm. Die letzte Option, die Sie genannt haben, passt.«

»Nur noch einmal zur Sicherheit: Sie wollen eine ganzseitige Anzeige für eine ganze Woche schalten. Sind Sie sicher?«

Sarah drehte das Telefonkabel so fest um ihren Finger, dass er schmerzhaft pochte. »Ja, ja. Das passt.«

»Geht die Anzeige auf Rechnung des Ladens?«

»Ja. Gut.«

»Ich wiederhole: Der Preis beträgt …«

Clay beugte sich über das Kassenband und warf einen Blick auf Sarahs Smartphone, das immer noch auf »Pause« gedrückt war. Das Display zeigte eine erstarrte Braut und den Titel der Show. »*In einer Minute verheiratet*?«, fragte er. »Du liest doch immer diese Biografien. Ich wäre nie auf die Idee gekommen, dass du Fan dieser Realityshow bist.«

Lag heute irgendetwas in der Luft, dass sich Menschen, die sonst eigentlich ganz normal waren, plötzlich in ihre Angelegenheiten einmischten? Sie nahm ihr Handy, warf es in ihre Handtasche und wandte sich ab, um seinem blaugrünen Blick zu entfliehen.

»Und wie soll der Anzeigetext lauten?«

Sarah ratterte die Worte herunter, die sie sich auswendig gemerkt hatte. »Aktion. Kostenlos Steaks und Zutaten für ein Abendessen zu zweit für die ersten zwanzig Kunden am Samstag, 6. Juli.«

»Alles klar. Ich lese Ihnen den Text noch einmal vor, um sicherzugehen, dass er so abgedruckt wird, wie Sie es möchten«, dröhnte Sandys Stimme gnadenlos an ihr Ohr. »Soll es so in der Zeitung stehen?«

»Ja, ja. So passt es. Vielen Dank.« Sarah legte auf. Ihre Hände zitterten immer noch von dem Adrenalin, das seit Paulettes Ankündigung durch ihre Adern schoss.

Clay stemmte die Hände auf den Kassentisch und biss sich auf die Unterlippe. »Sarah, ich will mich nicht einmischen, aber …«

»Ich bin nicht schwanger.«

Sein Gesicht errötete. »Ähm. Okay. Das wollte ich nicht … Jedenfalls, wegen der Anzeige, die du gerade …«

Sarah wurde von Kopf bis Fuß heiß und Galle stieg in ihrer Kehle auf. »Entschuldige mich bitte.« Sie schob sich an ihm vorbei, hielt sich die Hand vor den Mund und eilte zur Toilette.

Zum Glück musste sie sich doch nicht übergeben, aber sie versteckte sich auf der Toilette, bis sie sicher war, dass Clay den Laden verlassen hatte. Sie drückte angefeuchtete Papierhandtücher an ihren Nacken und die Flüssigkeit kühlte ihren Körper.

Schließlich trat sie wieder in den Laden, wo Oma an der Kasse stand und die nächsten Kunden bediente. Als der kleine Kundenansturm abgeebbt war, trat Oma zu ihr. »Geht es dir gut? Clay hat gesagt, du bist gerannt wie eine Katze mit angesengtem Schwanz.«

Sarah zuckte die Schultern. »Ja, mir geht es gut.«

Oma schaute Sarah mit zusammengekniffenen Augen an und nahm dann den Schwangerschaftstest aus dem Behälter hinter der Kasse. »Hat jemand im letzten Moment beschlossen, das hier doch nicht zu kaufen?«

Sarah biss sich auf die Lippe und bemühte sich um eine unbeteiligte Miene. »Ja, aber ich darf keine Geheimnisse verraten. Verschwiegenheitspflicht von Kassierern, du weißt schon.«

Oma lachte. »Ach, du gönnst mir auch gar keinen Spaß. Weißt du denn nicht, dass ich diesen Laden hauptsächlich betreibe, um über das Leben der Leute in Brighton auf dem Laufenden zu bleiben?« Sie zog los, um die Schachtel ins Regal zurückzulegen.

Sarah sank auf ihren Hocker und atmete schwer aus. Dann nippte sie an ihrem Gingerale. Sie war hundertprozentig nicht schwanger, auf keinen Fall!

Als am Abend die Dämmerung aufzog, verließ Sarah den Laden durch die Hintertür. Diesen Anblick hatte sie schon als kleines Mädchen geliebt. Es war eigentlich nichts Besonderes. Ein offenes Feld, gesäumt von Bäumen und einem riesigen Ahorn mit weit ausholenden Ästen in der Mitte. Ein solcher Anblick war in Brighton nichts Seltenes. Aber kurz vor dem Einbruch der Nacht passierte etwas Zauberhaftes. Die Abenddämmerung tauchte alles in tiefe Blau- und Rottöne. Und die harten Linien des Tages verblassten.

Das ohrenbetäubende Zirpen der Grillen erfüllte die Luft, begleitet vom Bassgesang der Frösche und dem Gutenachtgezwitscher der müden Singvögel. Sarah steckte die Hände in die Hosentaschen und schlenderte auf die Felder zu.

In den elf Jahren, die sie Aaron gekannt hatte, war er nur ein einziges Mal hier gewesen. Nicht weil sie sich für das bescheidene und einfache Leben in Brighton geschämt hätte. Sarah war einfach so sehr vom Studentenleben und von den gesellschaftlichen Kreisen, in die Aarons reiche Familie sie eingeführt hatte, aufgesogen worden. Eine Weltreise mit seiner Familie hatte als harmloses Abenteuer begonnen. Sie hatte nicht absichtlich versucht, jemand zu sein, der sie nicht war. Vielmehr hatte sie das Gefühl gehabt, durch Aaron neue Seiten an sich zu entdecken. Die Sarah aus Kenilworth und die Sarah aus Brighton hatten nicht viele Gemeinsamkeiten gehabt.

Bis zu jenem einen Sommer. Es war ein Jahr nach ihrem Studienabschluss gewesen. Aarons Familie hatte einen Sommerurlaub auf den polynesischen Inseln geplant. Aber nach einem Streit mit seinem Vater hatte Aaron erklärt, dass er nicht mitkomme. Als Ersatz hatte sie ihn zu einer Woche Urlaub in Brighton überredet. Sie dachte an einen Abend und eine Abenddämmerung, die so viel Ähnlichkeit mit dem heutigen Abend gehabt hatte.

Sarah war damals über die stillgelegten Bahngleise geschlendert und zur Mitte der frisch abgemähten Wiese gewandert. Sie hatte sich langsam im Kreis gedreht und den süßen Geruch eingeatmet, der in der Luft gelegen hatte. Aaron hatte ihr nur zugesehen. Er war in letzter Zeit so angespannt gewesen. Das war genau die Pause, die sie brauchten. An diesem schlichten Ort konnten sie die innige Verbundenheit wiederfinden, die sie in den letzten Monaten irgendwie verloren hatten.

Sie breitete die Arme aus. »Ist das nicht schön?«

»M-hm«, hörte sie seine geistesabwesende Antwort hinter sich.

Sarah legte den Kopf zurück und suchte die ersten Sterne, die jeden Augenblick am Himmel auftauchen würden und sie daran erinnerten, wie sie vor einem Monat auf der Treppe vor ihrer Wohnung gestanden und übers Heiraten gesprochen hatten. Er hatte gesagt, dass sie Ringe kaufen sollten. Doch dann hatte er sich wegen irgendeiner geschäftlichen Meinungsverschiedenheit mit seinem Vater überworfen und von einer Verlobung war keine Rede mehr gewesen.

Als sie sich umdrehte, kniete Aaron auf einem Knie vor ihr. Ihr Atem stockte. Im Laufe der Jahre hätte es so viele perfekte Momente gegeben, um ihr einen Heiratsantrag zu machen. Aber er hatte ihr weder unter dem Eiffelturm noch vor dem Arc de

Triomphe einen Antrag gemacht. Sie war sicher gewesen, dass auf der Rialtobrücke der ideale Ort wäre. Und dann war da jener Abend in der Schweiz mit der atemberaubenden Silhouette des Matterhorns gewesen.

Irgendwie wäre es dort noch perfekter gewesen.

Aaron wischte die dünne Staubschicht von seinem Schuh, stand auf und schlug nach einer Mücke. »Können wir gehen? Hier draußen ist es ziemlich heiß und die Mücken fressen mich auf.«

»Ja«, hörte sie sich sagen. »Oma hat bestimmt schon das Abendessen fertig.« Die Worte, die aus ihrem Mund kamen, klangen völlig normal, aber die übersprudelnde Freude in ihr erstarb.

Während sie zum Auto zurückgingen, sagte er: »Sarah, es gibt etwas, über das ich mit dir sprechen wollte. Die Sache mit meinem Vater lässt sich nicht ausräumen. Ich dachte, ich könnte die Spannungen mit ihm aussitzen, aber es wird immer schlimmer. Und ich ... ich denke, es wird Zeit, dass ich meinen eigenen Weg gehe. Ein Studienfreund von mir würde gern mit mir als Partner eine Start-up-Firma gründen. Er hat vor einer Stunde angerufen und gesagt, dass er einen Investor gefunden hat, der sich mit uns treffen will. Das ist unsere einzige Chance, mit diesem Mann zu sprechen, bevor er einen Monat lang im Ausland ist. Ich weiß, dass du noch ein paar Tage länger hierbleiben wolltest, aber ... wir können ja ein anderes Mal wiederkommen.«

»Klar«, hatte sie gesagt, aber ihr Herz hatte geschrien: *Wollten wir nicht zum Eagle Creek? Und zu den Wasserfällen drüben in Stoney Point? Und in das Diner, in dem Mr Sammy das beste Nutella-Toastbrot der Welt macht? Dieses Brot hat er an dem Tag, als ich mir in der dritten Klasse den Arm gebrochen hatte, nur für mich gemacht.* Es war weitaus weniger exotisch als das, was sie bei ihren gemeinsamen Weltreisen gesehen und geschmeckt hatten. Aber Brighton ließ sich durch keinen Ort der Welt ersetzen.

Sarah blinzelte und riss sich von diesen alten Erinnerungen los. Sie kehrte zum Laden zurück und ging zur Vorderseite herum.

Ihre Mutter stand im Laden und unterhielt sich lächelnd mit einer Kundin.

Was wäre an jenem Sommertag passiert, wenn sie Aaron gebeten hätte, seinen Freund allein zu diesem Gespräch zu schicken, damit sie ihm endlich die vielen langweiligen, gewöhnlichen Kleinigkeiten von Brighton zeigen könnte, die für sie so wertvoll waren? Aber sie hatte an jenem Tag nicht den Mut aufgebracht, ihn darum zu bitten. Ihm zu sagen, wenn er keinen Blick für Brightons Charme habe, sei er auch blind für einen wichtigen Teil der Frau, die sie war.

Kapitel 16

September 1977

Rosemary streckte den Arm in die Regalfächer und bewegte das Staubtuch in langsamen, rhythmischen Kreisen. Jessamine rollte auf ihren Rollschuhen durch die Gänge und sang »Don't Go Breaking My Heart«. Dieselben wenigen Wörter immer und immer wieder.

Rosemary knurrte. »Ich bin mit den oberen drei Fächern in diesem Gang fast fertig. Du weißt, dass du für die unteren beiden zuständig bist. Wenn du diese dämlichen Rollschuhe nicht endlich abnimmst und mir hilfst, sage ich es Papa.«

Der Metzger hatte heute frei und Papa war hinten und nahm seinen Platz ein. Mama war draußen auf dem Parkplatz und unterhielt sich mit dem Lieferanten von Jefferson Cookies. Er lieferte jede Woche große Kartons mit Zitronenkeksen. Papa gab Rosemary und Jessamine immer die oberen beiden als Belohnung, wenn sie mit dem wöchentlichen Reinigen der Regale fertig waren. Beim Gedanken an den süßen, köstlichen Geschmack auf ihrer Zunge lief ihr das Wasser im Mund zusammen.

Jessamine rollte wieder an ihr vorbei, ging in die Hocke und glitt mit den Fingerspitzen über den Holzboden. Mama würde Jessie ausschimpfen, falls jemand hereinkäme und ihre Schwester dabei ertappte, wie sie zwischen den Regalen im Laden herumrollte, als wäre er eine Skaterbahn. Rosemary hatte gute Lust, nach hinten zu gehen und es Papa auf der Stelle zu sagen, wenn sie sich dann nicht den ganzen restlichen Tag Jessies Jammern anhören müsste, sie sei eine Petze. Aber Rosemary wollte diese Kekse unbedingt. Und zwar jetzt und nicht erst später.

»Du bist die Jüngere. Du bist für die unteren Regalböden zuständig. Das weißt du ganz genau.« Seit Jessamine alt genug war, um auch mitzuarbeiten, hatte sich Rosemary für die oberen Regalfächer eingeteilt und ihre Schwester für die unteren.

Jessamine bremste und blieb stehen. »Du kommandierst mich ständig herum. Wenn du schneller fertig werden willst, dann mach es doch selbst! Ich will noch Rollschuh laufen, solange Mama draußen ist. Ich will die Gelegenheit nutzen und ein wenig Spaß haben.«

Die Glocke über der Tür klingelte. Rosemary drehte den Kopf, um zu sehen, wer den Laden betreten hatte. Nicht Mama. Nur der dürre Sammy Hall. Ein Junge aus ihrer Klasse, der immer in zerlumpter Kleidung und mit ungewaschenem Hals in die Schule kam.

Rosemary wischte weiter Staub und verfolgte, wie die Bodendielen unter Sammys Füßen knarrten, während er im Gang mit den Süßigkeiten auf und ab ging. Jessamine lief jetzt in einem anderen Gang Rollschuh und das Geräusch ihrer Rollen war gedämpfter zu hören.

Rosemary marschierte zu dem Gang, in dem Sammy stand und schnell die Hand in seine Tasche steckte. Als ihr Fuß auf eine quietschende Diele trat, zuckte er zusammen.

Seine Augen weiteten sich.

»Sammy Hall, versuch es erst gar nicht!« Rosemary atmete tief ein und schrie aus voller Kehle nach ihrem Vater. »Papa!«

Sammy lief zur Tür, aber bevor er sie erreichen konnte, kam Jessamine wie eine Rollschuh-Schnellläuferin durch den vorderen Teil des Ladens angeflogen und warf den Jungen gegen den Tabakständer. Ein Stoß Tabakdosen wurde aus der Schachtel geworfen und rollte über den Boden. Die beiden lagen auf dem Fußboden und rauften miteinander.

Jessamine schrie laut, während Sammy nach ihr trat und boxte, um sich zu befreien. Rosemary eilte ihr zu Hilfe, drückte ihn auf den Boden und schrie dabei laut nach ihrem Vater.

»Mädchen!«, kreischte ihre Mutter. Rosemary drehte sich um

und sah ihre Mutter mit bleichem Gesicht hinter sich stehen. Der Kekslieferant stand mit einem breiten Grinsen neben ihr.

Aber Sammy und Jessamine prügelten sich weiter, deshalb weigerte sich Rosemary zurückzuweichen.

»Schluss jetzt!« Die tiefe, ruhige Stimme ihres Vaters ließ sie auf die Beine springen. Jessamine stellte ihre Kampfhandlungen ein und schob sich schwerfällig auf ihre Rollschuhe.

Sammy starrte mit weit aufgerissenen Augen zu dem Koloss von einem Mann in seiner blutrot gefleckten Metzgerschürze hinauf, in dessen Augen sich ein Sturm zusammenbraute. Der Junge rappelte sich mühsam auf die Beine und seine Knie zitterten deutlich sichtbar. Blut tropfte aus seiner Nase. Als er mit dem Ärmel darüberwischte, verteilte er es ungewollt über sein Gesicht.

»Was ist hier los?« Papa verschränkte die Arme vor seiner Brust.

Rosemarys Knie wurden ebenfalls weich, obwohl sie wusste, dass dieser riesige Mann in seiner blutverschmierten Schürze die Sanftheit in Person war.

Jessamine deutete auf Sammy. Ein Teil ihres braunen Haars hatte sich aus ihrem Pferdeschwanz gelöst und klebte auf ihrem Gesicht. »Dieser Junge hat Bonbons geklaut und ich habe ihn an der Flucht gehindert.«

»Stimmt das, mein Junge?«, fragte Papa.

Sammy steckte die Hand in seine ausgebeulten Hosentaschen und hielt zitternd ein paar Kaubonbons und Brausebonbons hoch. »Rufen Sie jetzt die Polizei?«

»Nein, die Polizei rufe ich nicht. Aber ich rufe deine Eltern an.«

Der schmuddelige Junge erbleichte. »Bitte nicht! Ich tue alles, was Sie wollen.«

»Wie heißt du?« Papa trat näher und der zaundürre Junge wirkte neben seiner einschüchternden Gestalt winzig klein.

»Sa-Sammy. Sammy Hall.«

Papas Mund verzog sich zu einer dünnen Linie. »Roger Halls Junge?«

Sammy nickte und ließ den Kopf hängen.

Papas strenges Gesicht wurde weicher. »Komm mit in mein Büro. Wir sprechen dort weiter.«

Sammy folgte ihrem Vater, als würde er zur Hinrichtung geführt.

Mama stemmte die Hände in die Hüften und schaute ihre Töchter finster an. »Mädchen, ab mit euch ins Badezimmer und bringt euer Haar in Ordnung, bevor das Abendgeschäft beginnt! Und räumt dann diese Unordnung hier auf!«

Jessamine rollte nach hinten.

»Und Jessamine«, sagte Mama. »Wenn ich dich je wieder dabei erwische, dass du in Rollschuhen durch meinen Laden läufst, während er geöffnet hat, kannst du was erleben!«

Während die Mädchen zum Waschraum liefen, lachte der Kekslieferant. »Ich weiß nicht, Glory Ann, vielleicht solltest du dir das noch einmal überlegen. Eine Diebstahlüberwachung auf Rollschuhen? Das könnte funktionieren. Das Risiko, von wilden, angriffslustigen Furien wie deinen Töchtern zu Boden geworfen zu werden, könnte eine gute Abschreckung sein.«

Am nächsten Tag fuhr der Lieferwagen, der neue Waren brachte, dröhnend hinter dem Laden vor und kam zischend und quietschend zum Stehen. Rosemary schob sich den Rest ihres Pfefferkäsebrots in den Mund und spülte es mit einem Glas Milch hinunter.

Die Lieferung kam jeden Mittwoch nach der Schule. Die älteren Schüler, die Papa an diesen Tagen für das Ausladen der Waren bezahlte, trudelten pünktlich ein und die stundenlange Schufterei, alles auszuladen, zu sortieren und aufzuräumen, begann.

Rosemary hüpfte hinaus. Der Mittwoch war ihr Lieblingstag. Beim Aufräumen der Waren musste jeder mit anpacken.

Mama blieb mittwochvormittags immer zu Hause und kochte ein großes Abendessen. Nach der Arbeit setzten sich dann alle an die Picknicktische hinter dem Laden und aßen Schmorbraten und Maisbrot, bis sie pappsatt waren.

Jessamine blieb normalerweise bei Mama, sodass nur Rosemary, Papa und die älteren Schüler hier arbeiteten. Die älteren Kinder behandelten sie, als wäre sie eine von ihnen. Rosemary gehörte in ihrer sechsten Klasse zwar nicht zu den Kindern, die im Mittelpunkt standen, aber wenn ihre Klassenkameraden sähen, wie die älteren sie behandelten, würde das ihre soziale Stellung bestimmt verbessern.

Sammy Hall schlenderte nach hinten, wo die anderen darauf warteten, den Lieferwagen auszuladen, als sei er der Chef hier. Rosemarys Kinnlade fiel herunter.

Sie marschierte erbost auf ihn zu und baute sich mit finsterer Miene vor ihm auf. »Verschwinde. Mein Papa will mit Dieben nichts zu tun haben.«

Sammy grinste hämisch. »Ich habe genauso viel Recht, hier zu sein, wie du. Ich arbeite jetzt hier.«

»Er hat dich eingestellt?« Ihre Stimme klang mit einem Mal ganz hoch und ihre Wangen wurden glühend heiß. Das musste ein Missverständnis sein!

Rosemary drehte sich auf dem Absatz um und suchte ihren Vater. Er stand neben dem Lieferanten und kontrollierte die Rechnung. Rosemary ging aufgebracht auf und ab. Mehrere Jungen hatten sich schon hinter der Ladefläche des Lastwagens aufgereiht, bauten das Rollenband auf und bereiteten alles vor, um die Kisten in Fließbandarbeit zu entladen und auf den Rollen in den Lagerraum zu befördern.

Als ihr Vater mit der Rechnung fertig war, bemerkte er Rosemary, die nervös auf und ab ging. »Rosemary, was machst du hier? Warum bist du nicht im Lagerraum?«

Sie hob die Arme und ließ sie wieder fallen. »Du hast Sammy Hall eingestellt? Er ist ein Dieb.« Und ein Rüpel. Und viel zu jung. Dass ein anderes Kind in ihrem Alter hier arbeitete, vermieste ihr den ganzen Tag.

Mehrere Köpfe drehten sich in ihre Richtung.

»Sprich leiser!« Papa trat zu ihr. »Du hast keine Ahnung, was dieser Junge durchmacht. Ich schulde dir zwar keine Erklärung für meine Entscheidung, aber ich hoffe, du lernst etwas. Also hör mir gut zu.« Papa ging in die Hocke, um mit ihr auf Augenhöhe zu sein. »Er sieht dich und diesen Laden mit den ganzen Dingen, die es bei ihm zu Hause nicht gibt. In seinen Augen sitzen wir auf einer Goldgrube und merken es gar nicht, wenn er sich ein bisschen etwas nimmt. Aber wenn er Gelegenheit bekommt, hier zu arbeiten und zu erkennen, was man tun muss, um das alles zu haben, bringt ihm das zwei wichtige Dinge: Erstens lernt er, wie viel Arbeit nötig ist, damit dieser kleine Laden überlebt. Zweitens lernt er eine andere Welt kennen als die, die er zu Hause erlebt. Eine Welt, in der sich Fleiß und Arbeit lohnen.« Er nahm ihre Hände und drückte sie, bevor er sich erhob. »Aber jetzt kein Wort mehr darüber. Und ich will nicht, dass du diesen Jungen auch nur schief ansiehst. Hast du mich verstanden?«

Sein Tonfall war fest, aber voll Mitgefühl.

Kapitel 17

Heute

Sarah saß in der Küche ihrer Mutter. Die Welt draußen vor den Fenstern war pechschwarz. Ihr Körper war völlig erschöpft und ihr Hirn fühlte sich an wie zäher Haferbrei. Schlafen sollte eigentlich eine Wohltat sein. Aber sobald sie die Augen schloss, konnte sie nichts anderes sehen als Aarons Gesicht. In der Stille der Nacht meldeten sich Erinnerungen, gute und schlechte. Sie ließen ihr keine Ruhe, bis sie das Gefühl hatte, den Verstand zu verlieren, wenn sie auch nur eine Sekunde länger liegen bliebe.

Sie blickte zu dem Regal hinauf, das ungefähr dreißig Zentimeter unter der Decke um den ganzen Raum herumführte. In dem Regal saßen kleine Hühnerfiguren. Blaue Hühner. Rosa Hühner. Gelbe. Kleine, dicke. Dürre, langbeinige. Mama und ihre Hühner-Obsession!

Wenigstens war es dadurch immer leicht gewesen, Geburtstags- und Weihnachtsgeschenke für sie zu finden.

Sarah schenkte sich eine Tasse Milch ein und stellte sie in die Mikrowelle. Die Tasse drehte sich auf dem Drehteller und der Timer tickte.

Bevor das Gerät piepen konnte, öffnete sie die Tür. Sie wollte auf keinen Fall jemanden im Haus wecken. Papa würde morgen wieder aufbrechen und brauchte seinen Schlaf. Mama würde nur Fragen nach ihren Zukunftsplänen stellen, über die Sarah nicht nachdenken wollte.

Sie setzte sich wieder an den Tisch, nippte an ihrer aufgewärmten Milch und rümpfte die Nase. Die Milch war zu fetthaltig, aber irgendwie auch beruhigend. Oma schwor auf warme Milch.

Aber Sarah bräuchte eher irgendeine Beschäftigung, die sie

ablenkte. Sie betrachtete das Regal. Mama kam bestimmt nicht dazu, die ganzen Hühner regelmäßig abzustauben. Sarah holte eine Klappleiter aus der Nische hinter dem Kühlschrank. Mit einem Staubtuch bewaffnet, stieg sie auf die Leiter.

Dann begann sie, Huhn für Huhn von einer feinen Staubschicht zu befreien. So arbeitete sie sich langsam rund um die ganze Küche. Dankbar, dass sie nicht mehr im Bett liegen musste, während die Nacht Minute für Minute dahinkroch.

Sarah hielt inne und überlegte. Sie sollte die Anrufe ihrer Immobilienmaklerin nicht länger ignorieren und sich endlich durchringen, das Haus zu verkaufen. Vielleicht war dies der nächste Schritt, um innerlich einen Abschluss zu finden.

Ganz hinten in der Ecke, von unten nicht zu sehen, entdeckte sie eine Figur, die nicht zu den übrigen Figuren passte. Ein blauer Jagdhund mit hängenden Ohren. Seine Oberfläche war uneben und wies feine geklebte Linien auf. An anderen Stellen waren Lücken mit Klebstoff gefüllt. An einem Ohr fehlte ein langes Porzellanstück.

Sie nahm den Hund aus dem Regal. »Was machst du denn hier oben, Kleiner?« Er passte definitiv nicht zum Rest von Mamas Sammlung. Diese geklebte Figur sah überhaupt nicht nach den Dingen aus, die ihre Mutter aufbewahrte.

Sarah stellte den kleinen Hund wieder zurück.

»Was in aller Welt machst du dort oben?«

Der unerwartete Klang einer Stimme ließ Sarah zusammenzucken. Sie hielt sich schnell am Regal fest, um das Gleichgewicht nicht zu verlieren. Mit laut hämmerndem Herzen lächelte sie ihre Mutter schwach an. »Ich konnte nicht schlafen, Mama.« Vor ihren Augen verschwamm alles und sie blinzelte. Dann stieg sie mit wackeligen Beinen die kurze Leiter hinab. Der Boden neigte sich leicht unter ihren Füßen und sie ging einige unsichere Schritte, bevor sie sich wieder an den Tisch setzte.

»Geht es dir gut? Du bist ganz blass geworden.«

Sarah winkte ab. »Alles gut. Du hast mich nur erschreckt.«

»Ich finde, du solltest zum Arzt gehen.«

Sarah schüttelte den Kopf. »Mir geht es wirklich gut.«

Mama setzte sich und berührte Sarahs Hand. »Du isst kaum etwas. Du bist nachts stundenlang auf. Du siehst nicht gut aus. Du bist vor Trauer ganz krank. Der Arzt kann dir vielleicht etwas verschreiben, das dir hilft.«

Die warme Milch in ihrem Magen wurde sauer. Wie würde Mama reagieren, wenn sie ihr die Wahrheit bekannte? Dass das, was sie durchmachte, nicht die normale Trauer war, die eine Frau fühlen sollte, die ihren Mann verloren hatte. Sie war wütend. Wütend wegen der vielen Versprechungen für die Zukunft, die Aaron ihr gemacht hatte, während er die Zeit, die sie gehabt hatten, mit Arbeiten verbracht hatte. Wütend auf sich selbst, weil sie das zugelassen hatte. Und da war diese quälende Angst, die ihr einflüsterte, dass ihre Worte überhaupt nichts bewirkt hätten – selbst wenn sie ihn gebeten hätte, ihrer Beziehung eine wichtigere Stellung einzuräumen als seinem unstillbaren Bedürfnis, sich seinem entfremdeten Vater zu beweisen.

Hier in Brighton war sie viel weniger einsam als in den letzten Jahren ihrer Ehe. Trotzdem regte sich eine tiefe Unruhe in ihr und raubte ihr den Frieden, während der Rest der Welt schlief.

»Vielleicht ist körperlich alles in Ordnung, aber wenn du nicht auf dich aufpasst, kann sich das ändern.« Mama verstärkte ihren Griff um Sarahs Hand. »Bitte schieb das nicht auf die lange Bank. Wenn du es schon nicht für dich tust, dann tu es für mich.«

»Mama.« Sie wollte ihr widersprechen, aber in den Augen ihrer Mutter glänzten Tränen. »Okay. Ich lasse mir morgen einen Termin geben.«

»Gut. Wenn man das Gefühl hat, dass etwas nicht stimmt, sollte man der Sache auf den Grund gehen.« Ihre Mutter stand auf und küsste sie auf den Kopf. »Ich werde dich vermissen, aber es wird dir guttun, in dein gewohntes Leben zurückzukehren.«

Sarah schüttelte den Kopf. »Ich bleibe in Brighton.«

»Dein Vater fährt morgen wieder. Ich dachte ... ich dachte, wenn du zurückgehst, kannst du ...«

Sarah sprang auf die Beine. Sollte sie diese Scharade, dass sie nur für kurze Zeit zu Besuch wäre, noch länger weiterspielen oder sollte sie einfach mit der Wahrheit herausrücken?

»Sarah, du solltest zu deinem Hausarzt in Kenilworth gehen. Er kennt dich. Du musst nach Hause fahren in deine gewohnte Umgebung und das alles verarbeiten. Du musst aufhören, deine Energie in unserem alten Laden zu vergeuden.«

Meine Energie im alten Laden vergeuden? Als Kind hatte es für Sarah nichts Schöneres gegeben, als mit Mama und Oma im Laden zu arbeiten. Aber Mama hatte sie immer zur Tür hinausgeschoben und zum Klavierunterricht geschickt. Oder zum Sporttraining. Immer begleitet von den Worten: »Das ist besser für dich« und: »Vergeude deine Zeit nicht im Laden«.

Sarah warf die Schultern zurück. »Ich bin an dem Ort, an dem ich sein will, und ich tue das, was ich tun will. Das macht mich glücklich.«

»Sarah ... du bist nicht glücklich.«

»Mama, hör auf.«

»Wie lang kannst du dir diese Auszeit noch leisten? Eine Woche? Zwei?«

Sarah schluckte. »Ich bleibe hier. Für immer.«

Die Farbe wich aus dem Gesicht ihrer Mutter. Sie ergriff sanft Sarahs Oberarme. »Du bist für mehr bestimmt als für das, was dir Brighton bieten kann.«

Und wenn nicht? Das unglückliche Leben, das nach den Worten ihrer Mutter angeblich besser für sie war, hatte schon lange vor Aarons Tod schmerzliche Wunden in ihr Herz gerissen. »Ich lege mich jetzt hin.«

Hatte Sarah, bevor sie zum Studium ausgezogen war, jemals wirklich ein Leben außerhalb von Brighton gewollt? Oder hatte das beharrliche Drängen ihrer Mutter sie überhaupt erst in diese Richtung geführt? Sarah hatte nie verstanden, warum es ihrer

Mutter so wichtig gewesen war, in einem Laden zu bleiben, aus dem sie Sarah praktisch hinausgeschoben hatte.

Glory Ann sperrte die Ladentür auf und drehte das Schild auf »Geöffnet«. Sie ließ ihren Blick über die glänzenden Böden und staubfreien Regale wandern, deren Inhalt wie kleine Zinnsoldaten ordentlich aufgereiht war, und stieß ein befriedigtes Seufzen aus. Das Familiengeschäft sah dank Sarahs Hilfe so aus, wie es aussehen sollte.

Das Klingeln des Telefons unterbrach die Stille. »*Old Depot Grocery*, Glory Ann am Apparat.«

»Hat Sarah den Schwangerschaftstest schon gemacht?«

Glory Ann schüttelte den Kopf. »Paulette, du alte Gaunerin! Ich hatte doch gleich den Verdacht, dass du dahintersteckst. Hör auf, das arme Mädchen zu quälen. Sie hat es auch so schon schwer genug.« In den vierzig Jahren, seit sie Paulette kannte, hatte Glory Ann nie erlebt, dass ihre Freundin eine Gelegenheit, sich in das Leben anderer Menschen einzumischen, ausgelassen hätte.

»Du hast selbst gesagt, dass sie die Augen vor den Tatsachen verschließt. Sie sitzt herum, kaut ihre Salzkräcker und hängt an dieser Limonadenflasche wie ein Alkoholiker an seiner Schnapsflasche. Ich habe nur versucht, ihr einen Schubs in die richtige Richtung zu geben.«

»Sie wird ihr Leben auch ohne unsere Hilfe auf die Reihe kriegen. Apropos anderen helfen: Kannst du Mable diese Woche zum Arzt bringen oder soll ich Rosemary bitten, meine Schicht zu übernehmen?« Nachdem sie Mable endlich überzeugt hatten, dass sie wegen ihrer Gedächtnisprobleme einen Spezialisten aufsuchen musste, konnten sie ihre Freundin unmöglich allein dorthin gehen lassen, um sich die Diagnose des Arztes anzuhören.

»Ich kann sie begleiten. Oh, es sieht so aus, als hätten Jonny und Emma wieder einen Ehestreit. Sie wirft schon wieder seine

Kleidung auf den Rasen. Ich rufe dich später an und sage dir, wie die Sache ausgegangen ist.«

Glory Ann lachte leicht und legte auf. Die gute alte Paulette hielt sie und Mable immer auf dem Laufenden.

Glory Ann schickte ein schnelles Gebet für Mable zum Himmel, während sie den Zeitungsstapel gerade rückte. Die Vorstellung, älter zu werden, störte sie nicht im Geringsten. Es war ein Privileg, so viel erleben zu dürfen. Doch etwas ganz anderes war es, nach und nach das Gedächtnis zu verlieren. Von diesem Schicksal bliebe sie hoffentlich verschont.

Rosemary kam in den Laden. »Heute Morgen sind wir zu zweit. Sarah fährt endlich zum Arzt.«

»Oh, gut.«

»Sie versucht, ihren Schmerz zu verdrängen, indem sie hier arbeitet und mein Haus von oben bis unten putzt. Ich konnte sie kein einziges Mal dazu bringen, über Aaron zu sprechen. Die Trauer frisst sie innerlich auf.«

Glory Ann hob die Schultern. »Jeder geht mit seiner Trauer anders um.« Keine von ihnen hatte das Recht, Sarah zu kritisieren.

Rosemary drückte ihre Handflächen auf ihre Wangenknochen. »Gestern Abend hat sie mir erklärt, dass sie hierbleiben will. Sie muss endlich wieder nach Illinois zurück, bevor sie von hier nicht mehr loskommt.«

Glory Ann atmete tief aus. *Jetzt kam das wieder!* »Warum hast du sie immer so sehr gedrängt?«

Rosemary erstarrte. »Die Art, wie sie hier Wurzeln geschlagen hat, war nicht gesund. Es ist nicht gut, sich vor dem Rest der Welt in einem Laden zu verkriechen. Vierzehnjährige sollten ins Kino und zu den Partys ihrer Freundinnen gehen wollen. Aber sie wollte immer nur hier herumhängen, die Böden fegen, die Regale abstauben und die Waren neu auffüllen.« Sie ging daran, die Schachteln mit Kaugummi, Pfefferminzstangen und Lippenstiften im Regal neben der Kasse gerade zu rücken, obwohl sie bereits ordentlich standen. »Wenn sie nicht aufpasst, fällt sie in dieses Muster zurück. Hier hat sie keine Zukunft.«

Glory Ann wurde schwer ums Herz. Warum jagte es Rosemary so große Angst ein, dass Sarah so viel Ähnlichkeit mit ihr hatte? »Lass deine Tochter selbst entscheiden, welches Leben sie führen will. Und wenn sie bleibt und es ein Fehler ist, na und? Sie kann jederzeit weggehen und woanders neu anfangen, wenn sie will.«

Kam die Botschaft an? Erkannte Rosemary, dass das auch für sie galt? Wenn es ein Fehler gewesen war, die ganzen Jahre hier bei ihr zu bleiben, könnte sie immer noch jederzeit einen anderen Weg einschlagen. Sie musste den Laden nicht verkaufen, um frei zu sein.

Kapitel 18

Juni 1982

Rosemary tippte die Preise in die alte Kasse ein und passte gut auf, um bei Mrs Johnsons Großeinkauf nichts zu übersehen. Offenbar war ein voller Einkaufswagen nötig, um ihre Kinder satt zu bekommen.

Mama und Papa trauten ihr endlich zu, den Laden eine Weile allein zu besetzen, und Rosemary wollte nichts falsch machen. Am Ende des Tages würde das Geld in der Kasse auf den Cent genau den Waren entsprechen, die sie verkauft hatten.

Sie gab Mrs Johnson den Kassenzettel und half ihr, die vollen Taschen zu ihrem Ford Cortina zu tragen.

Nachdem Mrs Johnson ihre Einkäufe auf den Rücksitz gestellt hatte, deutete sie mit dem Daumen über ihre Schulter. »Wer ist dieser Mann dort drüben? Kennst du ihn?«

Rosemarys Blick wanderte hinter Mrs Johnson. Ein Mann ging auf den Gleisen auf und ab. Groß und auffallend dünn. Ungepflegt. Er schien etwas vor sich hin zu murmeln. Zwischen den Fingern hielt er ein Gänseblümchen. »Keine Ahnung«, antwortete sie.

»Behalte ihn lieber im Auge. Er hat schon dort auf den Gleisen herumgelungert, als ich vor einer halben Stunde auf den Parkplatz gefahren bin.«

Rosemary nickte. Ihre Nackenhaare stellten sich auf und sie strich mit der Hand darüber, um das unangenehme Gefühl zu vertreiben. Fremde Gesichter waren in Brighton eine Seltenheit. Manchmal lungerten Jungen aus ihrer Schule dort draußen herum und kickten nach Dosen, aber nie irgendjemand, der auch nur im Entferntesten gefährlich wirkte.

Sie kehrte an ihren Posten hinter der Kasse zurück. Mama und Papa waren zum Mittagessen nach Hause gefahren und würden bald zurückkommen. Der Mann dort draußen belästigte sie nicht. Bis jetzt. Sie warf die Schultern zurück. Kein Grund, sich Sorgen zu machen.

Während Rosemary wartete, bis die nächste Kundin zur Kasse kam, bewunderte sie ihre frisch lackierten rosa Fingernägel. Vielleicht würde ihr Mama als Nächstes ein wenig Make-up erlauben, wie es die Frauen in den Hochglanzmagazinen trugen, die Rosemary heimlich las, wenn es im Laden ruhig war.

Jessamine stürmte herein und ging an der letzten Kundin im Geschäft vorbei. »Hey, Rosemary!« Ihre Wangen waren gerötet und sie lächelte breit. Sie hatte am Freitag bei ihrer Freundin übernachtet. Zweifellos hatten sie die halbe Nacht wach gelegen und über die Jungen geflüstert, für die sie schwärmten.

Rosemary klappte die Zeitschrift zu und schob sie unter den Kassentisch. »Hast du draußen einen älteren Mann gesehen?«

Jessamine zuckte die Schultern. »Ja. Er sieht so traurig aus.« Sie ging an der Kasse vorbei. »Ich mache ihm ein belegtes Brot.«

»Was?! Nein! Wir kennen ihn doch gar nicht. Mama und Papa kommen frühestens in einer halben Stunde zurück.«

Jessie grinste. »Ach, komm schon, Rosemary. So müde und traurig wie dieser Mann aussieht, wird er uns bestimmt nichts tun. Denk an die Geschichte vom guten Samariter, die wir letzte Woche in der Sonntagsschule gehört haben. Das ist unsere Gelegenheit, etwas Gutes zu tun.«

Rosemary stöhnte, während ihre Schwester unbeschwert zur Feinkosttheke im hinteren Teil des Ladens hüpfte. Für Jessamine war immer alles ein großes Abenteuer. Ihre furchtlose Art würde sie beide noch irgendwann in die Bredouille bringen. Rosemary kassierte die letzte Kundin im Laden ab. Bis zum Nachmittag würden wahrscheinlich nicht mehr viele Kunden kommen.

Jessamine kam wieder nach vorne und balancierte einen Pappteller mit drei belegten Broten, die sie aufeinandergelegt hatte, und eine Coladose in den Händen. »Hey, Rosemary, nimm noch zwei Getränkedosen und komm mit, okay?«

Rosemarys Augen weiteten sich. Jessamine wollte doch bestimmt nicht mit diesem Mann picknicken! Mit einem lauten Schnauben nahm sie zwei weitere Coladosen. Der Laden war im Moment leer und jemand musste auf Jessamine aufpassen.

»Hallo, Sie!«, rief Jessamine dem Mann zu, der jetzt auf einem der Gleise saß. Ein verwelktes Gänseblümchen lag vor seinen Füßen. Er hob den Kopf.

»Sie sehen aus, als hätten Sie Hunger. Wir haben auch Hunger. Möchten Sie mit uns essen?«

Er runzelte die Stirn und starrte den Teller mit den belegten Broten an, als versuche er zu begreifen, warum sich zwei Teenager in sein Leben einmischten.

»Kommen Sie schon, nehmen Sie sich ein Brot. Ich heiße Jessamine und das ist meine Schwester, Rosemary. Wie heißen Sie?«

Er öffnete den Mund und schloss ihn wieder. »Das ist nicht wichtig. Danke für das Brot.« Er nahm vorsichtig das oberste Brot mit dem Eiersalat, ohne die anderen zu berühren.

Jessamine stellte die Coladose neben seine Füße und setzte sich ihm gegenüber auf den Boden. »Dieser Laden gehört unserer Mutter und unserem Vater. Wir beide dürfen ihn ganz allein betreiben.« Sie sprach, als hätte sie persönlich das Fundament für das Gebäude gelegt.

Rosemary verdrehte die Augen und aß ihr Brot im Stehen. Ihre kleine Schwester flatterte wie ein orientierungsloser Schmetterling unstet in den alten Laden und wieder hinaus.

Jessamine nahm einen Bissen von ihrem Brot und sprach mit vollem Mund. »Sie sind nicht von hier. Was führt Sie nach Brighton?«

Bei den schlechten Manieren ihrer Schwester wand sich Rosemary innerlich.

Der Mann kniff die Augen zusammen und schaute sie ernst an. »Seid ihr … seid ihr Glory Anns Töchter?«

»Ja!« Jessamine grinste von einem Ohr zum anderen, als hätte sie gerade einen lange verlorenen Freund wiedergefunden.

Rosemarys Puls beschleunigte sich, als sie den Namen ihrer Mutter aus dem Mund dieses Fremden hörte. »Woher kennen Sie unsere Mutter?« Warum lungerte er auf den Gleisen herum, statt in den Laden zu kommen, wenn er ihre Mutter kannte?

Er verzog die Miene.

»Ich sollte nicht hier sein.« Er fuhr sich mit der Hand übers Gesicht und stand mit dem nicht gegessenen Brot in der Hand auf. Die verwelkte Blume lag immer noch vor seinen Füßen. »Danke für das Essen.«

Er eilte davon, doch dann drehte er sich noch einmal um. »Ist sie glücklich? Glory Ann?«

Was hatte diese sonderbare Frage zu bedeuten? Als Rosemary nickte, entspannten sich die harten Linien um sein Gesicht ein wenig.

»Das freut mich.« Er schaute sie direkt an. »Ich werde euch nicht weiter stören. Ich musste nur sichergehen, dass es ihr gut geht.«

»Hm, das war seltsam.« Jessamine stand auf und lief ohne die geringste Sorge der Welt zum Laden zurück, während Rosemarys Herz viel zu laut in ihrer Brust hämmerte. Sie kehrte in den Laden zurück und setzte sich wieder an die Kasse.

Es war so sonderbar, dass ihre Mutter außerhalb der kleinen Welt von Brighton Bekannte hatte. Dass sie diesen verwahrlosten Mann kannte, dessen Traurigkeit ihn wie einen Mantel einhüllte. Erinnerungen aus längst vergangenen Zeiten meldeten sich.

Eine lange Autofahrt, der Blick auf den Hinterkopf ihrer Mutter, ihre dunklen Locken, die im Sonnenlicht glänzten. Rosemary hatte diese Momente aufgesogen, in denen sie ihre Mutter ganz für sich allein gehabt hatte. Bei diesen Fahrten hatte es auch noch andere Menschen gegeben, aber sie waren nur verschwommene, unklare Bilder. Und ein Haus mit einem dicken, beigefarbenen Teppich. Und warmer, selbst gebackener Kuchen. Und der Geruch von frisch aufgebrühtem Kaffee.

Rosemary schüttelte sich. Bestand eine Verbindung zwischen dem Fremden, der hier aufgetaucht war, und diesen Menschen, an die sie sich nicht genau erinnern konnte? Vielleicht war er aber auch mit Mama verwandt. Sie sprach nie über ihre Eltern, aber jedes Jahr bekam sie von ihnen eine Weihnachtskarte. Rosemary zog sie immer aus dem Poststapel, bevor Mama sie wegwerfen konnte. Auf den Karten stand immer das Gleiche: »Wir lieben Dich. Wir versuchen, Dich bald zu besuchen.« Aber sie kamen nie.

Mama und Papa traten durch die Tür. Beide lächelten und sahen entspannt aus.

»Wie lief es, Rosemary?« Ihr Vater deutete zur Kasse.

»Bestens.«

»Gutes Mädchen. Ich wusste, dass du das schaffst.« Er ging in den hinteren Teil des Ladens.

»Mama?«

»Ja, Liebes?«

»Ein Mann war hier. Draußen auf den Gleisen. Er kannte dich.« Rosemary beschrieb ihn. Von seinem ungepflegten, hageren Erscheinungsbild bis hin zu seinen himmelblauen Augen.

Ihre Mutter runzelte die Stirn. Verwirrung, aber kein Missfallen lag in ihrer Miene. Sie schüttelte den Kopf. »Ich habe absolut keine Ahnung, wer das gewesen sein könnte. Gib mir Bescheid, wenn du ihn wieder siehst. Du und Jessamine solltet euch von Landstreichern fernhalten. Vielleicht hat er mich gar nicht gekannt. Vielleicht hat er nur irgendwo in der Stadt zufällig meinen Namen gehört und so getan, als würde er mich kennen, um Jessie und dich in Sicherheit zu wiegen.«

Normalerweise würde Rosemary die Meinung ihrer Mutter teilen. Aber nachdem sie mit diesem zurückhaltenden Fremden gesprochen hatte, wusste sie irgendwie, dass er die Wahrheit gesagt hatte. Er hatte sich nur vergewissern wollen, dass es Mama gut ging.

Kapitel 19

Heute

Das konnte doch nicht wahr sein! Als sie die Arztpraxis betreten hatte, hatte sie erwartet, ein Rezept für ein Antidepressivum zu bekommen. Aber nicht diese Diagnose! Sarah verkrampfte die Hände um ihr Lenkrad und rang keuchend nach Luft, während sie an den brachliegenden Feldern vorbeifuhr. Auf diesen Feldern hatten früher endlose Maisreihen gestanden.

Wie war das möglich? Wie konnte sie schwanger sein? Natürlich wusste sie *wie* – es musste in jener Nacht zwei Wochen vor Aarons Tod passiert sein. Die Distanz zwischen ihnen hatte sie so krank gemacht und sie hatte sich so machtlos gefühlt, dass sie verzweifelt um seine Aufmerksamkeit gekämpft hatte.

Die Welt würde ihr Kind als Beweis für ihre Liebe zu ihrem verstorbenen Mann sehen. Aber Sarah würde immer wissen, dass es in Wirklichkeit eine Erinnerung daran war, wie kaputt ihre Beziehung gewesen war.

Ein Auto überholte sie auf der zweispurigen Landstraße. Sarah warf einen Blick auf den Tacho. Sie fuhr deutlich langsamer, als erlaubt war. Sie schüttelte den Kopf. Selbst wenn sie im Schneckentempo nach Hause kroch, konnte sie die Zeit nicht anhalten. Sie trat kräftiger aufs Gaspedal, aber ihr Auto reagierte nur mit einem leichten Ruckeln, ohne die Geschwindigkeit zu erhöhen.

Dann wurde alles still.

Sarah steuerte das Auto an den Straßenrand, was ohne Servolenkung und Bremskraftverstärker mühsam war. Warum musste das jetzt auch noch passieren? Ausgerechnet heute!

Sie warf einen Blick auf die Tankanzeige. Die Nadel war ganz unten. Frustriert schlug sie so kräftig aufs Lenkrad, dass ihre

Handflächen brannten. »So dumm, so dumm, so dumm!« Tränen brannten in ihren Augen.

Sie griff in ihre Handtasche und wollte ihr Smartphone herausholen, aber es war nicht da. Sie musste es in der Ladestation auf ihrem Nachttisch vergessen haben. Sarah starrte auf die leere Straße und legte dann stöhnend den Kopf aufs Lenkrad. Ihr blieb nichts anderes übrig, als zu Fuß aufzubrechen.

Das würde kein Spaß werden. Ein Fußmarsch in ihrem engen Rock und mit ihren hohen Absätzen bei über dreißig Grad auf der Teerstraße. Hatte sie wirklich gedacht, schöne Kleidung, elegante Schuhe und frisiertes Haar könnten sie vor der Diagnose der Ärztin abschirmen?

Mit der Handtasche am Arm marschierte Sarah los. Unter ihren Schuhen knirschte der feine Schotter am Straßenrand. Nach einer halben Stunde zitterten ihre Knie und der Schweiß hatte ihre dünne weiße Bluse durchtränkt. Sie sehnte sich danach, ihre drückenden Schuhe auszuziehen, aber der glühende Asphalt würde ihre Fußsohlen verbrennen.

In der Ferne stieg eine Staubwolke auf. Sie kniff die Augen zusammen. Ein Traktor näherte sich auf dem Feld neben der Straße. Nur in Tennessee konnte ein Traktor ein Rettungsfahrzeug sein!

Der langsamer werdende Traktor fuhr in ihre Richtung und kam mit einem dröhnenden Knattern neben ihr zum Stehen. Sarah versuchte, die Staubwolke, die sie einhüllte, zu vertreiben. Ein Mann mit einem verbeulten Hut tauchte inmitten der Wolke auf. Blaugrüne Augen blickten besorgt zu ihr herab.

»Sarah? Ist alles in Ordnung?«

Musste es ausgerechnet er sein? Als sie das letzte Mal mit Clay gesprochen hatte, war sie damit herausgeplatzt, dass sie nicht schwanger sei, und dann war sie schnell geflohen, um sich nicht über seinen Cowboystiefeln zu übergeben. In der Hoffnung, ihr Lächeln, das ein falsches Selbstvertrauen heuchelte, würde sie nicht verraten, zuckte sie die Schultern und stemmte die Hände in die Hüften. »Klar, alles bestens. Ich dachte einfach, dass ich an diesem schönen, warmen Tag einen Spaziergang machen könnte.« Ein Schweißtropfen lief von ihrer Stirn und lief dann weiter über ihre Nase. Sie wischte ihn mit dem Daumen weg.

Clay stellte den Motor ab und sprang auf die Erde. Er blickte hinter sie in die Richtung, aus der sie gekommen war. »Hast du Probleme mit deinem Auto?«

Sie stöhnte innerlich, da sie ihren dummen Fehler nicht zugeben wollte. Ihre Knie zitterten und ihr Lächeln verflog, während sie den Geschmack von Galle, der in ihrer Kehle aufstieg, mühsam hinunterschluckte. Sie war dehydriert, überhitzt und erschöpft. Sie brauchte Clays Hilfe, so demütigend und peinlich das auch war.

Sie deutete mit dem Daumen hinter sich. »Mir ist das Benzin ausgegangen. Mein Auto steht ungefähr anderthalb Kilometer in dieser Richtung. Ich bin losmarschiert, um Benzin zu holen.«

»Ich helfe dir. Steig auf.«

Sie drehte sich zu dem großen roten Traktor herum, dessen Reifen fast genauso groß waren wie sie. »Auf dieses Ding?«

Er zuckte die Schultern. »Na ja, mein fliegender Teppich ist in der Reinigung und mein weißes Pferd ist beim Tierarzt. Also …«

Sie verzog einen Mundwinkel zu einem Lächeln. »Haha. Wirklich witzig.«

»Ein Freund hatte sich meinen Traktor ausgeliehen. Ich bin gerade auf dem Heimweg. Wir können ihn bei mir zu Hause abstellen und mit dem Jeep Benzin holen.« Er warf ihr einen prüfenden Blick zu und runzelte die Stirn. »Und du kannst ein Glas Wasser trinken.«

Sarah trat zu dem Traktor, aber ihr Knöchel gab unter ihr nach. Clay hielt sie schnell am Ellbogen fest und bewahrte sie vor einem Sturz.

»Komm. Ich helfe dir.«

Einen Moment später saß sie viel zu nahe neben Clay auf dem winzigen aufklappbaren Beifahrersitz, während der Traktor über eine lange Landstraße tuckerte. Nach einer Weile bogen sie in eine Straße, an der Wohnhäuser standen. Ältere Leute, die auf ihren Veranden saßen, drehten die Köpfe nach ihnen und ließen den Traktor nicht aus den Augen, der knatternd durch ihre Straße rollte. Sie starrte auf den Boden, der unter den riesigen Rädern vorüberzog. Clay hob eine Hand und winkte, als befänden sie sich bei einer Parade.

»Würdest du bitte aufhören, unnötig Aufmerksamkeit auf uns zu ziehen?« Sie musste rufen, damit er sie bei dem Motorenlärm verstehen konnte.

Sein Lachen, das sie nur sehen, aber nicht hören konnte, ließ seine Schultern erbeben. Er beugte sich nahe zu ihrem Ohr herüber, damit sie ihn verstand. »Ich fahre in einem laut dröhnenden roten Traktor durch die Straße und eine schöne Frau sitzt neben mir. Ich glaube kaum, dass die Leute wegen meines Winkens auf uns aufmerksam werden.« Er zuckte die Schultern. »Du könntest den Blick heben, die Leute anlächeln und ein wenig Spaß bei der Sache haben. Diese Menschen sind total fasziniert. Wir geben ihnen für mindestens eine Woche Gesprächsstoff. Oder bis der nächste Traktor mit einer hübschen Dame durch ihre Straße rollt.«

Sie verzog das Gesicht und winkte einem Nachbarn zu, der sie neugierig beäugte. »Ist es deine Gewohnheit, Frauen in deinem Traktor durch den Ort zu fahren?«

Seine Schultern bebten erneut vor Lachen. »Nein, Ma'am. Ich bin mir ziemlich sicher, dass dies das erste Mal ist. Außerdem ist das hundertprozentig verboten. Auf der Straße darf man keinen Beifahrer mitnehmen.«

Sie beugte sich näher zu Clay und widerstand nur mühsam dem Drang, sich ängstlich an seinen Arm zu klammern. Wenn das verboten war, gab es dafür sicher einen Grund.

Er sagte nahe an ihrem Ohr. »Keine Sorge. Alles wird gut.« In seiner Stimme lag eine solche Gewissheit, dass die Anspannung nachließ, die ihre Schultern verkrampfte, seit sie die Arztpraxis verlassen hatte.

Sie ließen die Wohngegend hinter sich und fuhren auf einem langen, geraden Feldweg weiter. Rote Staubwolken stiegen um sie herum auf. Nach ungefähr einer Meile brachte Clay den Traktor vor einer verwitterten Scheune und einem grauen Bauernhaus mit einer breiten Veranda zum Stehen.

Er half ihr beim Absteigen und führte sie zur Veranda. Obwohl er sie beim Gehen nicht berührte, entging ihr nicht, wie nahe er an ihrer Seite blieb.

»Keine Angst, ich falle nicht um.«

Er lachte leise. »Ich will ja nicht unhöflich sein, aber du siehst aus, als könnte dich der leiseste Windstoß umpusten. Setz dich doch hier in den Schaukelstuhl. Ich bringe dir ein Glas Wasser.«

Sie setzte sich und lächelte leicht, als er im Haus verschwand und die Mückengittertür von den quietschenden Federscharnieren zugezogen wurde. Der Ventilator über ihr begann, sich zu drehen, und ein leichter Windhauch berührte ihre verschwitzte Haut.

Das Haus lag auf einem kleinen Hügel. Ein Feld mit langen Maisreihen breitete sich darunter aus und dahinter ein weiterer Hügel, auf dem schwarze Rinder grasten. Clay tauchte wieder auf und reichte ihr ein kühles Glas.

Ihr entfuhr ein erleichtertes Seufzen, als das eiskalte Wasser ihre Zunge berührte. Sie musste sich beherrschen, um es nicht in einem einzigen Satz hinunterzukippen. Sie lehnte den Kopf an den Schaukelstuhl zurück. »Danke.«

»Gerne. Wenn du hineingehen und dich frisch machen willst, bevor wir aufbrechen: Unter dem Waschbecken liegen saubere Handtücher. Das Badezimmer findest du hinter der ersten Tür links.« Er setzte sich in den zweiten Schaukelstuhl.

Sie stand zögernd auf und betrat das Bauernhaus. Es war besser eingerichtet, als sie es bei einem unverheirateten Mann auf dem Land erwartet hätte, aber es fehlte jede weibliche Note. Ein Foto auf dem gemauerten Kaminsims erregte ihre Aufmerksamkeit. Darauf waren Clay und drei andere Männer in Militärkleidung abgebildet, hinter ihnen breitete sich eine Wüste aus. Ein übermütiges Grinsen lag auf ihren Gesichtern.

Nachdem sie ein paar Minuten damit verbracht hatte, sich den

Staub aus dem Gesicht und vom Hals zu waschen, ging sie wieder zu Clay hinaus. »Du warst in der Armee?«

Ein Muskel zuckte an seinem Kinn. Er senkte den Kopf und steckte seine Füße in ein Paar andere Stiefel, die weniger klobig waren. »Ja. Ich war zweimal in Afghanistan.« Er hob den Blick und zuckte die Schultern. »Die Arbeit auf einem Bauernhof entspricht mir aber viel mehr. Wenigstens jetzt, seit mich deine Oma in die richtige Richtung gelenkt hat und ich dank ihrer Hilfe Kontakt zu einigen regionalen Landwirtschaftsgenossenschaften habe.«

Sie setzte sich in den zweiten Schaukelstuhl. »Du hast also nicht schon immer Landwirtschaft betrieben?«

Er schüttelte den Kopf und lächelte sie schief an. »Nein. Verglichen mit dem, was ich jetzt kann, war ich ein typischer Städter. Dieses Land hat meinem Onkel gehört. Er hat es mir vor sieben Jahren vermacht. Ich fand, dass Brighton ein guter Ort für einen Neuanfang ist.« Sein Adamsapfel hüpfte, während er das Feld unter dem Haus betrachtete.

Sie spürte den plötzlichen Drang, etwas zu sagen, um die Anspannung, die in sein Gesicht getreten war, zu vertreiben. »Mir geht es in Bezug auf die *Old Depot Grocery* ähnlich.« Sie lächelte vorsichtig. »Du hast vermutlich von meinem Mann gehört.«

Er schaute sie wieder an und nickte. Sie sah ihm an, dass er jeden Moment »Mein herzliches Beileid« sagen würde.

Aus irgendeinem Grund konnte sie es nicht ertragen, diese unverdiente Beileidsbekundung aus Clays Mund zu hören. »Es ist ein Fehler gewesen, Aaron zu heiraten.« Ihre Augen weiteten sich. Das sollte sie eigentlich nicht laut aussprechen. Niemals. Und ganz gewiss nicht vor einem Mann, den sie kaum kannte.

Falls ihre Worte ihn schockierten, ließ er es sich nicht anmerken. »Auch das, was wir verlieren, ist ein wichtiger Teil unserer Lebensgeschichte, Sarah. Wir können die Zeit nicht zurückdrehen und unser Leben neu gestalten, weil wir denken, wir hätten den Verlust verhindern können. Verluste sind Teil des Lebens.« Er stand auf, trat zu ihrem Schaukelstuhl und legte eine Hand auf ihre Schulter. »Ich weiß, dass es schmerzt. Jemanden zu verlieren, den wir lieben, fühlt sich an, als würde ein wichtiger Teil aus uns herausgeschnitten werden. Der Schmerz überdeckt manchmal die Liebe, die wir zu diesem Menschen hatten, aber …«

»Ich wollte ihn an diesem Abend verlassen.« Sie keuchte entsetzt, weil sie diese Worte laut aussprach, aber sie sprudelten einfach aus ihr heraus. »Bei der Beerdigung hatten alle Mitleid mit seiner armen Witwe und versuchten, mich zu trösten. Das habe ich nicht verdient. Denn während er in seinem Auto eingeklemmt war und allein auf irgendeiner regennassen Landstraße starb, habe ich zu Hause in unserem Schlafzimmer meine Sachen gepackt.« Sie strich mit dem Arm über ihre Augen und rang nach Luft.

»Ich wollte nicht weggehen, weil wir die ganze Zeit gestritten hätten. Ich fühlte mich einfach so festgefahren«, sprach sie weiter. »Wenn man verheiratet ist, sollte man doch nicht an Einsamkeit leiden. Vielleicht dachte ich, dass ich endlich seine Aufmerksamkeit bekomme, wenn ich ihn verlasse.« Sie umklammerte ihre Knie, während ein herzzerreißendes Schluchzen aus ihrer Brust aufstieg und ihre Worte erstickte, die sie genauso wenig zurückhalten konnte wie ihr Schluchzen. »Bei der Beerdigung haben alle gesagt, wie wunderbar er war. Freundlich. Aufmerksam. Aber ihre Worte haben einfach … einfach nur *wehgetan.* Das war nicht fair. Seine Kollegen hatten den besten Teil von ihm bekommen. Und ich … für mich blieben nur die Reste übrig.«

Clay zog seinen Stuhl näher heran, setzte sich und hielt ihre Hände, als die Beklommenheit in ihrer Brust ihre Worte abschnitt. Sie machte sich vor diesem Mann völlig lächerlich, aber sie konnte einfach nicht aufhören.

Sarah schüttelte den Kopf. »Ich klinge so erbärmlich.«

»Vielleicht habt ihr beide Fehler gemacht, die du nicht ungeschehen machen kannst, aber du atmest noch und du lebst. Du hast die Chance auf den Neuanfang, nach dem du dich sehnst. Und du brauchst deshalb keine Schuldgefühle zu haben. Ich habe auf die harte Tour gelernt, dass es niemandem hilft, wenn man sich selbst bestraft.«

Kapitel 20

August 1982

Rosemary betrat am Samstagmorgen ein wenig atemlos den Laden. Sie war am Abend zuvor zu lange aufgeblieben, um für die Abschlussprüfungen zu lernen, und hatte verschlafen.

»Rosemary, hier stehen jede Menge Flaschen herum, die in den Getränkeraum müssen. Der Getränkelieferant kommt morgen und ich will nicht, dass dieses ganze Leergut noch einmal eine ganze Woche hier im Laden herumsteht.« Mama schaute sie von der Kasse aus finster an.

»Warum kann das nicht Jessie machen?«

Jessie saß im ersten Gang gemütlich auf dem Boden und füllte Dosen auf. Dabei sah sie genauso zufrieden aus wie eine Katze vor einer Milchschüssel. »Weil ich hier zu tun habe. Wer zuerst kommt, hat die erste Wahl, weißt du noch?«

Rosemary knurrte leise. Sie überließ ihrer unpünktlichen Schwester oft die unangenehmsten Arbeiten.

Der Getränkeraum war der widerlichste Ort im alten Laden. Es war ein ummauerter Bereich hinter dem Gebäude, in dem Kisten über Kisten mit klebrigen Glasflaschen gestapelt wurden und darauf warteten, jede Woche abgeholt zu werden. Viele Kunden ließen die Flaschen so lange zu Hause stehen, bis sich eine größere Menge angesammelt hatte, um ihr Flaschenpfand dann auf einmal zurückzubekommen.

Rosemary lud die Flaschen ein, die neben der Kasse standen, und marschierte mit dem Glas, das bei jedem Schritt klirrte, nach hinten. Im Lagerraum warteten noch mehrere volle Säcke darauf, sortiert und in Kisten geräumt zu werden.

Es war erst zehn Uhr morgens, aber die Spätsommerhitze war

bereits erdrückend schwül. Rosemary verrenkte sich den Hals und versuchte, die Kiste ganz oben auf einen Kistenturm zu hieven. Die Wespen waren gierig auf die zuckrigen Reste auf dem Boden der Flaschen. Diese fiesen Tiere umschwirrten sie gnadenlos, auch wenn sie noch so heftig nach ihnen schlug.

Sie kehrte in den kühlen Lagerraum zurück, sortierte die Flaschen nach Art und Größe und räumte sie ordentlich in die entsprechenden Kisten. Als sie fertig war, stapelte sie eine Kiste auf die andere und lehnte sich gegen die riesige Metalltür, um sie aufzuschieben.

Wenn Flaschen kaputtgingen, konnte Mama richtig wütend werden. Sie zahlten den Kunden das Pfand für die zurückgebrachten Flaschen zurück, aber wenn die Flaschen nicht heil an die Getränkefirma zurückgegeben wurden, blieb der Laden auf den Kosten sitzen.

Rosemary ging in die Hocke, um die gestapelten Kisten abzustellen. Glas klirrte und der Schweiß lief ihr über den Rücken. Als die unterste Kiste gerade das Pflaster berührte, hörte sie einen Schrei, bei dem ihr das Blut in den Adern gefror. Er kam von ihrer Schwester. Dann hörte sie quietschende Autoreifen.

Rosemary stellte die klirrenden Flaschen sicher ab und sprintete zur Vorderseite des Ladens. Jessamine stand mit hochrotem Gesicht auf dem Parkplatz. »Sie haben wieder Eis gestohlen.«

»Diese Idioten!« Rosemary rannte los und forderte die Jungs in dem Auto schreiend auf, stehen zu bleiben. Eine leise Stimme in ihrem Hinterkopf ermahnte sie, dass sie sich nicht zum Narren machen solle, indem sie zu Fuß hinter einem Auto herjagte, und das alles wegen einer Tüte Eis für fünfzig Cent. Aber Logik und Vernunft hatten damit nichts zu tun. Sie hatte es satt, dass der Laden ihrer Familie ständig Opfer von Lausbubenstreichen wurde.

Ihre Schuhe klapperten über den Asphalt und ihre Lunge brannte. Verringerte sie tatsächlich den Abstand zu dem Auto?

Oh, Bremslichter. Sie hielten an. Sie waren tatsächlich stehen geblieben. Was würden sie jetzt machen? Wahrscheinlich lachten sie ihr frech ins Gesicht und rasten davon.

Rosemary richtete sich zu ihrer vollen Größe von eins fünfundsechzig auf und versuchte, genauso einschüchternd zu wirken wie ihr Vater, der ein Riese von einem Mann war. Sie marschierte auf das stehende Auto zu.

Als sie den Jungen hinter dem Lenkrad sah, der den Spott der anderen im Auto ertragen musste, fiel ihre Kinnlade herunter.

»Bo Anderson? Von dir hätte ich so etwas nicht erwartet!« Sie hätte nie damit gerechnet, dass Bo mit diesen älteren Jungen zusammen war, die dafür bekannt waren, dass sie Ärger machten. Meistens stellten sie schlimmere Dinge an, als Eis zu klauen.

Er senkte das Kinn und seine Wangen röteten sich.

»Oooh, da bekommt aber jemand Probleme.«

Rosemary beugte sich nach unten und bedachte den Jungen auf dem Beifahrersitz mit einem finsteren Blick. »Ich sollte euch alle anzeigen. Das ist Diebstahl.«

»Ach, komm schon! Als ob das die Polizei interessieren würde! Es ist nur eine Tüte Eis«, erwiderte der Junge lässig.

Sie konzentrierte ihre Aufmerksamkeit wieder auf Bo. »Ich hätte nicht gedacht, dass du zu dieser Clique gehörst.« Genauso wie sie schien Bo manchmal nirgends so richtig dazuzugehören. Anscheinend versuchte er, in eine neue Clique zu kommen, und dieser Diebstahl war eine Art Mutprobe.

Er nahm den Eisbeutel von der Mittelkonsole.

»Bo, wenn du ihr das Eis gibst, zählt es nicht. Entweder du stiehlst das Eis oder du überschüttest Ms Paulettes Katze mit Terpentin.«

Bo schluckte schwer, gab ihr aber das Eis.

Ein Junge vom Rücksitz lachte. »Mann, bist du ein Pantoffelheld!«

Rosemary nahm das Eis, war sich aber plötzlich unschlüssig. Vielleicht sollte sie ihm das Eis zurückgeben, um Ms Paulettes Katze vor Schaden zu bewahren. Sie schaute Bo erneut finster an.

»Wenn mir zu Ohren kommt, dass dieser Katze irgendetwas zugestoßen ist, spreche ich nie wieder mit dir, das schwöre ich.« Als ob ihm diese Drohung irgendetwas ausmachen würde!

Er schüttelte den Kopf und sein Gesicht war immer noch knallrot. »Ich tue ihr nichts.«

Sie warf einen Blick über ihre Schulter. »Du hast so etwas nicht nötig.« Plötzlich erinnerte sie sich an etwas, das diesen »harmlosen« Diebstahl noch schlimmer machte. Sie marschierte zu dem Auto zurück und war so geladen, dass das Eis in dem Beutel Gefahr lief zu schmelzen. »Ich weiß, dass dieses Eis eigentlich keine große Sache ist, aber da mein Vater zu deiner Familie so freundlich ist, würde ich erwarten, dass du ein wenig Anstand zeigst. Er lässt euch immer wieder anschreiben, obwohl er genau weiß, dass ihr nur einen Teil bezahlt, bevor ihr neue Schulden macht. Du bestiehlst jemanden, der dir und deiner Familie immer nur Gutes getan hat.«

Bo öffnete den Mund und klappte ihn wieder zu. Selbst die höhnisch lästernden Jungs im Auto waren verstummt.

Mit siegesgeschwellter Brust marschierte Rosemary davon. Ihr Mund verzog sich zu einem breiten Grinsen, da sie sich ausnahmsweise einmal als Siegerin fühlte.

Als sie ihren Vater ganz in ihrer Nähe am Straßenrand stehen sah, verlangsamte sie ihre Schritte. Er musste die ganze Sache verfolgt haben.

Sie hielt die Tüte mit einem triumphierenden Grinsen hoch. »Ich habe unser Eis zurück.«

Seine ernste Miene verdarb ihre gute Laune. »Rosemary Clearwater, ich will nie wieder erleben, dass du einen anderen Menschen so behandelst. Der Kredit, den ich gewähre, geht nur meinen Kunden und mich etwas an. Wir machen seiner Familie deshalb nie irgendwelche Vorhaltungen. Hast du mich verstanden?«

Ihre Schultern sackten nach unten. »Ja, Papa«, flüsterte sie mit zugeschnürter Kehle.

»In der Bibel steht, dass wir großzügig geben sollen. Und dass wir nicht selbstgerecht sein sollen. Wir von *Old Depot Grocery* sind nicht selbstgerecht. Wenn wir etwas geben, halten wir es den anderen nicht vor, denn damit würden wir sie zwingen, vor allen zu zeigen, was wir ihnen gegeben haben. Wenn wir Kunden einen Kredit gewähren, dann benehmen wir uns nicht wie Geldverleiher. Wir geben gerne. Wenn der Kunde den Kredit zurückzahlen kann, betrachten wir das als Segen. Ich überlege mir gut, wie viel Kredit ich geben kann, Rosemary, und ich gebe so viel, wie ich mir leisten kann. Das bedeutet vielleicht, dass ich weniger Geld in der Tasche habe, aber mein Herz ist voller.« Er deutete mit dem Kopf auf die Eistüte in ihren Händen. »Jetzt sollten wir das Eis wieder ins Eisfach legen. Ich will nicht, dass deine heldenhaften Bemühungen, die Diebe zur Strecke zu bringen, vergeblich waren.«

Sie warf einen vorsichtigen Blick auf ihn. Seine Augen funkelten. Er tätschelte ihre Schulter und sie gingen gemeinsam zum Laden zurück.

»Aber, Papa, was ist, wenn die Leute den Kredit nie zurückzahlen und dich nur ausnutzen? Und ihr Geld stattdessen für andere Dinge ausgeben?«

»Schatz, das müssen sie mit dem Herrn ausmachen. Ich vertraue, dass Gott uns versorgt. Einige Jahre sind zwar magerer als andere, aber wir haben immer alles, was wir brauchen. Manchmal muss ich Nein sagen, wenn ich um einen Kredit gebeten werde. Aber wenn es in meiner Macht steht zu helfen, helfe ich.«

Sie räumte das Eis ins Eisfach zurück. Könnte sie je so sein wie er? Er schien immer vor Freundlichkeit überzufließen und vertraute darauf, dass immer genug für alle da wäre, während sie sich an das klammerte, was sie hatte.

Auch wenn er wegen der Worte, die sie gesagt hatte, enttäuscht und sogar verärgert gewesen war, gab er ihr die Möglichkeit, ihr Verhalten zu bereuen. Statt sie von oben herab zu behandeln, setzte er sie quasi auf seine Schultern, damit sie einen weiteren Blick bekam.

Kapitel 21

Heute

Sarah stieg die Stufen zur Haustür ihrer Eltern hinauf und schaute zu, wie die Motten gegen das Glas der Verandalampe flogen. Ihr Körper sehnte sich nach einer warmen Dusche, um den getrockneten Schweiß und Staub, der auf ihrer Haut klebte, abzuwaschen.

Nachdem sie Clay ungeplant ihr Herz ausgeschüttet hatte, einschließlich der Nachricht von ihrer Schwangerschaft, hatte er ihr bei ihrem Auto geholfen. Trotz ihrer vielen Tränen und der Dinge, die aus ihr herausgeplatzt waren, obwohl sie das alles nie hatte laut aussprechen wollen, war er völlig gelassen geblieben. Hatte man ihm das beim Militär beigebracht? Nicht nur bei Beschuss in einem Kriegsgebiet die Ruhe zu bewahren, sondern auch bei einer dehydrierten, schwangeren Frau, die kurz vor einem Nervenzusammenbruch stand?

Trotz ihrer Müdigkeit musste sie bei der Vorstellung, wie diese Trainingseinheit wohl ausgesehen hatte, schmunzeln.

Sie steckte den Schlüssel ins Schloss und öffnete die Haustür. Sie wollte zuerst duschen, danach würde sie Mama vielleicht gestehen, was die Ärztin diagnostiziert hatte.

Sie schloss die Tür hinter sich und sperrte ab. Das Haus war zu leer, seit Papa mit seinem liebenswerten tierischen Begleiter wieder auf der Straße war.

»Sarah, Liebes, bist du das?«

»Ja, Mama.« Sie folgte der Stimme ihrer Mutter ins Wohnzimmer.

»Wenn sich in dieser Kleinstadt die neuesten Nachrichten nicht so schnell herumsprächen, würde ich vor Sorge wahrscheinlich durchdrehen.« Ihre Mutter zog eine Braue hoch. »Man erzählt sich, dass meine Tochter auf Clay Watsons Traktor durch die Stadt gefahren ist.« Der Schaukelstuhl und die Stricknadeln ihrer Mutter hielten inne.

»Mama ...«

Mama grinste. »Ich weiß, dass dir das Benzin ausgegangen ist. Das sollte nur ein Spaß sein. Ich bin einfach froh, dass Clay genau im richtigen Moment aufgetaucht ist und du nicht den ganzen Weg zu Fuß gehen musstest. Aber im Ernst, Kind, wo ist dein Handy?«

»Das habe ich in meinem Zimmer vergessen.«

»Was hat die Ärztin gesagt?«

Sarah wandte den Blick ab. Wenn sie die Wahrheit sagte, würde Mama sofort aktiv werden und sie mit gut gemeinten Ratschlägen überschütten. Sarah würde ihr alles erzählen. Aber nicht heute Abend. »Sie hat gesagt, dass ich körperlich in guter Verfassung bin, aber dass mein Körper im Moment sehr viel durchmacht. Und dass ich mir etwas Ruhe gönnen soll.«

Mama legte das Strickzeug in den Korb neben ihren Füßen und schüttelte den Kopf. »Ich habe dir ja gesagt, dass du zu viel im Laden arbeitest.«

»Ich tue doch gar nicht viel. Die meiste Zeit sitze ich nur an der Kasse. Und ich plane einige Aktionen, um wieder mehr Kunden anzulocken.«

»Das ist alles nicht nötig.«

Jedenfalls war es besser, als in ihrem Bedauern zu versinken. »Warum bist du so sehr dagegen, dass ich dort bin?«

»Du steckst deine Energie in eine Sache, die zum Scheitern verurteilt ist. Das ergibt keinen Sinn.«

»Ich verbinde mit diesem Laden viele sehr glückliche Erinnerungen. Die Zusammenarbeit mit dir und Oma. Das Gefühl, Teil von etwas Größerem zu sein. Selbst wenn der Tag in der Schule schwer war, konnte ich in den Laden gehen und fühlte mich schlagartig frei von den Schulmädchendramen, die mich gerade belasteten. Du hast dein ganzes Leben in diesem Laden verbracht. Du musst ihn doch irgendwann geliebt haben. Was hat sich geändert?«

Mama tat Sarahs Worte mit einer lässigen Handbewegung ab. »Meine Entscheidung, den Laden zu verkaufen, hat nichts mit Erinnerungen und der Vergangenheit zu tun. Es geht darum, sinnvoll mit unseren Ressourcen umzugehen. Mein Vater hätte nie gewollt, dass wir uns nur um unserer Erinnerungen willen unnötig abquälen. Wenn er hier wäre und wüsste, was ich weiß, würde er den Verkauf des Ladens unterstützen.«

Sarah beugte sich vor, da sie gern mehr über diesen Teil der Geschichte ihrer Mutter hören wollte. Sie sehnte sich danach, mehr über ihren Großvater zu erfahren, den sie nie kennengelernt hatte. Dieser Mann hatte dazu beigetragen, ihre Mutter zu der starken Frau zu formen, die sie heute war. Doch statt weiterzuerzählen, nahm ihre Mutter wieder die Wolle aus ihrem Korb und strickte weiter.

»Es war ursprünglich sein Laden, nicht wahr? Bevor er Oma kennenlernte. Hilft dir der Laden, dich ihm nahe zu fühlen?«

Sarah wollte mit diesem Nachhaken ihre Mutter nicht verletzen, obwohl dieses Thema für sie schmerzlich war, aber sie musste mehr über ihre Herkunft wissen. Wenn sie in ihrem und Aarons Haus war, hatte sie nicht das Gefühl, Aaron nahe zu sein; das Haus erinnerte sie nur an die Distanz, die zwischen ihnen geherrscht hatte. Wenn sie aus den Erfahrungen ihrer Mutter, mit einem schmerzlichen Verlust umzugehen, etwas lernte, könnte sie vielleicht auch einen Weg in die Zukunft finden.

Mamas Hände hielten inne. »Loszulassen ist nie leicht. An kleinen Erinnerungsstücken festzuhalten, ist in Ordnung, aber ein Geschäft ist kein Erinnerungsstück. Mehr will ich dazu nicht sagen.«

Sarah ging ins Badezimmer und stellte das Wasser so heiß, wie sie es aushalten konnte. Dann stand sie so lange unter der Dusche, bis ihr in der Hitze des dampfenden Badezimmers schwindelig wurde. Warum beantwortete Mama ihre Fragen nicht?

In ein Handtuch, das frisch aus dem Trockner kam, gewickelt, legte Sarah eine Hand auf ihren flachen Unterleib und versuchte, sich an die Vorstellung zu gewöhnen, dass hier drinnen ein kleiner Mensch heranwuchs. Dann ging sie in ihr Zimmer und schlüpfte in einen Pyjama. Es war zwar erst neunzehn Uhr, aber es kam ihr vor, als wäre es schon Mitternacht. Dann ging sie in die Küche, um ein Glas Wasser zu trinken. Auf dem Weg dorthin nahm sie das tragbare Telefon aus der Ladestation.

Mama wollte ihr zwar offenbar nichts über ihre Vergangenheit erzählen und ihr nicht erklären, warum sie einen Laden, in den sie ihr ganzes Leben gesteckt hatte, kampflos aufgeben wollte, aber vielleicht könnte sie Tante Jessie ein paar Informationen entlocken.

»Hallo, Rosemary. Das ist aber eine Überraschung.«

»Hier ist Sarah. Ich bin in Brighton bei Mama und wollte dich etwas fragen.«

Am nächsten Morgen saß Sarah mit einem zugeklappten Buch auf dem Schoß hinter der Feinkosttheke. Ihre Gedanken kreisten immer wieder um ihr Telefongespräch mit Tante Jessie am Vorabend.

»Warum ist sie geblieben, wenn sie eigentlich überhaupt nicht hier sein will, Tante Jessie? Warum ist sie nicht in eine andere Stadt gezogen wie du? Warum hat sie nicht einfach aufgehört, im Laden zu arbeiten, und etwas Neues in ihrem Leben angefangen?«

Tante Jessies schweres Seufzen drang durchs Telefon. »Kurz vor ihrem Schulabschluss gab es eine Zeit, in der ich dachte, dass sie genau das tun würde. Und …«

»Und was?«

»Und zum ersten Mal in ihrem Leben hat Rosemary ausnahmsweise das getan, was sie selbst wollte, statt das zu tun, was alle anderen von ihr erwarteten. Die Folgen dieser Entscheidung haben ihre Welt aus den Angeln gehoben. Unsere Welt. Seitdem versucht sie, das wiedergutzumachen, vermute ich. Aber ich verstehe wirk-

lich nicht, was in der Welt sie bewogen hat, jetzt plötzlich die Reißleine zu ziehen und den Laden verkaufen zu wollen …«

»Sarah? Bist du das wirklich?«

Der überraschte Tonfall riss Sarah aus ihren Gedanken. Ihre beste Freundin aus Kindertagen stand auf der anderen Seite der Feinkosttheke und hielt ein pummeliges Baby in den Armen. »Libby?« Libby war eine der wenigen von ihren Freundinnen, die nach dem Schulabschluss in Brighton geblieben waren.

Libby kreischte vor Freude und das Baby in ihren Armen zappelte protestierend, als sie es ein wenig zu fest an sich drückte. »Ich habe gehört, dass du wieder hier bist. Ich musste einfach kommen, um mich mit eigenen Augen davon zu überzeugen!«

Sarah ließ das Buch in ihre Tasche gleiten und kam um die Theke herum. Libby hatte ein Baby auf ihrer Hüfte sitzen und an ihren Beinen hingen zwei Kleinkinder. Sie zog Sarah an sich und umarmte sie mit einem Arm. Ein süßsaurer Geruch von Babypulver und Erbrochenem strömte vom T-Shirt ihrer Freundin aus.

Libby ließ sie los und grinste sie an. »Es ist so schön, dich zu sehen!«

Sarah verzog bedauernd das Gesicht. »Tut mir leid. Ich hätte dich schon längst anrufen sollen. Ich bin einfach noch nicht dazu gekommen.« Sarah rieb mit der Spitze ihres Tennisschuhs über eine Schramme im Holzboden.

»Ach, mach dir deshalb keine Gedanken.« Libby deutete mit dem Kopf auf das Baby in ihren Armen und dann auf die Zwillinge. »Ich wäre schon früher hier aufgetaucht, aber die Zwillinge hatten die Hand-Fuß-Mund-Krankheit. Und natürlich haben sie die kleine Caroline angesteckt. Wenigstens hatten meine zwei Älteren diese Krankheit schon, als sie kleiner waren, und haben sie nicht mehr bekommen. Puh! Dieses Virus ist die reinste Folter. Aber jetzt geht es uns, Gott sei Dank, wieder bestens. Die älteren beiden sind im Moment in der Schule. Ich muss sie in einer Stunde abholen.«

»Ich kann gar nicht glauben, dass du fünf Kinder hast.« Sarah lächelte die kleinen Jungen freundlich an, die sie misstrauisch beäugten.

Mama tauchte mit geschürzten Lippen und einem Kopfschütteln hinter Libby auf und ging weiter. Wie gut Sarah den Blick in ihren Augen lesen konnte! *Wenn du hiergeblieben wärst, hätte dir das auch passieren können.* Sarah schaute ihre Freundin an. Ihr Haar war zerzaust und unter den Augen hatte sie bläuliche Ringe. Ein gelber Fleck befand sich auf der Schulter ihres überdimensionalen T-Shirts.

»Ich kann mir gar nicht vorstellen, wie du das alles schaffst. Du hast bestimmt alle Hände voll zu tun.«

Libby lächelte. »Das kannst du laut sagen. An den meisten Tagen bin ich pausenlos in Aktion, damit alle etwas Sauberes zum Anziehen und etwas Vernünftiges zum Essen haben und sich anständig benehmen, aber ich würde mit niemandem tauschen wollen.«

»Bist du heute zum Einkaufen hier oder wolltest du mich nur besuchen?«

Libby verlagerte das Baby auf ihrer Hüfte, das gluckste und Sarah mit seinen großen Augen ansah. »Ich brauche ein paar Sachen. Deine Großmutter hat uns Lebensmittel gebracht, seit die Kleinen krank geworden sind, aber ich habe sie endlich überzeugt, dass wir alle wieder fit genug sind, um selbst einkaufen zu fahren.«

»Im Moment ist nicht viel los. Ich kann dir einen Einkaufswagen holen. Dann übernehme ich Caroline, damit du beim Einkaufen die Hände frei hast.« Als Sarah mit einem Einkaufswagen zurückkam, übergab Libby ihr das Baby, setzte ein Kleinkind in den Kindersitz und das andere in den großen Wagen.

Die kleine Caroline drückte sich an Sarahs Brust und sie atmete den süßen Babygeruch ein. Das Baby packte eine Handvoll von Sarahs langen blonden Haaren und steckte sie in den Mund. Während Sarah Libby folgte und ihren unablässigen Erzählungen zuhörte, befreite sie ihre vollgesabberten Haarsträhnen vorsichtig aus den fleischigen Fingern des Babys.

Das hatte Sarah als Teenager oft gemacht: Müttern ihre Kleinkinder abgenommen, während diese eingekauft hatten, und davon geträumt, dass sie irgendwann auch ein Haus voller Kinder hätte.

»Libby, hast du dich immer sofort mit deinen Babys verbunden gefühlt, als du mit ihnen schwanger warst?«

Libby legte eine Großpackung Müsli neben ihrem kleinen Jungen in den Einkaufswagen und drehte sich zu ihr um. Sie zuckte die Achseln. »Das war bei jedem anders. Meistens war ich bereits in mein Kind verliebt – Charlie, schlag nicht dauernd auf dem Müsli herum –, sobald ich die zwei kleinen Striche auf dem Schwangerschaftstest sah. Aber bei Caroline war es anders.

Das habe ich natürlich niemandem verraten, aber sie war ungeplant und ich erfuhr von der Überraschung, als Mama gerade gestorben war. Außerdem machten wir in unserer Ehe gerade eine schwere Zeit durch und ich hatte die anderen vier Kinder, um die ich mich kümmern musste. Als sie geboren war, brauchten wir ein paar Monate, um unseren Rhythmus zu finden.« Libby streichelte die Wange ihrer Tochter. »Wir brauchten einfach ein wenig Zeit, um uns kennenzulernen, das war alles.«

Sarah atmete tief aus. Zeit. Vielleicht brauchte Sarah auch nur Zeit. Nur weil es so schwer gewesen war, eine enge Beziehung zu Aaron zu haben, bedeutete das nicht, dass sich das in der Beziehung zu ihrem Kind wiederholen musste.

Libby legte sich eine Hand auf den Mund und kicherte. »Meine Güte! Ich plappere viel zu viel, nicht wahr? Ich komme nicht oft dazu, mich mit Erwachsenen zu unterhalten. Ich bin ein wenig aus der Übung, was richtige Gespräche betrifft.«

Sarah lächelte. »Dagegen müssen wir unbedingt etwas unternehmen. Ich könnte eine Freundin gut gebrauchen.«

Kapitel 22

März 1983

Das Ticken ihrer Armbanduhr schien in dem stillen Laden widerzuhallen. Noch zwei Stunden bis Ladenschluss. Normalerweise genoss es Rosemary, den Laden ganz für sich zu haben. Und so zu tun, als gehöre er ihr.

Aber Brian Olsen hatte sie eingeladen, heute Abend mit ihm zu der Party drüben an der Johnson Mill Road zu gehen. *Brian.* Der Junge, für den fast alle an ihrer kleinen Schule schwärmten. Rosemary gehörte nicht zu den Mädchen, denen die Jungen große Beachtung schenkten. Ganz anders als ihre Schwester, die andere Menschen immer anlockte wie ein Geißblattstrauch die Bienen.

Rosemary hatte weder Jessies Charisma noch ihre ungezwungene Art oder ihre großen, faszinierenden Träume. Ihre Stärken waren Zuverlässigkeit und Fleiß. Und wenn das bedeutete, dass sie Dinge verpasste, zum Beispiel mit dem beliebtesten Jungen der Schule zu einer Party zu gehen, weil sie heute dran war, den Laden zu schließen, dann war das eben so. Sie konnte ihre Eltern ja schlecht bitten, diesen Abend freizubekommen, damit sie zu einer Party gehen konnte, die sie sowieso nicht gutheißen würden.

Das schrille Klingeln des Telefons riss sie aus ihren Gedanken.

»*Old Depot Grocery.* Wie kann ich Ihnen helfen?«

»Ma'am, haben Sie Prinz Albert in der Dose?«, fragte eine heisere Stimme durchs Telefon.

Rosemary warf einen Blick zum Tabakregal und verdrehte die Augen. »Ja. Ja, haben wir.«

»Dann sollten Sie ihn lieber rauslassen. Da drinnen kriegt er ja keine Luft!« Schallendes Gelächter drang an Rosemarys Ohren, gefolgt von einem Klicken, als der Anrufer auflegte. Mit einem genervten Stöhnen legte sie den Hörer wieder auf die Gabel.

Das kam an den Freitagabenden öfter vor. Die Scherzanrufe. Diese Möchtegernwitzbolde sollten sich wenigstens etwas einfallen lassen, das ein wenig origineller war.

Eine weitere Stunde kroch langsam dahin. Seit Stunden war kein Kunde mehr gekommen. Aber sie hatte noch vier Scherzanrufe bekommen. Ja, ihr Kühlschrank lief, und nein, sie versuchte nicht, ihn einzuholen. So sah ihr Freitagabend aus, während die anderen Jugendlichen ihrer Stadt irgendwo auf einem abgelegenen Grundstück um ein Lagerfeuer saßen, während laute Musik aus einer Boombox dröhnte und alle lachten und tanzten.

Sie griff in ihre Handtasche und zog den Zulassungsbrief von der Universität von Tennessee heraus. Sie hatte gute Noten und die Schulberaterin ermutigte sie, sich um einen Studienplatz zu bewerben, obwohl Rosemary nicht plante zu studieren. Warum sollte sie studieren, wenn sie keine Ahnung hatte, was sie werden wollte? Aber als sie diesen Brief heute Nachmittag aus dem Briefkasten geholt hatte, waren ihr bei der Vorstellung, aus Brighton wegzugehen und eigene Wege einzuschlagen, viele faszinierende Möglichkeiten durch den Kopf geschwirrt.

Rosemary räumte den Platz an der Kasse auf. Dann ging sie durch die Gänge, um sich zu vergewissern, dass alles an seinem Ort war, auch wenn sie das schon vor zwei Stunden gemacht hatte. Die Glasscheiben an der Feinkosttheke glänzten sauber und wiesen keinen einzigen Fingerabdruck auf, genauso wie die Schaufensterscheiben an der Vorderseite des Gebäudes.

Währenddessen träumte sie davon, wie sie in einer Großstadt ein neues Leben anfing. Als Studentin mit einem großen Freundeskreis. Ein Mädchen, für das sich die Jungen interessierten.

Ein Bild von Brians verführerischem Lächeln tauchte vor ihrem geistigen Auge auf und drängte ihre Tagträume von einem Studentenleben in den Hintergrund. Sie erinnerte sich an seinen Blick, mit dem er ihr in die Augen gesehen und ihre Hand gedrückt hatte, als er sie fragte, ob sie an diesem Abend mit ihm zu der Party gehen würde. Ihre Wangen waren ganz warm geworden.

Die Versuchung war sehr groß gewesen, aber sie hatte es nicht gewagt, die Erwartungen ihrer Eltern zu enttäuschen. Nachdem Rosemary Brian gesagt hatte, dass sie nicht mit ihm zu der Party gehen könne, hatte Cathy ihr pausenlos in den Ohren gelegen.

»Eine solche Einladung bekommst du nie wieder, Rosemary.« Dann hatte ihre Freundin sie an der Hand gepackt, sie zu Brian zurückgezerrt und sie so lange mit dem Ellbogen gestoßen, bis Rosemary gemurmelt hatte, dass sie versuchen würde zu kommen.

Es war gerade neun Uhr. Die Party hatte bestimmt erst angefangen. Es wäre keine große Sache, wenn sie den Laden ein wenig früher zusperrte. Rosemary ging zur Tür und drehte das Schild auf »Geschlossen« herum. Was hatte es für einen Sinn, hier zu sitzen und ihr letztes Schuljahr in einem leeren Laden zu versauern?

Nur dieses eine Mal sollte sie einfach das tun, was sie wollte, ohne sich das Hirn zu zermartern, ob es die richtige Entscheidung war. Sie bemühte sich ständig, nie jemanden zu enttäuschen oder im Stich zu lassen. Aber obwohl sie sich so anstrengte, hatte sie vielleicht doch jemanden im Stich gelassen. Sich selbst.

Rosemary nahm das Telefon und wählte die Nummer ihrer besten Freundin. »Hey, Cathy. Ich habe beschlossen, doch zu der Party zu gehen. Kannst du mich abholen? Ich will dort nicht allein auftauchen.«

Eine Viertelstunde später bog Cathys Auto auf den Parkplatz. Rosemary kontrollierte zweimal, ob alle Lichter ausgeschaltet waren und die Tür hinter ihr abgeschlossen war. Sie warf einen langen Blick aufs Telefon an der Wand. Wahrscheinlich sollte sie zu Hause anrufen und ihren Eltern sagen, dass sie früher ging. Aber diese Party gehörte zu den Dingen, vor denen der Pfarrer die Gemeinde sonntagmorgens eindringlich warnte. Obwohl Mama und Papa nie etwas dazu sagten, war sie sich ziemlich sicher, dass sie ihm zustimmten.

Cathy drückte auf die Hupe und Rosemary zuckte kreischend zusammen.

Sie lief zu Cathys Auto hinaus und rutschte auf den Beifahrersitz. »Ich kann gar nicht glauben, dass ich das tatsächlich mache.«

Cathy lachte. »Du bist wirklich eine Rebellin. Du wagst es tatsächlich, den Laden an einem Freitagabend, an dem sowieso kein Kunde mehr kommt, eine Stunde früher zu schließen! Pass nur auf, wahrscheinlich wird jetzt die ganze Erde aus ihrer Umlaufbahn geworfen.« Sie reichte ihr ein Schminktäschchen. »Hier. Ich habe mir neue Lidschatten gekauft.«

Im schwachen Licht der Straßenlaternen bemalte Rosemary ihre Augenlider mit einer kühnen Farbe und trug dick Mascara auf. Viel mehr Make-up, als Mama gutheißen würde. Dann zog sie einen Kamm aus ihrer Handtasche und frisierte ihre blonden Locken ein wenig höher. Heute Abend wollte sie mutig sein. Sie wollte es wagen aufzufallen. Einmal nicht die graue Maus sein. Dazu müsste sie nur ein paar Stunden so tun, als wäre sie Jessamine. Vielleicht würde dann diese Sehnsucht in ihr, dieser Hunger, gesehen zu werden, verstummen, wenn auch nur für eine kurze Weile.

Mit laut aufgedrehtem Autoradio fuhren sie über einen holpernden Feldweg und ein brachliegendes Feld. Nach kurzer Zeit tauchte der Lichtschein des Lagerfeuers vor ihnen auf. Cathy und Rosemary kicherten und waren vor Aufregung ganz kribbelig.

Die Geschichten, die über diese Partys kursierten, waren bestimmt völlig übertrieben. Wahrscheinlich hatten die jungen Leute hier nur ein wenig Spaß und stießen sich die Hörner ab. Brighton war ein ziemlich braves Städtchen. Trotzdem hatte sich bis heute weder Cathy noch Rosemary zu einer von diesen Partys gewagt.

Sie stiegen aus dem Auto und bahnten sich einen Weg durch die vielen jungen Leute. Paare seilten sich ab und verschwanden im Maisfeld, um ungestört zu sein. Musik dröhnte.

Cathy packte Rosemary an der Hand und brachte sie abrupt zum Stehen. Auf einem Holzstamm vor dem Lagerfeuer saß ein Paar und küsste sich leidenschaftlich.

Brian! Ihn würde sie überall erkennen, da sie das ganze Schuljahr in Chemie hinter ihm saß und sein dichtes braunes Haar und die breiten Schultern in seiner Lederjacke bewunderte, während sie verträumt seinen Namen in ihren Notizblock malte. Das Mädchen, das er in den Armen hielt und unanständig leidenschaftlich küsste, trug eine Jeansjacke, die sie ganz genau kannte. Denn es war ihre Jeansjacke.

»Jessamine Clearwater!« Rosemarys Schrei bewirkte, dass sich das Paar abrupt voneinander löste. Was machte ihre kleine Schwester hier? Warum knutschte sie mit einem Jungen aus der Klasse über ihr?

Jessamines Gesicht lief knallrot an und sie biss die Zähne zusammen.

»Wissen Mama und Papa, dass du hier bist? Mit diesem Jungen? Er ist viel zu alt für dich.«

»Misch dich nicht in meine Angelegenheiten ein. Was machst du überhaupt hier? Bist du nicht viel zu brav für eine solche Party?«

Rosemary trat näher und nutzte ihren leichten Größenvorteil. Sie rümpfte die Nase. »Du riechst nach Bier. Komm, wir fahren heim.«

Brian verdünnisierte sich und tauchte in der Menge unter, die sich schaulustig um die beiden Schwestern versammelt hatte, die sich giftig ankeiften.

»Ich gehe nicht. Mir gefällt es hier«, entgegnete Jessamine trotzig. »Und ich habe nichts getrunken. Ein Junge hat seinen Becher verschüttet und sein Bier ist auf meiner Jacke gelandet, als wir getanzt haben.«

Rosemary knirschte mit den Zähnen. »Brian hat *mich* eingeladen, mit ihm zu dieser Party zu gehen. Nicht dich.«

Jessamine grinste böse. »Brian hat dich nur eingeladen, weil er dachte, unsere Eltern lassen mich vielleicht mitkommen, wenn du hier bist.« Sie schüttelte den Kopf. »Das war eine dumme Idee. Ich habe versucht, ihm klarzumachen, dass du freitags bis zum Ladenschluss in unserem Laden bist und diese Aufgabe immer treu und brav erfüllst. Deshalb habe ich Mama und Papa erzählt, dass ich heute bei Jennifer übernachte. Ganz einfach.«

Cathy drückte Rosemarys Schulter und Rosemary blinzelte die heißen Tränen, die ihr in die Augen schossen, zurück. Alle wollten immer nur Jessamine. Wie hatte sie nur so dumm sein können zu glauben, dass plötzlich der Mädchenschwarm der ganzen Klasse Augen für sie hätte?

Rosemary nahm ein Bier aus der Kühltasche und machte es auf. Der bittere Geschmack ließ sie angewidert das Gesicht verziehen und sie verschluckte sich fast, aber sie trank weiter. Sobald sie das erste Bier ausgetrunken hatte, nahm sie das nächste. Sie bahnte sich einen Weg durch die Menge. Sie hatte es so satt, immer die Außenseiterin zu sein.

Mit pochendem Kopf nahm sie nur verschwommen wahr, wie die Zeit verging.

Jemand packte sie an den Schultern, als sie neben dem Lagerfeuer über einen Baumstamm stolperte. »Was soll das? So benimmst du dich doch sonst nie.«

Rosemary blinzelte und bemühte sich, wieder klar zu sehen. Cathy stand vor ihr und versperrte ihr den Weg.

»Cathy, ich habe es mein ganzes Leben lang völlig falsch angepackt. Vielleicht ist es besser, einfach zu tun, was mir in den Sinn kommt. Und aufzuhören, so viel nachzudenken.«

Cathy rümpfte die Nase. »Komm, lass uns gehen. Ich bringe dich unbemerkt in mein Zimmer. Dann rufe ich deine Eltern an und sage ihnen, dass du bei mir übernachtest. In diesem Zustand kannst du nicht nach Hause kommen.«

Rosemary riss sich von ihr los und der Boden unter ihr schien zu wanken. Sie hatte Mühe, das Gleichgewicht nicht zu verlieren.

In der Ferne heulten Polizeisirenen. Alle erstarrten. Jemand löschte schnell das Feuer. Rauch und Asche stiegen in die Luft auf. Einige liefen zu ihren Autos. Andere verschwanden im Maisfeld.

Doch die Polizeiwagen hatten offenbar ein anderes Ziel. Unter den Jugendlichen setzte ein verständnisloses Murmeln ein. Kurze Zeit später hörten sie die heulenden Sirenen der Feuerwehrautos. Alle standen wie erstarrt da. Es musste etwas Furchtbares passiert sein. Was es auch war, es traf jemanden von ihnen. Vielleicht sogar sie alle. So war es in Brighton. Sie waren eine Gemeinschaft. In guten und in schlechten Tagen.

Scheinwerfer schaukelten über den holprigen Feldweg, der zwischen den Feldern verlief. Ein Pick-up kam schlingernd zum Stehen.

Bo Anderson, der das Eisstehlen gegen ehrenamtliches Engagement bei der Feuerwehr eingetauscht hatte, sprang aus dem Wagen. Er suchte die verrauchte Dunkelheit ab. »Rosemary? Jessamine? Seid ihr hier? Eure Mutter sucht euch. Sie ist völlig außer sich.«

Rosemary stolperte vor, gefolgt von ihrer Schwester, deren Bluse verdreht war und in deren Haaren kleine Zweige und Blätter steckten. Rosemarys Kopf hämmerte und ihr Magen zog sich zusammen. »Was ist los, Bo? Was ist passiert?«

Er legte seine zittrige Hand an seine Stirn und schaute in die Menge, als hoffe er verzweifelt, dass jemand auftauchen und ihre Frage beantworten würde. Dann trat er näher zu ihr. »Jemand ist in euren Laden eingebrochen. Ein riesiges Polizeiaufgebot ist jetzt dort. Ich weiß nicht alles, aber eure Mutter glaubte anscheinend, dass du im Laden wärst, und sie ist völlig panisch.«

»Wo … wo ist Papa?« Rosemary schwankte und Cathy hielt sie schnell am Ellbogen fest.

Bo schaute ihr in die Augen und sein Gesicht war genauso blass wie das Mondlicht. »Ich denke, du solltest lieber mitkommen.«

Kapitel 23

Heute

Am Samstagmorgen spazierte Sarah zu Fuß zum Laden, statt mit dem Auto zu fahren, da sie Zeit brauchte, um ohne die Einmischung ihrer Mutter ihre panischen Gedanken zu ordnen. Sarah könnte das Leben, das sie in der Vergangenheit geführt hatte, vielleicht ignorieren, aber bei ihrer Schwangerschaft würde diese Strategie nicht aufgehen. Dieses … dieses Baby …

Im Moment war das Baby so groß wie eine Kidneybohne, gut versteckt in ihrem Bauch, wo niemand etwas von ihm wissen musste. Aber in ein paar Wochen würden die Details ihres Lebens erneut für alle sichtbar werden. Gerade dann, wenn die Leute in Brighton endlich anfingen, sie normal zu behandeln, würde sich dieses Mitleid wieder in ihre Gesichter schleichen, sobald sie von ihrem ungeborenen Kind erfuhren, das seinen Vater nie kennenlernen würde.

Wenigstens könnte sie dieses Geheimnis heute noch für sich behalten.

Heute war ein großer Tag für den Laden. Wenigstens hoffte sie das. Wenn alles nach Plan gelaufen war, hatten viele die Zeitungsannonce gesehen und standen an, um ihren Namen für die Verlosung eines Steakessens für zwei Personen in die Lostrommel zu werfen. Das war eine wunderbare Gelegenheit, Kunden zurückzugewinnen, die in den neuen Supermarkt abgewandert waren, und der Stadt wieder bewusst zu machen, warum das alte Familiengeschäft so kostbar war. Warum es für alle gut war, wenn die *Old Depot Grocery* nicht schließen musste.

Sarah kam oben auf dem kleinen Hügel an. Der Parkplatz war fast voll. Sie widerstand dem Drang, triumphierend die Faust in die Luft zu recken. Ein Schritt in Richtung Rettung des Ladens war getan. Jetzt müssten sie nur dafür sorgen, dass diese Leute auch in Zukunft wiederkamen.

Als sie den Parkplatz vor dem Laden erreichte, lief ihre Mutter ihr entgegen und schaute sie ratlos und verzweifelt an. »Was hast du getan?! Hältst du das wirklich für eine gute Idee?«

Sarah deutete auf den vollen Parkplatz. »Ich habe heute Morgen viele Kunden in den Laden geholt. Das beweist, dass wir den Laden retten können. Dass wir die Hoffnung noch nicht aufgeben dürfen.«

Ihre Mutter massierte sich die Stirn. »Wir können uns das nicht leisten. Es hilft uns nicht weiter, wenn dein Plan, Leute in den Laden zu locken, uns in den Ruin treibt. Ist dir bewusst, dass wir eine ganze Seite für eine volle Woche bezahlen müssen? Das waren vierhundert Dollar, die wir nicht hatten. Ich weiß, dass du einen anderen Lebensstil gewohnt bist, aber wir haben nicht so viel Geld übrig.«

Sarahs Magen zog sich zusammen. Hatte sie wirklich einem so hohen Preis zugestimmt? Sie kehrte in Gedanken zu jenem Telefongespräch zurück. Ihre Schultern zogen sich nach oben. Sie war von Ms Paulettes Behauptung, sie wäre schwanger, abgelenkt gewesen und hatte dem Telefongespräch nicht ihre ganze Aufmerksamkeit geschenkt. »Als ich die Anzeige aufgab, habe ich nicht richtig aufgepasst. Tut mir leid.«

»Wir haben im Moment ein größeres Problem.« Mama deutete mit dem Daumen hinter sich. »Siehst du diese ganzen Leute dort? Die ersten zwanzig, die gekommen sind, wollen alle wissen, wo ihr Steakessen für zwei Personen ist.«

Sarahs Magen sackte nach unten, als würde sie Achterbahn fahren. »Nein, nein, nein! Die ersten zwanzig Kunden nehmen an einer Verlosung für ein Steakessen für zwei Personen teil.«

Rosemary hielt ihr die Zeitung hin. »Das geht aus der Anzeige nicht hervor.«

Sarah las die Worte, die in großen, fetten Buchstaben abgedruckt waren. *Aktion. Kostenlos Steaks und Zutaten für ein Abendessen zu zweit für die ersten zwanzig Kunden am Samstag, 6. Juli.* Sarah starrte die Anzeige an und wünschte, sie könnte die gedruckten Worte ändern. »Das tut mir so leid.«

»Neunzehn Leute dort drinnen werden gleich richtig sauer sein.« Ihre Mutter drehte sich um und marschierte zur Ladentür.

»Mama, warte!«

Ihre Mutter drehte sich um.

»Wie viele Steaks haben wir auf Lager?«

Mama stemmte die Hände in die Hüften. »Fünfzehn, denke ich. Trotzdem können wir es uns nicht leisten, unseren Bestand auf null herunterzufahren. Dann haben wir nichts mehr für die zahlenden Kunden übrig.«

»Ich bringe das in Ordnung. Sag … sag den Leuten einfach, dass die Lieferung sich verzögert hat. Sag, dass sie schon unterwegs ist.«

»Wenn wir sie noch länger warten lassen, werden sie nur noch ärgerlicher. Selbst wenn du vierzig Steaks herbeizaubern kannst, können wir uns das nicht leisten.«

Sarah hob das Kinn. Das war ein Problem, das sie in Ordnung bringen konnte. »Ich bringe das auf meine Kosten in Ordnung, nicht auf Kosten unseres Ladens. Und ich zahle euch auch das Geld zurück, das die Anzeige gekostet hat. Wenn die Leute nicht warten können, sollen sie ihre Adresse hinterlassen. Dann bringe ich ihnen die Steaks persönlich nach Hause.«

»Wo willst du denn so viele Steaks herbekommen?«

Sarah verzog das Gesicht. »Ich fürchte, mir bleibt nichts anderes übrig, als in den neuen Supermarkt zu gehen.«

Rosemary lehnte sich an den Hocker hinter der Kasse. Sie saß halb und stand halb, da sie nicht zugeben wollte, dass sie sich kaum noch auf den Beinen halten konnte. Sie massierte ihre Hände und betete, dass die Kraft und das Gefühl in ihre Glieder zurückkehren würden.

Ihre Mutter und ihre Tochter standen auf der anderen Seite der Schaufensterscheibe und verteilten Packungen mit Steaks und Beilagen an die »Gewinner« der schiefgelaufenen Verlosungsaktion. Bestimmt hatte Sarah ihrer Großmutter nichts von dem Versehen verraten und ihr auch verschwiegen, woher die Steaks stammten.

Das war Teil des Problems. Mama müsste eigentlich wissen, dass sie nicht so viele Steaks auf Lager hatten und auch nicht über die Gewinnspanne verfügten, um so viele Lebensmittel zu verschenken, aber sie wollte einfach weiter in ihrer Märchenwelt leben und glauben, dass alles »gut ausgehen« würde, wenn sie sich nur genug anstrengten.

Der Kundenstrom heute war wirklich enorm gewesen. Wenn man davon absah, dass Sarahs Bemühungen sie viel mehr gekostet hatten, als sie eingenommen hatten. Wochenendaktionen wie diese, in denen sie die Leute praktisch anbettelten, bei ihnen einzukaufen, waren der falsche Weg.

Ein solches Geschäftsmodell war genauso unzuverlässig wie Rosemarys Gesundheit. Obwohl der Arzt gesagt hatte, dass ihr Zustand nicht unbedingt viel schlimmer werden müsste, könnte es genauso leicht schnell bergab mit ihr gehen. Sie könnte die Ziele, auf die sie ihr Leben lang hingearbeitet hatte, immer noch erreichen, wenn sie den Laden verkauften: dafür zu sorgen, dass Sarah nicht in Brighton versauerte und dass Mama finanziell versorgt war. Sie sollte bald alles Nötige in die Wege leiten, bevor ihre schlechter werdende körperliche Verfassung sie zum Handeln zwang, auch wenn Mama und Sarah dachten, sie würde die beiden im Stich lassen.

Rosemary drehte das Schild an der Tür auf »Geschlossen« und sperrte die Kasse für den Abend ab.

Dann winkte sie ihrer Mutter und ihrer Tochter zum Abschied, die sich immer noch auf dem Parkplatz mit den letzten Gewinnern ihrer Aktion, die zurückgekommen waren, um ihr Geschenk abzuholen, unterhielten. Rosemary setzte sich in ihr Auto, steuerte mit offenen Fenstern in Richtung Westen und blickte mit zusammengekniffenen Augen in die untergehende Sonne.

Sie bog auf den Schotterparkplatz in der Nähe der Stelle, an der ihr Vater beerdigt war. Es war ein schöner Friedhof. Er lag ein wenig abseits vom Stadtverkehr. Ein Bach, an dessen Ufer Trauerweiden standen, floss vorbei. Frösche quakten ihr Abendlied, Glühwürmchen leuchteten.

Rosemary liebte diese Jahreszeit. Die Dämmerung dauerte länger und es blieb mehr Zeit, die Anblicke und Geräusche des zu Ende gehenden Tages auf sich wirken zu lassen, bevor die Dunkelheit aufzog. Sie schlenderte an den Grabsteinen entlang, deren Namen sie fast alle kannte.

Vielleicht war das Leben in Brighton manchmal einengend und anstrengend, aber hätte sie sich für ein anderes Leben entschieden, wenn jene schreckliche Nacht nicht gewesen wäre? Wahrscheinlich nicht. Sie hätte den Jungen, der sie so sehr an ihren Vater erinnerte, trotzdem geheiratet. Und sie wäre hiergeblieben.

Seufzend setzte sie sich auf die steinerne Bank neben dem Grab ihres Vaters. Wahrscheinlich hatte ihre Mutter die Bank hier aufstellen lassen, weil sie wusste, wie viele Stunden Rosemary bei ihm sitzen müsste, bis sie sich selbst vergeben konnte.

Diese Vergebung gelang ihr bis heute nicht. Deshalb kam sie immer noch jeden Samstag hierher. Denn obwohl sie sich mit ganzer Kraft für seinen Laden einsetzte, hatte sie nicht den Frieden gefunden, nach dem sie sich so sehnte.

Wenn sie den Laden verkauften, bliebe ihr nichts mehr von ihrem Vater. Dann könnte sie nur noch an seinem Grab sitzen. Und mit diesem Grabstein sprechen, als könnte er ihr antworten.

»Papa, ich weiß nicht, was ich tun soll. Mama ist so sauer auf mich. Sie meint, es würde mir nichts ausmachen, unsere *Old Depot Grocery* zu schließen. Sie hält mich für gefühllos und kalt. Aber ich versuche nur, stark zu sein. Genauso stark, wie sie es immer war, wenn sie Schicksalsschläge einstecken musste. Sie hat ihren Schmerz verdrängt und mit aller Kraft weitergekämpft. Der Verkauf ist meine Art zu kämpfen. Die anderen meinen, ich würde aufgeben, aber ich will nur, dass es allen gut geht. Ich kann das nicht durch Fleiß und Arbeit schaffen wie Mama früher. Aber ich kann es schaffen, indem ich loslasse.«

Sie starrte den grauen Granitstein an. Aber er gab ihr keine Antwort. Sie las die Worte, die in den Stein eingraviert waren. *Liebevoller Ehemann und Vater.* Eine viel zu schwache Beschreibung für den Mann, der er gewesen war.

»Aber es tut so weh, auch wenn ich ihnen das nie gestehen kann. Ich verliere ein weiteres Stück von dir, das ich nie zurückbekommen werde.«

Kapitel 24

März 1983

Gelbes Tatort-Absperrband. Zerbrochenes Glas. Grelle blaue Lichter. Zwei vermisste Töchter. Eine regungslose Gestalt unter einem Tuch auf der anderen Seite der Schaufensterscheiben des Ladens. Glory Ann zitterte am ganzen Körper. Jemand hatte eine Wolldecke über ihre Schultern gelegt, die auf ihrer Haut kratzte.

Die Lichter und Geräusche waren viel zu laut. Sie war wie erstarrt und konnte nicht von Clarence' Seite weichen. Die Polizei versicherte ihr, dass man alles tat, um ihre Töchter zu finden.

Jessie war nicht bei ihrer Freundin gewesen. Rosemary hätte hier im Laden sein sollen. Wenn sie bis zum Ladenschluss hier gewesen wäre, läge sie jetzt vielleicht unter diesem Tuch. Deshalb war Clarence in den Laden gestürmt. Mutig und entschlossen, hatte sein Freund Frank gesagt, war Clarence in den Laden gerast, als sie gesehen hatten, wie die schemenhafte Gestalt eines Mannes durch die verdunkelten Gänge geschlichen war.

Sie erschauerte. Brighton war immer ein sicherer Ort gewesen.

Jemand brachte ihr eine dampfende Tasse mit irgendeiner Flüssigkeit, die nach nichts schmeckte und so heiß war, dass sie sich die Zunge verbrannte.

Ein rostiger grauer Pick-up hielt am Straßenrand. Jessamine stieg aus, gefolgt von Rosemary und ihrer Freundin Cathy.

Die Tasse fiel aus Glory Anns Händen, zerschellte auf dem Boden und die heiße Flüssigkeit spritzte an ihre Beine und drang durch ihre Strümpfe. Sie lief zu ihren Töchtern und nahm sie in die Arme. Ihr Leben. Ihr Alles.

Bo Anderson blieb in der Nähe stehen, den Kopf gebeugt und die Hände auf dem Rücken gefaltet.

Rosemary roch nach Alkohol. Ihr Haar war völlig zerzaust. »Wo warst du? In den Laden wurde eingebrochen.« Glory Anns Kehle schnürte sich zusammen und ihre Worte drangen nur abgehackt über ihre Lippen. »Du … du warst fort. Wir …«

Rosemary war genauso bleich wie der Nebel, der sich über sie gelegt hatte. Ihre geweiteten Augen rasten suchend hin und her. Auf der Suche nach dem Mann, der immer ihr Held gewesen war.

»Wo ist Papa? Ich sehe Papa nicht.«

Glory Ann konnte die Worte nicht aussprechen. Sie kannte die Worte. Aber sie weigerten sich, zusammenhängend über ihre Lippen zu kommen.

Rosemary zitterte. Ihre Stimme wurde höher, während sie sich ständig wiederholte und dann nach ihm rief. »Papa? Papa?!«

Polizisten drehten sich um und blickten in ihre Richtung.

Jessamine weinte und klammerte sich an Rosemarys Arm. Sie schien zu begreifen, was Glory Anns Schweigen bedeutete.

Einer der Polizisten nahm seinen Hut ab und trat mit mitfühlender Miene zu ihnen. Er gehörte nicht zu den Männern aus Brighton, sondern kam aus einem Nachbarbezirk und war offenbar zur Unterstützung der Ortspolizei hinzugezogen worden.

Er nahm Rosemary und Jessamine an den Händen. »Seid ihr Clarence Clearwaters Töchter?«

Zitternd und schniefend nickten sie.

»Ich muss euch leider mitteilen, dass euer Vater bei der Ausübung seiner Pflichten getötet wurde.«

Rosemary rang keuchend nach Luft. »Bei der Aus... Ausübung seiner Pflichten? Hier muss ein Irrtum vorliegen. Papa ist kein Polizist.«

Der Mann schluckte und ein Muskel an seinem Kinn zuckte. »Bei der Ausübung seiner Pflichten als Vater. Meines Wissens hat er sich mutig in Gefahr begeben, um eines seiner Kinder zu beschützen. Leider hat er diesen Einsatz mit seinem Leben bezahlt. Der Angreifer war bewaffnet und erschrak, als Mr Clearwater in den Laden stürmte. Er schoss und Mr Clearwater … euer Vater erlag seinen Verletzungen. Es tut mir sehr leid.«

Rosemary sank auf die Knie und Jessamine folgte ihrem Beispiel. Glory Ann war immer noch wie erstarrt und rührte sich nicht vom Fleck. Ein lautes Weinen drang in ihre Ohren. Kam es aus ihrer schmerzenden Brust oder von einer ihrer Töchter?

Sie legte die Arme um ihren Bauch. Obwohl sie in diesem Leben schon schmerzliche Verluste erlitten hatte, konnte sie den Schock nicht von sich abschütteln. Alles geschah so plötzlich. Ein Mensch war da und im nächsten Moment war er fort. Sie konnte die Zeit nicht zurückdrehen. Jenen letzten gewöhnlichen, alltäglichen Moment wiederholen, den sie hatte verstreichen lassen, als hätte er kein Gewicht.

Sein Lächeln und Augenzwinkern und *Bis bald* könnte sie nicht mehr zurückholen.

Das war nicht real.

Morgen früh würde sie sich in ihrem Bett umdrehen, die Hand ausstrecken und Clarence' großer, warmer Körper würde den Platz neben ihr ausfüllen. Eine tiefe Erleichterung würde sich in ihr ausbreiten, während das Grauen verblasste und von der Realität abgelöst wurde, dass alle Menschen, die sie liebte, wohlbehalten und gesund waren.

Rosemary verkroch sich in der Ecke im Schrank ihres Vaters. Jeder Winkel im Haus ihrer Familie wimmelte von Leuten. Es war einfach viel zu viel Lärm. Zu viele Stimmen, die zu einer sinnlosen Kakofonie anschwollen. Tage waren gekommen und hatten Ereignisse gebracht, auf die sie nicht vorbereitet gewesen war. Sie wollte die Zeit anhalten. Oder sie zurückdrehen. Sie nach vorne zu drehen, hätte ohne Papa keinen Sinn.

Sie streckte die Hand nach oben und zog ein dickes Flanellhemd, das er an besonders kalten Tagen getragen hatte, von einem Kleiderbügel und wickelte es wie eine Decke um sich.

Was würde Papa sagen, wenn er hier wäre? Sie war immer die Zuverlässige gewesen. Die Tochter, der er wichtige Aufgaben anvertraut hatte.

Aber jetzt war er nicht mehr da. Ihretwegen.

Durch Wände und Stimmen gedämpft, hörte sie ihre Mutter ihren Namen rufen. Aber sie konnte sich nicht bewegen. Wenn sie in dieser Ecke sitzen bliebe, würde die Zeit vielleicht irgendwie stillstehen und sie könnte diesen Moment festhalten und den Duft des Hemdes einatmen, das immer noch schwach nach ihrem Vater roch, und sich einbilden, ihre Körperwärme, die unter seinem Hemd aufstieg, wäre seine tröstende Wärme.

Minuten oder Stunden vergingen. Sie wusste es nicht. Die Schatten jenseits der Schranktür wurden länger und länger, bis sie miteinander verschmolzen und alles dunkel wurde. Das ferne Stimmengewirr der Trauergäste verstummte nach und nach. Rosemary sank in einen unruhigen Schlaf.

Die Schlafzimmertür ging quietschend auf und vom Flur fiel gelbes Licht und der Schatten ihrer Mutter ins Zimmer. Sie kam herein, sank aufs Bett und saß stocksteif da. Dann wich ihre Erstarrung langsam und ein herzzerreißendes Schluchzen erschütterte ihren Körper, bis sie sich schließlich weinend auf der Matratze zusammenrollte. Mamas Hand bewegte sich auf die Seite, auf der ihr Vater immer geschlafen hatte. Sie umklammerte die Quiltdecke mit dem Eheringmuster und hielt sie krampfhaft fest.

Dieser Moment war nicht für Rosemarys Augen und Ohren bestimmt. Sollte sie bleiben, bis ihre Mutter vor Trauer einschlief, oder sollte sie aufstehen und zu ihr gehen? Den leeren Platz auf dem Bett einnehmen, damit sie sich gegenseitig halten könnten, statt sich in einem Vakuum zu verlieren, das früher der Mann, den sie alle liebten, ausgefüllt hatte?

Rosemary kroch steif und mit schmerzenden Gliedern aus dem Schrank. »Mama.« Ihre Stimme klang heiser und rau.

Ihre Mutter zuckte zusammen. Sie setzte sich auf. Das Mondlicht beschien ihr tränenüberströmtes Gesicht. Sie wischte sich mit dem Handrücken über die Nase. »Rosemary? Was um Himmels willen machst du hier drinnen? Warum bist du nicht gekommen, als ich dich rief?«

»Ich … ich konnte einfach nicht. Ich brauchte Ruhe.«

Ihre Mutter knirschte mit den Zähnen. »Ruhe?« Sie schüttelte den Kopf. »Viele Leute waren hier, um deinem Vater die letzte Ehre zu erweisen, und du warst nirgends zu finden. Du hättest mehr als jeder andere da sein müssen.«

Weil er sein Leben für sie gegeben hatte? Rosemary ballte mehrmals die Fäuste, öffnete sie wieder und versuchte, ihren schmerzlichen Gefühlen ein Ventil zu geben.

»Ich habe immer gedacht, du würdest Jessamine ein gutes Vorbild sein. Du warst die Verantwortungsbewusste. Die Zuverlässige. Ich hätte nie gedacht, dass du sie auf Abwege führst.«

Ein schweres Gewicht drückte Rosemarys Herz nieder. »Auf Abwege?«

»Du hast gelogen und dich heimlich auf eine Party geschlichen, obwohl du genau wusstest, dass dein Vater und ich damit nicht einverstanden wären. Ich habe an dem Abend den Alkohol an dir gerochen. Dein Vater ist in diesen Laden gestürmt, in dem du hättest sein sollen. Aber du warst auf einer Party und hast dich *betrunken*.«

Die Worte ihrer Mutter verletzten Rosemary so tief in ihrer Seele, dass sie taumelte. »Dir wäre es lieber, wenn ich dort gewesen wäre, stimmt's?«

Ihre Mutter vergrub das Gesicht in ihren zitternden Händen. »Nein. Nein, aber warum hast du uns nicht einfach angerufen und gesagt, dass du gehst? Das alles hätte sich so leicht verhindern lassen. Das kann ich einfach nicht begreifen.«

Rosemary taumelte rückwärts zur Tür und rang keuchend nach Luft.

Die Worte ihrer Mutter folgten ihr aus dem Zimmer. »Ich habe immer versucht, euch Mädchen dazu zu erziehen, ehrlich zu sein. Mit uns zu sprechen. Geheimnisse richten nur Schaden an. Und manchmal lässt sich dieser Schaden nicht wiedergutmachen.«

Rosemary stolperte wie benommen in ihr Zimmer. Sie konnte nicht länger hierbleiben. Nach den Worten ihrer Mutter, die schwer in der Luft lagen, musste sie fort von hier. Diese Worte würde Rosemary nie vergessen. Deshalb hatte sie den Trauergästen im Haus nicht unter die Augen treten können, nachdem sie ihren Vater, den Mann, der immer ihr größter Held gewesen war, beerdigt hatten.

Die Worte aus dem Mund ihrer Mutter zu hören – dass der Tod ihres Vaters ihre Schuld gewesen sei –, das war einfach zu viel. Aber wohin konnte sie gehen? Rosemary kramte in ihrer Erinnerungskiste und zog einen alten Umschlag heraus. Sie strich mit den Fingern über die Adresse des Hauses, in dem sie nie gewesen war. Sie schrieb eine Nachricht und holte ihre Ersparnisse, die sie in der Holzkiste unter dem Bett aufbewahrt hatte.

Dann nahm sie ihre Autoschlüssel. Auf dem Weg zur Haustür sah sie ihre Schwester, die auf den dunklen Bildschirm starrte. Rosemary umarmte sie. »Jessie, ich muss für eine Weile fort. Ich komme wieder. Aber ich muss fort von hier, bevor ich den Verstand verliere. Ich … ich denke einfach, es ist besser, wenn mich Mama eine Weile nicht sehen muss.«

Ihre Schwester blinzelte mit geschwollenen Augen. »Wohin gehst du?«

»Zu Oma und Opa Hawthorne.« Sie hatte keine Ahnung, ob ihre Großeltern sie überhaupt ins Haus ließen. Sie war für sie eine Fremde. Wegen eines alten Streits ihrer Mutter mit ihren Eltern, von dem Rosemary keine Ahnung hatte. Dass sie zu ihnen fuhr, würde ihre Mutter wahrscheinlich nur noch wütender machen. Aber sie musste fort aus Brighton.

Kapitel 25

Heute

Sarah saß am Küchentisch und beobachtete ihre Mutter, die mit dem Telefon am Ohr an der Tür stand. Nach einer höflichen Begrüßung kniff Mama die Augen zusammen und nahm eine vorsichtige Haltung ein. »M-hm. Sarah ist hier. Woher haben Sie diese Nummer?«

Sarah erstarrte.

Ihre Mutter, die durch das Telefonkabel an ihren Platz neben der Wand gebunden war, drehte sich zu ihr um. Bei ihrer Miene zog sich Sarahs Brustkorb unwillkürlich zusammen. »Für dich. Deine Immobilienmaklerin, sagt sie.«

Sarahs Augen rasten auf der Suche nach dem schnurlosen Telefon durch die Küche. Zig widersprüchliche Gefühle regten sich in ihr. Unter den wachsamen Augen ihrer Mutter konnte sie dieses Gespräch nicht führen. »Wo ist das schnurlose Telefon?«

»Wahrscheinlich in der Ladeschale im Wohnzimmer.«

Sarah eilte ins Wohnzimmer und drückte sich das Telefon ans Ohr. »Hi, Marcie.« Sie kehrte in die Küche zurück. Ihre Mutter stand immer noch an der Wand, hielt das Telefon an ihr Ohr und hörte zu, wie Marcie Sarah zur Schnecke machte, weil diese sie als ihre Immobilienmaklerin engagiert hatte und dann einfach spurlos verschwunden war.

Sarah hielt das Telefon mit der Hand zu. »Leg auf.«

Mama zuckte die Achseln und legte das Telefon wieder auf die Gabel. Sarah eilte in ihr altes Zimmer. Der Schatten ihrer Mutter folgte ihr. Sie rückte die Sofakissen gerade, obwohl diese bereits ordentlich waren. Sie ging auf den Flur und zog offen stehende Türen zu.

Sarah betrat ihr Zimmer und schloss die Tür. Ihre Mutter war zwar vielleicht nicht der Typ, der lauschte, nachdem sie ihr gesagt hatte, dass sie das unterlassen solle, aber ihr war zuzutrauen, dass sie nahe genug bei Sarahs Zimmer blieb, um jedes Wort aufzuschnappen, das zufällig unter der Zimmertür hindurch auf den Flur drang. Das war nicht Lauschen.

»Entschuldige, dass ich mich wie ein Stalker benehme, aber ich habe mindestens hundertmal versucht, dich über dein Handy zu erreichen. Warum hast du nicht zurückgerufen?«

Sarah sank auf das breite Bett. »Ich mache gerade eine schwere Zeit durch.« Wenn sie die psychische Last erklären würde, die sich jedes Mal auf sie legte, wenn sie Marcie zurückzurufen versuchte, klänge sie sicher, als hätte sie den Verstand verloren.

»Natürlich. Natürlich. Das verstehe ich. Aber der Markt ist im Moment heiß. Besonders in deiner Wohngegend. In deiner Straße wurde ein Haus weit über dem Marktwert verkauft. Deshalb muss ich dich jederzeit erreichen können. Ich muss Leute zu einer Besichtigung ins Haus lassen können.«

Sarahs Brustkorb schnürte sich zusammen, als vor ihrem geistigen Auge Bilder aus ihrem Leben mit Aaron auftauchten. Nicht die schmerzliche Einsamkeit. Angenehmere Erinnerungen, die sich in ihr Bewusstsein geschlichen hatten, während sie mit ihren Eltern beim Essen gesessen, Konservendosen gestapelt oder die Milchlieferung auf den Handwagen geladen hatte. Zum Beispiel die Nachrichten, die ihr Aaron hinterlassen hatte, wenn sie beim Duschen auf dem beschlagenen Spiegel »Ich liebe dich« gelesen hatte.

Der Tag, an dem sie den Kaufvertrag für das Haus unterschrieben hatten. Aaron hatte sie über die Schwelle getragen, dann hatte er sie die Wendeltreppe hinauf verfolgt und sie durchgekitzelt. Oder der Tag, an dem sie in dem unmöblierten Esszimmer gepicknickt und chinesisches Essen direkt aus dem Behälter, in dem es geliefert worden war, gegessen hatten.

Sie hatten gute Momente gehabt, in denen sie sich nahe gewesen waren. Aber diese Gefühle waren wie Wasser zwischen ihren Fingern zerronnen.

»Sarah? Bist du noch da?«

Sarah versuchte, sich zu räuspern. »Ja, entschuldige. Ich habe den letzten Satz, den du gesagt hast, nicht gehört.«

»Ich habe gesagt: Das Interesse an den Häusern in dieser Gegend ist so groß, dass sich die Kaufinteressenten möglicherweise gegenseitig überbieten. Ist das nicht wunderbar?«

Erinnerungen – traurige, angenehme, wütende und einsame – gingen ihr durch den Kopf und raubten ihr die Luft. »Ich kann das nicht.« Die Worte kamen in einem atemlosen Flüstern über ihre Lippen.

Marcies aufgeregter Wortschwall erstarb, als würde ein Wasserhahn abgedreht werden. »Ich glaube, wir haben eine schlechte Verbindung. Du hast nicht tatsächlich gesagt, dass du nicht verkaufen willst?«

Sarah massierte den pochenden Schmerz zwischen ihren Augenbrauen. »Nein. Ich … ich will schon verkaufen. Mich hat nur plötzlich die Realität eingeholt. Und es war … sehr viel.«

»O-kay.«

»Ja. Ich will das Haus verkaufen.«

»Ich finde, du solltest dir überlegen, den Preis, über den wir ursprünglich gesprochen haben, zu erhöhen. Du könntest einen schönen Gewinn machen, mit dem du anderswo neu anfangen kannst. Aber alles hängt davon ab, dass den Käufern gefällt, was sie bei der Hausbesichtigung sehen. Wann kann ich Interessenten das Haus zeigen?«

Sarah versprach, dass sie bald zurückrufen und konkrete Absprachen treffen würde, bevor sie das Gespräch mit ihrer Maklerin beendete. Entweder musste sie nach Illinois zurückfahren oder eine Firma beauftragen, das Haus in Ordnung zu bringen. Bei dem Gedanken, dass jemand in das Haus ging und das verschimmelte Essen und die Kristallsplitter auf dem Boden im Esszimmer fand, wand sie sich innerlich. Außerdem lagen persönliche Papiere und Fotos auf dem Boden des begehbaren Kleiderschranks verstreut.

Sie sank auf die Kissen zurück, die ordentlich am Kopfteil ihres Betts drapiert waren. Als Aaron gestorben war, war eine der ersten Aktionen, zu denen sie sich hatte aufraffen können, der Anruf bei ihrer Immobilienmaklerin gewesen. Damals hatte sie es für einen naheliegenden ersten Schritt gehalten, das Haus zu verkaufen.

Aber je mehr Wochen vergingen, umso leichter hatte sie sich vormachen können, ihre Verpflichtungen in Chicago gäbe es nicht.

Ein leichtes Klopfen ertönte und ihre Mutter öffnete einen Spaltbreit die Tür, bevor Sarah etwas sagen konnte. Mama rang die Hände. »Bitte tu das nicht.«

Trotz der niedergeschlagenen Miene ihrer Mutter lächelte Sarah. »Siehst du das denn nicht? Mit dem Geld aus dem Hausverkauf kann ich dem Laden helfen. Wir müssen nicht schließen.«

Ihre Mutter erstarrte. »Du investierst keinen Dollar dieses Geldes in den Laden. Falls du das Haus verkaufst – und dazu kann ich dir unmöglich raten –, benutzt du dieses Geld für einen Neuanfang. Um ein neues Haus zu kaufen und deine Rechnungen zu bezahlen, bis du eine feste Arbeit hast. Aber du vergeudest es nicht für diesen Laden, den wir mit einem schönen Gewinn verkaufen können. Dieses Gebäude würde dein Geld sinnlos verschlingen.«

Sarahs Puls hämmerte in ihren Ohren. »Du redest, als wüsstest du, was ich brauche, aber du hast keine Ahnung. Ich versuche die ganze Zeit, es dir zu erklären, aber du schiebst mich immer weg. Ich wollte nie etwas anderes, als mit dir und Oma in diesem Laden zu arbeiten. Warum war dir das nie genug? Was ist so falsch daran, dass ich das gleiche Leben führen will wie du? Was ist so falsch daran, *du* zu sein?«

Ihre Mutter ließ den Kopf hängen und ihre Augen glänzten feucht, aber im nächsten Moment hob sie den Kopf und blinzelte ihre Tränen weg. »Ich versuche nur, dir zu helfen, alles in der richtigen Perspektive zu sehen. Glaube mir: Es ist Zeit, den Laden aufzugeben. Vergeude nicht die besten Jahre deines Lebens, nur um deiner Oma das Leben zu erleichtern. Gott weiß, dass ich das schon zur Genüge versucht habe.«

Von den gefühllosen Worten ihrer Mutter entsetzt, stapfte Sarah an ihr vorbei und verließ das Zimmer.

Am nächsten Tag saß Sarah auf dem Bett, schaukelte mit den Füßen und versuchte, ihre nächsten Schritte zu planen. Es wurde eindeutig Zeit, eine eigene Wohnung zu finden. Oder bei Oma einzuziehen.

Mama war zum Laden gefahren, da ein Lieferwagen eine kleine Gemüsebestellung brachte, die einsortiert werden musste. Die Anspannung wegen ihres Streits lag immer noch in der Luft, aber Mama hatte nichts weiter dazu gesagt. Mit einem Seufzen kaute Sarah an ihrem Fingernagel.

Ihr Blick fiel auf das letzte Buch, das sie aus der Bibliothek ausgeliehen hatte und das aufgeschlagen auf ihrem Bett lag. Es war die inspirierende Biografie des Olympia-Athleten Louis Zamperini, der im Zweiten Weltkrieg einen Flugzeugabsturz überlebte und in japanische Gefangenschaft geriet. Wie wäre es … wie wäre es, wenn sie die »Lebensgeschichte« des Ladens zusammenstellen könnte? Auszüge aus ihrem Leben und aus Mamas und Omas Leben? Worte von den Bewohnern von Brighton, die diesen Laden genauso sehr liebten wie sie? Zeitungsausschnitte. Alte Fotos. Vielleicht genügte das nicht, um Mama davon zu überzeugen, dass Sarah ihr Geld in den Laden investieren sollte, aber wenigstens wäre ein solches Erinnerungsbuch ein schönes Geschenk für Oma.

Als ihre Suche im Haus nur ein einziges altes Foto von Mama und Tante Jessie als Kinder vor dem Laden und ein anderes von

Mama und Papa an der Kasse zutage brachte, zog Sarah die Leiter zum Dachboden herab und kletterte hinauf.

Oben beleuchtete sie den Dachboden mit der Taschenlampe ihres Smartphones. Sie zog den Kopf ein und ging an den Plastikbehältern mit Weihnachtsschmuck vorbei. Als eine Spinne vor ihrem hellen Licht floh, erschauerte sie. »Ich hoffe, hier oben sind nicht auch noch deine ganzen Freunde.«

Sie kramte in Kartons und Behältern, schaute Erinnerungsstücke aus ihrer Kindheit durch – Lieblingskleidung und selbst genähte Prinzessinnenkleider. Eine ausgewaschene Ladenschürze in Kindergröße. Ein kleiner Handabdruck in der Form eines Weihnachtstruthahns aus ihrer Grundschulzeit. Die Handfläche und der Daumen waren braun bemalt und jeder Finger hatte eine andere Farbe. Sarah legte ihre erwachsene Hand über den Druck und ihre Finger ragten weit über die Truthahnfedern hinaus. Daran geheftet war eine andere Seite mit der Überschrift: »Wenn ich einmal groß bin«. Sie strich mit den Fingern über ihre ungeübte Erstklässlerschrift. *Ich will in unserem alten Laden arbeiten und mich genauso wie Oma um die Menschen in der Stadt kümmern.*

Sie fand noch eine andere Kiste. Diese stammte aus einer späteren Phase ihres Lebens. Sie kramte ihre Stola der Schülervereinigung und den Hut von ihrer Schulabschlussfeier heraus. Darunter lag ein dünnes Jahrbuch. Sie blätterte es durch und lachte über die albernen Erinnerungen. Es war nicht immer leicht gewesen, in Brighton zu leben, da die ganze Stadt immer jeden Schritt, den man machte, verfolgte, aber es hatte auch etwas Schönes, in einem Ort zu wohnen, in dem einen jeder beim Namen kannte. Sie fand ihr Abschlussfoto. Neben jedem Foto war Platz für Lieblingssprüche und Lebensziele. Sarah starrte die Worte an, die unter ihrem Namen abgedruckt waren. *Das Leben ist entweder ein wagemutiges Abenteuer oder nichts – Helen Keller.*

Sie klappte das Buch zu. Auch wenn sie Helen Keller sehr bewunderte, passte das Zitat, das sie für das Jahrbuch gewählt hatte, absolut nicht zu dem Menschen, der sie war. Sarah knirschte mit den Zähnen. Es klang wie etwas, das ihre Mutter für sie ausgesucht haben könnte.

Zwischen dem Abdruck dieser kleinen Hand und der Frau, die sie heute war, war viel passiert. Was würde dieses kleine Mädchen, das seine bemalte Hand so sorgfältig auf das Papier gelegt hatte, um den Truthahn nicht zu verwischen, jetzt zu ihr sagen?

Sarah seufzte und schüttelte den Kopf. Dann legte sie alles in den Karton zurück.

Eine große Truhe stand getrennt von den anderen Sachen in der Ecke, als hätten die anderen Kartons sie ausgeschlossen. Sarah setzte sich vor die Truhe. Sie war abgeschlossen.

Sie wählte die Nummer ihres Vaters. Er meldete sich beim dritten Klingeln. »Hey, Liebes. Wie geht es dir?«

»Ich störe dich nicht, oder?«

»Nein, ganz und gar nicht. Ich habe sowieso gerade eine Pause eingelegt. Was gibt's?«

»Ich bin auf dem Dachboden, da ich überlegt habe, ein Erinnerungsbuch unseres Ladens für Oma zusammenzustellen. Und jetzt habe ich diese alte Truhe gefunden, die abseits von allen anderen Sachen steht. Sie ist abgesperrt.«

»Sie gehört deiner Mutter. Als wir in das Haus einzogen, musste ich das schwere Ding dort hinaufschleppen. Ich weiß nicht, was sie alles darin aufhebt. Dinge aus ihrer Kindheit, nehme ich an. Ich weiß nicht einmal, ob sie den Schlüssel noch hat.«

Eine abgesperrte Truhe, zu der nicht einmal Papa Zugang hatte? Sarah berührte das Schloss. Bekäme sie durch die Sachen in dieser Truhe Zugang zu den weggesperrten Anteilen im Herzen ihrer Mutter und könnte ihr Dinge entlocken, die sie ihr bis jetzt vorenthielt? Würde sie dann endlich verstehen, warum ihre Mutter ihre Tochter so sehr liebte, aber gleichzeitig alles tat, um sie aus Brighton fernzuhalten?

Kapitel 26

März 1983

Die Straße, in der Oma und Opa Hawthorne wohnten, war von beiden Seiten mit kleinen Häusern gesäumt, die bis auf die Farbe vollkommen gleich aussahen. Identische Pflasterwege zum Haus. Gärten mit Blumenranken.

Ihre Großeltern waren alt und gebeugt. Ihre Gesichter strahlten eine spürbare Resignation aus. Rosemary hatte sich die beiden aufgrund von Mamas knappen Beschreibungen ganz anders vorgestellt. Mama hatte sie als starr und unnachgiebig geschildert. Vielleicht hatte diese Beschreibung irgendwann einmal zugetroffen, aber jetzt erweckten sie den Eindruck, dass die Jahre es nicht gut mit ihnen gemeint hatten. Vielleicht waren aber auch sie nicht gut zu den Jahren gewesen.

Heute kniete Rosemary im Blumengarten ihrer Großeltern und entfernte die vertrockneten Überbleibsel der Blüten aus dem Vorjahr. Rosemary richtete sich auf und wischte die Erde von ihren Händen. Als sie an der Tür ihrer Großeltern aufgetaucht war, hatten die beiden sie angestarrt, als wäre sie ein Phantom.

»Rosemary«, hatte sie gesagt, um dem betagten Mann, der vor ihr gestanden hatte, zu erklären, wer sie war. »Ihre Enkeltochter. Glory Anns älteste Tochter.«

Ihre Großmutter war hinter ihrem Mann hervorgetreten und hatte Rosemarys Hände genommen. Mit zitterndem Kinn hatte sie gesagt: »Wir wissen, wer du bist. Warum bist du gekommen? Was ist Glory Ann zugestoßen?«

»Mei-meiner Mutter ist nichts zugestoßen.« Aufgestaute Tränen hatten sich Bahn gebrochen. »Aber mei-meinem Vater. Ich habe meinen Vater getötet.«

Die Blicke der beiden hatten sich über Rosemarys Schulter zur Straße gerichtet. Dann hatten sie das Mädchen ins Haus gezogen, sie in eine Decke gewickelt und ihr heißen Tee zu trinken gegeben, bis sie sich beruhigt und ihnen versichert hatte, dass sie keine flüchtige Verbrecherin beherbergten.

Sie hatten ihr erlaubt, bei ihnen zu wohnen, und sie verkroch sich seit einigen Tagen in Humboldt und versuchte, sich nützlich zu machen. Mama hatte auch angerufen. Wenigstens vermutete Rosemary, dass sie jedes Mal am anderen Ende der Leitung war, wenn die Augen ihrer Großmutter zu Rosemary glitten, sobald das Telefon klingelte, und sie so weit um die Ecke verschwand, wie es das gestraffte Spiralkabel des Telefons zuließ, um dann mit gedämpfter Stimme zu telefonieren.

Auf dem Weg zurück ins Haus strich Rosemary über das schmiedeeiserne Rankgitter. Ihrer Großmutter zufolge blühten hier in den Sommermonaten atemberaubende lila Clematis. Aber wegen des kühlen Frühlingswetters war das Gitter jetzt noch kahl und zeigte kein Lebenszeichen.

Rosemary blieb stehen und ihr Blick wanderte die Straße hinab zu einem kleinen weißen Haus mit gelben Fensterläden. Dieses Haus sah dem ihrer Großeltern sehr ähnlich. Aber es strahlte etwas Besonderes aus. Es weckte in ihr tief vergrabene, schemenhafte Erinnerungen, die sie vergeblich hervorzukramen versuchte.

Durch die Hintertür trat sie in eine helle, sonnige Küche.

»Rosemary? Bist du das?« Ihre Großmutter humpelte ins Zimmer.

»Ja, Ma'am. Soll ich Tee aufsetzen?«

Die betagte Frau warf einen Blick auf die Uhr, die sie an einer Halskette trug. »Allerdings. Es ist Zeit für Tee.« Sie betrachtete Rosemarys schmutzverklebte Hände und Jeans. »Wenn du dich frisch gemacht hast, kannst du mir im Esszimmer Gesellschaft leisten.«

Rosemary stieg die Treppe hinauf und trat in das Zimmer, das laut ihren Großeltern früher das Zimmer ihrer Mutter gewesen war. Dem Raum war nicht anzusehen, dass hier jemals jemand gewohnt hatte. Er war schön dekoriert mit Blumenmustern und zarten Vorhängen, aber ihm fehlte jede persönliche Note. Ein Zimmer wie aus dem Einrichtungskatalog. Kein Raum, in dem sich jemand zu Hause fühlen würde.

Sie schlüpfte aus ihrer Jeans und zog einen wadenlangen Rock und eine Bluse an, die ihre altmodische Großmutter für den Nachmittagstee angemessener fand.

Dann ging sie zu ihr ins Esszimmer.

»Das ist viel besser, meine Liebe. Aber nimm bitte diesen Zweig aus deinem Haar.«

Rosemary entfernte das anstößige Grün. »Wie geht es Mama?«

Großmutters Teetasse mit Rosenmuster hielt auf halbem Weg zu ihren Lippen inne. »Wie meinst du das?«

»Ich weiß, dass du mit ihr gesprochen hast.«

»Wenn du dir Sorgen um ihr Wohlergehen machst, solltest du nach Hause zurückkehren und dir selbst ein Bild machen. Die Art, wie du verschwunden bist, hat sie sehr verletzt.«

Rosemary schüttelte den Kopf. »Ich würde alles nur noch schlimmer machen. Sie ist nicht meinetwegen verletzt. Sie ist am Boden zerstört, weil sie die Liebe ihres Lebens verloren hat.«

Großmutter stellte ihre Teetasse so hart auf die Untertasse zurück, dass der Tee über den Tassenrand schwappte. »Die Liebe ihres Lebens?« Ihre Braue zog sich nach oben und ihre Stimme wurde um eine Oktave höher.

Rosemary legte den Kopf schief. »Natürlich. Er war ihr Mann.«

Großmutter runzelte die Stirn. »Du bist noch ein Kind. Du hast keine Ahnung von Liebe oder der Ehe.«

Heiße Tränen schossen in Rosemarys Augen und sie verschluckte sich an dem Tee, da ihre Kehle wie zugeschnürt war. »Wenn ich nachts nicht schlafen konnte, bin ich manchmal heimlich aus meinem Zimmer geschlichen. Ich setzte mich auf den Boden und spähte um die Ecke in die Küche. Sie standen

Seite an Seite vor der Spüle und das Radio lief. Sie spülte Geschirr und er trocknete ab.« Sie biss sich innen in die Wange und versuchte, sich auf diese Erinnerung zu konzentrieren statt auf den Schmerz in ihrem Herzen. »Irgendwann lief ein bestimmtes Lied im Radio. Dann nahm er ihre Hände, von denen noch der Spülschaum lief, und sie tanzten in langsamen, kleinen Kreisen durch die Küche. Sie legte den Kopf an seine Schulter und schloss die Augen. Es war, als würde jede Sorge verfliegen. Ich bin zwar vielleicht noch ein Kind, aber wenn das keine Liebe ist, weiß ich es auch nicht.«

Während Rosemary sprach, entspannten sich die harten Falten im Gesicht ihrer Großmutter. »Wenn sie tatsächlich angefangen hat, ihn zu lieben, tut es mir wirklich leid für sie.«

Rosemary schaute ihre Großmutter mit offenem Mund an. *Angefangen, ihn zu lieben?*

»Mach den Mund zu. In diesem Haus sind keine Fliegen, die du fangen müsstest.«

Sie klappte den Mund wieder zu. »Warum hätte sie Papa heiraten sollen, wenn sie ihn nicht geliebt hätte?«

»Menschen heiraten aus vielen Gründen, aber ich habe nicht die Absicht, das zu erörtern. Komm jetzt und trink deinen Tee, bevor er so kalt wird, dass wir Eiswürfel hinzufügen und ihn zum Abendessen trinken können.«

Während sie den lauwarmen Tee nippte, betrachtete Rosemary die Frau, die vor ihr saß. Sie entdeckte Ähnlichkeiten mit ihrer Mutter; sie hatte auch diese nüchterne, sachliche Art. Aber ihre Mutter war freier. Sie ging liebevoller mit anderen um, auch wenn Rosemary manchmal das Gefühl hatte, dass sie zu ihr strenger war als zu allen anderen. Hatte Papa die sanfteren Seiten ihrer Mutter ans Licht geholt?

Obwohl Großmutter nur widerstrebend über ihre Tochter sprach, könnte sie Rosemary vielleicht helfen, ein anderes Rätsel zu lösen. »Wohnt ihr schon immer hier?«

»Seit dem Tag, an dem ich deinen Großvater geheiratet habe.«

»Und das kleine weiße Haus am anderen Ende der Straße? Das Haus mit den gelben Fensterläden? Wer wohnt dort?«

»Eine junge Familie mit zwei kleinen Jungen.«

»Und vorher?«

»Vorher hat eine andere junge Familie dort gewohnt, bis ihnen das Haus zu klein wurde. Es ist schon komisch, dass den Leuten heutzutage die Häuser zu klein werden wie Kleidungsstücke. Zu meiner Zeit war das noch nicht so.«

Rosemary schüttelte den Kopf. »Es ist seltsam. Irgendwie habe ich das Gefühl, das Haus zu kennen.«

Großmutters Gesicht wurde ganz blass und sie starrte in ihre Teetasse. »Das kann nicht sein. Als mich deine Mutter das letzte Mal mit dir besuchte, warst du höchstens zwei. Wahrscheinlich sieht irgendein Haus in eurem Ort so ähnlich aus und du verwechselst es nur.«

Großmutter irrte sich. In Rosemary wurden noch mehr Erinnerungen wach und versuchten, an die Oberfläche zu kommen. Bilder und Gerüche aus diesem Haus. Ein beiger Teppich. Apfelkuchen. Und ein Hund. In dem Haus war immer ein kleiner Jagdhund gewesen, der seinen Kopf auf ihren Schoß gelegt und sie mit schwermütigen Augen angesehen hatte. Eine lebende Version der Figur, die Mama Rosemary vor Jahren geschenkt hatte. Und die von Papa wieder mühsam geklebt worden war.

»Ich verstehe, warum du fortmusstest, Rosemary. Aber ich denke, es ist Zeit, zu deiner Mutter zurückzukehren.«

Kalter Schweiß brach auf Rosemarys Stirn aus. »Nein, Großmutter. Du hast nicht gehört, wie sie …«

»Ich weiß besser als die meisten, wie Worte, die aus Angst und Schmerz gesagt werden, zu einer lebenslangen Kluft zwischen einer Mutter und ihrer Tochter führen können.« Sie starrte die Teeblätter an, die im Teesieb schwammen, dann richtete sie ihren Blick auf Rosemary. Ein tiefer Schmerz sprach aus ihren von vielen Falten umgebenen Augen. »Du meinst, der Abstand würde die Sache besser machen. Du meinst, sie würde diesen Abstand wollen. Aber die Zeit heilt keine Wunden. Manchmal hinterlässt der Schmerz ein klaffendes Loch und dann kann man nichts anderes tun, als dieses Loch wieder zuzunähen und zu lernen, mit den Narben zu leben.«

Jessamine hatte an diesem Morgen beschlossen, wieder zur Schule zu gehen, obwohl Glory Ann noch lange nicht bereit war, in den Alltag zurückzukehren. Denn damit würde sie akzeptieren, dass dies ihr neues normales Leben war. Ein Leben ohne Clarence.

Glory Ann hatte ihre jüngste Tochter fest gedrückt und Jessamine erinnert, dass sie es verstehen würde, wenn sie heute früher von der Schule nach Hause käme. Jessamine konnte selbst entscheiden, wann es ihr zu viel wurde. Ihre Tochter hatte sich aus ihrer Umarmung gelöst, dann hatte sie mit entschlossen zurückgeworfenen Schultern ihren rosa Rucksack genommen und war zum Bus geeilt. Glory Ann war allein im Haus zurückgeblieben und wartete darauf, dass Rosemary wieder heimkäme.

Als ihr Jessamine erzählt hatte, wohin Rosemary gefahren war, hatte Glory Ann kaum glauben können, dass Rosemary ausgerechnet im Haus ihrer Mutter Zuflucht gesucht hatte. Sie war dankbar gewesen, als ihre Mutter angerufen und ihr mitgeteilt hatte, dass Rosemary wohlbehalten angekommen war. Glory Ann konnte nur hoffen, dass ihre Mutter darauf verzichtete, zu viel über die Vergangenheit zu sprechen. Und dass sie freundlich und liebevoll wäre, wenigstens in dem begrenzten Maß, in dem sie dazu fähig war.

Sie würde Rosemary doch bestimmt nicht die Wahrheit sagen, nachdem sie ihre eigene Tochter und Enkelin jahrelang aus ihrem Leben verbannt hatte, damit das Geheimnis auf keinen Fall ans Licht käme. Jetzt war nicht der richtige Zeitpunkt, Rosemary zu sagen, dass Clarence nicht ihr leiblicher Vater war.

Glory Ann saß in der Küche, legte die Hände um eine warme Kaffeetasse und starrte den Platz an, den Clarence immer an dem runden Tisch mit den vier Stühlen eingenommen hatte.

Was würde Clarence tun, wenn sie gestorben wäre und er noch leben würde? Er würde aufstehen und in den Laden gehen. Er würde seinen Teil zum Leben der Stadt beitragen. Er würde »nicht aufhören, immer weiterzumachen«, wie er immer gesagt hatte. Er würde sich vor Problemen nicht drücken, sondern sie anpacken.

Glory Ann räumte die Küche auf, dann tauschte sie ihren Bademantel gegen ihre Hose und ein altes T-Shirt mit dem Logo der *Old Depot Grocery*. Mit schwitzenden Händen bemühte sie sich, nicht daran zu denken, was sie im Laden erwarten würde. Die kaputte Schaufensterscheibe, die ersetzt werden musste. Die Lebensmittel, die verdorben waren, während der Laden geschlossen hatte. Die … die Blutflecken auf dem Holzboden.

Während sie im Auto auf dem Weg zum Laden war, begann sie am ganzen Leib zu zittern, als vor ihrem geistigen Auge Bilder von jenem Abend abliefen: Die Polizei hatte versucht, sie vor diesen Bildern abzuschirmen, aber sie hatte darauf bestanden, sich alles anzusehen, da sie gewusst hatte, dass ihre Fantasie sonst noch viel schlimmere Bilder erzeugen würde.

Sie sollte wenden und zurückfahren. Den Laden schließen. Ohne Clarence' Ruhe und Stärke wäre sie mit der *Old Depot Grocery* völlig überfordert.

Weitere Bilder liefen vor ihrem geistigen Auge ab: wie Clarence an jenem ersten Tag, an dem sie durch die Tür getreten war, ihre Hand genommen hatte. Unsicher und gleichzeitig überzeugt, als er ihrem Vater erklärt hatte, dass er sie heiraten würde. Die ruhige Stärke, mit der er neben ihr gearbeitet hatte. Ohne ein Wort über ihre eisige Reaktion auf ihn oder ihre halbherzigen Bemühungen zu verlieren. Oder über ihr kindisches Verhalten, als sie wochenlang absichtlich Waren falsch einsortiert hatte, während Rosemary in ihrem Bauch herangewachsen war.

Jahre später hatte sie ihn gefragt, warum er zu der Frau, die einen passiven Krieg gegen ihn geführt hatte, so freundlich gewesen war. Er habe von Anfang an gewusst, hatte er geantwortet, dass sie in Wirklichkeit nicht gegen ihn kämpfte, sondern einen Krieg auf fremder Erde führte, den keiner von ihnen beiden gewinnen konnte. Deshalb hatte er ein Werkzeug des Friedens sein wollen.

Als Glory Ann um die letzte Kurve bog, sprach sie das Gebet, das Clarence so sehr geliebt – und gelebt – hatte.

Herr, mach mich zum Werkzeug deines Friedens,
dass ich liebe, wo man hasst;
dass ich verzeihe, wo man beleidigt;
dass ich verbinde, wo Streit ist;
dass ich die Wahrheit sage, wo Irrtum ist;
dass ich Glauben bringe, wo Zweifel droht;
dass ich Hoffnung wecke, wo Verzweiflung quält;
dass ich Licht entzünde, wo Finsternis regiert;
dass ich Freude bringe, wo der Kummer wohnt.

Die Straße verschwamm vor ihren Augen und ihre Hände verkrampften sich um das Lenkrad. Sie fuhr an den Straßenrand. Die Worte stiegen weiterhin flüsternd aus ihrer Seele auf und drängten sich durch ihre zugeschnürte Kehle, obwohl sie von dem Schluchzen, das sich Bahn brechen wollte, fast erstickt wurden.

Herr, lass du mich trachten:
nicht dass ich getröstet werde,
sondern dass ich andere tröste;
nicht dass ich verstanden werde,
sondern dass ich andere verstehe;
nicht dass ich geliebt werde,
sondern dass ich andere liebe.
Denn wer sich hingibt, der empfängt;

wer sich selbst vergisst, der findet;
wer verzeiht, dem wird verziehen;
und wer stirbt, erwacht zum ewigen Leben.

Als ihr Schluchzen, das ihren ganzen Körper erschütterte, endlich verebbte, richtete sie sich auf und atmete stockend ein. *Mut.* Sie musste sich Clarence' Mut zum Vorbild nehmen. Er würde sein Herz und seine Seele in diesen Laden stecken, um ihre Familie zu ernähren. Um seiner Stadt etwas Gutes zu tun. Dieses Vermächtnis wollte Glory Ann weiterführen. Sie wäre ein armseliger Ersatz, aber sie würde ihre ganze Kraft in diese Aufgabe investieren. Um in dieser Stadt ein Werkzeug des Friedens zu sein. Und für ihre Töchter.

Als sie auf den Parkplatz vor dem alten Laden fuhr, verschlug es ihr bei dem Anblick, der sich ihr bot, die Sprache. Einige Männer arbeiteten daran, eine neue Glasscheibe einzusetzen. Der Parkplatz war voll.

Als Glory Ann verständnislos aus dem Auto stieg, tauchte eine schlanke, weibliche Gestalt mit grüner Schürze im Türrahmen des Ladens auf. Unsicher. Aber trotzdem überzeugt. Genauso wie damals Clarence.

Beide gingen mit zögernden Schritten aufeinander zu. Rosemary hob eine Hand, um ihre Augen vor der Sonne abzuschirmen. Ihr Gang war unsicher.

Die Frage, die aus ihrer Körperhaltung sprach, war unmissverständlich: War sie gewollt? Geliebt?

Glory Ann lief zu ihrer Tochter und zog sie in ihre Arme. Sie hatte Mühe, nicht laut zu schluchzen. »Ich bin so froh, dass du wieder zu Hause bist.« Sie löste ihre Arme von Rosemary und schaute ihr fragend ins Gesicht. »Wann bist du zurückgekommen? Warum bist du nicht zuerst nach Hause gefahren?«

Rosemary wandte den Blick ab. »Ich musste hier sein. Etwas tun. I-ich habe ihn im-im Stich gelassen. Und …«

Glory Ann schüttelte den Kopf. »Ich hätte das nicht sagen dürfen. Du bist noch ein junges Mädchen. Du musst erst noch erwachsen werden und lernen, die richtigen Entscheidungen zu treffen. Du konntest nicht wissen, welche Folgen deine Entscheidung nach sich ziehen würde. Das konnte niemand wissen. Bitte vergib mir.«

Kapitel 27

Heute

Sarah folgte dem schnellen, abgehackten Klappern eines Messers auf einem Schneidebrett. Ihre Mutter stand mit dem Rücken zu ihr in der Küche und hatte ihre Lieblingsschürze mit aufgedruckten Hühnern umgebunden. Ihr Arm bewegte sich auf und ab und schnitt mit der Geschwindigkeit und der Präzision einer professionellen Köchin das Gemüse klein.

»Mama?«

Ihre Mutter fuhr mit erhobenem Messer schwungvoll zu ihr herum. »Sarah Lynne Anderson, du hast mich zu Tode erschreckt.«

Als sie ihren Geburtsnamen hörte, zog Sarah einen Mundwinkel hoch. »Entschuldige bitte, das war nicht meine Absicht.«

Ihre Mutter stieß ein Seufzen aus, bei dem ihre Schultern nach unten sackten, und ließ das Messer sinken. »Ich entschuldige mich auch.«

»Kann ich es dir erklären? Die Sache mit dem Haus?« Sie wollte nicht, dass dieser Ärger noch länger zwischen ihnen stand. Sarah wusste nur zu gut, wie kurz das Leben war. Es gab so vieles, was sie zu Aaron hätte sagen sollen. Sie wollte ihren Fehler nicht wiederholen und die Zeit, die ihr auf dieser Erde geschenkt war, nicht durch Unstimmigkeiten mit ihrer Mutter trüben.

»Sarah, ich weiß, dass du meinst, ich würde mich zu sehr in dein Leben einmischen, aber ich versuche nur, dir zu helfen. Ich weiß einfach, dass du es bereuen wirst, wenn du hier in Brighton bleibst.«

Sarah setzte sich auf einen der Küchenstühle. »In Kenilworth wartet nichts auf mich. Ich habe dort keine Arbeit, die ich liebe. Ja, ich habe in einigen Wohltätigkeitsorganisationen mitgearbeitet, aber das habe ich nur getan, um meine leere Zeit zu füllen. Mein leeres Haus. Die leeren Stunden. Es war so schlimm, dass ich fast den Verstand verloren hätte.«

»So wird es nicht immer sein. Du kannst nicht einfach einen Teil deines Lebens ausklammern und weiterleben, als wäre nichts gewesen.«

»Hast du das nicht selbst auch so gemacht? Mit deinem Vater? Du sprichst nie über ihn.« Sie hatte nicht einmal ein Bild von ihm an die Wand gehängt.

Ihre Mutter erstarrte. Sie wandte sich ab und legte das Messer weg. Dann klammerte sie sich an die Granitplatte, als könnte sie sich nur mühsam auf den Beinen halten. »Das ist etwas ganz anderes. Das verstehst du nicht.«

»Wirklich nicht? Du hältst mir Vorträge, dass ich vor meinem Schmerz nicht weglaufen soll, aber gleichzeitig erzählst du mir nichts über meinen eigenen Großvater. Das ergibt keinen Sinn.«

»Das ist kompliziert.«

»Trauer ist kompliziert. Verharmlose meine Trauer nicht, dann werde ich auch deine nicht verharmlosen.« Bis zu einem bestimmten Punkt verstand sie, warum Mama so wortkarg war. Es gab Dinge in ihrer Beziehung zu Aaron, über die sie nie sprechen wollte. Sie hatte sich einsam und von ihrem Mann übersehen gefühlt. Ihre Mutter würde nie verstehen, warum sie geplant hatte, ihn an jenem Abend zu verlassen.

Mama sah Papa manchmal wochenlang nicht, trotzdem hatte Sarah kein einziges Mal gehört, dass sie sich darüber beklagt hätte.

Mama blickte sie über die Schulter hinweg an und stemmte eine Hand in die Hüfte. »Also gut. Aber darf ich noch eine Sache wegen des Hausverkaufs sagen?«

Sarah kaute auf ihrer Lippe und wappnete sich für die Worte, die gleich kommen würden. Sie wollte ihrer Mutter wirklich zuhören und nicht mit ihr streiten. Sie schickte ein stilles Gebet um Weisheit zum Himmel.

Mama trat näher. »Wenn man einen Menschen verliert, beherrscht die Trauer alles, besonders in der ersten Zeit. Aber etwas, das man im Moment für eine gute Idee hält, erweist sich später vielleicht als Fehler. Ich will nur nicht, dass du aufgrund deiner Gefühle eine Entscheidung triffst, die du später bereust. Du hattest einen Grund, dich für ein Leben in Chicago zu entscheiden. Vielleicht sieht es jetzt nicht so aus, aber irgendwann wirst du dieses Leben zurückhaben wollen.«

Sarahs Atem stockte, ihr Brustkorb schnürte sich zusammen und ihr Puls hämmerte in ihren Ohren. *Dieses Leben* würde sie nie zurückhaben wollen. Aber vielleicht könnte sie in ihrer Mutter den Wunsch wecken, Sarah in ihrer Nähe haben zu wollen. »Ich bin schwanger.« Sobald sie diese Worte ausgesprochen hatte, hätte sie sie am liebsten zurückgenommen.

Ihre Mutter erstarrte. »Was hast du gesagt?«

Sarah wurde am ganzen Körper heiß und sie begann, unter den Achseln zu schwitzen. »Als ich zur Ärztin fuhr, habe ich erfahren, dass dies der Grund ist, warum ich zurzeit keinen Appetit habe.«

»Ist das Kind von Aaron?« Die Stimme ihrer Mutter wurde eine Oktave höher.

Sarah schüttelte missbilligend den Kopf. »Natürlich ist es von Aaron!«

Ihre Mutter verzog das Gesicht und zuckte die Schultern. »Man weiß nie. Menschen haben Geheimnisse.«

Galt das auch für ihre Mutter? Sarah konnte sich nicht vorstellen, dass Rosemary Anderson erschütternde Geheimnisse in ihrem Leben hatte. Aber diese verriegelte Truhe auf dem Dachboden erzählte eine andere Geschichte. Sie warf einen Blick zum Schlüsselbrett an der Wand, an dem Mama ihre Schlüssel aufbewahrte.

Ihre Mutter ging zu Sarah, beugte sich nach unten und umarmte sie. »Ich kann mir vorstellen, dass der Gedanke, dieses Kind allein aufzuziehen, beängstigend sein muss. Kein Wunder, dass du unbedingt wieder hierherziehen willst. Aber, Liebes, du schaffst das. Ich helfe dir, so gut ich kann, aber bitte wirf nicht alles hin, nur weil sich dein Leben verändern wird und dir das Angst einjagt. Wieder nach Brighton zu ziehen, ist nicht deine einzige Option.«

Aber es war die einzige Option, die sie wollte. Sarah lehnte den Kopf an ihre Mutter. »Danke, Mama. Ich könnte deine Unterstützung wirklich gut gebrauchen. Auch wenn du nicht allen meinen Entscheidungen zustimmst. Ich brauche dich an meiner Seite.«

Ihre Mutter richtete sich auf und wischte sich die Augen. »Ich kann es nicht erwarten, der ganzen Welt zu erzählen, dass ich Großmutter werde.«

»Was das angeht: Ich muss mich selbst erst noch an diesen Gedanken gewöhnen. Könnten wir es deshalb vielleicht vorerst noch ein wenig für uns behalten?«

»Klar. Natürlich. Diese Entscheidung liegt ganz bei dir. Aber sag mir, wann ich die gute Nachricht weitersagen darf. Ich muss eine Babyparty planen.«

Sarah stand vom Tisch auf und half ihrer Mutter, das Gemüse für die Suppe fertig zu schnippeln. Möglicherweise wäre Mama nie bereit, Sarah von ihrem Großvater zu erzählen, aber vielleicht war es ein guter Anfang, wenn sie sich für andere Lebensbereiche öffnete.

»Wolltet ihr nie mehr Kinder?« Sarah hatte es nie gestört, ein Einzelkind zu sein, aber manchmal hätte sie nichts dagegen gehabt, wenn sich die Besessenheit ihrer Mutter, das Leben anderer Menschen zu planen, auf mehrere Geschwister verteilt hätte.

Ihre Mutter blickte zur Seite. »Ich wollte sicherstellen, dass ich dir mein ganzes Herz schenken kann, Sarah.« Bei dem Schmerz, der in ihren Worten mitschwang, wurde Sarah hellhörig.

Sie legte den Arm um ihre Mutter. »Ich habe nie auch nur eine Sekunde daran gezweifelt, dass du mich liebst.« Sie lächelte. »Es hat Spaß gemacht, meinen Freunden zu erzählen, dass ich das Lieblingskind meiner Mutter bin. Sie haben mich immer entsetzt angesehen, wie ich so etwas sagen konnte, bis ich sie aufklärte, dass ich dein einziges Kind bin.«

Ihre Mutter schaute sie an und verzog das Gesicht zu einer Miene, die wahrscheinlich ein Lächeln sein sollte, aber eher wie eine schmerzhafte Grimasse wirkte. »Wann habe ich so etwas gesagt? Dass du mein Lieblingskind bist, weil du mein einziges Kind bist?«

Sarah schüttelte den Kopf. »Das habe ich im Spaß gesagt, nur um zu sehen, wie die Leute reagieren.«

»Ach so.« Sie sagte diese zwei Silben ganz leise.

Öffnete sich Mama jemals gegenüber einem anderen Menschen? Papa? Cathy? Oder lebte sie abgeschottet vom Rest der Welt auf irgendeiner Insel in ihrem Kopf?

Ihre Mutter konzentrierte sich nun wieder mit der gleichen Effizienz und Geschwindigkeit darauf, die Kartoffeln zu schneiden. Plötzlich keuchte sie laut. Sie breitete die Finger aus und das Messer fiel mit einem lauten Klirren aufs Schneidbrett. Sie drückte eine Hand mit der anderen fest an ihre Brust.

Sarah nahm ein Geschirrtuch. »Hast du dich geschnitten? Hier. Drücke das Tuch auf die Wunde.«

Mama schüttelte den Kopf. Ihre Augen wurden ganz weit und ihr Brustkorb hob und senkte sich in kurzen, abgehackten Atemzügen.

»Hast du Schmerzen? Brauchst du etwas? Sag mir, was los ist.«

Ihre Mutter schaute sie mit einem angespannten Lächeln an, konnte aber die Sorge, die aus ihren Augen sprach, nicht überspielen. »Es ist nur ein kleiner Krampf.« Sie massierte ihre Hand. »Würdest du bitte das Gemüse fertig schneiden? Es ist nur noch eine Kartoffel.«

Bevor Sarah Gelegenheit hatte zu antworten, verschwand ihre Mutter aus dem Zimmer. Sie schnitt die letzte Kartoffel klein und erhitzte dann Knoblauch und Olivenöl im Suppentopf. Während der Knoblauch zu brutzeln begann und die Luft mit seinem würzigen Aroma erfüllte, warf sie einen Blick zu der Schublade neben dem Herd, die sie reizte, seit Mama nach Hause gekommen war und sie ihre Suche nach dem Schlüssel hatte unterbrechen müssen. Diese Schublade, in der viel Krimskrams lag, wäre ein möglicher Aufbewahrungsort für einen Schlüssel zu einer vergessenen Truhe.

Sie gab das restliche Gemüse in den Topf und ließ es kurz anbraten, bevor sie es mit Brühe aufgoss und umrührte. Während alles kochte, kramte sie zwischen den Ersatzbatterien, Papierklammern, Notizzetteln, Schraubenziehern und verschiedenen Bedienungsanleitungen. Sarah lachte in sich hinein. Wer hob heute noch so etwas auf, da man doch alles im Internet nachlesen konnte?

Sie arbeitete sich bis zum hinteren Rand der Schublade vor, vorbei an Bleistiftstummeln und unzähligen Kugelschreibern aus der *Old Depot Grocery*. Ihre Fingerspitzen berührten einen Klumpen in dem gemusterten Stoff, mit dem die Schublade ausgelegt war. Sie hob den Stoff an der Ecke hoch, schob den Inhalt der Schublade zur Seite und brachte einen großen, alten Schlüssel zum Vorschein.

Kapitel 28

Heute

Am nächsten Morgen steuerte Sarah auf die Küche zu, in der ihre Mutter gerade ein Blech mit Brötchen aus dem Backofen zog. Sie stellte das Blech auf einen Untersetzer und warf einen fragenden Blick auf Sarahs Morgenmantel und ihren zerzausten Haarknoten. »Kommst du heute Morgen nicht in den Laden?«

Sarah tat, als müsse sie gähnen, und dehnte sich. »Ich habe heute Nacht nicht gut geschlafen.« Das war nicht gelogen, da sie viel Zeit damit verbracht hatte, sich auszumalen, was Mama möglicherweise in der abgesperrten Truhe ganz hinten auf dem Dachboden aufbewahrte. Ihre Fantasie hatte viele Möglichkeiten durchgespielt, von Kindheitstagebüchern bis zu wilden Ideen, ihre Mutter könnte ein geheimes Doppelleben führen. Hinweise auf einen Mord. Beweise, dass ihre Mutter als Kind ins Zeugenschutzprogramm aufgenommen worden war. Keine hilfreiche Methode, um lebhafte Träume aufgrund der Schwangerschaft zu bekämpfen.

»Ich bin froh, wenn du dich etwas ausruhst. Ich sage schon die ganze Zeit, dass du es langsamer angehen lassen solltest.« Mama warf einen kurzen Blick auf Sarahs Bauch, der sich inzwischen leicht wölbte, was sie aber mit ihrer Kleidung gut kaschieren konnte, es sei denn, jemand wusste, wonach er suchen musste. »Vielleicht hörst du ja jetzt auf mich.«

Sarah schüttelte den Kopf und setzte sich lächelnd. Der Bart des alten Schlüssels in der versteckten Tasche ihrer Yogahose bohrte sich in ihren Oberschenkel.

»Hast du es deinem Vater schon gesagt?«

»Nein. Oma weiß es … besser gesagt, sie hat vermutlich einen

Verdacht, auf den ihre kleine Tratschrunde sie gebracht hat; ich habe ihren Verdacht aber noch nicht bestätigt. Ich wollte es Papa sagen, wenn er das nächste Mal hier ist. Ich finde, das ist etwas, das ich ihm persönlich sagen sollte.«

»Du weißt, dass er vor Freude außer sich sein wird. Er liebt Kinder.«

Sarah stützte die Ellbogen auf den Tisch und legte das Kinn auf ihre gefalteten Hände. »Wirklich?«

»Oh ja! Als du klein warst, war er völlig aus dem Häuschen. Er robbte über den Boden, brüllte wie ein Löwe, tat, als wolle er dich verschlingen. Du hast jede Sekunde genossen. Wahrscheinlich wird er versuchen, mit deinem Kind das Gleiche zu machen, auch wenn ihm sein altes Knie Schwierigkeiten bereitet.«

»Apropos Schwierigkeiten: Was ist mit deiner Hand?«

Das Lächeln verschwand aus dem Gesicht ihrer Mutter. »Gut. Das war nur ein kleiner Krampf, wie ich schon sagte.«

Vielleicht, aber Sarah war nicht entgangen, dass Mama ihr ganzes Essen mit der linken Hand statt mit der rechten gegessen hatte.

Mama reichte ihr einen Teller, auf dem ein perfekt gebackenes Brötchen thronte. »Mir ist aufgefallen, dass du die lieber als alles andere gegessen hast, was ich auf den Tisch gestellt habe.«

Lächelnd schnitt Sarah das Brötchen auf und genoss den duftenden Dampf, der von dem Gebäck aufstieg. Sie strich eine dünne Butterschicht darauf, die sofort schmolz.

»Möchtest du eingemachtes Obst? Diese Birnen hier sind vom Birnbaum neben dem Laden.«

Sarah nahm das Glas. Birnen waren zwar nicht ihr Lieblingsobst, aber sie schmeckten nach zu Hause.

»Du wirst dich bald wieder besser fühlen. Diese Aversion gegen bestimmte Nahrungsmittel wird sich legen und dann hast du wahrscheinlich Appetit auf alles, was dir vor die Augen kommt. Wenigstens ging es mir so, als ich mit dir schwanger war. Deine Großmutter hat öfter gedroht, an den Kühltruhen mit dem Eis Schlösser anzubringen.«

Mit einem Lächeln stellte sich Sarah vor, wie ihre Mutter in jüngeren Jahren mit einem Löffel durch die Ladengänge geschlichen war und die Hand auf ihren gewölbten Bauch gelegt hatte.

Sie hätte nie gedacht, dass sie sich über diese Schwangerschaft freuen würde, aber auf unerklärliche Weise veränderte Aarons Kind in ihrem Bauch ihren Blick auf ihre Ehe. Obwohl Aaron und sie sich so viele Gelegenheiten, einander zu lieben, hatten entgehen lassen, hatte sie jetzt die Chance, ihr gemeinsames Kind zu lieben. Diese langsam wachsende Liebe hatte auf eine geheimnisvolle Art eine heilende Wirkung.

Mama warf einen Blick auf ihre Armbanduhr. »Ich gehe jetzt lieber. Ich habe keine Lust, mir Mamas Gezeter anzuhören, wenn ich zu spät komme.« Sie trat ans Spülbecken und nahm einen Spüllappen und das Spülmittel.

Sarah wäre am liebsten schon gestern Nacht auf den Dachboden geschlichen, aber ihre Mutter war zu Hause gewesen und hätte wahrscheinlich gedacht, dort oben schleiche ein Einbrecher herum. »Du hast gekocht«, sagte sie. »Ich spüle das Geschirr.«

»Sarah, das passt schon. Du musst dich ausruhen.«

»Ich habe gesagt, dass ich mir heute Morgen ein wenig mehr Zeit lassen will. Das heißt nicht, dass ich Bettruhe bräuchte. Ein paar Teller, Tassen und Bleche kann ich schon abspülen.«

Sarah schaute durch den Spalt zwischen den buttergelben Vorhängen im Wohnzimmer zu, wie ihre Mutter aus der Einfahrt bog. Sie ging nervös auf und ab und ließ einige Minuten verstreichen, um sicherzugehen, dass Mama nicht zurückkäme, weil sie etwas vergessen hatte, bevor sie anfing, in ihrem Leben herumzuschnüffeln.

Sie schlüpfte aus ihrem Bademantel, unter dem sie ihre Yogahose und ein T-Shirt trug, und zog die Leiter zum Dachboden herab. Mit einer LED-Campinglaterne und dem alten Schlüssel bewaffnet, wollte sie es mit den Geistern aufnehmen, die ihre Mutter dort oben weggesperrt hatte.

Das grelle Licht beleuchtete den dunklen Raum und warf lange, schaukelnde Schatten, während Sarah den kleinen Dachboden durchquerte.

Sobald sie die Truhe entdeckt hatte, die abseits von allem anderen in die Ecke geschoben worden war, hatte sie gewusst, dass sie nicht Papa gehören konnte. Bo Anderson war nicht der Typ, der Dinge wegsperrte, er war immer offen und beantwortete alle Fragen, die ihm seine Tochter stellte. Es sei denn, natürlich, ihre Fragen überschritten die sorgfältig eingehaltene Grenze zwischen der Vergangenheit ihres Vaters und der ihrer Mutter. An diesem Punkt sagte er immer: »Diese Frage solltest du lieber deiner Mutter stellen.« Dann wechselten Sarah und ihr Vater jedes Mal vielsagende Blicke, da sie beide ganz genau wussten, wie das ausgehen würde. In der Lebensgeschichte ihrer Eltern gab es Lücken wie bei einem Buch, in dessen Mitte mehrere Kapitel herausgerissen waren.

Sarah warf die Schultern zurück und steckte den Schlüssel ins Schloss. Er drehte sich problemlos und der Deckel öffnete sich ohne das geringste Quietschen.

Sarah ging in die Hocke und spähte hinein. Sie entdeckte kleine rosafarbene Tagebücher. Mit Wachsmalkreiden gemalte Kinderkunstwerke. Kleine Familien aus Klebebildern mit Regenbögen und Häusern. Einige Bilder vom Laden. Mama hatte sich selbst immer in einer dunklen, düsteren Farbe gezeichnet. Ihre Schwester und Mutter dagegen waren immer in leuchtenden Farben dargestellt als Rosemary und ihr Vater, der immer Rosemarys Hand hielt und größer als die Gebäude, Bäume und alles andere gezeichnet war.

Hatte zwischen den zwei Frauen, die Sarah am meisten auf der Welt liebte, schon immer diese Distanz geherrscht?

Mama und Oma zankten sich oft, aber sie hatte immer gewusst, dass Oma Mama liebte. Sie hatte erlebt, wie die beiden stritten und eine Minute später verfolgte Oma mit Stolz und Liebe in den Augen, wie Mama einen Kunden bediente oder eine Lieferung entgegennahm.

Sarah legte den Stapel mit den Wachsmalkreidezeichnungen weg, setzte sich mit überkreuzten Beinen auf den Boden und blätterte in den Tagebüchern. Die meisten Einträge stammten aus Mamas Kindheit. Sie hatte den Alltag in einer Kleinstadt auf dem Land beschrieben. Geschichten, wie die Ziegen des einen Nachbarn ausgerissen waren und dann plötzlich auf dem Autodach des anderen Nachbarn gestanden hatten. Berichte von Kleinstadttratsch, den sie als Kind zweifellos im Laden aufgeschnappt hatte, während sie die unteren Regalfächer abgestaubt hatte – die gleiche Arbeit, die Sarah später übernommen hatte, um sich ein wenig Taschengeld zu verdienen.

Dann stieß sie auf eine Seite, bei der sie innehielt. Hier standen nur drei Wörter. Die Buchstaben waren groß und mit Bleistift tief ins Papier eingedrückt – so als wäre ihre Mutter beim Schreiben sehr wütend gewesen. *ICH HASSE SIE.*

Wen? Oma? Tante Jessie? Und warum? Aus den anderen Tagebüchern wurde deutlich, dass Mama und ihre Schwester oft gestritten hatten. Dass für die junge Rosemary ihre Familie oft in zwei Parteien gespalten gewesen war. Ob es tatsächlich der Realität entsprach, ob das nur die verzerrte Sichtweise eines Kindes gewesen war, konnte Sarah nicht sagen. Aber eines wusste sie genau: Die Worten auf dieser Seite ließen sie frösteln.

Es war, als würde diese Seite auch nach so langer Zeit immer noch das Gewicht der Hand tragen, die diese Worte auf das Papier gebannt hatte.

Einige Seiten später fand Sarah die Antwort:

Liebes Tagebuch,
als ich heute Morgen zum Esstisch kam, stand der kleine Porzellanhund da. Er war nicht mehr so wie früher. An den Stellen, an denen er früher kühl und glatt gewesen war, hat er jetzt Rillen und Furchen. Diese Furchen wurden mit Klebstoff ausgefüllt. Mama wollte die Scherben an jenem Abend wegwerfen, aber Papa hat den Hund, so gut es ging, wieder zusammengeklebt.

Wenn ich nur die Zeit zurückdrehen könnte! Dann würde ich ihn irgendwo verstecken, wo ihm nichts passieren kann. Und ihn bestimmt nicht auf dieses kleine Regal stellen. Wissen Mama und Papa denn nicht, dass ihn Jessamine absichtlich zerbrochen hat? Sie hat deshalb nicht die geringsten Schwierigkeiten bekommen. Ich hasse sie aber nicht wirklich. Ich wünschte, wir könnten Freundinnen sein, aber sie macht es mir so schwer.

Rosemary Clearwater

Sarah erinnerte sich an den hässlichen Porzellanhund, den sie hinter den ganzen Hühnerfiguren auf Mamas Küchenregal gefunden hatte.

Sarah holte noch weitere Tagebücher heraus. Darunter kam ein Foto von einem Mann zum Vorschein, den sie nur von den Bildern an den Wänden ihrer Großmutter kannte. Ihr Opa Clarence. Seine sanfte Miene verriet, dass er ein Mensch gewesen war, mit dem die Leute gern zu tun gehabt hatten.

Sie fand ein weiteres vergilbtes Foto. Es war lose und steckte in keinem Rahmen. Es musste im Inneren des Ladens aufgenommen worden sein. Opa Clarence trug eine grüne Schürze und auf seinen Schultern saß ein Mädchen mit blonden Locken. Das Kind hatte den Kopf lachend zurückgeworfen. Es war so klein, dass er tatsächlich wie der Riese wirkte, den die kleine Rosemary mit ihren Wachsmalkreiden für die Nachwelt festgehalten hatte.

Warum wollte ihre Mutter dieses Foto nicht aufhängen? Die augenscheinliche Liebe und Freude in den beiden Gesichtern entlockte Sarah unwillkürlich ein Lächeln. Es gab noch ein paar weitere Fotos. Auf einem Foto mit Weihnachtsbaum im Hintergrund trug Opa Clarence stolz einen unförmigen Pullover, den vermutlich die junge Rosemary gestrickt hatte.

Unter den Fotos grub sie einen vollgestopften, verknitterten, großen braunen Umschlag aus. Sie löste den Faden, ein Achterknoten zwischen zwei weißen Knöpfen. In dem Umschlag befanden sich mehrere Zeitungsausschnitte. Sarah holte sie vorsichtig heraus und breitete sie auf dem Fußboden aus.

Artikel über eine Verhaftung und einen Gerichtsprozess. Ein Raubüberfall mit Todschlag. Sarahs Augen weiteten sich. Sie hatte gewusst, dass Opa Clarence plötzlich und unerwartet gestorben war, aber ihr war nicht bewusst gewesen, dass sein Leben ein so gewaltsames Ende genommen hatte. Und das ausgerechnet in ihrem Familiengeschäft!

Um sie herum lagen Schlagzeilen über den Raubüberfall, der ihrem Großvater das Leben gekostet hatte. Berichte über den Mann, der in den Laden eingebrochen war, um Erkältungsmedikamente und andere Dinge zu stehlen und daraus Crystal Meth herzustellen. Sarah erschauerte bei den Details, die anscheinend die ganze Stadt Brighton lieber vergessen wollte. Niemand sprach je über diesen Teil ihrer Familiengeschichte. Wenigstens nicht in Sarahs Gegenwart. Aber Mama hatte die ganze traurige Geschichte in Zeitungsartikeln mit Schwarz-Weiß-Bildern aufgehoben. Warum?

Die anderen Artikel waren lobende Nachrufe auf ihren Großvater, der ein wunderbarer Mann gewesen war. Die Stadt dankte ihm für den wertvollen Beitrag, den er für das Gemeinwohl geleistet hatte. Er hatte betagten Stadtbewohnern bei schlechtem Wetter Lebensmittel nach Hause gebracht. Familien, die in Not geraten waren, hatte er Kredit gewährt. Es gab reichlich Zeugnisse davon, dass seine Großzügigkeit viele Menschenleben angerührt hatte. Andere Artikel sprachen von seiner Integrität und Weisheit.

Dieser Drogenabhängige hatte ihr die Chance geraubt, Opa Clarence kennenzulernen, aber in gewisser Weise hatte sich ihre Mutter genauso schuldig gemacht. Sie hatte Sarah um die Chance gebracht, den Mann kennenzulernen, der ihr selbst so wichtig gewesen war. Warum? Aus Trauer? Weil die Erinnerungen zu schmerzlich waren?

Sie blätterte weiter und erstarrte, als sie den letzten Artikel las:

Mein Freund Clarence Clearwater und ich haben uns zum Abendessen getroffen und über Verbesserungen in der Stadt gesprochen. Als einige andere Geschäftsleute ins Restaurant kamen und von einem sonderbaren Mann erzählten, der durch die Stadt schlich und in Fenster spähte, sprang Clarence sofort vom Tisch auf und ich bin ihm natürlich gefolgt. Wir fuhren eilig zu seinem Laden. Clarence war außer sich.

Ich bat ihn, mir zu verraten, was los war. Warum er so aus dem Restaurant gestürmt war.

Als wir vor der Old Depot Grocery anhielten, sahen wir einen Schatten, der sich in dem dunklen Laden bewegte. Clarence sprang aus dem Auto und rannte zur Tür. Ich rief, dass er warten solle. Dass er die Polizei holen solle. Dass der Laden es nicht wert sei, sein Leben zu riskieren.

Er drehte sich zu mir herum und sagte: »Meine Tochter ist da drinnen.«

Das waren die letzten Worte, die er zu mir gesagt hat.

Sarah drückte die Hand auf ihre Brust, als könnte sie dadurch den Schmerz lindern.

Sie kramte weiter in der Truhe, bis sie den Holzboden erreichte. Ganz unten lag ein Umschlag, der an einer Kante schwarz verfärbt war. Er war an Glory Ann Clearwater adressiert.

Kapitel 29

Juni 1986

Rosemary saß in dem vollgepferchten Büro und ging die Zahlen noch einmal durch, kam aber wieder zu demselben Ergebnis. Aus irgendeinem Grund hatten sie nicht so viel verkauft, wie eingeplant gewesen war. Das bedeutete, dass Lebensmittel verdarben, Gemüse verwelkte und Einnahmen fehlten. Mit einem tiefen Seufzen rieb sie ihre brennenden Augen.

Seit Papas Tod vor drei Jahren lief es im Laden nicht rund. Nicht nur weil ihre Familie immer noch Mühe hatte, sich mit der klaffenden Lücke in ihrer Mitte zurechtzufinden, und die zwei Töchter nach ihrem Schulabschluss ohne die Unterstützung ihres Vaters erwachsen werden mussten.

Die Wirtschaftskrise trug das Ihrige bei. Beinahe hätten sie den Laden verloren. Um die Bücher hatte sich immer Papa gekümmert. Mama war im Umgang mit den Kunden genial, aber mit Zahlen stand sie auf Kriegsfuß.

Jetzt waren die Buchhaltung und die Bestellungen Rosemarys Domäne. Eine Weile war es aufwärtsgegangen, aber aufgrund der Dürre waren die Erzeugerpreise durch die Decke geschossen. Genauso wie bei der Wirtschaftskrise griffen die Kunden wieder mehr auf haltbare Lebensmittel und Konservendosen zurück.

Wenn sie die Preise für frisches Obst und Gemüse senkte, würde der Laden keinen Gewinn machen. Wenn sie weniger bestellte, um die sinkenden Verkaufszahlen auszugleichen, würden ihre Nachbarn, die von der Landwirtschaft lebten, darunter leiden. Die einzige Lösung bestand darin, die Preise gerade so zu senken, dass die Bauern immer noch Gewinn machten, ohne dass Rosemary den Laden in den Bankrott trieb. So würde es ihr Vater machen.

Rosemary schob sich mit einem Seufzen vom Schreibtisch weg. Jessamine hatte es geschafft, endlich von hier fortzukommen. Nach der Katastrophe in Tschernobyl hatte sie sich Greenpeace angeschlossen. Sie war weit fort, um die Welt zu retten, während Rosemary versuchte, einen Lebensmittelladen auf dem Land über Wasser zu halten.

Jenseits der Bürotür herrschte viel Betrieb im Laden. Mütter mit zappelnden, gut genährten Babys auf den Hüften schoben ihre Einkaufswägen durch die Gänge. Mama saß an der Kasse, während Bo die gekauften Waren einpackte und den Kundinnen die Tüten für ein gelegentliches Trinkgeld von einem halben Dollar in den Kofferraum lud. Sie zog ihn gern mit den klingelnden Münzen in seinen Taschen auf. Die älteren Damen in der Stadt waren alle in ihn vernarrt.

Als sie an Bo vorbeiging, nickte er ihr mit einem leichten Lächeln zu. Sie berührte den blauen Wollfaden, der um ihren linken Ringfinger gewickelt war.

Bo hatte ihr den Faden am letzten Sonntag nach dem Gottesdienst umgebunden, während sie am Eagle Creek auf einer Picknickdecke gesessen hatten. Als er den Faden verknotet hatte, hatte er sie schwach angelächelt und gesagt: »Du musst mir nicht sofort antworten. Denk einfach darüber nach, okay?«

Das war der sonderbarste Beinaheheiratsantrag gewesen, den sie je gehört hatte, und sie hatte sich auch nicht gescheut, ihm das zu sagen. Aber sie hatte den Wollring auch nicht abgenommen.

Als Rosemary den Laden verließ, schlugen die Glocken klingelnd gegen das Glas der Eingangstür. Nachdem sie stundenlang in diesem dunklen Büro gesessen hatte, empfand sie die Sonne als warm und tröstlich. Bo war ein guter Mann. Aber sie war noch so jung. Es war noch Zeit. Sie wollte mehr von der Welt sehen und etwas erleben, bevor sie sesshaft wurde.

Wann genau sie aufbrechen würde, um dieses verschwommene, unklare Ideal eines Lebens zu sehen, wusste sie nicht genau.

Rosemary setzte sich auf die Bank am Rand des Gehwegs, der

zum Laden führte, und grüßte Ms Paulette, die auf die Eingangstür zusteuerte, mit einem freundlichen Winken.

»Wie geht es deiner Schwester, Liebes?«

»Ganz gut, glaube ich. Wir hören in letzter Zeit nicht viel von ihr.«

»Ich weiß nicht, was ich von diesem ganzen Rummel um Umweltschutz halten soll.«

Rosemarys Antwort war ein stummes Schulterzucken. Für Jessamine war es wichtig. Sie selbst fand auch, dass die Menschen sich besser um diese Welt kümmern sollten, aber sie hätte auch nichts dagegen, wenn Jessamine ein wenig mehr Wert darauf legen würde, sich für ihre kleine Welt hier zu Hause stärker einzusetzen. Damit würde sie Rosemary Gelegenheit geben, das Leben außerhalb von Brighton selbst auch ein wenig zu erkunden. Aber Mama brauchte sie jetzt. Und das würde sich womöglich nie ändern.

Ein warmer Wind berührte ihre Wange und zog Haarsträhnen aus ihrem Pferdeschwanz. Sie wippte mit dem Knie.

Obwohl Bo sagte, dass er es nicht eilig habe, wollte er bestimmt bald eine Antwort von ihr. Bo bot Sicherheit, was in Rosemarys Augen deutlich für ihn sprach. Wenn die Rockband Lynyrd Skynyrd eine Muse für ihr Lied »Simple Man« gebraucht hätten wäre Bo genau der Richtige gewesen. Aber jedes Mal, wenn sie in seine Augen blickte, konnte sie Jessamines stichelnde Stimme hören: *Er ist ein Kleinstadtjunge vom Land. Willst du nicht jemanden, der dich herausfordert? Der dich aus deiner Komfortzone herauslockt? Jemanden, der mehr will als das hier?*

Das Problem war, dass Rosemary das Gefühl hatte, irgendwie zwischen den Stühlen zu sitzen. Einerseits genoss sie das Leben in Brighton und die Vorstellung, in einem kleinen Haus mit Palisadenzaun eine Familie zu gründen, andererseits reizte sie die Vorstellung, dass es da draußen viel mehr gab. Das Gefühl nagte an ihr, dass sie immer zwei Schritte hinterherhinkte und vielleicht etwas verpasste.

Der vertraute weiße Jeep mit roten und blauen Streifen rollte auf den Parkplatz. Punkt vierzehn Uhr wie immer.

Der Postbote blieb neben ihr stehen und wischte sich den Schweiß von der Stirn, bevor er in den Behälter neben sich griff. Mr Clarks ungezähmtes, buschige graues Haar weckte in ihr immer die Vorstellung, er sei ein entfernter Cousin von Albert Einstein.

»Hallo, Rosemary! Ein schöner Tag, nicht wahr?«

»Ja, Sir«, antwortete Rosemary und wandte den Kopf ab, um ihr Grinsen zu verbergen. Diesen Satz sagte er jeden Tag, egal ob bei Regen, Hagel, Schnee oder glühender Hitze.

»Hier ist eure Post. Einen schönen Tag noch. Und grüß Glory Ann von mir.«

Sie winkte ihm nach, als er davonfuhr. Dann schlenderte sie zum Laden zurück und blätterte im Gehen die Post durch. Der alte Junggeselle war wahrscheinlich enttäuscht, weil sie ihn um die Gelegenheit gebracht hatte, Mama die Post persönlich in die Hand zu drücken. Papa war seit drei Jahren tot. Wenn sich die Leute außer Hörweite wähnten, tuschelten sie oft, dass Mama noch jung sei und wieder heiraten sollte. Aber Mr Clark? Er war zwanzig Jahre zu alt für sie. Außerdem hatte Mama Papa so sehr geliebt, dass in ihrem Herzen kein Platz für einen anderen Mann war.

Rosemary kehrte ins Büro zurück, um die Rechnungen zu sortieren. In der Mitte steckte ein Brief, der an Mama adressiert war. Auf dem Umschlag stand kein Absender. Da er an den Laden adressiert war, war es wahrscheinlich ein Dankbrief von einem Bauern, der die *Old Depot Grocery* belieferte. Sie schob den Finger unter das Siegel und zog ein Blatt Briefpapier heraus. Es war ein Brief an Mama, der vom 25. Juni 1986 datiert war.

Rosemarys Hände verkrampften sich, als sie den Brief las, aus dem so viel Sehnsucht und Bedauern sprachen. Wer war Jimmy? Wer war die Glory Ann, von der er sprach? Die Glory Ann, die Rosemary kannte, hatte immer nur einen einzigen Mann geliebt.

Dieser Jimmy sprach von Fehlern. Von einer Beziehung, die zu weit gegangen war. Von verlorenen Jahren.

Mama war Papa untreu gewesen? Rosemary stockte der Atem. Dieser Jimmy hatte angeblich vor fünf Jahren schon einen Brief geschrieben. Damals hatte Rosemarys Vater noch in der Blüte seines Lebens gestanden. Was auch immer zwischen Mama und diesem Mann passiert war, es war passiert, als Papa noch gelebt hatte.

Ihr Brustkorb zog sich schmerzlich zusammen. Offenbar hatte die Frau, die Rosemary an dem Abend nach der Beerdigung ihres Vaters einen Vortrag über Ehrlichkeit gehalten hatte, selbst Geheimnisse. Große Geheimnisse.

Eines wusste Rosemary mit Sicherheit: Sie würde nicht zulassen, dass dieser Fremde hier antanzte und versuchte, den Platz ihres Vaters einzunehmen.

Sie steckte den Brief wieder in den Umschlag und eilte ins Büro zurück. Dort entfachte sie ein Streichholz und schaute zu, wie die Flamme aufloderte. Mit zitternder Hand hielt sie das Streichholz an den Rand des Umschlags. Als die Ecke des Papiers anfing, sich schwarz zu verfärben, blies sie das Streichholz aus und sank schwer keuchend auf den Schreibtischstuhl. Wenn sie diesen Brief vernichtete, würde sie die Wahrheit nie erfahren, selbst wenn sie irgendwann den Mut aufbringen sollte, sie zu hören. Aber wenn sie ihre Mutter wegen des Inhalts dieses Briefes zur Rede stellte, würde sie damit womöglich diesen Eindringling in das Leben ihrer Familie holen.

Kapitel 30

August 1986

Glory Ann winkte Carson, den neuen Metzger, den sie letzte Woche eingestellt hatte und der gerade zu seiner Nachmittagsschicht eingetroffen war, zu sich. Ihr letzter Metzger hatte sich in den Ruhestand verabschiedet und war mit seiner Frau nach Florida gezogen. Ein ganz anderes Leben als die Jahre, die er in gekühlten Räumen gearbeitet und Fleisch nach den Wünschen der Kunden geschnitten und abgepackt hatte. Sie grinste. Vielleicht würde der raue Mann dort endlich ein wenig auftauen.

Carson, der neue Mann, war jung und engagiert. Er würde diese Stelle gut ausfüllen.

»Ja, Ma'am. Brauchen Sie etwas?«

Glory Ann zog einen Umschlag aus ihrer Schürzentasche. »Ich habe gerade wieder einen Brief von Jessie bekommen. Du kennst sie noch von der Schule, nicht wahr? Sie ist gerade an einem Strand in Georgia und setzt sich für den Umweltschutz ein.« Sie drückte ein Foto in seine großen Hände. »Sie hat sehr viel zu tun. Sie hat eine Anstellung in der Forschungsfirma bekommen, in der sie schon als Praktikantin gearbeitet hat, und hat beschlossen, jetzt doch zu studieren. Ich habe immer gedacht, meine Mädchen würden in der Nähe von Brighton bleiben, aber meine Jessamine wurde mit Flügeln geboren. Das habe ich wahrscheinlich schon immer gespürt.«

Glory Ann blickte auf. Carsons Gesicht verzog sich zu einem höflichen Lächeln, aber seine Augen waren so ausdruckslos wie die mit Zuckerguss überzogenen Donuts in der Backwarenabteilung. Sie runzelte die Stirn. »Meine Güte. Entschuldigung, dass ich so viel rede. Wenn es um meine Mädchen geht, bin ich nicht mehr zu bändigen.«

Aus Richtung der Kasse kam ein hörbares Schnauben. Rosemary saß mit dem Rücken zu ihr und gab Cora Smiths Einkäufe in die Kasse ein.

Glory Ann eilte zu Cora. »Cora, schau! Ich habe gerade einen Brief von Jessamine bekommen.« Cora würde sie verstehen. Ihr Sohn war zum Studium fortgezogen und wohnte jetzt in irgendeiner Großstadt, an dessen Namen sie sich nicht erinnern konnte. Sie und Cora erzählten sich oft Geschichten über ihre Kinder in der Ferne und deren aufregende Abenteuer. Cora lächelte. »John will mich ständig überreden, ihn besuchen zu kommen, aber allein schon bei der Vorstellung, auf der Autobahn mit dem vielen Verkehr zu fahren, gerate ich in Panik.«

Glory Ann lächelte höflich und musste sich beherrschen, damit ihre Mundwinkel nicht zitterten. Jessie hatte sie nie eingeladen, sie zu besuchen, aber wahrscheinlich wusste sie einfach, dass Glory Ann den Laden nicht im Stich lassen konnte.

Sie warf einen Blick auf Rosemary, deren Miene wie versteinert war. In dem erfolglosen Versuch, die Last von ihrer Brust zu vertreiben, stieß Glory Ann ein tiefes Seufzen aus. Ihre eine Tochter wohnte tausend Meilen entfernt, aber irgendwie hatte sie bei ihrer anderen Tochter, die ihr gegenübersaß, in letzter Zeit das Gefühl, sie wäre noch viel weiter weg.

Sie hatte gedacht, dass sie nach ihrer hitzigen Auseinandersetzung unmittelbar nach Clarence' Tod Frieden geschlossen hätten. Aber vor zwei Monaten hatte sich etwas verändert und eine neue Eiszeit war zwischen ihnen eingekehrt. Wenn Glory Ann fragte, was los sei, stritt Rosemary jedes Mal ab, dass etwas nicht stimmen würde.

Cora verabschiedete sich und Glory Anns neuer Schüler, Morrow, kam schnell, um Cora zu helfen, ihre Einkäufe einzupacken und zu verladen. Glory Ann schmunzelte. Alle wussten, dass Cora ein großzügiges Trinkgeld gab.

Glory Ann trat näher zu ihrer Tochter. »Ich liebe dich, Rosemary.«

Rosemary erstarrte und hob den Blick. Ihre Lippen zuckten und sie atmete schwer aus. »Das weiß ich. Ich liebe dich auch.«

Rosemarys Blick wanderte über Glory Anns Schulter, während ein beredtes Schweigen die Luft erfüllte. »Die Milchlieferung ist gekommen. Wenn du dich an die Kasse setzt, übernehme ich das. Schick Joey und Morrow nach hinten. Sie sollen mir helfen, alles ins Lager zu bringen.«

Glory Ann drehte sich um und sah den anderen Grund für Rosemarys plötzlichen Abgang. Bo Anderson war gerade aus seinem Auto gestiegen und unterhielt sich draußen mit einem Kunden, wahrscheinlich über das schöne Wetter. Sie verstand nicht, warum Rosemary diesem Jungen nicht endlich eine Antwort gab. Sie sollte entweder Nein sagen und ihn von der Ungewissheit befreien oder den Sprung wagen und Ja sagen. Warum ließ sich dieser verliebte Junge überhaupt so lange mit einem Vielleicht hinhalten? Die jungen Paare heutzutage hatten ja keine Ahnung, wie solche Dinge früher gehandhabt worden waren.

Rosemary schaukelte die zwei Räder der Sackkarre vorsichtig hin und her, um sie über die Türschwelle zu bewegen, ohne den Turm aus Milchkisten, den sie in ihrem aufgebrachten Zustand zu hoch gestapelt hatte, zu gefährden.

Wenigstens entkam sie hier hinten Mamas Lobhudelei für Jessie. Sie prahlte ständig mit Jessies Leistungen, als wäre ihre Schwester eine Heldin. Aber bekam die Tochter, die hierblieb, je ein lobendes Wort von ihr?

Andererseits hatte sie neben ihrer Schwester immer die zweite Geige gespielt, warum sollte das jetzt also irgendwie anders sein? Sie musste an den Brief denken, den sie ihrer Mutter vorenthalten und ganz unten in ihre Truhe gestopft hatte.

Papa hatte immer auf Rosemarys Seite gestanden. Vielleicht hatte auch er gewusst, wie es war, die zweite Wahl zu sein. Wie konnte Mama behaupten, Papa zu lieben, wenn sie einen solchen Brief bekam? Einen Brief, der auf eine unanständige Beziehung zu einem Mann schließen ließ, mit dem sie nicht verheiratet war.

Warum liebte Mama die Menschen, die nicht an ihrer Seite blieben, mehr als die Menschen, die tatsächlich für sie da waren?

»Joey?«, rief sie nach dem Jungen, dem sie den Auftrag gegeben hatte, den Inhalt der Kisten in die Milchkühlung einzusortieren. Keine Reaktion. Wahrscheinlich hatte er wieder seinen Walkman dabei und die Kopfhörer auf, obwohl sie ihm gesagt hatte, dass er dieses Gerät nicht mehr mit zur Arbeit bringen solle.

Ihre Bemühungen, die Räder über die Türschwelle zu bewegen, blieben erfolglos. Sie zog kräftig an der Sackkarre. Der Turm schwankte gefährlich nach links und sie stellte sich schon auf den krachenden Lärm ein, mit dem die Milchflaschen jeden Moment auf dem Betonboden des Lagerraums zerbersten würden. Aus dem Augenwinkel sah sie, wie zwei Hände vorschossen und die Kisten gerade noch festhielten.

Bos leises Lachen drang an ihre Ohren. »Hast du die Sackkarre wieder zu voll geladen?«

Sie trat zurück, um ihm Platz zu machen. Ihre Ohren glühten und sie zuckte die Schultern, während ihr Bo half, das Hindernis zu überwinden. »Bist du nach hinten gekommen, weil du es auch nicht mehr hören kannst, wie meine Mama schon wieder von Jessies jüngsten Heldentaten schwärmt?«

Er lächelte leicht und schüttelte den Kopf. »Ich bin hier, um dir zu helfen. Darf ich?«

»Sehr gerne. Du weißt genau, dass mir Mama auf die Nerven ging. Sonst hätte ich mich nicht freiwillig gemeldet, bei der Milchlieferung zu helfen. Das habe ich nur gemacht, um ihr zu entkommen.«

Bo lachte leise.

Rosemary gab sich unbeeindruckt. »Ach, tu nicht so, als würdest du dich nicht genauso wie alle anderen auch Hals über Kopf in Jessamine verlieben, wenn sie hier wäre.«

Er drehte die Augen zur Decke. »Das denkst du wirklich?«

»Wem geht es nicht so? Ich habe diesen Laden schon mehr als einmal vor dem Bankrott gerettet. Aber dafür gibt es keine Heldengesänge.«

Bo stieß sie mit einem zärtlichen Lächeln in die Seite. »Du kannst sagen, was du willst. Selbst wenn Jessie hier wäre, würde ich dir weiterhin wie ein liebeskrankes Hündchen nachlaufen.«

»Warum?«

»Weil ich dich mag. Weil du treu und zuverlässig bist. Weil du stark bist und nicht kneifst, wenn es hart wird. Weil du so bist, wie du bist. Wenn du mir keine richtige Antwort gibst, weil du meinst, du wärst nur die zweite Wahl nach Jessamine, dann sage ich dir deutlich: Für mich gab es immer nur dich, Rosemary. Schon seit dem Tag, an dem du meinem Auto nachgelaufen bist und verlangt hast, dass ich dir dieses gestohlene Eis zurückgebe. Vielleicht meinst du, du wärst unsichtbar, aber ich sehe dich, Rosemary Clearwater.«

Diese Liebeserklärung des Jungen vom Land, der ihr einen Wollfaden um den Finger gebunden hatte, statt sie direkt zu fragen, ließ Rosemarys Herz höherschlagen.

»Wenn du dir nicht vorstellen kannst, mich je zu heiraten, muss ich das wissen. Ich habe gesagt, dass du dir Zeit lassen sollst, aber meine Güte, Rosemary, das war vor zwei Monaten! Erlöse mich von meinem Elend und gib mir einen Korb. Ich trage es mit Fassung. Aber wenn du nur Angst hast, ich würde meine Frage nicht ernst meinen, kann ich dich beruhigen.«

Er stellte die Sackkarre ab und ging vor ihr auf ein Knie. »Sag es mir bitte, Rosemary Clearwater. Willst du meine Frau werden?«

Sie versteckte ihre zitternden Lippen hinter ihrer Hand und nickte.

Er wollte den blauen Faden, den sie immer noch um den Finger trug und der inzwischen einen hässlichen Grauton angenommen hatte, abnehmen.

»Lass ihn dran. Ich brauche keinen anderen Ring.«

»Du brauchst einen Ring, der genauso lange hält wie unsere Beziehung.« Er zog ein kleines Kästchen aus seiner Tasche und klappte es auf. Ein runder Diamant-Solitär lag auf dem Samt.

Sie lachte. »Hast du das tatsächlich geplant? Einen Heiratsantrag im Lagerraum dieses unromantischen alten Ladens?«

Er grinste. »Ich hatte es schon neulich geplant, als wir auf der Wiese lagen und die Sterne betrachteten, aber du hast lieber über die geplanten Lieferungen in dieser Woche gesprochen. Deshalb dachte ich, du wolltest mir damit etwas sagen.«

Sie boxte ihn gegen die Schulter. »Allein dafür sollte ich dir einen Korb geben.«

Er steckte ihr den Ring an den Finger. »Nein. Rosemary, dieser Ort passt perfekt.«

Bo stand auf und legte eine Hand an ihre Wange. »Was hat dieser traurige Blick in deinen Augen zu bedeuten?«

Diese Frage würde sie auf keinen Fall beantworten. Sie schmiegte sich an ihn, suchte mit den Lippen seinen Mund und versank in seinem Kuss. Sie schaltete alle ihre Gedanken und Sorgen ab. Wenigstens für diesen Moment.

Ein unmelodisches Pfeifen drang an ihre Ohren. Sie und Bo lösten sich voneinander, als Joey an der Tür erschien und im Rhythmus zu der Musik, die in seinen Ohren dröhnte, mit dem Kopf wackelte. Er nahm seine Kopfhörer ab. »Ich habe die letzte Ladung fertig eingeräumt. Warum braucht ihr so lange?« Er war völlig blind für die romantische Situation, in die er gerade hineingeplatzt war.

Bo räusperte sich und trat von Rosemary weg. »Joey, wir erledigen hier hinten den Rest. Ich habe Ms Mable in den Laden kommen sehen. Wenn du dich beeilst, erwischst du sie vielleicht noch. Sie gibt fast genauso viel Trinkgeld wie Ms Cora.«

Joey spitzte die Ohren und lächelte. »Hey, danke. Hast du wirklich nichts dagegen, wenn ich ihr helfe?«

Bo grinste breit. »Ich muss mich um wichtigere Dinge kümmern. Du kannst den halben Dollar Trinkgeld gern haben.«

Rosemary verbarg ihr eigenes Lächeln hinter ihrer Hand, während der dürre Junge davoneilte.

Bo schlang die Arme um sie. »Wo waren wir stehen geblieben?«

»Bei der Milch, die in die Kühlung muss, damit sie nicht sauer wird.« Sie versuchte vergeblich, sachlich und nüchtern zu klingen.

Er lehnte die Stirn an ihre. »So schnell wird die Milch nicht sauer.«

Kapitel 31

Heute

Sarah schlenderte durch die Baumallee im Stadtpark. Die ausgelassenen Rufe von den Sportplätzen der Stadt vermischten sich mit dem Lärm in ihrem Kopf.

Der Brief, den sie in Mamas Truhe gefunden hatte, ließ ihr keine Ruhe. So viel Liebe und Schmerz. Wer war Jimmy? Und warum hatte Mama diesen Brief, der nicht an sie adressiert war, in ihrer Truhe versteckt?

Hatte Oma diesen Brief überhaupt je gesehen?

»Sarah!«

Sie blieb stehen und blickte sich nach der Stimme um, die ihren Namen gerufen hatte. Libby saß auf einer Decke und hielt die kleine Caroline auf ihrem Schoß. Sie winkte Sarah zu sich. Die Zwillinge rollten einander einen Ball zu, während ein älteres Kind auf die beiden aufpasste. Sarah verließ den Gehweg und überquerte den Rasen.

»Hey. Machst du einen Spaziergang?« Libby deutete auf das ältere Mädchen, das neben den Zwillingen stand. »Das ist meine Älteste, Cheyanne. Chris hat gerade ein Spiel und Ben trainiert die Mannschaft. Ich würde gern zusehen, aber die Kleinen brauchen ein wenig Auslauf.«

»Hallo, Cheyanne.« Sarah hob die Hand und winkte dem Mädchen freundlich zu, das die schlaksige Figur einer Zehnjährigen hatte, die gerade einen Wachstumsschub durchmacht.

Cheyanne lächelte scheu und winkte zurück.

Libby setzte das Baby auf die Decke, damit es krabbeln konnte, und trat zu Sarah. »Ich wollte dich eigentlich neulich schon fragen, wie lang du vorhast, in Brighton zu bleiben.«

Sarah biss sich auf die Lippe. »Verrate es bitte nicht meiner Mutter, aber ich habe vor, auf Dauer hierzubleiben.«

Libbys Augen wurden ganz groß. »Wirklich? Ich dachte, nach allem, was du von der Welt gesehen hast, wäre dir diese Kleinstadt viel zu langweilig. Deine Mutter hat mir immer Bilder von den Orten gezeigt, an denen du warst. Angefangen bei diesem Tempel in Thailand mit dem ganzen Gold und dem Tadsch Mahal bis zum Big Ben und zum Eiffelturm. Ich habe von deiner Mutter mehr über Geografie gelernt als in der Schule.« Libby grinste. »Sie ist sehr stolz auf dich.«

Sarah verzog das Gesicht. »Bitte sag mir, dass sie das nicht immer noch macht.« Seit jenen Sommerurlauben mit Aarons Familie waren Jahre vergangen.

»Sie erzählt immer etwas – Charlie, Chance, hört sofort auf!«

Sarahs Kopf fuhr zu den Zwillingen herum, die um den Ball stritten.

»Caroline, nein!«, rief Cheyanne und baute sich über dem Baby auf, das von der Decke gekrabbelt war. Cheyanne versuchte, Carolines kleiner Faust einen Stein zu entwinden, den sich das Baby offenbar in den Mund stecken wollte. »Mama! Caroline isst schon wieder Steine.«

Sarah kam Cheyanne zu Hilfe, während Libby den Streit zwischen den Jungs schlichtete. Als Cheyanne dem Baby den Stein abgenommen hatte, schwang Sarah Caroline auf die Arme und drehte sie im Kreis, um die Kleine abzulenken.

Libby kehrte zu ihr zurück, nachdem sie die Auseinandersetzung zwischen den Jungen geschlichtet hatte. Mit einem entschuldigenden Lächeln zuckte sie die Schultern. »Tut mir leid.« Dann nahm sie Sarah Caroline ab. »Nur zur Vorwarnung: Gespräche mit solchen Unterbrechungen gehören dazu, wenn man mit einer Mutter befreundet ist.«

Libby hielt sich vielleicht für chaotisch, aber Sarah sah trotz der gelegentlichen Hektik ihre Erfahrung und Gelassenheit. Eine solche Freundin würde ihr in ihrer neuen Lebensphase guttun. Sarah wickelte eine Haarsträhne um ihren Finger und betrachtete das Licht, das sich in ihren goldenen Strähnen spiegelte. Schließlich nahm sie ihren Mut zusammen und holte tief Luft. »Ehrlich gesagt, werde ich diesem Club in ungefähr sechs Monaten auch beitreten.« Sie zuckte die Schultern. »Meinst du, du könntest mir ein paar Tipps geben? I-ich betrete hier absolutes Neuland.« Sie lachte zittrig und legte eine Hand auf ihren Bauch.

Libby sog erstaunt die Luft ein, doch dann zog sie Sarah so herzlich in ihre Arme, dass die arme Caroline zwischen ihnen fast zerquetscht wurde. »Du bist schwanger? Oh, Sarah, du wirst bestimmt eine wunderbare Mutter.«

Bei der Überzeugung, mit der Libby das sagte, konnte Sarah das fast selbst glauben. Sie musste unwillkürlich lächeln. »Glaubst du das wirklich?«

Libby entließ Sarah aus der Umarmung und wurde energisch. »Mädchen, du schaffst das! Und du hast mich. Ich werde dich davon abhalten, diesen ganzen Unsinn zu kaufen, den dir jeder aufschwatzen will.« Eine Falte trat zwischen ihre Brauen. »Du hast dir sicher nie ausgemalt, dass du dein erstes Kind in einer solchen Situation bekommen würdest, aber dieses Kleine wird eine wunderbare Bereicherung in deinem Leben sein; das weiß ich ganz genau.« Sie drückte Sarahs Schulter.

Sarah setzte sich neben Libby auf die Decke und schaute den Kindern beim Spielen zu. Libby löcherte sie mit Fragen und wollte alle Schwangerschaftssymptome wissen – Dinge, die Sarah zu ignorieren versucht hatte. Libby zog das Smartphone aus der Tasche, gab Sarahs errechneten Entbindungstermin ein und las ihr vor, wie weit sich das Baby bis jetzt schon entwickelt hatte. Während sich Libby über jede kleine Veränderung, die Sarah durchmachte, freute, zog ein breites Grinsen über Sarahs Gesicht. In ihrem Körper wuchs tatsächlich ein kleiner Mensch heran! Ein kleiner Mensch, der eines Tages seine eigenen Hoffnungen und Träume haben würde. In diesem Moment wusste sie, dass sie alles in ihrer Macht Stehende tun würde, um ihrem Kind zu helfen, seine Hoffnungen und Träume zu verwirklichen.

Libby stand auf und begann, die Spielsachen in ihre überdimensionale Tasche zu packen. »Wir gehen jetzt lieber zu Chris' Spiel zurück, damit wir wenigstens noch das Ende sehen. Ich bin froh, dass du mir von dem Baby erzählt hast, Sarah. Du kannst mich jederzeit anrufen, wenn du in Panik gerätst, weil du ein neues Leben auf diese verrückte Welt bringst. Ich stärke dir den Rücken.«

Sarah stand auf und half Libby, ihre Sachen einzupacken.

»Wir gehen nach dem Spiel Pizza essen. Komm doch mit.«

Sarah kramte in ihrer Handtasche nach ihrem Smartphone, um nachzusehen, wie spät es war. Dabei streiften ihre Finger den Brief, der sie ursprünglich in den Park geführt hatte.

»Das geht leider nicht. Ich habe Oma versprochen, den Laden zu schließen, damit sie sich heute Abend mit ihren Freundinnen treffen kann.«

Sarah blickte Libby und ihren Kindern nach, bevor sie sich auf eine Parkbank setzte.

Sie holte den Brief heraus, um ihn noch einmal zu lesen.

25. Juni 1986

Liebe Glory Ann,

seit dem Brief, den ich deinen Eltern geschickt habe, sind fünf Jahre vergangen. Ich kann nur vermuten, dass du mir nicht geantwortet hast, weil du kein Interesse hast, mich wiederzusehen. Daraus kann ich dir natürlich keinen Vorwurf machen. Es war egoistisch, mich wieder in dein Leben drängen zu wollen.
Und vielleicht ist es falsch – dieser pochende Schmerz in meinem Herzen, der mich manchmal in der Stille der Nacht quält, wenn ich von dem Leben träume, das ich hätte haben können. Die Dinge, die ich in meinem Herzen zutiefst bereue, sind mehr und höher als der Wasserturm von Humboldt.

Es tut mir leid. Ich sollte das alles nicht sagen. Auch wenn die Zeit, in der wir uns liebten, sehr kurz war, war sie wunderschön, Glory Ann. Ich weiß, dass wir einen Fehler gemacht haben, dass es falsch war, in unserer Beziehung zu weit zu gehen. Vielleicht ist es nicht richtig, aber die Wahrheit ist: Die Erinnerung, wie ich dich in meinen Armen gehalten habe, hat mich an vielen Tagen am Leben erhalten, obwohl ich alles getan hatte, um das, was von meinem armseligen Leben übrig geblieben war, auszulöschen.

Ich würde dich gern sehen. Nur um Hallo zu sagen. Mehr ist nicht möglich, das weiß ich. Aber ich hoffe, es schockiert dich nicht, wenn ich dir schreibe, dass ich nie aufgehört habe, dich zu lieben.

Für immer
Jimmy

»Mrs Clearwater?« Der Gemüselieferant hielt das Klemmbrett in der Hand und verlagerte sein Gewicht aufs andere Bein.

»Ja, Warren?« Glory Ann hatte gewusst, dass dies kommen würde. Wenigstens war Rosemary nicht da, um »Ich habe es ja gleich gesagt« zu tönen.

Ihre Bestellungen an frischen Lebensmitteln waren in den letzten Monaten immer weiter zurückgegangen. Haltbare Lebensmittel waren weniger ein Problem. Selbst wenn sie sich nicht alle sofort verkaufen ließen, konnten sie lange aufbewahrt werden. Aber Obst und Gemüse waren nicht lange haltbar und sie hatten ihre Bestellungen den sinkenden Verkaufszahlen angepasst.

»Der Chef sagt, wenn die Bestellungen unter eine bestimmte Menge sinken, können wir sie nicht mehr ausliefern. Das ist nicht persönlich. Es kostet uns nur einfach mehr, als wir verdienen.«

Als die Wirtschaft in der Krise gesteckt hatte und die Leute mehr Konserven und Trockenwaren gekauft hatten, war es genauso gewesen, aber dieses Mal hatten die rückläufigen Verkaufszahlen nichts mit der Wirtschaft zu tun, sondern lagen an der fehlenden Nachfrage. Sie könnte saisonale Waren von lokalen Bauern bekommen, aber bei einem eingeschränkten Produktangebot wären die Leute noch weniger motiviert, hier einzukaufen.

Sie tätschelte Warrens Schulter. »Danke für alles. Ich werde Sie vermissen.« Sie reichte ihm das eingepackte Mittagessen, das sie ihm immer als Dank zubereitete.

Vielleicht würde Rosemary etwas einfallen. Vielleicht hätte sie eine Idee, wie sie diesen neuen Rückschlag überwinden könnten. Früher hatten sie das auch immer wieder geschafft. Wenn sie wollten, konnten sie es schaffen. Davon war Glory Ann überzeugt.

Nachdem Warren weggefahren war, kehrte Glory Ann in den leeren Laden zurück. Die Holzdielen knarrten unter ihren Füßen. Das Problem war, dass sie die Botschaft dieser alten Dielen nicht mehr verstehen konnte. War das Knarren eine Aufforderung durchzuhalten oder loszulassen?

Ihr Herz wurde schwer. Die Bagger würden diesen Laden in Sekundenschnelle niederwalzen. Dieses Gebäude, in dem ihre Kinder zu Frauen herangewachsen waren. In dem sie ihrer Enkelin beim Spielen zugesehen hatte. Dieser Laden, der eine Stadt in guten wie in mageren Jahren mit Lebensmitteln versorgt hatte. Zuverlässig und ehrlich ganz wie der Mann, der dieses verwahrloste Gebäude – diesen verlassenen Bahnhof – übernommen und ihn zu einem Ort gemacht hatte, in dem die Menschen Nahrung für ihre Familien kauften.

Sie ging ins Büro und sank auf den Schreibtischstuhl. Was würde Rosemary und sie noch miteinander verbinden, wenn sie den Laden aufgaben?

Herr, was soll ich tun? So kann ich nicht weitermachen. Trotzdem will ich nicht einfach aufgeben.

Sie seufzte. Falls Clarence irgendwie vom Himmel herabblicken und die Situation sehen könnte, wäre er hoffentlich nicht von ihr enttäuscht.

Die Glocken über der Eingangstür klingelten und Rosemary trat ein.

»Rosemary?«

Ihre Tochter hob den Kopf. Die silberne Strähne in ihrem blonden Haar fing das Sonnenlicht ein. Eine tiefe Müdigkeit lag in ihren Augenwinkeln. »Was ist, Mama?«

»Wir müssen reden.«

Rosemary atmete tief aus. »Ja. Ja, das müssen wir. Aber du musst mir vorher versprechen, dass du Sarah kein Wort von dem verrätst, was ich dir sagen muss.«

Kapitel 32

März 1987

Rosemary saß auf dem Wohnzimmersofa und bewunderte ihren funkelnden Ring – die vielen Facetten, in denen sich das weiße Licht der Lampe brach. Das war das Leben, das sie sich gewünscht hatte. Mama sehnte sich vielleicht nach den Menschen, die sie verlassen hatten. Rosemary war anders. Sie wollte die Menschen wertschätzen, die bei ihr blieben.

Bo trat mit zwei vollen Colagläsern ins Zimmer. »Das Popcorn ist gleich fertig. Wann kommt deine Mutter nach Hause? Meinst du, sie will mit uns einen Film anschauen?«

»Das kommt auf den Film an. Was für einen hast du ausgesucht?«

»*Platoon.* Ich weiß, dass du Kriegsfilme nicht besonders magst, aber du hast gesagt, dass ich heute Abend den Film aussuchen kann. Ich habe immerhin letzte Woche *Das darf man nur als Erwachsener* über mich ergehen lassen müssen.«

»Mama ist auch kein großer Fan von Kriegsfilmen, aber vielleicht setzt sie sich später zu uns.«

Er nahm neben ihr Platz, rutschte näher und wackelte mit den Augenbrauen. »Dann sollten wir das mit dem Knutschen lieber vorziehen, solange sie noch nicht da ist.«

Sie lächelte ihn schelmisch an und sprang auf. »Die Mikrowelle piept. Es gibt nichts Schlimmeres als aufgeweichtes Popcorn.«

Rosemary eilte zur Küche und Bo verfolgte sie. »Komm zurück!«

Sie rutschte mit ihren Socken auf dem Linoleumboden aus und er packte sie schnell am Arm, damit sie nicht stürzte. Mit einem triumphierenden Grinsen zog er sie an sich heran. »Ich habe dich erwischt.«

Sie lächelte ihn unschuldig an, dann kitzelte sie ihn zwischen den Rippen. Er senkte den Arm, um ihre Kitzelangriffe abzuwehren, und ließ sie dabei los. »Du bist gemein!«

Sie krümmte sich vor Lachen und holte das Popcorn aus der Mikrowelle. »Popcorn muss man essen, solange es warm und knusprig ist.«

»Alles klar, Mrs Anderson.«

Sie schaute ihn finster an, was ihr nicht leichtfiel, da sich ihr Gesicht zu einem breiten Lächeln verziehen wollte. »Ich bin noch nicht Mrs Anderson.«

»Apropos, sollten wir nicht endlich einen Termin festlegen?« Er ging vor ihr auf die Knie, schaute sie mit großen Hundeaugen an und faltete die Hände unter seinem Kinn, während sie das Popcorn in eine große Glasschüssel kippte. »Bitte, bitte, bitte! Zieh diese Verlobung nicht noch mehr in die Länge.«

Sie schob sich ein warmes, mit flüssiger Butter getränktes Popcornstück in den Mund. »Es ist nicht meine Schuld, dass du so lange gebraucht hast, um mir einen richtigen Antrag zu machen. ›Hey, denk darüber nach, ja?‹ war kein Antrag, Bo Anderson.«

Rosemary nahm seine Hand und zog ihn auf die Beine.

»Ich muss wirklich noch viel lernen«, sagte er. »Aber ich bin ein lernbegieriger Schüler. Ich gehe mit dir Blumen und Einladungskarten kaufen. Ich suche mit dir das Menü aus. Kuchen und Torten. Das ganze Programm.«

»Wir sollten einfach durchbrennen.«

Er schaute sie mit großen Augen an. »Jetzt?«

»Nein, du Dummerchen. Wenn wir alles ein wenig geregelt haben. Wo wir wohnen werden und das alles.«

Er drückte eine Hand auf sein Herz. »Gut, okay. Du hast mir gerade ein wenig Angst eingejagt. Ich dachte schon, die echte Rosemary wäre von Aliens entführt worden.«

»Und ich befürchte, dass du nicht der echte Bo bist. Du kniest vor mir nieder. Du bist freiwillig bereit, Blumen zu kaufen.«

»Seit du Ja gesagt hast, schwebe ich auf Wolke sieben.«

Sie drückte ihm einen Kuss auf dic Wange. »Versprich mir, dass wir bis in alle Ewigkeit auf Wolke sieben schweben können.«

Sie setzten sich auf die rostfarbene Couch und stellten die Popcornschüssel zwischen sich.

Als der Film lief, blickte Rosemary die meiste Zeit entweder auf ihren Schoß oder in die Popcornschüssel. Nach einer weiteren brutalen Szene warf ihr Bo einen zerknirschten Blick zu und runzelte die Stirn. »Es tut mir leid. Ich hatte keine Ahnung, dass dieser Film so ... so düster ist. Wir können ihn ausschalten, wenn du willst.«

Im Fernsehen wurde eine laute Explosion gezeigt und Rosemary zuckte zusammen. »Glaubst du, in Vietnam war es tatsächlich so schlimm?«

»Schaltet diesen Film sofort aus!«

Rosemary und Bo drehten sich erschrocken auf dem Sofa um. Mama stand stocksteif hinter ihnen. Ihr Gesicht war kreidebleich. Ihre Hände waren an ihren Seiten zu zitternden Fäusten geballt.

»Di-diese ... diese Sprache ist schmutzig. Ich ...« Sie atmete zitternd ein. »Ich will solche Worte nicht in meinem Haus hören. Nie wieder.« Sie verließ mit steifen Schritten das Zimmer und warf ihre Schlafzimmertür mit einem lauten Krachen ins Schloss.

Bo schaute Rosemary mit gerunzelter Stirn an. »Das tut mir so leid.«

Glory Ann saß vornübergebeugt auf ihrem Bett, hatte die Arme um ihren Bauch gelegt und rang nach Luft. Die Bilder brannten sich in ihren Kopf ein. Das viele Blutvergießen. Der Hass. Die Finsternis.

Sie hatten nie erfahren, was Jimmy in Vietnam zugestoßen war.

Sie wischte mit den Händen über ihr Gesicht und versuchte, die Bilder, die sie auf dem Bildschirm gesehen hatte, auszulöschen. Dieser Mann, der durch Granatsplitter sein Augenlicht verloren hatte. Die gnadenlose Art, mit der sein Feind die Waffe geladen und sie auf einen wehrlosen Mitmenschen gerichtet hatte.

Es war nicht fair, dass der Junge, der ihr Gedichte über den Frühling und das Aufblühen der Blumen geschrieben hatte, so viel Grausamkeit und Hass hatte erleben müssen. Er war bestimmt nicht so geworden wie die Soldaten in diesem Film. Oder doch? Oder war dies das eigentliche Grauen des Krieges? Dass er Menschen zur Unkenntlichkeit veränderte, dass er ihnen die Seele raubte und alles, was sie zu dem machte, wer sie waren?

Glory Anns Schultern bebten unter dem herzzerreißenden Schluchzen, das sie zu ersticken versuchte, während sie Gott bat, diese Gedanken und Bilder aus ihrem Kopf wegzunehmen. Sie betete, dass die Männer, die diesen Albtraum überlebt hatten, dennoch fürsorgliche Väter und Ehemänner sein konnten.

Aber wie? Wie konnten sie nach diesen Erlebnissen wieder ein normales Leben führen? Wie konnten sie lieben, wenn sie so viel Grausamkeit und Hass erlebt hatten? Fast zweiundzwanzig Jahre waren vergangen, seit sie die Nachricht von Jimmys Tod bekommen hatte. Wenn sie Bilder von dem Krieg sah, flüchtete sie immer noch in ihr Zimmer. Wie viel schlimmer musste es für die Menschen sein, die den Krieg am eigenen Leib erlebt hatten?

Ein leises Klopfen riss sie aus ihren Gedanken.

Glory Ann wischte sich das Gesicht ab und atmete einige Male tief durch. »Herein.«

Rosemary öffnete langsam die Tür. »Es tut mir sehr leid. Und Bo auch. Er hatte keine Ahnung, dass dieser Film so brutal ist, als er ihn in der Videothek auslieh.«

Glory Ann öffnete den Mund und hatte den plötzlichen Wunsch, ihr zu erklären, dass sie nicht ganz ehrlich gewesen war, dass es weniger die hässliche Sprache war, die sie störte. Doch dann schloss sie den Mund wieder. Jimmy war tot. Selbst wenn sie Rosemary von ihm erzählte, würde sie daran nichts ändern.

»Bitte lies die Bewertungen, bevor du einen Film mit nach Hause bringst. Müll muss immer das Haus verlassen. Du weißt, dass wir das immer so gehandhabt haben.«

»Ja, Mama.«

»Ist Bo noch da?«

»Nein, er ist heimgefahren.«

»Ich wollte euch nicht den Abend verderben. Ich wollte nur, dass ihr diesen Film abschaltet.«

Rosemary stand unsicher an der Tür. »Du siehst ein wenig blass aus. Soll ich dir einen Tee bringen?«

»Ich denke, ich will einfach schlafen. Es war ein sehr langer Tag.«

»Okay.« Rosemary ging rückwärts zur Tür zurück. »Ich liebe dich, Mama.«

»Ich liebe dich auch.« Warum klang das »Ich liebe dich« zwischen ihnen immer so? Eher wie eine Rückversicherung als wie eine Liebeserklärung?

Als sie wieder allein war, ging sie zu ihrem Schrank und holte die Hutschachtel heraus, die sie ganz hinten in die Ecke geschoben hatte. Auf ihrem Bett breitete sie die Bilder von Jimmys Schulabschluss aus. Seinen Abschlussring. Das kleine Päckchen mit Wildblumensamen, das er ihr an ihrem letzten gemeinsamen Tag geschenkt hatte. »Wenn ich zurückkomme, säen wir diesen Samen auf dem Grundstück gleich dort drüben aus«, hatte er gesagt und auf die andere Seite des Maisfelds gedeutet. »Mein Großvater hat versprochen, dass es uns gehört, wenn wir es haben wollen.«

Sie strich mit den Fingern über die Kante der Samenpackung. *Ob der Samen nach so langer Zeit wohl noch keimt?*

Sie räumte alles in die Hutschachtel zurück und verdrängte ihre törichten Gedanken und den Schmerz, der in ihrer Brust brannte.

Kapitel 33

Heute

Sarah trat auf die große Rasenfläche in der Mitte der Stadt, auf der sich die Mitglieder der Kirchengemeinde von Brighton zu ihrem jährlichen Picknick versammelten. Oma und Mama arbeiteten gemeinsam daran, die mitgebrachten Speisen auf den langen Klapptischen zu verteilen, die sich unter den vielen Schüsseln und Töpfen, die jeden Quadratzentimeter bedeckten, fast bogen. Sarah brachte ihre zwei Liter Limonade zum Getränketisch und ließ ihren Blick über die Menge schweifen.

Libby hatte Caroline auf der Hüfte sitzen und unterhielt sich mit einer anderen jungen Mutter. Kleinkinder tapsten unbeholfen neben den Beinen ihrer Mütter übers Gras. Einige andere Frauen, jünger als Sarah, standen mit Kleinkindern und Babys in den Armen in der Nähe. Libby musste Sarahs Blick gespürt haben, denn sie winkte sie lächelnd zu sich.

Sarah überquerte den Rasen und ging zu der kleinen Gruppe, hatte aber irgendwie das Gefühl, in eine Welt einzudringen, in die sie nicht gehörte.

»Sarah, das ist Jessica. Pastor Gary ist ihr Vater. Sie beehrt uns hin und wieder mit ihrer Anwesenheit, wenn sie ihre Eltern besucht.«

»Hallo, Sarah. Ich würde dir gern die Hand geben, aber ich habe im Moment keine frei.«

Sarah senkte den Blick auf den Boden und kam sich noch mehr wie ein Eindringling vor, als sie bemerkte, dass Jessica unter dem Tuch, das sie sich umgelegt hatte, ein Baby stillte. Sarah lächelte und hoffte, die anderen würden ihre leichte Verlegenheit nicht bemerken. »Es freut mich, dich kennenzulernen, Jessica.«

Jessica holte das Baby unter ihrem Tuch hervor und rückte gleichzeitig ihre Kleidung zurecht. Sarah war erstaunt, wie unkompliziert diese Frau ihr Kind mitten in einem Gespräch stillte.

»Oh, entschuldigt mich bitte. Ich glaube, ich werde gebraucht.« Jessica eilte in die Richtung davon, aus der ein Kind nach seiner Mutter rief.

Sarah schüttelte den Kopf. »Ich habe keine Ahnung, wie du und Jessica das alles schafft.«

Libby lachte. »Mit einem Neugeborenen kommt einem das Leben eine Weile so vor, als würde man mit zwei linken Füßen tanzen, aber man gewöhnt sich daran. Man braucht keinen fertigen Plan, um Mutter zu werden.«

»Hallo, die Damen.«

Sarah drehte sich um. Clay tippte an seinen verbeulten Hut und schaute sie mit einem breiten Grinsen an, bei dem sich Fältchen in seinen Augenwinkeln bildeten.

»Wo soll ich das hinstellen?« Er hielt eine Schüssel mit Beeren in allen Regenbogenfarben in den Händen. Zweifellos hatte er am Morgen alle frisch gepflückt.

Sarah deutete zum Tisch. »Dafür sind Oma und Mama zuständig. Sie können dir bestimmt helfen.«

»Komm wieder und setz dich zu uns, wenn du deine Schüssel abgegeben hast.« Libby grinste und stieß Sarah in die Seite, als er fort war. »Er sieht echt gut aus, findest du nicht?«

Sarah riss den Blick von Clay los, der sich gerade zu Oma nach unten beugte, und verdrängte den Ansatz eines unfreiwilligen Lächelns, das ihre Mundwinkel umspielte. Sie setzte sich neben Libby. Caroline wand sich, bis Libby sie losließ. »Das ist mir gar nicht aufgefallen.« Sarahs Wangen wurden warm. »Aber ich glaube, du hast dich verguckt, Libby Lou.« Caroline krabbelte auf Sarahs Schoß und Sarah schnitt für das Baby Grimassen.

Libby lachte. »Ich bewundere nur Gottes Schöpfung. Daran ist nichts auszusetzen.«

»Woran ist nichts auszusetzen?« Clays tiefe Stimme ließ Sarah zusammenzucken. Er setzte sich zu ihnen ins Gras. Caroline gluckste begeistert und tauschte Sarahs gegen Clays Schoß.

»Wir bewundern die Schönheit, die uns umgibt.« Libby zuckte die Schultern, lehnte sich auf die Ellbogen zurück und blickte zu den Schäfchenwolken, die am Himmel vorüberzogen.

Caroline nahm den Hut von Clays Kopf und setzte ihn unbeholfen auf ihren Kopf. Ihr ganzes Gesicht verschwand darunter. Mit einem leisen Lachen rückte Clay den Hut so zurecht, dass Caroline wieder etwas sehen konnte. Dann schaute er Sarah in die Augen. Sie hätte nie gedacht, dass die Farbe Blau so viel Wärme ausstrahlte.

»Du hast doch bestimmt nichts dagegen, etwas Schönes zu bewundern, Sarah. Einige Dinge sind so schön, dass man sie einfach nicht übersehen kann.«

»Ich …« Sie blinzelte und räusperte sich. Dann lehnte sie sich auf ihre Ellbogen zurück und ahmte Libbys Haltung nach. Was würde er sagen, wenn er wüsste, dass Libby und sie über ihn gesprochen hatten? »Ich finde Schäfchenwolken immer wieder faszinierend. Erinnerst du dich, wie wir stundenlang dalagen und alle möglichen Formen darin entdeckten, Libby? Die perfekte Kleinstadtunterhaltung.«

Libby stieß Sarah mit der Schulter und ihr Gesicht leuchtete auf. Dieses verschmitzte Leuchten kündigte Probleme an. Während ihrer gesamten Kindheit hatte Libby Sarah immer wieder in die eine oder andere Bredouille gebracht. Wie damals, als sie Sarah überredet hatte, ein neugeborenes Kätzchen zu retten, das sich später als Stinktierjunges herausgestellt hatte. Sie beugte sich nahe zu Libbys Ohr hinüber und sagte in einem zischenden Flüstern: »Warum habe ich das Gefühl, dass du schon wieder etwas im Schilde führst? Mir ist egal, wie gut er deiner Meinung nach …«

Clay räusperte sich. »Entschuldigt bitte. Ich wollte euch nicht bei einem privaten Gespräch stören.«

Libby setzte sich auf und grinste keck. »Du störst überhaupt nicht. Sarah hat mir nur vorgejammert, dass sie ganz allein nach

Chicago fahren muss, um ihr Haus zu verkaufen. Ich würde wirklich gern mitkommen und ihr helfen, aber mit meinen Kindern geht das einfach nicht.«

Sarah schaute Libby mit zusammengekniffenen Augen an und schüttelte den Kopf. »Einen Moment mal! Ich würde nie von dir verlangen …«

»Können deine Mutter und Großmutter dich nicht begleiten?«, fragte Clay.

Sarah hatte gerade große Lust, Libby den Hals umzudrehen. Ja, sie hatte ihrer Freundin vor einigen Tagen erzählt, dass sie wegen des Hausverkaufs nach Chicago fahren müsse, aber sie hatte nur Dampf ablassen wollen. Sie hätte nie gedacht, dass Libby das benutzen würde, um … das zu tun, was sie jetzt im Schilde führte. »Ich halte es nicht aus, wenn Mama während der achtstündigen Fahrt versucht, mir den Hausverkauf auszureden. Und Oma kann ich nicht so lange vom Laden wegholen. Aber ich schaffe das schon. So viel Arbeit ist es nicht.«

Libby warf einen vielsagenden Blick in Clays Richtung. »Du hast selbst gesagt, dass du dir Sorgen machst, wie du die größeren Möbelstücke allein transportieren sollst. Clay, eines musst du in Bezug auf Sarah wissen: Glory Ann und Rosemary sind im Vergleich zu diesem eigensinnigen Mädchen völlig harmlos. Sie hat von beiden eine doppelte Portion Sturheit geerbt.«

Sarah schaute Libby finster an und hoffte, ihre Freundin fühlte die Pfeile, mit denen ihre Blicke sie durchbohrten. »Nein. Ich … ich schaffe das schon. Bis auf ein paar persönliche Sachen lasse ich wahrscheinlich sowieso das meiste im Haus. Falls ich Hilfe brauche, kann ich dort jemanden engagieren.«

»Ich könnte dich begleiten.« Clay schaute sie ernst an. »Ich muss im Moment nichts Dringendes tun. Ich habe einen Schüler, der mir im Sommer auf der Farm hilft. Er freut sich bestimmt, wenn er einen oder zwei Tage alles allein im Auge behalten darf.«

Sie verschluckte sich an ihrem Wasser. »Nein. Ich … ähm … Das ist nicht nötig. Es ist …«

Clay zog eine Braue hoch. »Du hast doch neulich selbst gesagt, wie schön du es findest, dass sich die Nachbarn in einer Kleinstadt gegenseitig helfen. Du hast erzählt, dass früher einmal eine Umzugsfirma versucht hat, hier Fuß zu fassen, aber wieder zumachen musste, weil es die Leute gewohnt sind, einander zu helfen.«

»Das ist etwas völlig anderes.«

»Bis auf ein paar zusätzliche Kilometer ist das überhaupt nichts anderes. Dafür hat man Freunde. Das hast du selbst gesagt.« Er grinste sie breit an.

Libby lachte leise in sich hinein.

Warum hatte Sarah plötzlich das Gefühl, dass Libby und Clay dieses Gespräch vorher eingefädelt hatten? »Ein paar zusätzliche Kilometer? Hast du nicht gehört, dass ich von einer achtstündigen Fahrt gesprochen habe?«

»Eine gute Gelegenheit, meine neue Nachbarin besser kennenzulernen.«

Das war verrückt. Ja, Sarah und Clay hatten sich im Laden einige Male gut unterhalten. Und nachdem er sie mit seinem Traktor gerettet hatte, hatte sie ihm peinlicherweise ihre schlimmsten Geheimnisse gestanden. Dinge, die sie nicht einmal Oma oder Mama verraten hatte. Aber acht Stunden im Auto nach Chicago und dann wieder acht Stunden zurück nach Brighton? Sollte sie jemanden in das Haus lassen, in dem sie mit Aaron gewohnt hatte? »Nein. Das halte ich für keine gute Idee.« Sie stand auf. »Ich schaue, ob Oma und Mama Hilfe brauchen.« Sie eilte in Richtung der Essenstische.

»Sarah! Hey, warte!«

Als Clay ihr nachrief, verzog sie das Gesicht, aber sie blieb stehen und drehte sich zu ihm um. Er lief zu ihr.

»Ich wollte dich nicht verärgern.«

»Du hast mich nicht verärgert. Aber ich habe einfach das Gefühl, du müsstest mir ständig helfen, weil ich allein nicht zurechtkomme. Und das gefällt mir nicht.«

»Habe ich etwas getan, womit ich dir dieses Gefühl gebe? Denn so sehe ich es überhaupt nicht. Ich habe selbst einiges durchgemacht und ich habe am eigenen Leib erfahren, wie wichtig es ist, Menschen an sich heranzulassen, obwohl man sich am liebsten nur verkriechen würde. Ich habe dir nicht angeboten, dich nach Chicago zu begleiten, weil ich dich für unfähig halten würde, sondern weil wir Freunde sind. Ich weiß zwar, dass unsere Freundschaft noch ganz jung ist, aber denk wenigstens darüber nach. Gib mir Bescheid, falls du es dir anders überlegst.« Er drückte sanft ihre Schulter und ließ sie dann stehen.

Sie verlagerte ihr Gewicht auf das andere Bein und blickte ihm nach. Vielleicht hatte er recht. Er wusste mehr als Mama und Oma über ihre komplizierten Gefühle in Bezug auf Aaron. Vielleicht müsste sie sich dieser Sache wirklich nicht allein stellen.

Kapitel 34

Juni 1987

Rosemary saß stocksteif auf dem Sitz und ihre Schulter streifte die Beifahrertür, während sie durch die Windschutzscheibe von Bos Pick-up starrte. In diesem Wagen hatte sie in der Nacht gesessen, in der Bo ihr die Nachricht wegen ihres Vaters gebracht hatte. Sie umklammerte die Griffe der Reisetasche, die sie verkrampft auf ihrem Schoß hielt.

Bo blickte sie von der Seite an. »Bist du sicher, dass du deine Tasche nicht nach hinten stellen willst? Wir haben einen ziemlich weiten Weg vor uns. Du kannst es dir genauso gut bequem machen.«

»Nein. Es passt so.« Sie richtete den Blick unverwandt nach vorne. Wenn sie Bo anschaute, wenn sie die Sorge um sie in seinen Augen sähe, würde die harte Linie, zu der sie ihren Mund zusammengekniffen hatte, nachgeben und ihre sorgfältig beherrschten Gefühle würden sich Bahn brechen.

Der Pick-up wurde langsamer, rollte an den Straßenrand und blieb stehen. Bo stellte den Motor ab. Rosemary starrte die ausgewaschenen Nylonfasern am Griff der Reisetasche an, wo einige der winzigen blauen Fäden gerissen waren.

»Rosemary.« Seine Stimme war ruhig und zuverlässig.

Unter einem ihrer Fingernägel war Schmutz. Sie zupfte daran, bis ihre Fingernägel unter dem Klarlack wieder perfekt sauber waren.

»Liebling, schau mich an.« Er hielt die Hand über die Sitzbank und musste sich strecken, um ihre Hand auf der anderen Seite der Fahrerkabine zu finden.

Sie hob das Kinn und schaute ihm in die Augen, als er ihre Hand sanft drückte.

»Wir müssen das nicht machen. Ich kann auf der Stelle wenden. Wir können auch in ein paar Stunden umkehren, wenn wir die Stadtgrenze von Gatlinburg erreichen. Du kannst deine Meinung auch dann noch ändern, wenn du neben mir in dieser Kapelle stehst.«

Sie kaute auf ihrer Unterlippe und versuchte, die Gefühle, die in ihr tobten und die ihr die Luft abschnürten, zu ergründen.

Er drückte erneut ihre Hand. »Selbst … selbst wenn das bedeutet, dass du deine Meinung in Bezug auf mich änderst. Ich hoffe wirklich, dass du das nicht tust, aber es sollte der glücklichste Tag unseres Lebens sein und du siehst absolut nicht glücklich aus.« Seine grüngrauen Augen wandten sich von ihr ab und starrten durch die Windschutzscheibe.

Er hatte recht. Sie sollte sich an ihn kuscheln und von ihrer gemeinsamen Zukunft träumen, während das Adrenalin durch ihre Adern strömte, weil sie es gewagt hatten durchzubrennen.

Sie sollte die Abenteuerlust fühlen, nach der sie sich so gesehnt hatte. Warum war ihr stattdessen einfach nur übel und warum hatte sie das ungute Gefühl, dass etwas Furchtbares passieren würde? »I-ich will dich heiraten, Bo.«

»Willst du, dass ich wende und wir zurückfahren?«

Wollte sie eine Hochzeitsfeier und alles, was damit verbunden war? Sie versuchte, sich die Hochzeit auszumalen. Durch die Kirche zum Altar gehen. Der Platz, den ihr Vater an ihrem Ellbogen einnehmen sollte, schmerzlich leer. Umgeben von Menschen, die ihre Geschichte kannten und die sie bedauerten. Die hinter ihrem Rücken tuschelten, dass er gestorben war, um sie zu retten, obwohl sie nicht einmal dort gewesen war, wo sie hätte sein sollen. Nein, sie wollte nicht, dass die Trauer ihren Hochzeitstag trübte. Bo verdiente etwas Besseres. Einen Tag, an dem es um sie beide ging und nicht um ihre Trauer. »Nein. Ich will das so.«

Mama würde sie sicher verstehen. Aus Mamas wenigen Worten über ihre eigene Hochzeit wusste Rosemary, dass es eine bescheidene Trauung im engsten Kreis gewesen war. Mama und Papa hatten nicht einmal Hochzeitsfotos machen lassen.

Rosemary löste ihre verkrampften Finger von den Griffen ihrer Reisetasche und ließ die Tasche auf den Boden zwischen ihren Füßen gleiten. Sie rutschte näher zu ihrem Verlobten und lehnte den Kopf an seine Schulter. »Wahrscheinlich bin ich einfach nur eine nervöse Braut, das ist alles.« Sie versuchte, den Moment mit ein wenig Humor aufzulockern. »Ich will mir auf keinen Fall die Gelegenheit entgehen lassen, endlich meinen schrecklichen Nachnamen loszuwerden um ihn durch Anderson zu ersetzen.«

Er legte den Kopf auf ihren. »Du darfst glücklich sein. Das weißt du, nicht wahr? Dein Vater würde wollen, dass du glücklich bist.«

Daran zweifelte sie nicht. Aber bei der Vorstellung, ihren eigenen Willen durchzusetzen, zog sich ihr Magen zu einem harten Stein zusammen und auf ihrer Stirn brach kalter Schweiß aus.

Stunden später erreichten sie ziemlich erschöpft und zerknautscht eine kleine Hochzeitskapelle am Fuß der Smoky Mountains. Ein runzliger alter Pfarrer begrüßte sie im Pfarramt neben der Bilderbuch-Kapelle. Nachdem er sich vergewissert hatte, dass Bo und Rosemary sich der Tragweite ihrer Entscheidung bewusst waren, fragte er, wie sie sich ihre Trauung vorstellten. Welches Lied Rosemary gespielt haben wollte, während sie zum Altar schritt.

Rosemary drückte Bos Hand. »Ich möchte nicht allein zum Altar schreiten. Ich möchte, dass die Trauung beginnt, wenn wir beide Seite an Seite vor dem Altar stehen.«

Glory Ann saß an der Kasse und strich mit dem Finger über die raue Kante des abgerissenen Notizzettels. Jetzt verstand sie, warum Rosemary die Hochzeitszeitschriften ignoriert hatte, die sie ihr in den letzten Monaten beim Frühstück immer wieder unter die Nase geschoben hatte.

Entscheidend war, dass ihre Tochter einen guten Mann heiratete. Einen Mann, den sie liebte. Die Beziehung der beiden war ruhiger, anders als Glory Anns und Clarence' Beziehung gewesen war, obwohl Clarence und sie geheiratet hatten, lange bevor ihre Liebe aufgeblüht war.

Aber Glory Ann wäre an Rosemarys besonderem Tag gern dabei gewesen. Um eine Hochzeit zu planen, die sie selbst gern gehabt hätte, bevor der Tod ihre Träume zunichtegemacht hatte. Eine Mutter sollte bei der Hochzeit ihrer Tochter dabei sein. Glory Ann rieb sich übers Gesicht, um ihre Tränen zurückzudrängen.

Clarence hatte Glory Ann überreden wollen, ihr Eheversprechen zu erneuern, als ihr herausgerutscht war, dass sie schon als Mädchen davon geträumt hatte, wie ihre Hochzeit eines Tages aussehen sollte. Aber sie hatte das nur als alberne Träume von schönen Dingen abgetan und es war nie zu einer zweiten Zeremonie gekommen. Da sie zwei Töchter hatte, war sie davon ausgegangen, sie könne ohnehin noch zwei Hochzeiten planen.

Als sie jetzt Rosemarys Nachricht in der Hand hielt, erloschen diese Hoffnungen auf eine Hochzeit erneut. Daran war sie selbst schuld. Wenn sie einen Weg gefunden hätte, die Kluft zu ihrer Tochter zu überbrücken, wäre Rosemary vielleicht nicht durchgebrannt. Sie seufzte. Vielleicht würde ihr Jessie erlauben, für sie da zu sein, falls ihre zweite Tochter je beschließen sollte zu heiraten.

Mae Anderson kam in den Laden gestürmt. »Glory Ann! Weißt du, was unsere dummen Kinder getan haben?«

Die Kunden im Laden wurden augenblicklich mucksmäuschenstill.

Glory Ann schürzte die Lippen und hielt den Zettel hoch.

Mae lächelte und führte einen kleinen Freudentanz auf. »Endlich! Sie haben auch lange genug gebraucht.« Sie eilte zu Glory Ann und umarmte sie stürmisch. »Ist das für dich okay?«

Glory Ann nickte, da sie ihrer Stimme nicht traute.

»Hoffentlich schenken sie uns eine ganze Schar Enkelkinder, um uns dafür zu entschädigen, dass sie uns um die Hochzeitsfeier gebracht haben.«

Glory Ann lachte erstickt und schluckte schniefend ihre Tränen hinunter. »Aber nicht zu früh. Sie müssen erst ihren Weg finden.«

Mae klatschte in die Hände. »Meine Güte! Ich sehe sie schon vor mir. Drei oder vier Kinder, die durch die Gänge laufen und Radau machen. Genauso wie Rosemary und Jessamine früher.«

Ein tiefer Schmerz pochte in Glory Anns Brust. Tief vergrabene Erinnerungen, die sie gern hervorholen und neu durchleben würde, meldeten sich. »So etwas haben sie nicht gemacht. Sie waren Engel.« Sie verzog grinsend das Gesicht. »Meistens.«

Sie war so dankbar, dass Rosemary nicht vom selben Fernweh befallen war wie Jessie. Vielleicht bekäme sie eine große Kinderschar und eines ihrer Enkelkinder würde die *Old Depot Grocery* genauso sehr lieben wie sie. Dann würde eine Generation nach der anderen diesen Laden betreiben. Clarence' Liebesvermächtnis würde ewig weiterleben.

Kapitel 35

Heute

Warum, oh, warum hatte sie nur *Ja* gesagt? Sarah warf einen Blick auf den Mann, der auf ihrem Beifahrersitz saß und aus dem Fenster schaute. Clays Knie bewegte sich rhythmisch auf und nieder.

Sie hatte sein Angebot an jenem Tag beim Picknick abgelehnt. Aber je mehr sie in den folgenden Tagen darüber nachgedacht hatte, hatte Clays Erklärung, dass sie Freunde seien, die Vorstellung, dieses Haus wieder zu betreten, erträglicher gemacht.

Also hatte sie ihn heute Morgen, noch bevor die Sonne am Horizont erschienen war, mit einer Thermoskanne voll Kaffee für ihn und einer Wasserflasche für sich in den Getränkehalterungen abgeholt.

Sie hatten lange zwanglose Gespräche geführt, immer wieder abgelöst von einem unverkrampften Schweigen, aber in der letzten Stunde war er auf dem Beifahrersitz zusehends unruhig geworden. Bereute er, dass er sich zu dieser endlosen Fahrt verpflichtet hatte?

Clay schaltete nun Sarahs Hörbuch aus, eine Biografie über den Weg eines Soldaten, der in einem Kriegsgebiet gewesen war, zurück ins Leben eines Zivilisten. »Darf ich dir eine Frage stellen?« Er sah ein wenig blass aus.

Plötzlich erinnerte sie sich an das Foto auf seinem Kaminsims. Sie hätte bei der Auswahl ihrer Hörbücher ein wenig sensibler sein sollen. Nur weil diese Biografie auf ihrem Stapel als Nächstes an der Reihe gewesen war, hätte sie sich trotzdem ein anderes Hörbuch aussuchen können. »Ist mit dir alles in Ordnung?«

Er schüttelte den Kopf, als versuche er, wieder klar zu denken. »Ja, alles gut. Aber wenn wir für eine Weile auf leichtere Kost umschalten könnten, wäre ich dir dankbar.«

»Das tut mir so leid. Warum hast du nicht eher etwas gesagt?«

Er zuckte die Schultern und lächelte sie schief an. »Mit mir ist wirklich alles in Ordnung. Ich bin nicht mehr der Mann, der frisch aus Afghanistan zurückkam. Als ich nach Brighton zog, hatte ich eigentlich vor, mich selbst zu zerstören, und ich dachte, da draußen allein auf der Farm meines Onkels würde ich damit niemandem sonst schaden. Aber dann nahm mich deine Großmutter unter ihre Fittiche und rückte mir den Kopf zurecht. Irgendwie landete ich in der *Old Depot Grocery*, weil ich die ganzen Biervorräte aus dem Laden aufkaufen wollte. Statt mit Bier verließ ich den Laden mit einer Bibel und einem *Bauern-Almanach*.«

Sarah lachte. »Das klingt ganz nach Oma.«

»Sie ist wirklich eine wunderbare Frau. Ich wünschte, ich könnte verhindern, dass ihr Laden schließen muss.«

Sarah starrte durch die Windschutzscheibe zum blauen Horizont. »Der Verkauf meines Hauses könnte helfen. Wenigstens für eine Weile.« Mama hatte allerdings recht. Irgendwann wäre kein Geld mehr übrig. »Oma liebt den Laden.« Sie kaute auf ihrer Unterlippe. »Und ich auch. Dieser Laden war in meiner Kindheit mein Spielplatz. Oma erzählt, dass ich darauf bestand, eine grüne Schürze umzubinden und Kaufladen zu spielen, seit ich laufen konnte.« Sie strich mit den Fingern über das Lenkrad.

»Es klingt vielleicht verrückt, aber als ich klein war, habe ich mir immer vorgestellt, die knarrenden Holzdielen könnten reden. Ich bildete mir ein, sie würden all die Geschichten der Menschen kennen, die darübergegangen waren. Meine Mutter spricht nicht viel über ihre Kindheit. Wahrscheinlich habe ich irgendwie das Gefühl, nicht zu wissen, wer und was sie zu dem Menschen gemacht hat, der sie heute ist. Ich habe einfach Angst, dass sie sich nie öffnen wird oder dass es wie bei Aaron einen Unfall gibt und sie nie die Chance bekommt, mir ihre Geschichte zu erzählen. Deshalb hoffe ich wohl, dass der Laden die Geschichten bewahrt und ich nur die Geheimsprache seiner Holzdielen lernen muss, die mir alles erzählen können.«

Sarah schüttelte lachend den Kopf. »Dumm, ich weiß. Keine Ahnung, warum ich dir das alles erzähle.«

»Das ist nicht dumm. Das ist vielleicht der Grund, warum du Biografien und Memoiren so liebst. Und selbst diese albernen Realityshows. Weil dich fasziniert, wie die Geschichten der Vergangenheit helfen, die Gegenwart zu verstehen.«

Aus seinen Worten sprach eine gewisse Wahrheit. Aus diesem Grund steckte auch ein Brief, der ihr nicht gehörte, in ihrer Handtasche und begleitete sie bei dieser Reise.

Sie wandte den Blick einen kurzen Moment von der Straße ab. Clay betrachtete sie. »Glory Ann hat oft von dir erzählt. Sie hat gesagt, dass du fast nie nach Hause gekommen bist.«

Unter seinem forschenden Blick wand sie sich unbehaglich. »Das ist kompliziert.« Eigentlich war es gar nicht so kompliziert, aber wenn sie die junge Frau, die aus Brighton weggegangen war, und die Frau, die zurückgekommen war, miteinander verglich, gefiel ihr die zweite wesentlich besser. Selbst wenn sie desillusioniert, verwirrt und ein wenig verloren war. »Irgendwie habe ich mir vermutlich eingeredet, Brighton wäre zu klein. Und die Träume, die ich als kleines Mädchen hatte, wären kindisch.«

»Und jetzt?«

»Jetzt scheint mir alles unter den Fingern zu zerrinnen und ich kann nichts dagegen tun. Ich kann nicht nach Kenilworth zurück und ich bin auch nicht sicher, was mich in Brighton erwartet. Oder irgendwo sonst.«

Sarah bog auf die Bundesstraße 94 ein und ihr Blick blieb an der vertrauten Skyline von Chicago im Rückspiegel hängen.

»Geh den ersten Schritt, der dir richtig erscheint, und warte ab, was passiert«, schlug Clay vor. »Ich denke, so wirkt Gott oft in unserem Leben. Er zeigt uns nicht das ganze Bild. Er offenbart es uns Schritt für Schritt. Wir müssen nur den Mut haben, diesen Schritt zu gehen und zu vertrauen, dass er uns zeigen wird, wohin wir unseren Fuß als Nächstes setzen sollen.«

Diesen ersten Schritt war sie gegangen. Sie war nach Brighton zurückgekehrt, auch wenn das eher eine Verzweiflungstat als eine im Gebet überlegte Entscheidung gewesen war. Jetzt, da der Laden vielleicht schließen würde, hatte sie keine Ahnung, wohin sie ihren nächsten Schritt machen sollte.

Eine halbe Stunde später blieben sie vor ihrem Haus stehen. Clay stieß ein leises Pfeifen aus. »Nicht schlecht! Du hast hier wirklich ein imposantes Haus.«

Sie wandte den Blick ab. Einige Menschen wären vielleicht stolz, wenn sie eine solche Immobilie besitzen würden, aber vor Clay fühlte sie sich durch dieses überdimensionierte Haus bloßgestellt. Groß, teuer und leer.

»Eine gute Bausubstanz«, hatte die Immobilienmaklerin gesagt, als sie Sarah und Aaron vor drei Jahren durch die hohen Räume mit den Gewölbedecken und der geschwungenen Treppe geführt hatte. Aber was half eine gute Bausubstanz, wenn das Gebäude kein Herz und keine Seele hatte? Kein Leben?

In wenigen Wochen würde irgendein anderer Immobilienmakler einem anderen gut betuchten Ehepaar, das begierig darauf war, ein Objekt in dieser begehrten Wohngegend zu ergattern, das Gleiche erzählen. Aber vielleicht würden die neuen Eigentümer das Haus im Gegensatz zu Sarah und Aaron nicht nur mit unerfüllten Erwartungen füllen.

»Ich will die meisten Möbel hierlassen und sie zusammen mit dem Haus verkaufen, wenn der Käufer sie will. Von dem, was in diesem Haus steht, würde nichts in das Leben in Brighton passen. Ich muss nur meine persönlichen Sachen und Papiere einpacken.«

Clay folgte ihr auf dem Gehweg zum Haus.

Sie sperrte die schwere Tür auf, die mit einem Stöhnen nach innen schwang.

Wie ein wartender Ankläger stand noch die Tasche auf dem Fußboden, die sie an ihrem misslungenen Hochzeitstag gepackt hatte, nachdem während des Wartens auf Aaron die Kerzen heruntergebrannt und die Speisen kalt geworden waren. An jenem

Abend war sie in selbstgerechtem Ärger mit der Reisetasche über der Schulter diese Treppe herabgestapft, als es plötzlich an der Tür geklingelt hatte.

Der Polizist vor der Tür hatte seinen Hut abgenommen. »Sind Sie Sarah Ashby, die Frau von Aaron Ashby?«

Sarah hatte die Hand um den Griff der Tasche verkrampft. »Ja. Ja, ich bin Sarah Ashby.«

»Es gab einen Unfall. Ihr Mann hat schwere Verletzungen erlitten. Er hat es nicht …« Der Polizist hatte den Kopf geschüttelt.

Ihre Reisetasche war ihr aus den Händen geglitten.

Zwei Monate später stand die Tasche immer noch da und wartete darauf, dass Sarah sie wieder aufheben würde. Die Geister, die sie zurückgelassen hatte, warteten geduldig auf ihre Rückkehr.

Sie warf einen Blick über ihre Schulter auf Clay und hatte Mühe, das Zittern, das sie am ganzen Körper erfasste, zu verbergen. »Ich brau-brauche einen Moment.« Sie reichte ihm ihre Autoschlüssel. »Kannst du etwas fürs Abendessen besorgen oder einfach eine Weile durch die Gegend fahren?«

Sie brauchte einen Moment allein mit ihrem Haus voller Geister der Vergangenheit.

Sarah schaute Clay nach, als er wegfuhr. Sie musste den Verstand verloren haben, einen Fremden in diese private Welt mitzunehmen, in der ihr Mann und sie gemeinsam gewohnt hatten. Obwohl »gemeinsam« die Sache nicht wirklich traf.

Das Haus war eher der Ort gewesen, an dem sie festgesessen hatte. Sie hatte immer wie im Orbit um Aarons Leben gekreist, aber nie gewusst, wie sie die Atmosphäre durchbrechen und zu ihm durchdringen sollte.

Diese Ohnmacht hatte sie dazu getrieben, in jener Nacht ihre Tasche zu packen. Nicht weil er sie wegen eines Notfalls auf der Arbeit an ihrem Hochzeitstag allein am Esstisch sitzen gelassen hatte. Nicht einmal weil sie seine Versprechen, dass es nicht immer so bleiben würde, satthatte. Sondern weil sie ihm nicht mehr geglaubt hatte. Obwohl sein Vater vor Jahren den Kontakt zu ihm abgebrochen hatte, war er der Grund gewesen, warum Aaron keinen einzigen Misserfolg hatte zulassen können. Diese Lücke in seinem Herzen hatte sie nie ausfüllen können.

Sarah ging langsam durch die Eingangshalle und ihre Schritte hallten in dem leeren Raum wider. Sie spähte um die Ecke. Zerborstene Kristallsplitter glitzerten an den Stellen, an denen das Sonnenlicht durch den Spalt zwischen den Vorhängen fiel, auf dem Boden. Sie rieb sich über die fröstelnden Arme und ging den Weg zurück, den sie gekommen war. Sie ließ ihre Hand über das Kirschholzgeländer der geschwungenen Treppe gleiten, sank auf die polierte Stufe und drückte die Knie an sich.

Während sie hier saß, überrollten sie Erinnerungen an die Tage nach Aarons Tod, die ihr wie Wochen erschienen waren. Die Leute, die im Bestattungsinstitut Schlange gestanden hatten, um Sarah ihr aufrichtiges Beileid zu bekunden, das sie aber eher verletzt als getröstet hatte.

Sie hatte gedacht, sie könnte nach der Beerdigung ihre widersprüchlichen Gefühle in aller Ruhe ordnen, doch dann war das Essen gekommen.

Jeden Tag, pünktlich wie ein Uhrwerk.

Offenbar hatte Aarons Büro die Essenslieferung organisiert. Ein wenig unsensibel, fand Sarah – einer frisch verwitweten Frau so üppige Mahlzeiten zu bringen. Jeden Tag, zwei Wochen lang, hatte jemand Essen gebracht, das für eine ganze Familie gereicht hätte. Bis ihr eines Tages der Kragen geplatzt war.

Sie massierte ihre verspannte Stirn. Wenigstens hatte sie gewartet, bis Aarons Sekretärin wieder fort gewesen war, bevor sie völlig durchgedreht war.

Sarah stand auf und holte einen Besen und ein Kehrblech aus der Putzkammer. Sie zog die schweren Vorhänge weit zurück, damit das Nachmittagslicht ins Esszimmer fallen konnte. Die Kristallscherben des Kerzenständers, den sie zerschmettert hatte, funkelten im Sonnenlicht und warfen Tausende glitzernde Regenbögen auf die dunkelbraunen Mahagoniböden.

Sie kehrte die Scherben auf das Kehrblech. Der Kerzenleuchter war zwar kaputt. Wertlos. Aber Kristall blieb Kristall, ob in einem funkelnden Kerzenleuchter oder in winzigen Stücken, die so fein waren wie Sandkörner.

Nachdem sie die ganzen Kristallscherben und Splitter weggekehrt hatte, nahm sie den Kühlschrank in Angriff, der voll mit abgelaufenem Essen war. Sie rümpfte die Nase. Im Gegensatz zu zerstörtem Kristall nahm verdorbenes Essen im Laufe der Zeit eine andere Konsistenz an.

Nach zwei Stunden mit viel Gebet und schweißtreibender Anstrengung hörte sie ein leises Klopfen an der Tür. »Hallo? Sarah, kann ich hineinkommen?«

Clay. Sie hatte für einen Moment vergessen, dass es außer dem Haus und den Aufgaben, die sie hier bewältigen musste, noch etwas auf der Welt gab. Sie seufzte und ließ einen Teil der Last los, die sie seit dem Tag, an dem sie dieses Haus verlassen hatte, auf den Schultern getragen hatte. Die *Old Depot Grocery* hatte ihr in den letzten Monaten geholfen, Wunden heilen zu lassen, aber die Beseitigung des Chaos, das sie hinterlassen hatte, erfüllte sie mit einem erstaunlichen Frieden.

»Komm herein.« Sie ging Clay in der Eingangshalle entgegen.

Er trat mit Papiertüten von einem texanisch-mexikanischen Restaurant ein und ließ seinen Blick durch die Halle wandern. »Hast du überhaupt Hunger?«

Ihr Magen knurrte. »Ich bin selbst überrascht, aber ich habe einen Bärenhunger.« Sie deutete mit dem Daumen zur Terrasse. »Bist du einverstanden, wenn wir uns draußen hinsetzen? Ich könnte ein wenig frische Luft vertragen.«

Er nickte kurz und folgte ihr ins Freie. Eine tiefe Dankbarkeit durchflutete sie, weil er … weil er ihre Situation so bedingungslos akzeptierte. Er stellte keine falschen Fragen. Er versuchte nicht, das Schweigen mit Klischees zu füllen. Er hatte ihr nur eine helfende Hand gereicht, als sie Hilfe gebraucht hatte. Und das genügte.

Als sie draußen waren, setzten sie sich auf die schmiedeeisernen Terrassenmöbel. Sie wartete darauf, dass er das Schweigen brechen würde, dass er »Geht es dir gut?« fragen würde, nachdem sie ihn bei ihrer Ankunft praktisch aus dem Haus geworfen hatte. Aber diese Frage, vor der ihr so graute, kam nicht. Er reichte ihr mit einem schiefen Grinsen einen Behälter mit Tacos. »Bereust du, dass du mich mitgenommen hast?«

Sie richtete ihren Blick auf das Essen, während sie die Tacos aus der Folie nahm, und suchte die Antwort auf eine Frage, die sie sich selbst mehrmals gestellt hatte. »Nein. Nein, ich bin froh, dass du mitgekommen bist. Ich habe versucht, diesen Teil meines Lebens, auf den ich nicht besonders stolz bin, auszugrenzen, als hätte es ihn nie gegeben. Dadurch habe ich mich aber nur noch schlimmer gefühlt. Mama und Oma waren nie gut darin, über die schweren Dinge in ihrem Leben zu sprechen. Das habe ich immer als Stärke betrachtet, aber jetzt wird mir allmählich bewusst, dass das vielleicht gar nicht so gut ist.«

Sie zuckte die Schultern. »Außerdem habe ich dir schon genug unerfreuliche Dinge aus meinem Leben erzählt, dass du wahrscheinlich nicht allzu erschüttert bist, wenn ich wieder zusammenbreche. Ich weiß, dass wir uns noch nicht lange kennen, aber ich freue mich, einen so guten Freund an meiner Seite zu haben.« Mit diesen Worten wollte sie ihm eine klare Botschaft vermitteln: Sie war ihm für seine Freundschaft dankbar, aber mehr wollte sie im Moment nicht. Er war definitiv der Typ Mann, den sie eines Tages vielleicht lieben könnte, wenn die schmerzlichen Wunden ihrer komplizierten Gefühle für Aaron verheilt waren. Diesen unerwarteten Gedanken verdrängte sie jedoch schnell.

Clay nickte knapp, biss in seinen Burrito und kaute. Sein Blick wanderte hinter sie. »Es freut mich, dass du dich wohl dabei fühlst, mich hier zu haben.«

Sie grinste schwach. »Ob ich mich wohlfühle, weiß ich nicht genau.«

»Du weißt, was ich meine. Ich bin froh, dass du *mich* mitgenommen hast. Deine Oma war für mich dieser Mensch, als ich nach Brighton zog.«

Sie atmete tief aus. Der Grund, warum er sie begleitet hatte, war Dankbarkeit gegenüber ihrer Großmutter. Nicht weil er sich zu ihr hingezogen fühlen würde. Sie zupfte am Rand ihrer Tortilla und erinnerte sich an sein Gesicht, als das Hörbuch über Soldaten im Auto gelaufen war, die versuchten, sich wieder in ihrem Leben zurechtzufinden, nachdem sie die Gräuel auf dem Schlachtfeld gesehen hatten.

Sie wollte sich gar nicht ausmalen, was er alles erlebt hatte. Dieser Mann wusste zweifellos viel über Wunden, die einem das Leben zugefügt hatte. »Hat es dir geholfen, Mais und Kartoffeln anzubauen? Vielleicht sollte ich das auch versuchen, wenn es mit dem alten Laden nicht läuft.«

Er zuckte die Schultern. »Es ist vermutlich heilsam, Dingen zum Leben zu verhelfen, nachdem man so lange Zeit ein Instrument der Zerstörung gewesen ist.«

Am nächsten Morgen saß Sarah im Schlafzimmer auf der Bettkante und hielt das Festnetztelefon verkrampft in den Händen. Darauf waren mindestens zehn Nachrichten vom Anwalt ihres Mannes, der sie um einen Rückruf bat. Die Nachrichten waren mehrere Wochen alt.

Der Anwalt und die Vermögenswerte, von denen er am Telefon gesprochen hatte, brachten Komplikationen in ihr Leben, auf die sie gern verzichten würde.

Sie kaute auf ihrer Unterlippe und drückte auf »Rückruf«.

»Anwaltskanzlei Howard und Shrub.« Die Stimme der Frau erscholl steif wie ein gestärktes Hemd durch die Leitung.

»Hier ist Sarah A-Ashby. Ich soll Matthias Howard zurückrufen.«

»Er wird sich sehr freuen, dass Sie sich melden. Er hat sich schon Sorgen gemacht, weil er Sie nicht erreichen konnte.«

Sarah widerstand dem Drang, ihr Verhalten zu erklären, und hielt das Schweigen aus.

»Warten Sie bitte einen kurzen Moment. Ich verbinde Sie.«

»Danke.« Sarah atmete die Luft, die sie angehalten hatte, aus.

Die Musik in der Leitung verstummte nach einem kurzen Moment. »Sarah, es freut mich, dass du dich meldest.« Matthias' Stimme versprühte Wärme und Vertraulichkeit, obwohl er Aarons Studienfreund gewesen war und nicht ihrer. »Wir haben viel zu besprechen.«

Sarah hörte mit großen Augen zu, während Matthias ihr von Aarons Investitionen erzählte und erklärte, dass er seine Firma so aufgestellt hatte, dass im Fall seines Todes oder eines Umstands, der es ihm unmöglich machte, weiter als CEO zu fungieren, ein Vorstand die Geschäfte weiterführen würde. Sarah bekäme weiterhin Gewinnausschüttungen und vierteljährliche Schecks. Solange die Firma erfolgreich war, hätte sie keine Geldsorgen. Bei der Summe, die sie laut Matthias von der Lebensversicherung bekäme, zog sich ihre Brust zusammen.

Nachdem er ihr alle Details genannt hatte, wurde Matthias' Stimme wieder weich und vertraulich wie am Anfang des Gesprächs. »Aaron war es wirklich wichtig, dafür zu sorgen, dass du deinen Lebensstandard beibehalten kannst. Er wollte alles wasserdicht machen, damit du dir keine Sorgen machen musst, falls ihm etwas zustößt.«

Ihr Puls hämmerte in ihren Ohren. Sie war dankbar. Das konnte sie nicht leugnen. Aber jedes Wort, das Matthias sagte, unterstrich, dass Aaron völlig missverstanden hatte, was sie sich von ihrem Leben mit ihm erhofft hatte.

»Du brauchst nur noch in die Kanzlei zu kommen und einige Papiere zu unterschreiben. Ich kann sie dir auch faxen, wenn dir das lieber ist.«

»Nicht nötig. Ich komme in die Kanzlei.«

Aaron war immer von den großen Dingen im Leben fasziniert gewesen. Wie an dem Abend, an dem sie im Mondschein bewundernd vor dem Kolosseum in Rom gestanden hatten. Er hatte die Größe der Architektur in der Antike bestaunt, während Sarah den Anblick eines Kindes bewundert hatte, das in dem gewölbten Eingang gestanden und seinem Vater eine Blume gegeben hatte.

Sie schnaubte. Das war ihr Problem mit Aaron gewesen, nicht wahr? Dass sie nie das Gefühl gehabt hatte, mit dem Glanz der großen Dinge konkurrieren zu können. Denn tief in ihrem Inneren war sie nach wie vor das kleine Mädchen mit den aufgeschürften Knien gewesen, das in ihrem geliebten alten Laden die Regale aufgefüllt hatte.

Und genauso wie ihre Großmutter und Mutter hatte sie geglaubt, dass sie in schweren Zeiten nur durchhalten müsse. Das stimmte zwar, aber manchmal musste man die Stimme, die einem Gott gegeben hatte, auch einsetzen.

Kapitel 36

August 1989

Glory Ann sperrte den Laden zu und rutschte auf den Fahrersitz ihres Autos. Bo und Rosemary waren heute Morgen mit ihrem kleinen Wonneproppen nach Hause gekommen. Sarah Lynne Anderson.

Sie grinste so breit, dass ihre Wangen schmerzten.

Der Arbeitstag war wie im Flug vergangen, alle Kunden, die in den Laden gekommen waren, hatten ihr zu ihrem Enkelkind gratuliert. Aber eigentlich hätte sie diesen Tag lieber ganz anders verbracht. Oh, sie konnte es nicht erwarten, das Baby auf die Arme zu nehmen. Bei ihrem Besuch im Krankenhaus hatte sie Sarah ein wenig gehalten, aber bei Weitem nicht lang genug.

Das war Glory Anns Chance, ihrer Tochter ihre Liebe zu zeigen.

Sie stellte ihr Auto in Bos und Rosemarys Einfahrt ab und nahm den großen Pappkarton vom Rücksitz. Ein Abendessen, das nur noch aufgewärmt werden musste, Papierhandtücher, Pappteller, Milch, Brot, Bananen, ein Glas Erdnussbutter. Und dazu einige Babysachen, die im Laden abgegeben worden waren.

Glory Ann stellte den Karton auf die Stufe vor dem Haus und klopfte in der Hoffnung, Bo würde sie hören, leise an die Tür. Falls Rosemary und das Baby gerade schliefen, wollte sie die beiden nicht wecken. Die ersten Tage mit einem Baby waren gleichzeitig anstrengend und beglückend. Glory Ann hatte Clarence an ihrer Seite gehabt. Aber nie ihre eigene Mutter.

Bei dem Schmerz, der sich in ihrer Brust regte, verzog sie traurig das Gesicht. Aber das war Mutters Entscheidung gewesen. Wenigstens hatten sie sich im Laufe der Jahre so weit wieder angenähert, dass ihre Mutter vor einigen Monaten froh gewesen war, als Glory Ann sie an ihrem Sterbebett besucht hatte. Mutter hatte Glory Anns Hand ein letztes Mal gedrückt und sie um Vergebung gebeten. In ihren Augen hatte eine Verzweiflung gestanden, die Glory Ann nicht verstanden hatte. Sie hatte ihrer Mutter längst vergeben, dass sie ihre Tochter so gefühllos aus ihrem Leben verbannt hatte. Das hatte sie ihr vor Jahren schon gesagt. Vielleicht hatten sie kurz vor ihrem Tod immer noch Schuldgefühle geplagt.

Besonders seltsam war gewesen, dass sie meinte, in Mutters letztem Atemzug Jimmys Namen gehört zu haben. Glory Ann hatte sich gefragt, ob ihre Mutter in diesem Moment durch den Vorhang zwischen diesem Leben und dem nächsten hatte blicken können und den Jungen gesehen hatte, den Glory Ann so sehr geliebt hatte.

Sie verdrängte diese schmerzlichen Erinnerungen und klopfte noch einmal leise an die Tür. Sie wollte für Rosemary da sein – und alle Fragen beantworten, die eine junge Mutter hatte. Sie würde babysitten. Ihr die ganzen kleinen Tipps und Tricks verraten, die sie aus eigener Erfahrung gelernt hatte. Ihre Beziehung war vielleicht schwierig, aber sie wollte immer für ihre Tochter da sein, egal wie mühsam oder unangenehm manches war.

Einen Moment später öffnete Bo die Tür. »Hallo, Glory Ann. Du kommst, um das Baby zu sehen?« Seine müden Augen strahlten.

»Ich bin froh, dass du mich gehört hast. Ich wollte Rosemary und Sarah nicht wecken, falls sie sich gerade hingelegt haben.«

»Ich wünschte, Rosemary würde sich hinlegen. Lass mich diesen großen Karton tragen. Komm herein.«

Als Glory Ann eintrat, drang aus der Küche des kleinen Landhauses das laute Scheppern von Töpfen und Pfannen. »Steht sie etwa in der Küche und kocht? Um Himmels willen, das braucht sie doch nicht. Sie sollte lieber mit ihrem Baby kuscheln.«

Bo hob resigniert die Hände. »Das habe ich ihr auch gesagt, aber du kennst sie ja.«

Ja, sie kannte sie.

Glory Ann ging in die Küche. Rosemary stellte Töpfe auf den Herd und holte mit einer Hand Dinge aus der Speisekammer, während sie in ihrem anderen Arm ein winziges Baby hielt, das weinte. »Rosemary, was in aller Welt machst du da? Nimm dieses süße Baby und stille es. Es hat Hunger.«

Rosemary drehte sich um. Ihr Haar war ein wenig zerzaust und ihre Gesichtsfarbe war blass. Ihre Augen schauten ein wenig wild. »Ich kann mich um meine Familie kümmern, Mama.«

»Natürlich kannst du das. Aber du musst dich noch von der Entbindung erholen. Ich habe euch etwas zu essen mitgebracht, damit du und Bo euch ein wenig ausruhen könnt. Denn ich wette, dass du nicht viel Schlaf bekommst, wenn die kleine Sarah so ist, wie du warst.«

Rosemary verlagerte ihr Gewicht auf das andere Bein und verzog das Gesicht, als könne sie es nicht ertragen, ihrer Mutter die Küche zu überlassen. Vielleicht ängstigte sie aber eher die Vorstellung, einen Moment still zu sein und anderen eine Arbeit zu überlassen, für die sie sich verantwortlich fühlte. Als Rosemary an ihr vorbeiging, sehnten sich Glory Anns Arme schmerzlich danach, Sarah zu halten. Aber dafür wäre später noch genug Zeit. Im Moment wollte sie lieber, so gut sie konnte, helfen, während Rosemary ihr Baby stillte.

Glory Ann wärmte das Essen auf, wischte die Arbeitsplatten ab und brachte den Müll hinaus. Als sie in der Küche fertig war, ging sie leise ins Wohnzimmer. Bo hatte die Füße hochgelegt und schnarchte. Sie räumte um ihn herum auf und legte den Wäscheberg auf der Couch zusammen.

Als sie mit der Wäsche fertig war, bereitete sie ein Essenstablett vor und ging nach hinten zum Schlafzimmer. Sie klopfte leise und schob die Tür geräuschlos auf. Rosemary saß auf dem Bett und döste, während sie im Schlaf Sarah in der Wiege neben dem Bett sanft schaukelte.

Glory Ann ging zu ihr. »Rosemary«, flüsterte sie.

Rosemary fuhr hoch. »Ich komme schon. Ich habe Sarah nur schlafen gelegt.«

»Du bleibst hier sitzen und isst etwas von diesem Schmorbraten. Du brauchst etwas zu essen und Ruhe.«

»Ich ...«

»Ich weiß, dass du dich von mir nicht herumkommandieren lassen willst. Aber hör bitte dieses eine Mal auf mich, ja?«

Rosemary lächelte sie schwach an. »Das Essen riecht köstlich.«

»Ich weiß, dass du deine Ruhe brauchst. Deshalb gehe ich gleich wieder. Aber darf ich dir einen Rat geben?«

»Solange ich nicht versprechen muss, dass ich ihn befolge.« Rosemary grinste schläfrig.

»Wäsche und Geschirr wirst du immer haben, aber dieses kleine Baby wächst schneller, als du schauen kannst. Wenn du im Haushalt Hilfe brauchst, bin ich gern für dich da. Ich weiß, dass du alles allein bewältigen kannst. Aber das musst du nicht.«

Glory Ann küsste ihre Tochter auf die Stirn und verließ dann leise das Haus. Vielleicht könnte sie dieses süße Neugeborene an einem anderen Tag auf den Armen wiegen, aber heute – wenn auch vielleicht nur heute – konnte sie ihrer Tochter helfen, die so wild entschlossen war, ohne ihre Hilfe zurechtzukommen.

Kapitel 37

Heute

Flankiert von Mable und Paulette, ihrem kleinen Freundinnenkreis, der ihr Stärke gab, starrte Glory Ann auf den Schreibtisch. Sie fuhr mit dem Finger die jahrzehntealten Bleistifteinkerbungen in dem weichen Kiefernholz nach, dann legte sie den Kopf auf ihre verschränkten Arme. »Wie in aller Welt soll ich das Sarah beibringen?«

Mable legte eine Hand auf ihre Schulter. »Sarah wird es verstehen.«

Als das alte Wählscheibentelefon neben Glory Ann schrill klingelte, zuckte sie zusammen. »*Old Depot Grocery*, hier ist Glory Ann. Was kann ich für Sie tun?«

»Oma?«, kam Sarahs Stimme so unbeschwert durch die Leitung, wie Glory Ann ihre Enkelin seit dem Tod ihres Mannes nicht mehr gehört hatte. Vielleicht hatte Rosemary doch recht und Sarahs Platz war in Chicago.

»Hallo, Liebes. Ich bin so froh, dass du wohlbehalten angekommen bist. Geht es dir gut? Ist dir Clay eine Hilfe?«

Paulette und Mable, die auf der anderen Seite des Schreibtisches saßen, beugten sich neugierig vor.

»Mir geht es gut. Sehr gut sogar.«

»Ich muss dir etwas sagen.« Sie sprachen beide gleichzeitig, aber jede in einem völlig anderen Tonfall. Glory Anns Tonfall war resigniert. Sarahs Stimme war triumphierend.

»Oma, ist alles in Ordnung?«

Glory Ann warf die Schultern zurück und setzte sich aufrecht auf ihren Stuhl. »Ich habe beschlossen, den Laden zu verkaufen. Er wirft keinen Gewinn mehr ab. Die Lieferanten beliefern uns nicht mehr, weil unsere Bestellungen so klein sind, dass es Zeitvergeudung wäre, uns anzufahren. Entweder haben wir viel höhere Kosten oder wir können keine vernünftige Vielfalt mehr anbieten. Mehrere Kühltheken gehen gerade kaputt. Die Notlösungen, mit denen meine Reparaturleute sie bisher am Laufen gehalten haben, sind keine Dauerlösung. Sie müssten durch neue ersetzt werden. Den Laden zu erhalten, ist nicht länger vertretbar. Es wird Zeit, ihn aufzugeben.«

»Aus diesem Grund rufe ich an, Oma. Ich kann Mama ihren Anteil abkaufen und Geld für die nötigen Reparaturen investieren. Geld ins Marketing stecken. Ich kann unseren Laden retten.«

Glory Ann seufzte.

»Sobald ich zurück bin, kann ich dir die Kalkulationsbögen zeigen, auf denen ich die verfügbaren Mittel und die geschätzten Kosten für Reparaturen und die angelaufenen Schulden zusammengestellt habe. Es bleibt immer noch genug übrig, um den Laden zu erhalten, auch wenn die Verkaufszahlen zurückgegangen sind.«

Glory Ann stand auf und ging hinter der Theke so weit auf und ab, wie es das Telefonkabel erlaubte. Ihr Kinn zitterte. »Sarah, ich schätze sehr, dass du das alles tun möchtest, aber ich kann das nicht annehmen.« Sie räusperte sich, um das Zittern aus ihrer Stimme zu vertreiben. Paulette und Mable verfolgten ihre Schritte mit großen Augen. Sie blieb stehen.

Schweigen drang durchs Telefon.

»Bitte, Oma! Ich will das machen. Ich möchte, dass Opa Clarence' Vermächtnis weiterlebt.«

Glory Ann schluckte den Kloß, der sich in ihrer Kehle bildete, hinunter. Sie warf die Schultern zurück und richtete sich zu ihrer vollen Größe auf. »Du brauchst dieses Geld für dich. Für deine Zukunft.«

»Der Laden ist die Zukunft, die ich will.«

»Ich kann dein Geld nicht annehmen und es in diesen Laden stecken. Er würde deine Investitionen nach und nach auffressen, ohne dass etwas dabei herauskäme. Deine Mutter hat recht. Je mehr ich darüber nachdenke und bete, umso deutlicher wird mir bewusst, dass dein Großvater das nicht getan hätte. Er hat diesen Laden geliebt, aber nicht aus Besitzerstolz. Der Laden war für ihn ein Mittel, durch das er sicherstellen konnte, dass ich, deine Mutter und deine Tante ein gutes Leben hatten. Und das hatten wir durch die *Old Depot Grocery*.

Als ich eine junge Frau war, wurde der Laden für mich eine Zufluchtsstätte, die mir einen Sinn gab, als ich dachte, das Leben hätte mir alles geraubt. Als dein Opa starb, hat seine Arbeit weitergelebt und wir konnten auch lange nach seinem Tod von dem Laden leben. Aber der Laden war nie ein Selbstzweck. Du wirst bald Mutter. Du musst an die Zukunft deines Kindes denken und planen, wie du deine kleine Familie weise versorgen kannst.«

»Aber Oma, ich *will* mein Geld für den Laden ausgeben. Ich will, dass mein Kind dort aufwächst. Es ist mir egal, wenn mein Geld nur in den Laden fließt, um ihn zu erhalten, damit mein Kind ihn auch erleben kann.«

»Liebes, ich verstehe dich ja. Aber es ist einfach Zeit loszulassen. Aaron würde wollen, dass du dieses Geld nutzt, um sicherzustellen, dass es seinem Kind an nichts mangelt. Du brauchst das Geld für sein Studium und alle möglichen anderen Ausgaben in der Zukunft. Dafür ist dieses Geld bestimmt, nicht für diesen alten Laden, der nur noch aus Erinnerungen besteht. Investiere dein Geld in dein neues Leben.«

»Ich dachte, du hast gesagt, dass du diesen Laden brauchst?« Die freudige Energie verflog aus Sarahs Stimme.

»Es stimmt, irgendwie habe ich das Gefühl, Clarence noch einmal zu verlieren. Ich verbinde mit diesem Laden unzählige Erinnerungen. Ich habe diesen Mann in dem Büro geheiratet, in dem ich im Moment sitze.«

»Was?«

Glory Ann lächelte. »Ja, so war es. Wie es dazu kam, ist eine lange Geschichte. Aber in diesem Laden habe ich ihn kennengelernt, ihn geheiratet und mich in ihn verliebt. Die Reihenfolge, in der das geschah, spielt jetzt keine Rolle mehr.«

»Ich dachte, ich hätte es geschafft. Ich dachte, ich hätte den Laden gerettet.«

Der Schmerz in Sarahs Tonfall tat ihr weh.

»Alles wird gut werden. Du wirst schon sehen.«

Als sie das Gespräch beendet hatte, sank Glory Ann auf den Schreibtischstuhl. Sie hatte sich so lange das Gehirn nach einer Lösung zermartert, um den Laden zu retten. Und jetzt hatte ihre Enkelin ihr alles, was der Laden brauchte, auf dem Silbertablett präsentiert. Irgendwie hatte sie genau das gebraucht, um loslassen zu können.

»Du hast das Richtige getan.« Paulette beugte sich über den Schreibtisch und drückte ihre Hand.

Mable nickte zustimmend. »Es wird Zeit, dass du dich genauso zur Ruhe setzt wie wir beide. Überleg doch nur, wie viel wir mit unserem Gebets- und Nähkreis in unserer kleinen Stadt erreichen können, wenn du mehr Zeit zur Verfügung hast.«

Glory Ann lächelte ihre Freundinnen mit zitternden Lippen an. Noch vor wenigen Minuten hatten die beiden vehement auf sie eingeredet, dass es ein Fehler wäre, den Laden zu schließen. Jetzt, da sie ihre Entscheidung getroffen hatte, bekam sie ihre volle Unterstützung. Solche guten Freundinnen fand man nicht alle Tage.

Der alte Laden hatte seinen Zweck erfüllt. Und der Verkauf würde auch seinen Zweck erfüllen. Sie wäre finanziell versorgt und Rosemary würde diese Last von den Schultern genommen werden. Rosemary könnte eine größere Summe sparen und müsste sich keine Sorgen wegen möglicher Arztrechnungen und Umbaumaßnahmen machen, die aufgrund ihrer Krankheit in ihrem Haus nötig werden könnten. Und sie bräuchte sich nicht weiter aufzuregen, dass Sarah ihr Leben wegwerfen würde, nur um Glory Anns Verlust abzuwenden.

Der gute alte Laden würde ihnen allen ein weiteres Mal etwas Gutes bescheren. Dieses Mal nur auf andere Weise.

Sarah legte das Telefon auf den Nachttisch und ließ die Schultern hängen. Was sollte sie mit Aarons Geld machen, wenn sie es nicht einsetzte, um die *Old Depot Grocery* zu retten? Sie wollte es nicht. Dieses Haus. Dieses Leben.

Sie ging ins Badezimmer neben dem Schlafzimmer. Ihre nackten Zehen zogen sich auf dem kalten Marmorboden zusammen, als sie an den kunstvollen Spiegel trat. Sie betrachtete ihr Spiegelbild. Wer war diese Frau? Ohne das Leben mit Aaron. Ohne den Laden. Nur Sarah. Enkelin. Tochter. Witwe. Werdende Mutter.

Das Spiegelbild, das ihr entgegenblickte, warf die Schultern zurück. Sie war ein Clearwater-Mädchen. Clearwater-Mädchen waren stark. Widerstandsfähig. Sie ließen sich nicht unterkriegen. Aber was bedeutete das in ihrer Situation? Clays Worte während der Fahrt gingen ihr durch den Kopf.

Sarah umklammerte die Kante des weißen Marmorwaschbeckens und schickte ein stummes Gebet zum Himmel. *Wenn du mir den nächsten Schritt zeigst, Herr, gehe ich ihn.*

Doch da war nur Stille. Sarah atmete tief aus und richtete sich auf. Vielleicht bekäme sie keine Antwort, aber wenigstens hörte sie dieses Mal wirklich zu. Wahrscheinlich zum ersten Mal in ihrem Leben. Nicht auf die lästige Stimme in ihrem Kopf, die ihr immer einredete, was sie *sollte* und *müsste*. Manchmal war es die Stimme ihrer Mutter. Manchmal ihre eigene Stimme. Hin und wieder sogar Aarons Stimme. Doch dieses Mal wollte sie nur diese leise Stimme Gottes hören.

Sarah trat aus dem Schlafzimmer, strich mit der Hand über das Kirschholzgeländer, das das Obergeschoss von der Eingangshalle unten trennte, und betrachtete die geschlossenen Türen all der leeren Zimmer.

Sie legte die Hand auf ihren vortretenden Bauch. »Mit dir will ich es besser machen. Wenn du ein Teenager wirst und wir aneinandergeraten oder uns voneinander entfernen, werde ich um uns kämpfen. Ich werde nicht zulassen, dass unsere Beziehung immer kälter und schmerzlicher wird wie meine Beziehung zu deinem Vater. Oder wie es anscheinend bei Mama und Oma passiert ist. Ich werde die verborgenen Dinge ans Licht bringen, damit du, wenn du groß bist, keine heimlichen Briefe von unbekannten Liebhabern findest oder Teile deiner Geschichte nicht kennst.«

Sarah wischte sich die Tränen von den Wangen. Vielleicht war dies der nächste Schritt, den sie gehen sollte. Vielleicht sollte sie die Dinge ansprechen, die alle seit Jahrzehnten unter den Tisch kehrten. Vielleicht sollte sie die Dinge, die in den dunklen Winkeln auf dem Dachboden ihrer Eltern standen, ans Licht holen.

»Sarah, ist alles okay?« Clays Stimme riss sie aus ihren Gedanken. Sie hatte ihm gesagt, dass sie kurz ihre Großmutter anrufen wolle, während er einige Sachen, die sie mitnehmen wollte, ins Auto lud. Sie warf einen Blick auf ihre Armbanduhr. Sie war seit fast einer Dreiviertelstunde hier oben.

Sie stieg die Treppe hinab und rief: »Ja, es ist alles okay. Ich habe nur nachgedacht.«

Er kam ihr unten an der Treppe entgegen. »Was hat Glory Ann gesagt? Sie war bestimmt überglücklich. Ich hätte gern ihr Gesicht gesehen, als du ihr sagtest, dass die *Old Depot Grocery* gerettet ist.«

Sarah setzte sich auf die Treppe und schüttelte den Kopf. »Sie hat meinen Vorschlag abgelehnt.«

Clay drehte erstaunt den Kopf zu ihr. »Machst du Scherze?«

»Sie ist überzeugt, dass es Zeit ist, den Laden aufzugeben.«

»Und du? Was denkst du?«

Sarah schüttelte den Kopf. »Ich … Irgendwie kann ich den Laden noch nicht loslassen. Ich habe das unbestimmte Gefühl, dass es dort immer noch etwas zu tun gibt. Aber ich weiß nicht was. Ich habe gebetet, aber ich bekomme keine Antwort. Noch nicht.« Sie biss sich innen in die Wange. »Aber ich glaube, ich weiß jetzt, welchen nächsten Schritt ich vielleicht gehen soll.« Sie ging zu ihrer Tasche und holte den vergilbten Briefumschlag heraus. »Das klingt vielleicht verrückt, aber ich glaube, mein nächster Schritt besteht darin herauszufinden, was es mit diesem Brief auf sich hat.«

Clay nahm ihr den Brief aus den Händen. »Was ist das?«

»Das will ich ja gerade herausfinden. Meine Mutter hatte diesen Brief in einer Truhe versteckt und ich verstehe nicht, warum sie einen so persönlichen Brief an Oma versteckt. Es gibt Dinge, über die meine Familie einfach nicht spricht. Dieses Erbe möchte ich nicht weiterführen. Ich will, dass die Geheimniskrämerei bei mir endet. Ich werde herausfinden, wer Jimmy ist.«

Kapitel 38

Mai 1991

Rosemary breitete eine Decke im Park aus. Der Frühsommer war für ihren Geschmack ein wenig zu warm und schwül, aber die Luft hier draußen war trotzdem viel besser als in den Mauern des alten Ladens. Bo saß neben ihr, hielt ihre fast zwei Jahre alte Tochter auf einem Arm und in der anderen Hand eine weiße Tüte aus der Feinkosttheke.

Bo setzte Sarah ab und legte sich auf die zerfranste Decke. Die Schatten der Ahornblätter warfen dunkle Flecken auf sein attraktives Gesicht. Rosemary lächelte ihren Mann an, behielt aber Sarah wachsam im Auge, die auf dem Boden hockte und mit beiden Händen Gras ausrupfte. Jeden Moment würde sie ihre Händchen zum Mund strecken.

Rosemary seufzte und dehnte ihren verspannten Nacken, der sie die Folgen von gestern Abend spüren ließ, als sie alle Regale aufgefüllt hatten. Seit Sarah laufen konnte und ihr immer zwischen den Beinen herumwuselte, wurde es schwerer, ihre Arbeit im Laden zu bewältigen. Besonders angesichts des neuesten Tricks, den der kleine Kobold entdeckt hatte: Sarah konnte jetzt aus ihrem Laufstall klettern. Mama hatte versucht, Rosemary nach Hause zu schicken, aber sie hatte es nicht für richtig gehalten, ihre Mutter am anstrengendsten Abend der Woche im Stich zu lassen. Rosemary hatte es geschafft, aber sie hatte sich den ganzen Abend zwischen den zwei Rollen in ihrem Leben hin- und hergerissen gefühlt.

Bo stützte sich auf einen Ellbogen. »Ich denke daran, eine neue Arbeitsstelle anzunehmen.«

»Sarah, nein!« Rosemary eilte zu ihrer Tochter, schwang sie auf ihre Arme und begann, die Grashalme von ihren erdbeerroten Lippen zu zupfen. Bos Worte hallten in ihrem Kopf wider. Sie arbeiteten seit Jahren zusammen in diesem Laden. Es war manchmal ein wenig belastend, da sie beide auf den Laden angewiesen waren, aber in Brighton gab es nicht viele andere Optionen. Wollte er mit seiner Familie wegziehen?

Ihr Herz stellte in ihrer Brust sonderbare Dinge an, zwei völlig verschiedene Gefühlswelten brachen gleichzeitig auf. Sie war es ihrer Mutter schuldig hierzubleiben, aber wenn Bo wegen seiner Arbeit wegziehen musste, würde Mama das sicher verstehen.

Rosemary setzte sich auf die Decke, während Sarah zappelte, um sich aus ihren Armen zu befreien.

»Liebling, hast du gehört, was ich gesagt habe?«

Rosemary blinzelte, um sich wieder auf ihren Mann zu konzentrieren. »Welche neue Arbeitsstelle? Wo?«

»Das ist gerade das Wunderbare. Wir müssten nicht umziehen.«

»Oh.«

»Ja, ich habe mich gestern Abend mit dem Fahrer, der uns die Lieferung brachte, unterhalten. Die Transportfirma, für die er arbeitet, sucht Leute. Ich müsste nur einige Fahrstunden nehmen, um den Führerschein für die großen Lastwagen zu machen.«

»Sarah, komm zurück!« Sarah wackelte so schnell, wie ihre kleinen Beine sie tragen konnten, über die Wiese. Die Stimme ihrer Mutter ließ sie ein wenig langsamer werden, doch dann lief sie weiter und näherte sich der unsichtbaren Grenze, die Rosemary als *zu weit* bezeichnete. Rosemary stand auf. »Sarah Lynne, du hast mich gehört!« Wenigstens müsste sich Rosemary nie Sorgen machen, dass Sarah hier in Brighton festsitzen würde. Sie konnte es jetzt schon nicht erwarten, die Welt zu erkunden. Sarah hielt tatsächlich an, ihre pummeligen Kleinkinderbeine blieben wie angewurzelt stehen.

»Rosemary, was sagst du dazu?«

»Ich muss sie zurückholen.« Ihr Verstand war bei diesem

Kampf um ihre Aufmerksamkeit der Erschöpfung nahe. Wenn sie nur eine Minute Zeit hätte, um durchzuatmen!

»Ich hole sie.« Irgendwie verwandelte Bo Sarahs trotzige Haltung in ein Spiel. Rosemary schaute zu, wie er sie auf die Arme schwang und im Kreis herumdrehte. Die Luft wurde von ihrem Kreischen und Kichern und dem Ruf »Noch einmal! Noch einmal!« erfüllt.

Rosemary rieb sich mit den Händen übers Gesicht und massierte die Anspannung weg. Sie holte die belegten Brote und Chips aus der Tüte. Vielleicht würde das Essen Sarah lange genug ablenken, damit sie und Bo sich richtig unterhalten konnten. Sie wollte dieses Thema nicht im Raum stehen lassen, bis ihre Tochter schlafen ging.

Bo kam mit Sarah zurück. Ihre Wangen waren gerötet und sie hatte kleine Schweißperlen auf ihrer Stupsnase.

»Okay, du kleiner Wildfang. Jetzt gibt es Essen.« Rosemary zog ihre verschwitzte Tochter auf ihren Schoß und beugte den Kopf, während Bo Gott für das Essen dankte. Seine tiefe, ruhige Stimme erfüllte die Luft. Trotzdem rasten ihre Gedanken in ihrem Kopf.

Wie lange wäre er fort? Wie lang könnte sie es ohne seine gelassene Ausstrahlung, die sich so beruhigend auf ihre Sorgen auswirkte, aushalten?

Als er gebetet hatte, reichte sie ihm ein belegtes Brot.

»Die Bezahlung ist richtig gut, Rosemary. Besonders wenn ich die langen Überlandfahrten mache.«

»Wie lang bist du dann jedes Mal fort?«

»Zwei Wochen auf der Straße und dann eine Woche zu Hause. Eine ganze Woche.«

»Dann bist du sehr lange fort, Bo. Eine sehr lange Zeit, in der dich Sarah vermissen wird.« *Und ich.*

Bo biss von seinem Brot ab. Sarah zog ihre Brotscheiben auseinander und aß das Truthahnfleisch getrennt vom Käse und Brot. Rosemary nahm einen kleinen Bissen von ihrer Brotrinde.

»Ich weiß, dass sich unser Leben dadurch verändert. Aber die

Arbeit wird gut bezahlt. Ich kann endlich Geld aufs Sparbuch legen. In der Firma gibt es Aufstiegschancen. Eine Krankenversicherung. Viele Dinge, die wir im Moment nicht haben.« Er stieß sie sanft in die Seite. »Vielleicht können wir es uns sogar leisten, Sarah einen kleinen Bruder oder eine kleine Schwester zu schenken.«

Rosemary biss sich auf die Lippe. Sie redete sich immer mit ihrer angespannten finanziellen Situation heraus, wenn Bo davon sprach, ihre Familie in naher Zukunft zu vergrößern. Aber ihr Zögern hatte nichts mit Geld zu tun.

Rosemary verdrängte ihre Gedanken über Familienplanung. »Du willst das wirklich machen?«

»Ich denke, das könnte uns viele finanzielle Sorgen abnehmen. Ich weiß, dass alles passt. Aber ich sehe die Sorgen, die du dir machst, den ständigen Kampf, den Laden über Wasser zu halten. Gleichzeitig beschäftigt dich die Frage, was die knappen Gewinnmargen für unsere Familie bedeuten. Ich brauche etwas anderes, Rosemary. Nach der Schule hat es mir gutgetan, dort zu arbeiten.« Er stieß sie erneut sanft in die Seite. »Neben meiner Frau und meiner Schwiegermutter bleibt mir aber nicht viel Raum für einen beruflichen Aufstieg, es sei denn, ich starte eine Rebellion.«

Rosemary grinste. »Ach so! Hier geht es nur um deinen männlichen Stolz. Ich wusste, dass du es nicht lange aushältst, für zwei Frauen zu arbeiten. Und mich als deine *Chefin* zu haben.«

Bo kitzelte sie verspielt. Sie kreischte vor Lachen, als seine Finger die Stellen zwischen ihren Rippen berührten. »Bo, hör auf.«

Sarah stürzte sich auf sie beide. »Bo, hör auf«, ahmte sie ihre Mutter mit ihrem Kleinkinderlispeln nach.

Rosemary und Bo lachten herzhaft und zogen Sarah zwischen sich. Als sie sich wieder aufsetzten, entfernte Rosemary ein Stück Salat aus Sarahs Haar.

Bo legte die Hand auf ihren Arm. »Ich arbeite gern für dich und deine Mutter, aber ich würde mich besser fühlen, wenn wir mehr als nur eine einzige Einkommensquelle hätten.«

Sie verkniff es sich, ihm ihre unausgegorene, ambivalente Meinung zu sagen, während sie den Müll und die Essensreste ihrer zweijährigen Tochter einsammelte. Bo stand auf und spielte mit Sarah. Er stampfte wie ein brüllender Riese, versteckte sich hinter Bäumen und sprang wieder hervor. Sarah kicherte begeistert. Bo kannte seine Frau gut und wusste, dass sie Zeit brauchte, um ihre Gedanken zu ordnen.

Nachdem sie das Spiel der beiden eine Weile verfolgt hatte, warf sie einen Blick auf ihre Armbanduhr. »Wir müssen gehen. Mama fragt sich bestimmt schon, wo wir bleiben.«

Auf dem Rückweg zum Laden hakte sie sich bei Bo unter und lehnte den Kopf an seine Schulter. »Du solltest es machen. Du solltest es ausprobieren. Dann siehst du ja, wie sich diese neue Arbeit entwickelt.«

Er grinste und zog sie an seine Brust. Mit einem Arm hielt er Rosemary fest und mit dem anderen trug er Sarah. Sie sah die tiefen Gefühle, die in diesem Moment aus seinen Augen sprachen.

Sie betraten den Laden durch die Hintertür. Bo ging zur Feinkosttheke, um die Mitarbeiterin von der Frühschicht abzulösen. Sarah spielte in einem kleinen Laufstall neben seinen Füßen, der mit Spielsachen und Büchern bestückt war. Ihr kleines Versteck.

Rosemary eilte in den vorderen Teil des Ladens und verdrängte die Last, die sich auf ihre Schultern gelegt hatte. Das war eine gute Entscheidung. Bo hatte recht. Wenn sie die Kassenbücher des Ladens sah, machte sie sich immer Sorgen um die Finanzen ihrer Familie. Und Bo übernahm ständig irgendwelche Nebenjobs, um ein paar Dollar dazuzuverdienen.

Ihre Mutter hatte den Kopf gebeugt und hielt den Telefonhörer an ihr Ohr. Eine kleine Schlange hatte sich an der Kasse gebildet. Rosemary nahm ihre Schürze, zog sie über den Kopf und band sie auf ihrem Rücken zu. Dann trat sie neben ihre Mutter an die Kasse, um die Einkäufe der Kunden einzugeben.

Rosemary setzte ein Lächeln auf und unterhielt sich höflich mit einer Frau, die erst seit Kurzem in der Stadt wohnte. Sie waren aus der Großstadt auf die alte Smith-Farm gezogen, weil sie das Kleinstadtleben ausprobieren wollten. Rosemary plauderte freundlich mit jedem Kunden, während sie die Waren in die alte Kasse eingab. Sie fragte, wie es ihnen ging. Erkundigte sich nach ihren Angehörigen. Versprach, für die, die niedergeschlagen und deprimiert an die Kasse kamen, zu beten. Manchmal erschien ihr die Arbeit an der Kasse fast wie eine fünfminütige Therapiesitzung.

»Ich bin so froh, dass du zurück bist«, sagte Mama über Rosemarys Schulter.

Rosemary reichte Ms Mable eine letzte Tüte und drehte sich dann zu ihrer Mutter herum.

»Paulette hat es wieder im Rücken und die Krebserkrankung ihres Mannes hat sich verschlechtert. Ich packe ein paar Lebensmittel für sie zusammen. Mable und ich bringen sie ihnen nach Hause. Du kannst hier allein die Stellung halten, nicht wahr?«

»Natürlich, Mama.« Rosemary wäre immer da und würde die Stellung halten. In der *Old Depot Grocery*. Und bald auch zu Hause. Sie seufzte und hatte doch im nächsten Moment ein schlechtes Gewissen. Sie hatte so viel, wofür sie dankbar sein konnte, und sollte so unnütze Gefühle nicht zulassen.

Kapitel 39

Heute

Beim Anblick der grellorangen Plakate, die an die Schaufenster und Türen des Ladens geklebt waren, zog sich Sarahs Magen zusammen. Die leuchtende Farbe war nicht zu übersehen, dabei würde sie so gern die Augen davor verschließen.

Aber sie musste für Oma stark sein. Wenigstens das konnte sie für sie tun. Als sie eintrat, klingelten die Glocken über der Tür.

Oma, die es augenscheinlich viel Kraft kostete, hinter der Kasse zu sitzen, hob den Kopf. Sie bemühte sich um ein Lachen, brachte jedoch nicht mehr als ein dünnes Lächeln zustande.

»Hallo, Oma. Wie kann ich dir helfen?«

Oma schüttelte den Kopf. »Es gibt nicht viel zu tun. Die Leute kommen nur spärlich in den Laden, um sich zu Ausverkaufspreisen einzudecken. Wir haben einen Käufer, der einige Gefriertruhen und Kühlregale übernimmt. Aber er kommt erst nächste Woche. Wir können also hoffentlich vorher noch einige Waren verkaufen.« Sie seufzte. »Liebes, verbring deine Zeit lieber woanders als hier. Vor dir liegt noch dein ganzes Leben. Du hast endlose Möglichkeiten. Und hier endet ein Leben.«

Sarah war nicht sicher, ob »endlose Möglichkeiten« eine treffende Beschreibung für ihre aktuelle Situation war. Aber dieser eine nächste Schritt, für den sie sich entschieden hatte, ging ihr nicht aus dem Kopf.

Sie spielte mit den Spitzen ihres blonden Haars. »Warst du jemals in einen anderen Mann als in Opa Clarence verliebt? Als er starb, warst du immerhin noch ziemlich jung. Gab es je eine Zeit, in der du in Erwägung gezogen hast, wieder zu heiraten?«

Oma legte fragend den Kopf schief, dann trat sie vor und umarmte ihre Enkelin. »Liebes, nur weil du ein Baby bekommst, solltest du nichts überstürzen. Gib deinem Herzen Zeit, zu heilen und Aarons Tod zu verarbeiten. Du bist nicht allein. Deine Eltern und ich stehen dir zur Seite. Falls du schon bereit bist, dich auf eine neue Beziehung einzulassen, kritisiere ich das nicht. Aber lass dich bitte nicht von den Lebensumständen unter Druck setzen. Die Zeiten haben sich geändert, und dafür bin ich sehr dankbar.«

Sarah lachte nervös. Oma hatte ihre Frage völlig missverstanden. »Nein. Nein, ich bin nicht auf der Suche nach einem Mann, Oma. Wenigstens jetzt noch nicht. Aber du hast deinen Mann verloren. Du weißt, wie das ist.« Omas natürliche Schlussfolgerung bot ihr einen unverfänglichen Aufhänger für ihre Fragen. »Ich habe mich nur gefragt, ob du dich je wieder verliebt hast. Oder ob es vielleicht sogar vor Opa jemanden gegeben hat …« Diesen letzten Satz fügte sie leise hinzu und ließ ihn im Raum stehen. Sie wusste nicht, was für eine Art von Beziehung Oma zu Jimmy gehabt hatte oder in welcher Zeit ihres Lebens sie ihn gekannt hatte.

Oma lächelte sanft. »Früher gab es einen jungen Mann. Ich war so sehr in ihn verliebt. Wir hätten geheiratet, aber dann hat ihn mir der Krieg weggenommen.« Während sie das sagte, wanderte ihr Blick durch den Raum, als würden alte Erinnerungen vor ihrem geistigen Auge lebendig werden. »Sein Tod hat mich fast umgebracht. Mit dem Tod ist es schon irgendwie sonderbar. Einerseits sehne ich mich auch nach so langer Zeit manchmal noch nach dem, was hätte sein können. Andererseits würde ich das Leben, das ich geführt habe, nicht gegen alles Gold und Silber der ganzen Welt eintauschen wollen.«

Sarah kaute auf ihrer Lippe. »Wie hieß er?«

Oma lächelte sanft. »Jimmy. Jimmy Woodston. Er war Farmer. Wenigstens wollte er Farmer werden, wenn ihm die Welt dazu eine Chance gegeben hätte. Er war meine erste Liebe.«

Sarahs Herz überschlug sich fast. *Jimmy.* Der Name, der viele Jahre nach dem Ende des Vietnamkriegs als Unterschrift unter einen Brief gekritzelt worden war. Wie wahrscheinlich war es, dass Oma zwei verschiedene Männer mit dem gleichen Namen geliebt hatte? Der Jimmy, der den Brief geschrieben hatte, hatte 1986 noch sehr lebendig und sehr verliebt geklungen. »Du hast ihn noch nie erwähnt.«

Oma hob die Schultern und ließ sie wieder fallen. »Dein Opa wusste von ihm, aber er war so ziemlich der einzige Mensch, der über diesen Teil meines Lebens Bescheid wusste.«

Sarahs Herzschlag beschleunigte sich noch mehr. »Nicht einmal Mama weiß von ihm?«

Bildete sie es sich nur ein oder wurde Omas Gesicht bei dieser Frage ein wenig blasser?

»Nein.« Das Wort war ein leises Flüstern.

Warum glaubte sie, Jimmy wäre tot?

Sarah verkrampfte die Hände so fest zu Fäusten, dass sich ihre Nägel in ihre Handflächen gruben, und konnte sich nur mühsam beherrschen, die ganze Sache nicht auszuplaudern. Sie musste vorsichtig vorgehen. Ein wenig nachforschen und herausfinden, wer genau dieser Jimmy war und wie die Beziehung zwischen Oma und ihm tatsächlich ausgesehen hatte.

Sarah wickelte eine Haarsträhne um ihren Finger. »Würdest du sagen, dass du … ähm … ihn … immer noch liebst?«

Oma blinzelte. »Jimmy?«

Sarah nickte.

Omas Gesicht wurde weicher. »Ich war mit zwei Männern gesegnet, die ich liebte und die beide mein Leben bereichert haben. Ich bin für den Menschen, der Jimmy war, dankbar. Ich bin traurig, dass dieser hässliche Krieg eine so gute Seele geraubt hat. Man könnte also vielleicht sagen, dass ich den Menschen, der er war, immer noch liebe.«

»Was würdest du ihm sagen, wenn du noch einmal mit ihm sprechen könntest?« Sarahs Puls hämmerte in ihren Ohren.

Oma öffnete den Mund und klappte ihn dann wieder zu. Tränen traten in ihre Augen. Sie schüttelte den Kopf und rieb mit den Händen über ihr Gesicht. »Es tut mir leid, ich …«

Die Glocken über der Tür läuteten und eine Mutter mit drei Kindern betrat den Laden.

Oma atmete tief ein. »Ich beschäftige Elsies Kinder, damit sie in Ruhe einkaufen kann.« Mit einem lauten Schniefen wandte sie Sarah den Rücken zu.

Doch dann drehte sie noch einmal den Kopf und schaute sie durchdringend an. »Du musst das Gute, das Aaron in dein Leben gebracht hat, nicht vergessen, um dir eine Zukunft ohne ihn aufzubauen. Er wird immer ein Teil von dir sein.« Sie kehrte zu Sarah zurück und legte sanft eine Hand auf ihren Bauch. »Besonders jetzt.«

Ja, besonders jetzt wollte Sarah sie alle von den Geheimnissen, die sie gefangen hielten, befreien.

Nachdem Sarah in ihr Auto gestiegen und weggefahren war, holte Glory Ann Elsies drei Kinder zu sich neben die Kasse und zeigte ihnen, wie man mit Murmeln spielt. Elsie hatte sichtlich durchgeatmet, als Glory Ann angeboten hatte, ihre Kinder zu übernehmen. Sie erinnerte sich noch ganz genau, wie herrlich es war, wenn man einer einfachen Aufgabe seine ganze Aufmerksamkeit schenken konnte.

Elsies mittleres Kind, ein kleiner Junge namens Dover, kauerte vor den Murmeln und war so konzentriert, dass er die Zunge seitlich aus dem Mund schob.

Glory Ann sog jedes Detail auf, angefangen bei den Farben der Kleidung, die die Kinder trugen, über den Klang ihres Lachens bis zum leichten Kieferngeruch des Putzmittels, mit dem sie jeden Abend die Fußböden putzte. Alles, um sich von den Worten abzulenken, die ihr bei Sarahs letzter Frage beinahe herausgerutscht wären.

»Was würdest du ihm sagen, wenn du noch einmal mit ihm sprechen könntest?«

Ich würde ihm sagen, dass er eine Tochter hat.

Diese Worte hatte sie in den hintersten Winkel ihres Herzens weggesperrt, aber als sie mit Sarah über Jimmy gesprochen hatte, wäre ihr beinahe die Wahrheit herausgerutscht. Es tat ihrem Herzen gut, seinen Namen laut auszusprechen. Außer mit Clarence hatte sie nie mit irgendeinem Menschen über Jimmy gesprochen. Und Clarence lebte seit fast vierzig Jahren nicht mehr. Wenn Rosemary herausfände, dass sie ihr das die ganzen Jahre verschwiegen hatte – dass Clarence nicht ihr leiblicher Vater war –, würde sie ihr das nie vergeben. Welchen Sinn hätte es, ihrer Tochter diesen Schmerz zuzufügen? Jimmy war tot.

Elsies ältestes Kind, ein dünnes neunjähriges Mädchen, sprang jubelnd auf. Offenbar hatte sie das Spiel gewonnen. Dover schob schmollend die Unterlippe vor. Der Jüngste, ein Kleinkind, beobachtete das ganze Geschehen mit einem Daumen im Mund und einer Murmel in der anderen Hand.

Glory Ann tätschelte Dovers Schulter. »Es macht nichts, wenn man nicht gewinnt. Im Leben geht es nicht darum zu gewinnen oder zu verlieren. Es geht darum, dass wir uns anstrengen und lernen, das Spiel immer besser zu beherrschen. Also schmoll nicht, sondern fordere deine Schwester zu einer Revanche auf.«

Seine Schwester nickte lächelnd und legte die Murmeln hin. »Komm, Dover. Spielen wir noch eine Runde.«

Glory Ann trat wieder an die Kasse, während die Kinder weiterspielten.

Rosemary rauschte in den Laden. »Hallo, Mama.«

»Hast du Sarah schon die Wahrheit über deine gesundheitliche Situation gesagt?« Die Worte sprudelten unüberlegt aus ihr heraus. Die Muskeln zwischen ihren Schulterblättern spannten sich an. *Sie* musste gerade von Wahrheit reden!

Sie würde nie den Tag vergessen, an dem Sarah mit einem kleinen Reim, den sie in der Schule gelernt hatte, in den Laden getanzt war. *Geheimnisse sind nicht weiß wie Schnee. Sie können verletzen und tun weh.* Wie viele Menschen waren durch das Geheimnis, das Glory Ann auf den Druck ihrer Mutter hin für sich behalten hatte, verletzt worden? Was wäre, wenn sie mit dieser Geheimniskrämerei endlich aufhörte? Würde wirklich alles zerbrechen?

Rosemary trat näher und flüsterte zischend: »Ich habe es dir doch erklärt. Ich erzähle ihr erst von meiner Diagnose, wenn sie ihr Leben geordnet hat. Wenn sie bei uns ausgezogen ist und wieder ihr eigenes Leben führt.«

»Ist dir je der Gedanke gekommen, dass Gott diese Veränderung in Sarahs Leben vielleicht benutzt, um dich zu segnen?«

Rosemary schnaubte. »Du willst damit aber hoffentlich nicht sagen, dass Gott Sarah zur Witwe gemacht hat, damit sie meine Babysitterin spielen kann?«

Glory Ann verzog das Gesicht und schüttelte den Kopf. »Ich will damit nur sagen, dass Sarah nach Aarons Tod alles Mögliche hätte tun können, aber sie hat sich entschieden, wieder nach Hause zu kommen. Statt sie wegzuschieben, solltest du für den Segen dankbar sein, deine Tochter in deiner Nähe zu haben, und dich freuen, dass sie hier sein *will.*«

Rosemary biss die Zähne zusammen und ihr Mund bewegte sich, als suche sie nach den richtigen Worten, könne sie aber nicht finden.

Elsie kam ans Kassenband und die Worte zwischen Glory Ann und Rosemary mussten unausgesprochen bleiben. Wie zwei Bogenschützen, die ihre Pfeile abgeschossen hatten, aber die Pfeile blieben auf übernatürliche Weise in der Luft hängen, während sich die anvisierten Ziele auf den Einschlag einstellten.

Glory Ann setzte ein Lächeln auf und half Elsie, mit den Kindern und ihren Einkäufen zu ihrem Auto zu gehen.

Als alle Einkäufe verstaut und die Kinder angeschnallt waren, lächelte Elsie sanft und legte Glory Ann eine Hand auf die Schulter. »Ich werde diesen Laden vermissen, Glory Ann. Ich werde nie vergessen, wie du mir meine Lebensmittel brachtest, als alle Kinder mit Grippe im Bett lagen. Eine solche Liebe und Hilfsbereitschaft findet man nicht überall.«

Dann umarmte sie Glory Ann. »Ohne die *Old Depot Grocery* wird Brighton nicht mehr so sein wie früher.« Mit einem Schniefen stieg sie in ihr Auto und fuhr davon.

Obwohl ihr Elsies Worte guttaten, dachte Glory Ann unwillkürlich: *Wenn es tatsächlich so wäre, würden jetzt nicht diese schrillen Ausverkaufsschilder in den Schaufenstern hängen.*

Schweren Schrittes kehrte sie in den Laden zurück.

Rosemary ging aufgewühlt auf und ab. Der Laden war leer. Es bestand also kein Grund mehr zu flüstern. Ihre Tochter ging frontal auf sie los. »Ich weigere mich, so egoistisch zu sein. Es wäre einfach nicht fair, Sarah hier an diese Kleinstadt zu ketten. Vielleicht hält sie es im Moment für eine großartige Idee, wieder nach Hause zu ziehen, wo sie sich sicher fühlt. Aber früher oder später wird Brighton seinen Glanz verlieren.«

Glory Anns Brauen schossen nach oben. »Falls sie eines Tages feststellt, dass sie dieses Leben doch nicht will, kann sie jederzeit gehen. Was sollte sie daran hindern?«

Rosemary warf die Arme in die Luft. »Das Leben. Verpflichtungen. Mit meiner Gesundheit wird es bergab gehen, nicht bergauf. Sie wird so damit beschäftigt sein, mir zu helfen, dass sie alles andere aus den Augen verliert. Das Leben in dieser Kleinstadt wird sich wie eine Schlinge um sie legen. Tief in ihrem Inneren wird sie den Wunsch haben, von hier wegzugehen, aber gleichzeitig spüren, dass sie nicht weggehen kann.«

Glory Anns Herz zog sich schmerzhaft zusammen. Sie atmete langsam ein und weigerte sich, den Schlag, den ihr Rosemarys Worte versetzten, zuzulassen. »Es tut mir leid, dass ich so blind war und nicht gesehen habe, wie elend du dich hier fühlst. Wenn der alte Laden weg ist, kannst du wenigstens aufhören, ihn als Vorwand zu benutzen.« Sie schob sich an ihrer Tochter vorbei, bevor sie die Gefühle, die sie überrollten, in eine erdrückende Tiefe ziehen würden, aus der sie sich nicht mehr befreien konnte. Vielleicht machte die Wahrheit doch nicht frei. Vielleicht fügte sie nur Schmerzen zu.

Kapitel 40

Heute

Sarah saß am Tisch in der Ecke, dem einzigen Platz im *Diner*, an dem sie einen vernünftigen Empfang hatte. Leute kamen und gingen. Essen brutzelte auf dem Grill. Das alles nahm Sarah kaum wahr, da sie so mit ihrer Internetsuche nach Jimmy Woodston beschäftigt war.

Oma sagte, er wäre in Vietnam gefallen. War er vermisst und als tot erklärt worden? Aber das erklärte nicht, warum er nie zu Oma zurückgekommen war. Es klang nicht so, als wären sie nach seiner Rückkehr in die Staaten im Streit auseinandergegangen. Sie hatte eher den Eindruck, Oma wusste gar nicht, dass er zurückgekommen war.

Welches Motiv konnte Mama gehabt haben, Oma diesen Brief vorzuenthalten? Sie sollte Mama einfach fragen, was sie über Jimmy wusste, auch wenn sie dann ihren Ärger, weil Sarah ihre persönlichen Sachen durchwühlt hatte, über sich ergehen lassen müsste.

Sie kaute auf ihrer Unterlippe und hielt den Daumen über dem Anrufsymbol ihres Handys.

Als eine männliche Gestalt auf die Sitzbank ihr gegenüber rutschte, zuckte sie zusammen. Sie versuchte, das Lächeln zu ignorieren, das Clays überraschendes Auftauchen ganz von selbst auf ihre Lippen zauberte.

»Hallo, Fremde.« Clay zog eine laminierte Speisekarte aus der Serviettenhalterung. »Stört es dich, wenn ich mich zu dir setze?«

Sarah lächelte leicht. »Natürlich nicht.«

»Wie läuft es in eurem Laden? Ich habe beim Vorbeifahren die Plakate gesehen.«

Sarah hob die Schultern und ließ sie wieder fallen. »Oma versucht, stark zu sein, aber ich sehe, wie sie mit den Tränen ringt, wenn sie sich unbeobachtet fühlt.«

Clay überflog die Speisekarte. »Weißt du schon, wie dein Leben ohne den Laden weitergehen soll?«

Sie trommelte mit den Fingern auf den Tisch. »Ich denke über einige Ideen nach, aber keine fühlt sich richtig an. Ich fühle mich immer noch so stark mit dem Laden verbunden, aber ich weiß nicht … Ich habe studiert und einen Abschluss in Betriebswirtschaft, ich habe in vielen Gremien für Krankenhäuser und gemeinnützige Organisationen gesessen, und trotzdem weiß ich irgendwie immer noch nicht, worin ich wirklich gut bin.«

Sie blickte nach links und rechts, um sich zu vergewissern, dass niemand in Hörweite war.

»Ehrlich gesagt arbeite ich gerade an etwas, das Oma hoffentlich von der Schließung der *Old Depot Grocery* ablenken kann.«

»Ein neues Projekt, um ihr zu zeigen, dass es neben dem Laden noch andere Möglichkeiten gibt, den Menschen in dieser Stadt zu dienen?«

Sarahs Gesicht begann zu glühen. »Nicht unbedingt.« Sie lachte leise. »Aber deine Idee klingt besser als meine.«

Er grinste. »Wie sieht deine Idee aus?«

»Ähm. Du erinnerst dich an diesen Brief, den ich dir gezeigt habe? Ich habe recherchiert und Oma Fragen gestellt. Dabei habe ich herausgefunden, dass sie denkt, Jimmy wäre in Vietnam gefallen. Aber dieser Brief ist aus dem Jahr 1986.«

»Das verstehe ich nicht.« Clay lehnte sich nachdenklich zurück.

»Wenn du gesehen hättest, wie sie über diesen Mann gesprochen hat … Ihr standen Tränen in den Augen, obwohl seitdem fast sechzig Jahre vergangen sind.«

Clay sog zischend Luft durch seine Zähne. »Warum sollte deine Mutter Glory Ann diese Information vorenthalten?«

»Das weiß ich nicht. Es ist verrückt, diese Büchse der Pandora zu öffnen. Ich weiß nicht einmal, ob dieser Jimmy überhaupt noch lebt oder ob er der Typ Mann ist, den sie in ihrem Leben braucht. Aber wenn sie nach dieser langen Zeit sagt, dass sie irgendwie immer noch um ihn trauert, sollte ich dann nicht ein bisschen nachforschen?«

»Hast du schon etwas herausgefunden?«

»In den sozialen Medien gibt es ihn nicht. Jetzt versuche ich, einige allgemeine Internetsuchen zu starten. Vielleicht taucht ja dabei etwas auf. Bis jetzt habe ich allerdings noch kein Glück.« Sarah scrollte wieder durch ihre Ergebnisse. Ihr Herz stockte. »Hier steht eine Todesanzeige aus dem letzten Jahr.«

Sie klickte den Link an und las mit zittrigen Knien die Anzeige. Doch dann atmete sie tief aus. »Das ist er nicht. Dieser Mann hier war erst Mitte dreißig.«

Clay legte die Ellbogen auf den Tisch und drehte sich so, dass er auf ihr Display blicken konnte. »Was weißt du über ihn?«

»Er hat in Vietnam gekämpft. Oma sagte, dass er nur sehr kurz dort war, als sie die Nachricht bekamen, dass er im Kampf gefallen sei. Sie hat gesagt, dass er Farmer werden wollte, dass er davon geträumt hatte, zurückzukommen und auf der Farm seines Großvaters zu arbeiten. Aber ich habe die Daten aus Omas Heimatstadt überprüft. Dort gibt es niemanden mit dem Namen Woodston, der Land besitzt. Es scheint dort eine Farm gegeben zu haben, aber sie wurde Ende der Sechzigerjahre verkauft und in Baugrundstücke aufgegliedert.«

Sie fuhr sich mit der Hand übers Gesicht. »Ich habe sogar Geschichten über Soldaten nachgelesen, die für tot gehalten worden waren und Jahre später lebend zurückkamen. Aber von Jimmy habe ich keine Spur gefunden.«

»Hast du in den Armeelisten schon nach seinem Namen gesucht?«

»Noch nicht. Ich war nicht sicher, wo ich anfangen sollte.«

Clay hielt ihr die Hand hin. »Darf ich?«

Sarah überließ ihm ihr Telefon. Er öffnete eine Suchseite für amerikanische Soldaten, die in Vietnam gefallen waren. Er gab die wenigen Informationen, die sie über Jimmy hatten, ein, aber sein Name tauchte nicht auf. Sie versuchten es mit verschiedenen Varianten seines Vornamens, James und Jim. Sein Name erschien trotzdem nicht.

Sarah deutete auf einen anderen Link. »Vermisste im Vietnamkrieg, die lebend heimkehrten.«

Clay gab Jimmys Namen ein.

Eine kurze Liste tauchte auf dem Display auf. Ganz unten stand der Name James McCoy Woodston.

Sarah und Clay wechselten vielsagende Blicke.

Sarah lehnte sich zurück und schüttelte den Kopf. »Er lebt tatsächlich. Wenigstens hat er den Krieg überlebt.«

Sie setzten ihre Suche fort und beugten sich über ihr Telefon, bis der Akku leer wurde. Sie holte ihr Ladekabel heraus und steckte es in die Steckdose unter dem Tisch. »Ich sollte ein großzügiges Trinkgeld geben, da wir diesen Tisch schon den ganzen Nachmittag belegen und ich nur eine Portion Pommes bestellt habe«, sagte sie mit einem Blick auf den Koch, der am Grill die Pattys für die Hamburger umdrehte und sie und Clay beobachtete.

»Dann bestelle ich uns jetzt etwas zu essen.« Clay stand auf. »Was möchtest du auf deinem Burger?«

Sarahs Kopf fuhr hoch. »Oh nein. Das kann ich nicht annehmen. Außerdem habe ich dich ohnehin schon zu sehr beschlagnahmt.«

»Zu spät. Jetzt wirst du mich nicht mehr los. Ich muss diesen geheimnisvollen Mann kennenlernen, der vor vielen Jahren Glory Anns Herz erobert hat.« Clay lehnte sich mit der Hüfte an den Tisch und legte wie ein lässiger Cowboy ein Bein über das andere. Jetzt fehlte nur noch sein hässlicher Hut.

Ihr Magen knurrte. Sie hatte viel zu lange nichts mehr gegessen. »Käse, Senf und extra Essiggurken. Keine Zwiebeln. Aber nur wenn es dir wirklich nichts ausmacht.«

Er nickte und ging zur Theke, um die Bestellung aufzugeben. Erst als er zurückkehrte, wurde ihr bewusst, was es bedeuten konnte, dass sie ihm erlaubte, ihr Essen zu bezahlen. Das war ein Fehler. Sie hatten während der langen Autofahrt nach Chicago sehr viel Zeit miteinander verbracht. Sie hatte ihm viel mehr über ihr Leben und den Schmerz in der Vergangenheit verraten, als sie beabsichtigt hatte. Verwischte sie jetzt die Grenzen der Freundschaft noch mehr und war das weise?

Sie kramte in ihrer Handtasche, um ihm das Geld für ihr Essen zu geben, aber sie konnte nur vier verknitterte Eindollarscheine zusammenkratzen. Wenn sie länger in dieser Kleinstadt wohnen wollte, sollte sie sich lieber wieder daran gewöhnen, Bargeld einzustecken. Clay hatte vermutlich in seinem ganzen Leben noch nie eine Bezahl-App auf seinem Handy benutzt.

Als er saß, hielt sie ihm die verknitterten Geldscheine hin. »Entschuldige, aber ich habe gerade erst gemerkt, dass ich nicht mehr Bargeld bei mir habe.«

Er winkte kopfschüttelnd ab. »Steck das wieder ein. Das Essen geht auf mich.«

Mist. Das war ihr so peinlich, aber sie musste etwas sagen. »Clay, ich will offen zu dir sein. Ich bin nicht auf der Suche nach einer Beziehung. Ich fühle mich nicht wohl dabei, wenn du mein Essen bezahlst. Ich … will dir einfach keinen falschen Eindruck vermitteln.«

Clay nickte kurz. »Freunde können einander zum Essen einladen.«

Sie senkte den Kopf und konzentrierte sich wieder auf ihre Internetsuche, während sie auf ihr Essen warteten.

Einige Minuten später kam ein Kellner mit einem Tablett, das mit zwei Burgern, zwei großen Portionen Pommes und zwei Milchshakes beladen war.

Bei dem Anblick lief ihr das Wasser im Mund zusammen. Sie hatte mehr Hunger, als ihr bewusst gewesen war. »Ich liebe dich.«

Der Blick des Kellners schoss zwischen ihr und Clay hin und her und machte ihr bewusst, was sie soeben gesagt hatte.

Clay lachte nur. »Meinst du mich oder das Essen?«

Mit glühenden Wangen sagte sie: »Natürlich das Essen. Obwohl bei mir Liebe eindeutig durch den Magen geht.«

Er nickte mit einem schelmischen Lächeln. »Das merke ich mir.«

Sie schob sich Pommes in den Mund und biss von dem riesigen Burger ab, um zu beweisen, dass sie nur Augen für das Essen hatte.

Der unangenehme Moment verging – wenigstens war er für Sarah unangenehm. Clay schien nicht im Geringsten aus der Fassung geraten zu sein.

Er folgte auf seinem eigenen Handy Hinweisen, suchte während des Essens weiter und blickte nur hin und wieder auf. In seiner Miene lag etwas Sanftes, das sonderbare Dinge in ihrem gebrochenen Herzen anstellte. Aber es war zu sehr verwundet, um für eine solche Akrobatik bereit zu sein. Wenigstens im Moment noch nicht.

Clay erstarrte. »Ich glaube, ich habe Glory Anns Jimmy gefunden.«

Sarah legte ihren Burger auf den Teller und tastete schnell nach einer Serviette, um den Senf abzuwischen, der auf ihre Finger getropft war. Sie nahm das Handy, das ihr Clay hinhielt.

Er stützte die Ellbogen auf den Tisch, während sie den Artikel überflog. »Dieser Artikel handelt von einem James Woodston, der in Memphis, Tennessee, lebt«, sagte er. »Dieser Mann hat eine Organisation gegründet, die Menschen hilft, Gemeinschaftsgärten anzulegen. Er betrachtet es als seine Mission, Lebensmittelwüsten mit wenig Zugang zu frischem Obst und Gemüse zu beseitigen und den Gartenbau in Städten zu fördern.«

Sarah betrachtete das Foto des Mannes, der in dem Artikel beschrieben wurde. Er war groß und schlank und hatte dichtes, gewelltes, weißes Haar. Seine Augen waren auffallend blau.

»Er ist so etwas Ähnliches wie ein Farmer. Das passt also. Was soll ich jetzt machen? Soll ich ihn anrufen und fragen, ob er es tatsächlich ist?«

Clay zuckte die Schultern. »Führt man ein solches Gespräch am Telefon? ›Hi, meine Großmutter war früher mit Ihnen zusammen, aber sie denkt, Sie wären tot. Warum haben Sie sie in dem Glauben gelassen, Sie würden nicht mehr leben?‹«

Sarah verschluckte sich an ihrem Milchshake. »Du hast recht. Ich habe keine Ahnung, wie ich ein solches Gespräch beginnen sollte. Weder mit ihm noch mit meiner Mutter wegen des versteckten Briefes.«

Clay fuhr sich mit der Hand übers Gesicht. »Möchtest du ihn persönlich treffen? Ich kann dich fahren.«

Sarah öffnete den Mund und klappte ihn dann wieder zu. »Das ist verrückt … oder?«

»Vielleicht. Aber stell dir einmal vor, dies alles war nur ein verrücktes Missverständnis und du könntest deine Großmutter wieder mit ihrer ersten Liebe zusammenbringen.«

Kapitel 41

Oktober 1997

Glory Ann lächelte, als Sarah durch die offene Tür hüpfte, die Kevin dem Mädchen aufhielt. Er war einer der älteren Schüler, die sie eingestellt hatte, um die Einkäufe ihrer Kunden einzupacken. Kevin verbeugte sich leicht, als wäre die kleine Sarah die Prinzessin der *Old Depot Grocery*.

Rosemary folgte dem Mädchen. Ihre Schultern hingen ein wenig nach unten. Sie hatte es nicht leicht, seit Bo als Fernfahrer so viel fort war, auch wenn sie das natürlich nicht zugeben würde. »Hatte Sarah einen guten Tag in der Schule?«

Rosemarys Lächeln wirkte gezwungen. »Ja. Sie hat auf dem ganzen Weg ununterbrochen von ihrer neuen Lehrerin erzählt.«

»Sie ist Carsons Tochter, nicht wahr? Ich weiß, dass er und Lydia sich über ihre Entscheidung, nach dem Studium nach Brighton zurückzukommen, freuen.«

»M-hm.« Rosemarys Blick wanderte hinter sie, wo Sarah mit einer Kundin plauderte. Sie unterstrich die Geschichte, die sie erzählte, mit wild gestikulierenden Händen.

»Rosemary?«

»Was?« Sie blinzelte, als hätten Glory Anns Worte sie aus einer anderen Welt zurückgeholt.

»Liebes, warum nimmst du dir nicht den restlichen Tag frei? Lass Sarah hier. Sie kann mir im Laden helfen. Da heute die Schüler kommen, habe ich genug Unterstützung.«

»Aber die Buchhaltung …«

»Kann warten.«

»Sarah ist heute noch zu einer Geburtstagsfeier eingeladen.«

»Ein Grund mehr, dir ein paar Minuten freizunehmen und Luft

zu holen, bevor du von einer Schar kichernder achtjähriger Mädchen umringt bist. Fahr in den Park und geh eine Runde spazieren. Oder noch besser: Fahr nach Hause und schlaf ein wenig.«

»Ich weiß nicht recht …« Rosemary schob unschlüssig die Unterlippe zwischen ihre Zähne.

»Aber ich weiß es! Jetzt fahr nach Hause. Deine Mutter hat hier alles im Griff.« Wenn Rosemary doch nur verstehen würde, dass man sich auch einmal ausruhen durfte! Das war einer der Vorteile, dass sie in derselben Stadt wohnten: Sie konnten einander beim Tragen ihrer Lasten helfen. Aber Rosemary bestand immer darauf, die Lasten von ihnen beiden zu tragen.

Als Rosemary weggefahren war, huschte Glory Ann ins Büro und holte das bunt eingewickelte Päckchen, das sie am Morgen dort verstaut hatte. Sie streckte den Kopf um die Ecke und schaute zu, wie ihre Enkelin mit dem älteren Mädchen, das an der Kasse arbeitete, plauderte und versuchte, die Haltung und das Verhalten des Teenagers nachzuahmen.

»Sa-rah«, flötete Glory Ann den Namen ihrer Enkelin.

Sarah drehte sich mit einem breiten Grinsen und funkelnden Augen um. »Ja, Glory-Oma?«

»Ich habe eine Überraschung für dich.«

Sarah lief zu ihr.

Glory Ann reichte ihr das Päckchen.

»Aber Oma, ich habe doch gar nicht Geburtstag!«

»Ach, das ist nur eine Kleinigkeit. Du bist hier eine so große Hilfe, dass ich dir ein kleines Geschenk geben wollte.«

Sarah nahm das Päckchen mit einem breiten Lächeln, das ihre Zahnlücke zeigte, entgegen. Dann zog sie vorsichtig das Papier auseinander und stieß einen leisen Freudenschrei aus, als sie den grünen Stoff, auf den ihr Name gestickt war, entdeckte. »Meine eigene Ladenschürze?«

»Ja. Du hilfst hier so viel, dass du endlich auch wie ein offizielles Teammitglied aussehen sollst.« Glory Ann hatte Sarah beobachtet, als sie am letzten Auffülltag eine Schürze in Erwachsenengröße übergezogen hatte und über den viel zu langen Saum gestolpert war.

Mit einem begeisterten Strahlen zog Sarah die Schürze über ihren Kopf und band sie vor ihrem Bauch zu. Als die Schürze saß, warf sie die Arme um Glory Ann und drückte sie fest. »Danke, danke, danke!«

»Gerne, Liebes. Aber jetzt müssen wir wieder an die Arbeit gehen. Ich brauche Hilfe beim Auffüllen einiger Waren, die knapp geworden sind. Kannst du mir dabei helfen?«

Sarah salutierte grinsend. »Zu Ihren Diensten, Chefin.«

Glory Ann schüttelte grinsend den Kopf, während sie mit ihrer Enkelin in den hinteren Teil des Ladens marschierte. Es war so süß, zusammen mit Sarah im Familiengeschäft zu arbeiten. Sarah war wirklich gerne hier. Sie wünschte nur, Clarence könnte seine Enkelin so sehen. Es war ganz ähnlich wie damals, als ihre eigenen Mädchen hier im Laden groß geworden waren. Sarah hüpfte genauso wie die beiden früher durch die Gänge oder spielte mit den Kindern, die ihre Mütter zum Einkaufen begleiteten, Verstecken.

Rosemary zerbrach sich ständig den Kopf, weil Sarah so viel Zeit hier verbrachte. Doch das Leben in der *Old Depot Grocery* hatte Rosemary und Jessamine eine gute Kindheit beschert. Sie waren beide zu starken, vielseitig begabten, jungen Frauen herangewachsen. Mit ihren acht Jahren plauderte Sarah bereits ungezwungen mit den Kunden, egal ob alt oder jung. Und sie lernte das eine oder andere über Arbeitsmoral. Clarence wäre stolz auf sie.

Glory Ann las eine Liste mit Waren vor, die in den Regalen aufgefüllt werden mussten. Sarah steuerte geradewegs auf den schwersten Gegenstand zu, einen Karton mit grünen Bohnen in Konservendosen. Sie stand mit dem Karton da und schwankte unter dem schweren Gewicht. Glory Ann eilte zu ihr, um ihr die Last abzunehmen.

»Das nehme ich. Nimm du doch bitte den Karton mit den Kartoffelchips. Er ist riesig.« Aber viel leichter als diese Dosen.

»Ich will die Dosen einräumen.«

»Das kannst du gerne machen. Ich trage sie zu dem Regal und du kannst sie einräumen. Und danach auch die Kidneybohnen.«

Rosemary eilte durch die Eingangstür des Ladens. Ihr spontaner Friseurbesuch hatte ein wenig länger gedauert als geplant und ihr war kaum Zeit geblieben, um ein Geschenk für den Kindergeburtstag zu kaufen. Wenn sich Sarah nicht beeilte, käme sie zu spät zu der Party.

An der Kasse stand eine lange Schlange und die Gänge waren voll. Kinder klammerten sich an die Beine ihrer Mütter, während diese neben vollen Einkaufswagen standen und mit Nachbarinnen plauderten.

Katie und Kevin, die sie erst seit Kurzem beschäftigten, schienen dem Druck gut gewachsen zu sein. Die zwei Schüler hatten sich selbst den Namen K-Team gegeben. Witzig. Mama träumte wahrscheinlich von einer neuen Liebesgeschichte, die in der *Old Depot Grocery* ihren Anfang nahm. Sie versuchte ständig, irgendwelche Leute zu verkuppeln. Dabei sollte sie sich lieber um ihre eigenen Angelegenheiten kümmern und sich aus dem Liebesleben anderer Leute heraushalten. Oder vielleicht sogar selbst eines haben.

Bei diesem Gedanken erstarrte Rosemary. Vielleicht sollte Mama doch lieber keine Beziehung eingehen, wenn sie nicht treu sein konnte.

»Hey, Katie? Hast du Sarah gesehen?«

Katie blickte von der Kasse auf, an der sie gerade einen großen Einkauf eingab. »Ich glaube, sie sind in Gang vier und füllen die Konservendosen auf.«

Rosemary bahnte sich einen Weg durch den vollen Laden und eilte zu dem Gang mit den Konservendosen. Sarah saß auf dem Boden und ihre Mutter war neben dem Mädchen in die Hocke gegangen. Beide hatten die Köpfe zusammengesteckt und waren in ein ernstes Gespräch vertieft. Eine tiefe Freude machte die Gesichtszüge ihrer Mutter weicher. Die Schuldgefühle, weil Rosemary ihre Tochter bei ihrer Mutter gelassen hatte, legten sich ein wenig.

»Sarah, wir müssen los. In ein paar Minuten beginnt die Party.«

Sarah hob den Kopf und sprang dann auf. »Mama, Mama, schau, was mir Oma gemacht hat!« Sie tanzte im Kreis und führte ihr eine Ladenschürze in Kindergröße vor.

Rosemarys Brust zog sich zusammen. Eigentlich sollte sie es süß finden, dass ihre Tochter diese verkleinerte Version der Ladenkleidung trug. Doch sie konnte nur mühsam dem Drang widerstehen, ihrer Tochter dieses Ding vom Leib zu reißen. »Wie schön. Komm jetzt, wir müssen fahren.«

»Ich will hier bei Oma bleiben.« Sarah stemmte ihre kleinen Hände in die Hüften. Ihre Augen funkelten trotzig, ganz ähnlich wie die ihrer Großmutter.

»Wir haben Hannah zugesagt, dass du zu ihrer Feier kommst. Es wäre unhöflich, jetzt wegzubleiben.«

»Aber hier bei Oma ist es schöner. Im Laden ist es viel besser als bei einer albernen Mädchenparty.«

Rosemarys Augen weiteten sich, als ihre Tochter diese Worte mit einem vehementen Aufstapfen unterstrich.

»Sarah Lynne Anderson, nimm diese Schürze ab und komm sofort mit zur Tür. Ich will kein Wort mehr hören. Du wirst nicht in diesem Lebensmittelladen versauern. Das lasse ich nicht zu.«

Bei Rosemarys Worten richtete sich ihre Mutter auf. Die Sanftheit, die ihre Gesichtszüge weich gemacht hatten, verflog. Sie legte die Hände auf Sarahs Schultern. »Komm, Liebes. Ich hänge deine Schürze bis zum nächsten Mal auf.« Dann warf sie einen harten Blick in Rosemarys Richtung und stapfte wortlos an ihr vorbei. Aus ihren Augen sprach kein Ärger. Ihre Miene spiegelte Sarahs kleines Gesicht wider.

Rosemary warf die Schultern zurück. »Komm jetzt, kleines

Fräulein. Du hast mich gehört. Jetzt beeil dich!« Sie deutete zur Tür. Mit einer Mischung aus Eigensinn und widerstrebendem Gehorsam marschierte Sarah mit steifen Schultern an ihr vorbei. Rosemary hatte das untrügliche Gefühl, ihre Tochter irgendwie zu enttäuschen, egal ob sie ihr erlaubte hierzubleiben oder ob sie Sarah zwang, zu der Party zu gehen.

Kapitel 42

Heute

Drei Tage später stieg Sarah mit zwei dampfenden Waffeln, die vom Frühstück übrig geblieben waren, in Clays Pick-up.

»Hast du deine Mutter nach Jimmy gefragt?«, erkundigte er sich, als sie die Tür hinter sich schloss.

Sarah schüttelte den Kopf. »Das konnte ich irgendwie nicht. Ich will sie damit erst konfrontieren, wenn ich mit ihm gesprochen habe. Ich will mich vorher vergewissern, dass er der Mann ist, den wir suchen. Ich muss herausfinden, ob er weiß, warum Oma glaubt, er wäre in Vietnam gefallen. Ich will mir diesen Mann erst einmal ansehen, bevor ich Mama und Oma in die Sache hineinziehe. Sie haben im Moment genug um die Ohren.«

Er nickte und legte den Kopf zur Seite. »Das klingt vernünftig. Weiß sie, wohin du heute fährst?«

Sie lächelte trocken. »Ich habe ihr eine vage Antwort gegeben, dass ich einige Fragen klären muss. Vermutlich geht sie davon aus, dass es mit meinem Leben in Chicago zu tun hätte, und ich habe sie nicht korrigiert.«

Er lachte. »Ich glaube, ich kann dir sagen, worin du gut bist.«

Sarah schaute ihn mit schief gelegtem Kopf an. »Worin?«

»Darin, in lange gehüteten Familiengeheimnissen herumzuschnüffeln und alles durcheinanderzubringen.«

Sie schlug ihn gegen die Schulter. »Sei still.«

Während der Fahrt wurden längere schweigende Phasen immer wieder von spontanen Gesprächen über die verschiedensten Themen abgelöst. Das war seltsamerweise nicht so unangenehm, wie es vielleicht zu erwarten gewesen wäre. Bei Clay fühlte sie sich nicht unter Druck, die Stille zu füllen. Vielleicht weil sie beide nicht versuchten, etwas anderes zu sein als einfach zwei Menschen, die ein jahrzehntealtes Geheimnis lüften wollten.

Bei Aaron hatte sie die Last, alles für ihre Beziehung tun zu müssen, wie einen schweren Rucksack auf ihren Schultern getragen und immer das Gefühl gehabt, das Gespräch nicht abreißen lassen zu dürfen.

Sie verdrängte diesen unerwarteten Vergleich zwischen Clay und Aaron schnell wieder. Aaron war ihr Mann gewesen. Clay war ein freundlicher Nachbar, dem Oma am Herzen lag. Natürlich war es bei ihm anders. Hier gab es keine Erwartungen.

Plötzlich musste sie an die Bemerkung ihrer Mutter denken, als Clay heute vor dem Haus vorgefahren war, und ihr Gesicht begann zu glühen.

»Ihr zwei verbringt viel Zeit zusammen.«

»Wie meinst du das?«

»Wir leben in einer Kleinstadt, Sarah. Die Leute sehen euch. Im Restaurant. Im Park. Die langen Autofahrten.«

»Das geht niemanden etwas an.«

Ihre Mutter zuckte die Schultern. »Wenn du mich fragst, halte ich Clay für einen netten jungen Mann. Aber findest du nicht, dass es ein wenig früh ist?«

Sie war eilig aus dem Haus geflohen, um dem Rest der Befragung zu entkommen. Es war nicht zu früh, da ihre Beziehung zu Clay rein platonisch war. Mama wollte nur sicherstellen, dass sie sich nicht an einen Jungen vom Land band, der keine ehrgeizigen Pläne hatte.

Wie damals in Sarahs Schulzeit, als sie ihr verboten hatte, mit Tyler Andrews auszugehen. Sarah hatte sich lange eingebildet, zwischen ihren Familien gebe es irgendeine heimliche Fehde, aber dann hatte sich herausgestellt, dass Mama einfach der Meinung war, dass er für sie nicht gut genug wäre. Sarah hatte Tyler erst letzte Woche mit seiner Frau und seinen Zwillingstöchtern im Park gesehen. Anscheinend war es gerade seine Mittagspause gewesen, denn er hatte seine Mädchen in einem ölverschmierten Arbeitsoverall auf der Schaukel angeschoben.

Niemand aus der Familie hatte Designerkleidung getragen, im Gegenteil: Die Kleidung der Kinder hatte abgetragen ausgesehen und nicht richtig zusammengepasst, aber Sarah war nicht entgangen, wie glücklich sie alle gewirkt hatten. Und sie konnte dieses sonderbare Gefühl nicht von sich abschütteln, um etwas betrogen worden zu sein.

Sie verwarf diesen Gedanken schnell wieder. Sie hatte ihre Entscheidungen getroffen. Es war, wie Clay sagte: Sie lebte noch. Und das bedeutete, dass immer noch Zeit war, etwas Neues zu wagen.

Clay warf einen Blick in ihre Richtung. »Brauchst du noch eine Pause, bevor wir da sind?«

»Nach Memphis ist es nur noch eine Viertelstunde. So lange halte ich durch.« Sie blickte durch das Beifahrerfenster und verzog das Gesicht. Wahrscheinlich erinnerte er sich an die lächerlich vielen Pausen, die sie auf der Fahrt nach Illinois gebraucht hatte.

Clay legte den Kopf schief. »Findest du es nicht sonderbar, dass dieser Jimmy so viele Jahre später keine Autostunde von deiner Großmutter entfernt lebt?«

Sarah spielte mit einer Haarsträhne. »Ich weiß. Es ist, als hätte er in ihrer Nähe bleiben wollen. Aber irgendetwas scheint ihn davon abgehalten zu haben, ihr näher zu kommen. Ich würde wirklich gern die ganze Geschichte erfahren.«

»Wie hat er sich benommen, als du ihn angerufen und um ein Treffen gebeten hast?«

»Er klang ganz normal. Freundlich. Bescheiden. Natürlich habe ich ihm nichts von meiner Vermutung verraten, dass er der Mann sein könnte, den meine Großmutter früher geliebt hat. Ich habe ihm nur erzählt, dass ich in einem Lebensmittelgeschäft in einer Kleinstadt arbeite und gern mehr über seine Mission erfahren würde, etwas gegen die Nahrungsmittelwüsten in Amerika zu unternehmen.«

Clay zog die Brauen hoch. »Du bringst diesen Mann also dazu, dir sein Lebenswerk zu erklären, obwohl du eigentlich nur wissen willst, ob er sich vor über fünfzig Jahren klammheimlich aus dem Leben deiner Großmutter verzogen hat?«

»Mich interessiert seine Arbeit wirklich.« Ihre Stimme wurde eine Oktave höher. »Ich finde das, was er für einkommensschwache Familien tut, bewundernswert. Nur weil ich auch herausfinden möchte, ob ich bei zwei Menschen ein wenig Schicksal spielen kann, heißt das nicht, dass dies der einzige Grund wäre, warum ich mich für seine Arbeit interessiere. Andererseits scheinen Oma und Jimmy auf jeden Fall etwas gemeinsam zu haben: den Dienst an anderen Menschen. Vielleicht genügen Liebe und gemeinsame Werte, um die Zeit, die Entfernung, die Trennung, den Krieg und eine falsche Todesmeldung zu überwinden.«

Clay zog eine Braue hoch. »Du hast dich in den letzten Tagen zu einer richtigen Romantikerin entwickelt.«

Sie wollte an die Liebe glauben. Sie wollte glauben, dass die Liebe alles meistern konnte, besonders jetzt, da sie den lächerlichen Plan hatte, zwei Liebende, die vor langer Zeit voneinander getrennt worden waren, wieder zusammenzubringen. Und die Lügen, die ihnen erzählt worden waren, zu vergessen. Oder zu entschuldigen, das ihre Mutter offenbar ein Geheimnis für sich behalten haben musste. Und zig andere mögliche Landminen, die ihre romantischen Vorstellungen zerstören könnten.

Als sie in Memphis ankamen, stellte Clay sein Auto am Straßenrand ab und sie schlenderten gemütlich zu dem Barbecue-Restaurant, in dem sie sich mit Jimmy zum Mittagessen verabredet hatten, bevor er mit ihnen eine Besichtigungstour zu den Gemeinschaftsgärten und den mobilen Bauernmärkten unternehmen wollte, die seine Organisation betrieb. In den Fenstern des Restaurants hingen Schilder mit der Aufschrift *Bester Barbecue in Memphis.* Sie waren an mehreren Restaurants vorbeigefahren, die das Gleiche von sich behaupteten, aber Jimmy hatte in seiner Mail darauf beharrt, dass *Barb's Que* diese Bezeichnung tatsächlich verdiente.

Vor dem Eingang stand der große, schlanke, weißhaarige Mann aus dem Artikel, den Sarah sofort erkannte. Er drehte sich um. Der ausdrucksstarke Blick in seinen Augen ließ ihr den Atem stocken. Diesen Blick hatte das Foto nicht im Ansatz wiedergeben können. In den Augen dieses Fremden lag etwas, das ihr sehr bekannt vorkam. Aber sie konnte nicht genau sagen, was es war. Ihre Nerven waren aufs Äußerste angespannt. Jedes Geräusch war lauter und ihr Herz hämmerte kräftig in ihrer Brust.

Sie hielt ihm die Hand hin. »Hallo, ich bin Sarah …« Ihre Stimme brach ab und sie überlegte, welchen Nachnamen sie nennen sollte. Wie lang würde diese Identitätskrise noch dauern? Den Namen ihres verstorbenen Mannes zu benutzen, fühlte sich wie eine Lüge an, aber ihr Geburtsname, Anderson, fühlte sich auch nicht richtig an.

Jimmys Hand war groß und schwielig. Diese Hand war harte Arbeit gewohnt.

Clay stellte sich ebenfalls vor, dann führte Jimmy sie beide ins Restaurant. Die Leute, die hier arbeiteten, kannten ihn beim Namen und deuteten nach hinten zu »seinem« Tisch, wie sie es ausdrückten.

Hinter ihrer Speisekarte arbeitete Sarahs Verstand auf Hochtouren. Vielleicht sollte sie Omas Namen heute überhaupt nicht erwähnen. Vielleicht sollte sie lieber diesen Mann ein wenig kennenlernen und dann entscheiden, ob aus der Geschichte etwas werden konnte. Und eines Tages würde sich auf wundersame Weise eine Tür öffnen und sie könnte würdevoll hindurchtreten und ihm einfühlsam nahebringen, dass ihre Großmutter vielleicht immer noch in ihn verliebt sein könnte.

Als jeder ein Glas mit gesüßtem Tee vor sich stehen hatte, senkten sie ihre Speisekarten und warteten darauf, dass die Kellnerin wiederkäme und ihre Essensbestellung aufnähme.

Jimmy lächelte Sarah freundlich an. »Sie haben in Ihrer Mail geschrieben, dass Sie einige Fragen an mich haben. Ich bin im Tagesgeschäft nicht mehr so sehr involviert; das überlasse ich Jüngeren. Aber ich habe nach wie vor viel Einblick in das Geschehen. Was möchten Sie wissen?«

Sie platzte mit der Wahrheit heraus. »Kennen Sie Glory Ann Clearwater?«

Kaum hatte Sarah diese Worte ausgesprochen, trat eine freundliche Kellnerin an ihren Tisch. »Hallo. Was darf es sein?«

Jimmy stand mit bleichem Gesicht auf. »Ent-entschuldigen Sie mich.« Er eilte davon.

Kapitel 43

Heute

Sarah verzog das Gesicht und schaute Clay an. »Glaubst du, er kommt wieder?«

Clay spähte über ihren Kopf, um aus dem Fenster zu blicken. »Keine Spur von ihm. Du redest wirklich nicht lange um den heißen Brei herum, nicht wahr?«

Sarah schüttelte den Kopf. »Ich weiß nicht, was in mich gefahren ist.«

»Vielleicht kommt er zurück, wenn er sich ein wenig beruhigt hat.« Er zuckte die Achseln. »Aber eines wissen wir jetzt mit Sicherheit.«

»Und das wäre?«

»Wir haben den richtigen Jimmy gefunden.«

In diesem Moment kam die Kellnerin zurück, die Jimmys plötzlichen Abgang mitbekommen und darauf verzichtet hatte, ihre Bestellung aufzunehmen. »Wollen Sie warten, bis Ihr Begleiter zurückkommt? Oder soll ich Ihr Essen schon einmal aufnehmen?«

Clay bestellte gegrillte Nachos als Vorspeise, um Zeit zu gewinnen.

»Ich wette, dass er keine Ahnung hat, dass Oma immer noch glaubt, er wäre in Vietnam gefallen. Und ich verstehe nicht, wie das passieren konnte. Mama hat diesen Brief aus irgendeinem Grund abgefangen. Was kann in sie gefahren sein, dass sie so etwas Furchtbares getan hat?«

»Langsam. Hole bitte erst einmal Luft.« Clay lachte hinter dem Teeglas, an dem er gerade nippen wollte. »Wenn er nicht zurückkommt, kannst du ihn vielleicht in einer Mail auf den aktuellen

Stand bringen. Da du bereits … ähm … sozusagen das Eis gebrochen hast«, grinste er.

Zehn Minuten später kam Jimmy zurück und spielte nervös mit seinen Händen. Er setzte sich und öffnete den Mund, um etwas zu sagen.

Die Kellnerin kam an ihren Tisch und lächelte ihn freundlich an. »Sir, was darf ich Ihnen bringen?«

Der Eifer dieser Frau war wirklich anstrengend.

»Nu-nur meinen Tee. Mehr im Moment nicht.« Er hob mit zittriger Hand sein Glas.

Die Kellnerin verschwand in der Küche.

Jimmy räusperte sich. »Entschuldigung, wer, sagten Sie, sind Sie? Woher kennen Sie Glory Ann?«

Sarah faltete die Hände auf ihrem Schoß und hielt sie verkrampft fest. Ihr Knie zitterte. »Ich bin Glory Anns Enkelin. Ich … ich habe in den persönlichen Dingen meiner Mutter einen Brief gefunden. Ich habe meine Oma nach Ihnen gefragt, aber sie sagt, Sie wären in Vietnam gefallen.«

Sie schaute Clay an, um von ihm die Bestätigung zu bekommen, dass sie sich nicht wie eine plappernde Irre anhörte.

»So kann man es wahrscheinlich am besten beschreiben.« Die Falte zwischen Jimmys Brauen vertiefte sich. »Ich habe Glory Anns Eltern damals einen Brief geschrieben. Darin teilte ich ihnen mit, dass es eine Verwechslung gegeben hatte und ich nicht in Vietnam gefallen bin, wie meine Eltern und alle anderen glaubten. Ich wollte nicht, dass Glory Ann einen Herzinfarkt bekäme, wenn ich sechzehn Jahre nach meiner Beerdigung plötzlich von den Toten auferstehe. Deshalb bat ich sie, mir zu helfen, ihr die Sache schonend beizubringen. Wenn sie mich sehen wollte, sollte sie mir schreiben oder mich anrufen. Aber ich habe nichts von ihr gehört.«

Sarah kramte den Brief, den sie gefunden hatte, aus ihrer Tasche. »Was ist mit diesem Brief?«

Jimmy nahm ihn zitternd entgegen und das steife Papier knisterte in seinen Händen. Sie beobachtete, wie sich seine Augen unruhig bewegten, während er den Brief überflog. Er schüttelte den Kopf. »Diesen Brief habe ich fünf Jahre später geschrieben. Ich hatte nichts von ihr gehört und war zu dem Schluss gekommen, dass sie nichts mit mir zu tun haben wollte. Ich wollte ihr Leben nicht durcheinanderbringen. Aber eines Tages habe ich sie einfach sehr vermisst und ihr diesen Brief geschrieben. Es war nicht fair von mir, mich noch einmal in ihr Leben einzumischen, da sie ein so gutes Leben gefunden hatte. Aber ich hatte das Gefühl, dass zwischen uns so vieles ungesagt geblieben war.«

Sarah beugte sich vor. »Was zum Beispiel?«

Bei ihrem unüberhörbaren Eifer zuckte Jimmys Mundwinkel. Die Kellnerin brachte die Vorspeise und unterbrach ihr Gespräch erneut.

Nachdem sie mit der Essensbestellung verschwunden war, stützte Jimmy die Ellbogen auf den Tisch und rang aufgewühlt die Hände. »Was hat Glory Ann Ihnen erzählt?«

»Dass Sie ihre erste Liebe waren. Dass sie Sie auch heute noch vermisst.«

Jimmy verzog das Gesicht und atmete schwer aus. »Warum hat sie nie angerufen? Ich weiß, dass sie glücklich verheiratet ist. Dieser Krieg hat uns viel geraubt, aber es war nie meine Absicht, mich zwischen sie und ihren Mann zu drängen. Ich hoffe, das war ihr klar. Vielleicht ist sie wütend, weil ich so lange gewartet habe, um ihr zu sagen, dass ich lebe?«

»Das versuche ich ja gerade zu erklären«, erwiderte Sarah. »Sie weiß nicht, dass Sie leben. Ich habe keine Ahnung, warum ihre Eltern ihr nichts von Ihrem Brief erzählt haben, und ich habe keine Ahnung, warum meine Mutter einen Brief, der an Oma adressiert war, geöffnet und dann auch noch versteckt hat. Ich weiß zwar nicht, was passiert ist, aber Oma hat gesagt, dass sie immer noch um Sie trauert.«

»Vielleicht hatte Ihre Mutter Bedenken, dass ich mich in ihre Familie drängen würde.«

»Das ist ja gerade der springende Punkt: Mein Großvater starb bereits 1983. Sie haben den Brief, den sie versteckt hat, erst 1986 geschrieben. Sie hatte also keinen Grund, sich Sorgen zu machen, dass Sie die Ehe ihrer Eltern zerstören könnten.«

Jimmy erstarrte. »Glory Anns Mann ist gestorben?« Seine Schultern sackten nach unten. »Sie hat zwei Männer verloren, die eigentlich für sie da sein sollten. Die sie beschützen und sich um sie kümmern sollten.«

Bei diesen Worten konnte sich Sarah ein Grinsen nicht verkneifen. »Ich weiß nicht, wie Oma war, als Sie sie kannten, aber die Oma, die ich kenne, braucht keinen Mann, der sie beschützt und sich um sie kümmert.« Sie beugte sich über den Tisch und drückte Jimmys raue Hand. »Aber ich glaube wirklich, dass sie Sie gern wiedersehen würde. Trotzdem verstehe ich nicht, warum Sie so lange gewartet haben, um ihr zu schreiben.«

Jimmys Blick wanderte von Sarah zu Clay und dann wieder zu Sarah zurück. Der Schmerz in seinen Augen zehrte an Sarahs Herz. »Ich hätte dort drüben sterben sollen. Ich hätte tatsächlich sterben sollen. Ich war erst ein paar Tage dort, als wir unter schweren Beschuss gerieten. Ein Freund von mir wurde getroffen. Ich zog ihn in Deckung und legte meine Jacke über ihn. Aber er war tot. Ich wusste, dass ich nichts mehr für ihn tun konnte. Ich ließ ihn nur einen kurzen Moment allein, um mich umzusehen. Dann gab es eine Explosion. Ich konnte nichts hören. Ich konnte nichts sehen. Das Nächste, an das ich mich erinnere, war das Gefangenenlager, in dem ich mich befand.«

Sarahs Augen weiteten sich. »Oh.« Das erklärte, warum alle dachten, er wäre gestorben.

»Dort war ich bis 72. Sieben Jahre als Kriegsgefangener. Erst als ich freigelassen wurde, erfuhr ich, dass ich irrtümlich für tot erklärt worden war. Es war ziemlich mühsam, dieses Missverständnis aufzuklären, zu beweisen, dass ich der war, der ich sagte. Als ich in den Spiegel blickte, sah ich einen Mann, der tatsächlich so aussah, als sollte er lieber tot sein. Ich bat, dass meine Familie nicht benachrichtigt wird. Es wäre für sie ein großer Schock gewesen, wenn sie erfahren hätten, dass ich die ganzen Jahre überlebt hatte. Aber wenn sie gesehen hätten, was aus mir geworden war, wäre das noch schlimmer gewesen. Ich beschloss, den jungen Mann in mir wiederzufinden, der sieben Jahre zuvor in den Krieg gezogen war, bevor ich mich bei ihnen melden wollte, aber das erwies sich als unmöglich.« Jimmy drückte die Augen fest zu und bei seinen nächsten Worten wurde seine Stimme ganz rau.

»Jede Nacht kauerte ich mich an die Wand und versuchte, nicht einzuschlafen. Irgendwann konnte ich mich vor Erschöpfung nicht länger wach halten, aber die furchtbaren Erlebnisse in Vietnam, die mich in meinen Träumen verfolgten, rissen mich bald wieder aus dem Schlaf.«

Sarah warf einen Blick auf Clay, der bei Jimmys Worten verstehend nickte, seine eigenen verkrampften Hände anstarrte und einen Schmerz mit dem alten Mann teilte, den Sarah nie erlebt hatte.

»Ich habe eine Weile versucht, wieder auf die Beine zu kommen«, sprach Jimmy weiter. »Doch stattdessen verfiel ich der Flasche, und wenn das nichts half, nahm ich alles, was ich spritzen, schlucken oder schnupfen konnte, nur damit dieser Albtraum eine Weile aufhörte. Als ich mich einmal mit dem Zeug, das ich in meinen Körper pumpte, fast umgebracht hätte, ging ich in eine Entzugsklinik. Eine Weile war ich trocken. In dieser Zeit versuchte ich, meine Eltern zu finden. Das war nicht leicht. Ich erkundigte mich in meiner alten Heimatstadt nach ihnen und behauptete, ein Freund der Familie zu sein. Ich erfuhr, dass sie an die Westküste gezogen waren. Und dass Glory Ann nur wenige Wochen nach der Nachricht von meinem Tod geheiratet hatte. Damit hatte ich nicht gerechnet.« Er lachte leise, aber es klang eher wie ein Seufzen. »Nicht dass ich gedacht hätte, sie würde auf mich warten, aber ich verstand nicht, warum sie so bald geheiratet hatte. Dann erfuhr ich, dass meine Eltern fünf Monate, nachdem ich in die Staaten zurückgekehrt war, bei einem Verkehrsunfall ums

Leben gekommen waren. Wenn ich nicht so viel Angst gehabt hätte, mich bei ihnen zu melden, hätte ich diese fünf Monate mit ihnen verbringen können.« Er ballte seine zitternden Hände und öffnete sie wieder. »Ich dachte, ich tue ihnen einen Gefallen, aber ich habe mir selbst und ihnen kostbare Zeit geraubt. Diese ganze Erfahrung warf mich zurück und ich verfiel wieder in meine Sucht.«

Der Schmerz in Jimmys Worten, der auch nach so langer Zeit immer noch sehr tief und lebendig war, trieb Sarah Tränen in die Augen.

»Ich bin auf die vergeudeten Jahre meines Lebens nicht stolz, aber damals konnte ich keinen Ausweg sehen. Ich hatte alles verloren, was mir in meinem Leben wichtig war. Meine Eltern. Glory Ann ... Unter dem Einfluss von irgendwelchen Mitteln, an die ich mich nicht einmal erinnern konnte, fuhr ich mit dem Auto eines Freundes gegen einen Telefonmast und landete in einem gerichtlich angeordneten Entzug. Eines Tages betete ich und fragte Gott, warum er das alles zugelassen hatte. Warum mir diese ganzen Jahre meines Lebens geraubt worden waren. Ich war ein guter Mensch gewesen, der die Welt hatte besser machen wollen, aber die Finsternis hatte mich so stark im Griff, dass ich die Wärme der Sonne nicht mehr fühlen konnte. Während ich betete, kam eine unerklärliche Ruhe über mich. Obwohl es in dieser dunklen Nacht totenstill war, hörte ich die Worte in meinem Inneren: ›Es ist nicht zu spät.‹ Ab diesem Tag wurde es anders. Ich will damit nicht sagen, dass ich nicht immer noch gekämpft hätte, aber jedes Mal, wenn die Dunkelheit mich packen wollte, sangen diese Worte, die sich in meiner Seele verwurzelt hatten, lauter. *Es ist nicht zu spät.*«

Sarah warf wieder einen Blick auf Clay. Jimmys Worte gaben genau das wieder, was er auf seiner Veranda zu ihr gesagt hatte, nachdem sie ihm gestanden hatte, wie schlecht die letzten Jahre ihrer Ehe gewesen waren. Er lächelte sie knapp an und nickte.

Jimmy zerknüllte seine Serviette. »Als ich mein Leben wieder im Griff hatte, schrieb ich diesen Brief an ihre Eltern. Ich wollte nur sichergehen, dass es ihr gut geht. Dass die Hässlichkeit des Krieges bei ihr keine genauso tiefen Narben hinterlassen hatte wie bei mir. Ich nahm ihr nicht übel, dass sie nicht geantwortet hat. Ich vermutete, dass sie wütend war, weil ich sie so lange in dem Glauben gelassen hatte, ich wäre tot. Aber in der Verfassung, in der ich gewesen war, hätte ich nicht zu ihr zurückkommen können. Danach versuchte ich, mir ein neues Leben aufzubauen. Liebe zu finden. Aber keine meiner Beziehungen war von langer Dauer. An einem einsamen Tag schrieb ich den Brief, den Sie hier mitgebracht haben. Danach habe ich mich schließlich damit abgefunden, dass es besser ist, allein zu bleiben.«

Sarah stand auf. »Sie sollten zu ihr zurückkommen. Sie liebt Sie immer noch. Das weiß ich.«

Jimmys Augen wurden feucht. »Es ist fast sechzig Jahre her.« Er blinzelte. »Wir könnten seit fast sechzig Jahren verheiratet sein, wenn ich nicht zur Armee eingezogen worden wäre.« Seine Stimme wurde rau, doch dann schüttelte er den Kopf. »Aber ich halte das für keine gute Idee. Das tut weder mir noch Glory Ann gut.«

Sarah umklammerte die Tischkante, an der sie stand. »Das sehe ich anders. Sie gibt es zwar nicht zu, aber es bringt sie fast um, mit ansehen zu müssen, wie der Laden, den sie so geliebt hat, schließen muss. Ein Wiedersehen mit Ihnen könnte genau das sein, was sie braucht. Wenn sie sieht, wie Sie einen Weg gefunden haben, Ihren Mitmenschen etwas Gutes zu tun, erkennt sie vielleicht, dass sie auch noch einmal neu anfangen kann.«

Clay berührte Sarahs Hand. Zweifellos, um sie zu erinnern, wo sie war. Andere Gäste in dem Restaurant hatten das Essen unterbrochen, um ihrer lauten Stimme, in der eine tiefe Verzweiflung mitschwang, zuzuhören.

Jimmy lachte leise, während sich Sarah wieder setzte. »Ich glaube, ich würde nur ihren Blutdruck in die Höhe treiben. Ich habe sie Jahrzehnte in dem Glauben gelassen, ich wäre tot. Da kann ich nicht plötzlich wieder auftauchen.«

»Das war nicht Ihre Schuld. Das wird sie verstehen. Ihre Eltern haben ihr aus irgendeinem Grund nichts von Ihrem ersten Brief verraten und den zweiten Brief hat meine Mutter versteckt.«

»Ihre Mutter hatte bestimmt ihre Gründe.«

»Das, was sie getan hat, war falsch.«

»Vielleicht weiß sie etwas, das wir nicht wissen.« Jimmy wandte den Blick von ihr ab und schüttelte den Kopf. »Bitte erzählen Sie Glory Ann nichts von mir. Mir ist klar, dass Sie neugierig sind und wissen wollen, wie alles so kommen konnte, aber falls sie es überhaupt je erfährt, soll sie es von mir erfahren. Es geht hier nicht um irgendein Märchen. Es geht um mein Leben und meine Geschichte war nicht immer schön.«

»Selbstverständlich.«

Jimmy, Sarah und Clay aßen ihre Teller leer und verließen unter vielen neugierigen Blicken das Restaurant. Sarah umarmte Jimmy zum Abschied. »Egal, wie Sie sich in Bezug auf Oma entscheiden, würde ich gern in Kontakt bleiben.«

Er nickte kurz und ein schwaches Lächeln umspielte sein wettergegerbtes Gesicht. »Gerne, Sarah. Ich bin froh, dass Sie mich gefunden haben. Wenigstens weiß ich jetzt, dass Glory Ann nicht geschwiegen hat, weil sie mich nicht sehen wollte.«

Kapitel 44

Heute

Glory Ann sperrte die Ladentür zu und drehte das »Geöffnet«-Schild um. Bewegungen, die sie seit fast sechzig Jahren automatisch ausführte. Während ihr Blick auf den leeren Parkplatz hinauswanderte, wurden Erinnerungen wach: Sie hatte Säuglinge zu Kindern und Jugendlichen heranwachsen sehen. Später waren sie mit ihren eigenen Kindern im Schlepptau einkaufen gekommen. Dieser Laden hatte Generationen von Familien gedient.

Mit einem tiefen Seufzen drehte sie sich zu den kahlen Regalen herum. Zu den *fast* kahlen Regalen. Die Suppenküche der Stadt würde morgen kommen und den Rest holen.

Rosemary kam aus dem Büro und wischte sich die Hände ab, obwohl Glory Ann wusste, dass sie telefoniert und sich nicht die Hände schmutzig gemacht hatte. »Ich habe soeben mit dem potenziellen Käufer gesprochen. Er macht uns ein sehr gutes Angebot.«

Glory Ann zog die Brauen hoch und verschränkte die Arme vor ihrer Brust. »Das freut dich bestimmt.«

»Mutter, schlag nicht diesen Ton an. Ich weiß, dass du darüber nicht glücklich bist, aber wir waren uns einig, dass dies die beste Lösung ist.«

»Trotzdem bräuchtest du nicht so begeistert zu sein«, seufzte Glory Ann.

»Mama, du weißt, dass ich nicht begeistert bin. Ich bin einfach nur erleichtert.«

Glory Ann sank auf den Hocker hinter der Kasse. »Ich verstehe nicht, warum du geblieben bist, wenn du dieses Leben so gehasst hast. Warum konntest du nicht so sein wie Jessamine und …«

»Warum konntest du das, was ich getan habe, nie wertschätzen?« Rosemary warf die Hände in die Luft und ließ sie resigniert wieder fallen. Sie marschierte vor der Tür auf und ab. »Bei dir ging es immer nur um *Jessamine dies und Jessamine das.* Sie war für dich eine Heldin, die losgezogen ist, um die Welt zu retten. Obwohl ich mich hier abgeschuftet habe, obwohl ich alles getan habe und oft halb den Verstand verloren habe, um diesen Laden für dich über Wasser zu halten, warst du immer nur stolz auf Jessamine.«

»Ich habe nur gemeint …«

»Ich weiß, was du gemeint hast.«

Glory Ann stand auf und stellte sich Rosemary in den Weg. Sie packte sie an den Schultern. »Hör auf. Hör endlich auf damit! Ich habe dein Selbstmitleid satt und kann es nicht mehr hören. Ich habe gemeint, dass Jessamine ihr Leben so führt, wie sie es will, und dass sie glücklich ist. Und du nicht. Vielleicht habe ich ständig Jessies Bilder herumgezeigt und erzählt, was sie macht, aber das habe ich nur getan, weil ich sonst nichts von ihr hatte. Sie war nicht hier. Du schon. Dich habe ich jeden Tag gesehen. Wir haben ständig zusammengearbeitet, auch wenn wir nicht immer einer Meinung waren. Wenn du meinst, dass ich das als selbstverständlich hingenommen hätte, irrst du dich. Wenn ich dir das Gefühl gegeben habe, du wärst für mich weniger wert als sie, tut mir das leid.« Sie ließ ihre Hände von den Schultern ihrer Tochter gleiten.

»Du bist ein Fels. Aber, Rosemary, ich habe das Gefühl, dass du ständig versuchst, Buße zu tun, obwohl du das nie tun musstest. Dein Vater hat in diesem Laden gearbeitet, damit wir alle das Leben führen konnten, das wir wollten, und wenn du dieses Leben nicht führen wolltest, hättest du weggehen sollen.« Glory Anns Herz hämmerte in ihrer Brust. Die vielen Male, in denen sie nicht gewusst hatte, was sie ihrer leidenden Tochter sagen sollte, überrollten sie. »Damit würdest du ihn ehren, nicht mit dieser Bitterkeit, die dein ganzes Leben durchzieht. Du lebst, als würdest du versuchen, dir deine Existenzberechtigung zu verdienen. Ich weiß, dass deine Krankheit eine starke Motivation für deinen Wunsch war, den Laden zu verkaufen. Aber sie war nicht der einzige Grund. Du meinst, der Verkauf wäre deine einzige Möglichkeit, frei zu sein. Aber du warst immer frei.«

»*Du* bist hier diejenige, die etwas nicht versteht, Mutter.« Rosemary wandte den Blick ab und starrte durch die Schaufensterscheibe.

»Vielleicht. Aber eines sollst du wissen: Sarah wollte diesen Laden genauso sehr wie ich. Sie wollte ihn schon immer. Aber du hast ihr eingeredet, er wäre nicht genug. Du hast sie gedrängt, Dingen nachzujagen, die sie nie wollte. Und das alles nur, weil du Angst hattest, sie würde genauso unglücklich werden wie du. Du hast ihr eingeredet, ihre Träume wären zu klein.«

Rosemary fuhr mit dem Kopf herum, als hätte sie eine Ohrfeige bekommen. »Ich habe ihr nie gesagt, dass …«

»Das musstest du auch nicht. Es genügte, dir nur eine Minute zuzuhören. Du hast ihr immer gesagt, dass sie nicht hier festsitzen muss so wie du.« Glory Ann strich mit der Hand über die Kassentheke, deren harte Kante im Laufe der Jahre glatt gerieben worden war. »Ich habe Sarahs Angebot deinetwegen abgelehnt, Rosemary. Weil du nur durch die Schließung des Ladens erkennst, dass du schon immer frei warst.«

»Ich habe versucht, ihr zu helfen.«

»Ab einem gewissen Punkt musst du zulassen, dass sie ihr eigenes Leben führt. Und du musst anfangen, *dein* Leben zu führen. Dafür ist es nicht zu spät. Ich weiß, dass du dir Sorgen machst, deine Krankheit könnte dein Leben einschränken, aber sie muss dich genauso wenig binden wie der Laden. Dein Leben steckt immer noch voller Möglichkeiten. Das war schon immer so.«

In Rosemarys blaue Augen traten Tränen und sie wandte schniefend den Kopf ab.

»Was ist? Was geht dir jetzt wieder durch den Kopf?«

»Seit der Nacht, in der Papa starb, war es nicht mehr mein Leben.«

Glory Ann erstarrte. »Hast du deshalb den Laden gehasst?«

Rosemary schüttelte den Kopf. Ihre Stimme war vor Schmerz ganz heiser. »Ich habe ihn getötet. Ich habe den Menschen getötet, der unsere Familie versorgt hat. Als ich den Laden verkaufen wollte, wollte ich das nur tun, um sicherzustellen, dass du gut versorgt bist, wenn ich dich nicht mehr versorgen kann.«

Glory Ann zog sie in ihre Arme. Ihre über fünfzig Jahre alte Tochter, die um einen Kopf größer war als sie. Sie würde viel geben, um sie wie ein unerschütterlicher Mammutbaum zu beschirmen. Wie ihr Clarence. »Ach, Liebes. Diese Last hättest du dir nie aufbürden dürfen. *Du* bist nicht in den Laden eingebrochen. *Du* hast die Waffe nicht abgefeuert. Und du *kannst nichts dafür*, dass sich dein Vater kopflos in eine gefährliche Situation gestürzt hat. Der Tod deines Vaters war schrecklich, aber *er war nicht deine Schuld*. Hörst du?«

Rosemarys Schultern zitterten, während sie leise schluchzte.

Glory Ann zog sie an ihre Brust. »Ich wollte *immer* nur, dass du ein gutes Leben hast. Ein Leben, auf das du stolz sein kannst.«

Ihre Umarmung dauerte noch einen Moment länger, dann trat Rosemary zurück und wischte sich die Tränen aus dem Gesicht. Sie blinzelte kräftig und das verwundbare kleine Mädchen, das sich einen kurzen Moment gezeigt hatte, wurde wieder weggesperrt. »Es ist gut«, sagte sie und wandte sich ab.

Aber es war nicht gut.

Glory Ann blickte Rosemary nach, wie sie zur Hintertür ging und mit den Fingerspitzen über die Regale strich.

Während Rosemary den fast leeren Laden durchquerte, klagte das vertraute Knarren der Dielen unter ihren Füßen sie als eine Verräterin der schlimmsten Sorte an.

Der heutige Anruf von einer Investmentfirma im Norden war ein echter Triumph gewesen.

Aber es fühlte sich nicht wie ein Sieg an.

Rosemary verließ den Laden durch die Hintertür und sank auf den Fahrersitz ihres Autos. Sie lehnte die Stirn ans Lenkrad und die Worte, die sie und ihre Mutter gewechselt hatten, schwirrten ihr durch den Kopf.

Es war nicht ihre Absicht gewesen, das alles über Jessie hinauszuposaunen. Diesen Teil ihrer Seele, den sie so mühsam verborgen hatte, zu offenbaren.

Sie wählte die Nummer ihrer Schwester.

Jessamine meldete sich beim dritten Klingeln. »Hallo, Schwesterherz.«

»Ich habe gerade ein Kaufangebot für den Laden angenommen. Mama ist endlich einverstanden.«

»Wow. Wie nimmt sie es auf?«

»Ganz gut, denke ich. Du weißt, wie wichtig ihr die *Old Depot Grocery* ist. Wenn es nach ihr ginge, würde sie dort begraben werden, schätze ich.«

Am anderen Ende der Leitung wurde es still. Da erst merkte Rosemary, was sie gesagt hatte. Nicht lange nach dem Tod ihres Vaters hatte es Tage gegeben, an denen ihre Mutter regungslos an der Stelle gestanden hatte, an der er erschossen worden war. Rosemary hatte Angst gehabt, ihre Mutter würde sich auf den Boden legen und an ihrem gebrochenen Herzen sterben.

Rosemary schnaubte, als könnte sie damit ihre unüberlegten Worte zurücknehmen. »Und dann ging die Diskussion los, dass ich Sarahs Leben ruiniert habe und du ihr Lieblingskind warst, obwohl ich mein Leben lang an ihrer Seite geblieben bin.«

Jessies herzhaftes Lachen drang an ihr Ohr. »Ihr beide seid wirklich ein unverbesserliches Paar, weißt du das? Nimm es doch ausnahmsweise einmal locker und hör auf, dich so sehr zu bemühen, die beste Tochter zu sein.«

Rosemary verdrehte die Augen. »Du hast leicht reden. Du musstest nie etwas dafür tun.«

»Ich habe nie versucht, die Beste zu sein. Oder anderen zu

gefallen. Ich war einfach ich. Ich war auf dich auch manchmal eifersüchtig. Mama und Papa haben dich die ganze Zeit gelobt, weil du so vernünftig und verantwortungsbewusst warst. Ganz abgesehen davon, dass du Papa um den Finger gewickelt hattest.« In Jessies Stimme lag kein Ärger, nur eine sanfte Stille. »Mama hat mir erzählt, was der Arzt gesagt hat. Jetzt verstehe ich, warum du so bereitwillig verkauft hast.«

»Ich …« Aber ihre Kehle war wie zugeschnürt und sie konnte nicht weitersprechen.

»Du schaffst das.«

»Ich weiß. Nach allem, was meine Ärzte sagen, ist MS, die erst spät ausbricht, selten tödlich. Trotzdem ist es schwer, nicht zu wissen, wie schlimm es werden wird. Mein Zustand könnte jahrelang unverändert bleiben, ich könnte aber auch in wenigen Monaten im Rollstuhl sitzen. Ich weiß nicht …«

»Rosemary, ich weiß, dass du Ungewissheit noch nie leiden konntest. Und ich will auch nicht unsensibel sein, aber vielleicht kannst du dich endlich davon befreien, dich immer um alle zu kümmern. Und einfach du selbst sein. Jeden Tag so nehmen, wie er kommt, ohne Vorkehrungen für alle etwaigen Probleme zu treffen.«

Rosemary schüttelte den Kopf und ein leichtes Lächeln umspielte ihre Lippen. »Nur du kannst an einer chronischen, lebensverändernden Krankheit etwas Positives finden.«

»Erlaube deiner Tochter, für dich da zu sein. Ich weiß, du hast Angst, sie könnte sich verpflichtet fühlen, bei dir zu bleiben, und das überirdisch gute Leben verpassen, das deiner Meinung nach jenseits von Tennessee wartet. Aber, Rosemary, es gibt keinen magischen Ort, an dem jeder automatisch glücklich ist und ein erfülltes Leben führt. In meinem ganzen unsteten Leben habe ich festgestellt, dass Glück nicht durch den ›großen Durchbruch‹ kommt oder durch ›das große Haus‹ oder irgendetwas anderes Großes. Es kommt durch die tägliche Entscheidung, die Schönheit in den kleinen Dingen zu sehen. Das habe ich in Brighton gelernt. Nicht durch irgendein großartiges Abenteuer.«

Kapitel 45

Heute

Sarah war fest entschlossen, Omas letzte Tage im alten Laden so denkwürdig wie möglich zu gestalten. Tante Jessies Besuch gestern war definitiv ein guter Anfang gewesen.

Sie balancierte ein riesiges Tablett mit Cupcakes und bahnte sich einen Weg durch die Hintertür in den Laden, in dem Mama damit beschäftigt war, Luftschlangen aufzuhängen.

Clay trat zu ihr und nahm ihr die Cupcakes ab. Sarah betrachtete das Bild, das sich ihr bot. Keine Regale mehr. Keine Kasse mehr. Die Kühltruhen und Kühlregale waren fort. Sie malte sich aus, wie neue Wände hochgezogen wurden und den großen, offenen Raum unterteilten. Sie könnten wahr werden, diese Tagträume, die ihr durch den Kopf gingen.

Als sie Clay folgte, knarrten die alten Dielen unter ihren Füßen. »Mama, würdest du mir einen Gefallen tun?« Ihre Mutter drehte sich um. Sie hatte ein Stück von einer Luftschlange zwischen den Lippen und drehte ein anderes Stück zwischen den Fingern. Sarah konnte sich nur mühsam ein Lachen verkneifen. »Bitte komm von der Leiter und lass das Clay machen.«

»Ich bin sehr wohl in der Lage …«

»Ich weiß, dass du das bist.« Aber was wäre, wenn sie wie gestern wieder einen Krampf im Bein bekäme? Der Krampf war so schlimm gewesen, dass sie auf dem ebenen Gehweg gestolpert war. Nach diesem Vorfall hatte ihr Mama endlich verraten, welche gesundheitlichen Probleme sie hatte und warum sie ihr das bisher verschwiegen hatte.

»Sarah, bist du dir wirklich sicher, dass dieser Junge Luftschlangen aufhängen kann, ohne dass sie wie verknotete Spaghetti aussehen?« Sie stieg von der Leiter. »Dafür ist eine weibliche Hand nötig.«

»Ms Rosemary«, erklärte Clay, der jedes Wort gehört hatte, »ich kann nicht behaupten, dass ich weibliche Hände hätte, aber ich gebe mein Bestes, um Ihren Luftschlangen gerecht zu werden. Ich bringe sie mit meinem Charme in die richtige Form. Bei den kleinen Bohnensprösslingen, die in meinem Garten aus der Erde kommen, schaffe ich das ja auch.« Mit einem Zwinkern nahm er ihren Platz auf der Trittleiter ein.

Mama flüsterte Sarah zu, während sie in den vorderen Teil des Ladens gingen: »Oma hat recht, du solltest bei diesem Jungen lieber aufpassen. Mit seinen Augen, diesen Grübchen und seinem Charme kann er einen Tiger überreden, ihm seine Streifen zu schenken.«

»Mama!«, zischte Sarah. »Wir sind nur Freunde.« Sie warf einen Blick auf Clay, der die Luftschlangen aufhängte, als hätte er kein Wort gehört.

Mama grinste. »Wer weiß? Vielleicht änderst du ja deine Meinung, wenn der richtige Zeitpunkt kommt.«

Sarah zwang ihre Wangen, keine verräterische Röte zuzulassen. Würde Mama es tatsächlich gutheißen, wenn sie sich in einen Mann wie Clay verliebte? »Wie dem auch sei … ich habe noch mehr Cupcakes im Auto. Hilfst du mir, sie hereinzubringen?«

Am Auto reichte Sarah ihrer Mutter ein Tablett mit Cupcakes. Mama stand mit beladenen Armen da und bewegte den Mund, als suche sie nach den richtigen Worten, könne sie aber nicht finden.

»Mama?«

»Sarah, es tut mir leid.«

»Wie bitte?« Sarah verlagerte ihr Gewicht auf das andere Bein und war nicht sicher, wie sie auf diese unerwartete Erklärung ihrer Mutter reagieren sollte.

»Ich wollte dich nie von hier vertreiben. Ich wollte immer nur, dass du glücklich bist.«

Sarahs Blick wanderte über die angrenzende Wiese, auf der sich die Ahornzweige im sanften Wind wiegten. »Ich habe meine Entscheidungen selbst getroffen. Ich habe mich entschieden, nach dem Studium nicht hierher zurückzukommen. Ich habe mich entschieden, Aaron zu heiraten und das Leben, das er führte, zu übernehmen. Das war meine Entscheidung. Du hast mich nicht dazu gezwungen.«

»Aber hättest du dich für diese Dinge entschieden, wenn ich dich nicht gedrängt hätte? Was wäre gewesen, wenn ich dich im Laden hätte arbeiten lassen, statt dich zum Klavier- oder Ballettunterricht zu fahren? Wenn ich dich nicht gedrängt hätte, zu Geburtstagspartys zu gehen, obwohl du lieber mit deiner Großmutter im Laden gearbeitet hättest? Was wäre gewesen, wenn ich nicht dein ganzes Leben lang die Angst gehabt hätte, du würdest so werden wie ich, und dich einfach deinen Weg selbst hätte finden lassen?«

Sarah schüttelte den Kopf. »Solche Fragen helfen uns nicht weiter, Mama. Wir können die Vergangenheit nicht ändern. Aber wir können uns für eine neue Zukunft entscheiden.« Sarah zwang sich zu einem Lächeln. Sie hatte endlich ihren Weg gefunden. Ihre Mutter wäre damit nicht einverstanden. Absolut nicht. »Komm, bringen wir den Rest hinein, damit die Party beginnen kann.«

Einige Stunden später glänzte der alte Laden vom Boden bis zur Decke. Der Esstisch bog sich unter den Dingen, die Sarah und Rosemary am Abend zuvor gebacken hatten, begleitet von anderen Speisen, die durch Freunde mitgebracht worden waren. Wie versprochen, war Clay Rosemarys Wünschen für die Luftschlangen gerecht geworden.

Die Leute trudelten ein und füllten den Laden. Einige neuere Familien und Familien, die Sarah schon ihr ganzes Leben lang kannte. Tante Jessie musste jeden Moment mit den Getränken und Snacks eintreffen, die sie bei den vielen Leuten, die sie zu ihrer Feier erwarteten, brauchen würden.

Als alles für die Überraschung vorbereitet war, fuhr Sarah los, um Oma vom Pflegeheim abzuholen, vor dem sie ihre Großmutter vor einigen Stunden abgesetzt hatte. Solange Sarah zurückdenken konnte, besuchte Oma dort jede Woche einige ältere Gemeindemitglieder.

Sie hatte sie einmal gefragt, warum sie so oft ins Pflegeheim fuhr, obwohl sie selbst keine Angehörigen dort hatte. Omas traurige Antwort hatte Sarahs Herz zutiefst gerührt.

»Weil die Leute wissen müssen, dass sie nicht vergessen sind.«

Sarah fragte sich immer, ob die Traurigkeit in ihrem Tonfall auf eigenen Erfahrungen beruhte oder auf der Angst, dass ihre eigene Zukunft auch so aussehen könnte. Sie konnte sich Omas Leben nicht ohne die Fürsorge von liebenden Menschen vorstellen.

Als sie vor dem Pflegeheim vorfuhr, stand Oma schon am Straßenrand und hielt ihren Kalender in den Händen. Mit einem Kopfschütteln rutschte sie auf den Beifahrersitz. »Du kommst zu spät. Ich hätte selbst fahren können. Ich verstehe sowieso nicht, warum du unbedingt meinen Chauffeur spielen wolltest.«

»Entschuldige, Oma. Ich hätte früher losfahren sollen. Ich habe einfach …«

»Das liegt an der Schwangerschaft. Ich erinnere mich noch ganz genau, wie das war.« Oma schnalzte mit der Zunge und ihr Blick wanderte in die Ferne. »Als ich mit deiner Tante Jessie schwanger war, hatte ich einmal den Laden zugesperrt und fuhr zur Bank, um die Einnahmen des Tages einzuzahlen. Ich traf eine Bekannte und unterhielt mich mit ihr – ich kann mich nicht mehr erinnern, wer sie war. Aber ich erinnere mich gut, dass ich mit einer Tasche mit Bargeld auf dem Autodach losfuhr. Du kannst dir meine Panik bestimmt vorstellen, als ich vor der Bank parkte und das ganze Geld nirgends zu finden war.«

Sarahs Augen weiteten sich. »Hast du das Geld zurückbekommen?«

Oma lachte hinter ihrer faltigen Hand. »Dein Opa Clarence hatte die Tasche auf dem Auto gesehen, als ich losfuhr. Er hat mir später erzählt, dass er mir nachgelaufen ist und ständig gewinkt und mit den Armen gefuchtelt hat. Aber ich war so müde und so darauf konzentriert, zur Bank zu kommen und dann wieder nach Hause, um meine geschwollenen Beine hochzulegen, dass ich nichts davon bemerkte. Ich weiß nicht, wie weit er gelaufen ist und wie lang er versucht hat, mit meinem Auto Schritt zu halten, aber irgendwann ist diese Tasche vom Autodach gerutscht. Gott sei Dank hat Clarence sie gefunden, bevor jemand anders sie entdeckte. Wenn sie von jemand anderem gefunden worden wäre, hätte derjenige Gott wahrscheinlich gedankt, dass plötzlich Manna vom Himmel gefallen ist.«

Sarah lächelte breit. »Ich könnte mir diese alten Geschichten den ganzen Tag anhören. Ich kenne wahrscheinlich noch lange nicht alle.«

Oma schnaubte. »Das kannst du laut sagen.«

Sarah fuhr an der Abbiegung zu Omas Haus vorbei.

»Liebes? Du hättest hier abbiegen müssen.«

»Entschuldige, Oma. Ich wollte dir eigentlich sagen, dass ich noch kurz etwas in unserem Laden erledigen muss. Ich beeile mich. Versprochen.«

Sarah hielt vor dem Laden. Oma starrte das Banner an, das über die Schaufenster gespannt war. LEB WOHL, OLD DEPOT GROCERY! 56 JAHRE LANG EIN FESTER BESTANDTEIL VON BRIGHTON.

Omas Augen leuchteten auf. »Das darf doch nicht wahr sein!«

»Komm mit hinein, Oma! Du bist der Ehrengast.«

Die kleine Feier gestaltete sich so, wie Sarah es sich erhofft hatte. Seit sie losgefahren war, um Oma zu holen, waren noch mehr Leute eingetroffen. Sie genossen das Fingerfood, tranken Limonade und erzählten Geschichten von früher, während sie das Album durchblätterten, das Sarah für diesen Anlass zusammengestellt hatte. Einige Geschichten hatte Sarah selbst erlebt. Andere waren vor ihrer Zeit geschehen.

Nachdem sie sich ein wenig zu lang in dem Gedränge aufgehalten hatte, trat Sarah ins Freie, um frische Luft zu schnappen, und verfolgte die Feier durch die Schaufensterscheibe.

»Was geht dir gerade durch den Kopf?«

Clays Stimme ließ sie herumfahren, aber ihr erhöhter Herzschlag hatte nichts mit ihrem Schreck zu tun. »Ich schnappe nur ein wenig frische Luft.« Sie seufzte. »Dieses Gebäude war wirklich ein tragender Pfeiler dieser Stadt und ich weiß, dass es immer noch eine Aufgabe erfüllen kann.«

Sie beugte sich vor und gestand ihm leise, was sie getan hatte. Seine Augen weiteten sich und sein Blick wanderte durch die Schaufensterscheibe zu Oma und Mama. Dann legte Clay eine Hand auf ihre Schulter. Seine Berührung stärkte ihr Selbstvertrauen. »Das ist ein völlig neuer Weg, wie die Stadt an diesem Ort aufblühen kann. Eine neue Möglichkeit, wie sie wachsen kann.«

Kapitel 46

Heute

Rosemary schaute zu, wie sich die letzten Gäste verabschiedeten und nach und nach den Laden verließen. Es war ein langer, emotionaler Tag gewesen und Rosemary konnte es nicht erwarten, allein zu sein und sich zu verkriechen. Und vielleicht auch eine Runde zu weinen, wenn sie schon dabei war.

»Wie verkraftest du das alles?« Cathy trat leise neben sie.

Rosemary atmete tief ein und versuchte, die Gefühle, die ihre Brust niederdrückten, lässig abzutun. »Mir geht es gut. Allerdings bin ich mir nicht ganz sicher, was ich mit mir anfangen werde, wenn hier alles endgültig abgeschlossen ist.«

»Ich könnte im Reisebüro Hilfe gebrauchen. Du weißt, dass ich seit Jahren versuche, dich vom Laden abzuwerben. Vielleicht gelingt mir das ja jetzt endlich.«

Rosemary lachte. »Wie soll ich in einem Reisebüro arbeiten, wenn ich nie im Leben gereist bin?«

Cathy drückte ihren Oberarm. »Es ist nicht zu spät, das zu ändern.«

»Wusstest du, dass Sarah schwanger ist? Sie hat ihr Haus verkauft. Sie hat alle Wurzeln, die sie in Chicago hatte, gekappt. Ich habe keine Ahnung, was sie jetzt machen will. Ich muss für sie da sein.«

»Sarah ist ein großes Mädchen, Rosemary.« Cathy legte einen Arm um ihre Schulter. »Du hast sie gut erzogen. Sie wird ihren Weg finden, und wenn sie stolpert, steht sie wieder auf. Du brauchst nicht ihre Hand zu halten, um für sie da zu sein.«

Cathy verabschiedete sich und nahm eine große Mülltüte mit hinaus. Rosemary holte einen Besen und begann zu fegen, während sie in Gedanken die Tausende Male durchging, die sie diese Arbeit verrichtet hatte. Jene späten Abende, während das Radio laut gespielt hatte. Jene alten Böden, die unter ihren Füßen geknarrt und immer mit ihr gesprochen hatten.

Ihre Stimmen waren lauter gewesen, wenn Papa Rosemary auf die Arme genommen und sie im Rhythmus zur Musik herumgewirbelt hatte. Leiser, wenn sie und Jessamine durch die Gänge geschlichen waren, um durch die Hintertür zu entkommen, bevor Mama sie zum Arbeiten einteilen konnte. Ächzend, wenn beladene Einkaufswagen durch die Gänge gerollt waren. Dieses Geräusch hatte ihr Leben so sehr begleitet, dass sie es höchstwahrscheinlich auch noch auf ihrem Sterbebett hören könnte.

Sie hielt inne und rieb sich den Nasenrücken. Diese Dielen würden völlig neue Töne von sich geben, wenn ein Bulldozer das Haus abriss und die Bretter zu Kleinholz zersplitterten. Ihr Brustkorb zog sich zusammen. Sie würde nie die Füße ihres Enkelkinds über diese Böden tapsen hören. Aber das hatte sie doch so gewollt, oder nicht?

»Ms Rosemary, hier ist ein Stuhl. Sie können mir den Besen geben, dann fege ich fertig.« Clay schob einen Stuhl neben sie und streckte die Hand nach dem Besen aus.

»Nein. Das muss ich selbst machen.«

Er tippte an seinen Hut und nahm den Stuhl wieder mit. »Wie Sie wünschen, Ma'am.« Clay suchte sich eine andere Arbeit und Rosemary fegte weiter. Es war irgendwie verrückt. Sie bemühte sich so sehr, diesen Raum auf Hochglanz zu bringen, obwohl ihn die neuen Eigentümer vielleicht schon in einer Woche in Schutt und Asche legen würden. Das ganze Leben ihrer Familie würde dann auf wenige Kubikmeter zusammengeschoben und in einen Müllcontainer geladen werden. Abtransportiert, Fuhre für Fuhre.

Mit einem Schnauben wischte sich Rosemary übers Gesicht. Warum wurde sie auf einmal so sentimental?

Sie blickte sich suchend nach Jessamine um. Ihre Schwester putzte die Glasscheibe der Eingangstür. Rosemary lächelte und sah im Geiste ihre Schwester als kleines Mädchen, das auf einer Trittleiter stand und diese Glasscheibe putzte. »Du hast immer darum gekämpft, die Fenster putzen zu dürfen, Jessie. Du standest dort, hast die Welt jenseits der Glastür dieses Ladens beobachtet und konntest es nicht erwarten, von hier fortzukommen.«

Jessamine hörte auf zu wischen und schaute sie an. »Hast du das wirklich gedacht?«, fragte sie. »Ich habe gern die Fenster geputzt, weil sie sich abends, wenn es draußen dunkel ist und drinnen Licht scheint, in einen Spiegel verwandeln. Ich habe die Fenster gründlich geputzt und versucht, alle Schlieren zu beseitigen. Dabei habe ich beobachtet, wie Mama das Geld an der Kasse zählte. Wie du Regale aufgefüllt und die Böden gefegt hast. Papa war mal hier, mal dort und hat alles getan, was nötig war, damit alles lief. Und ich sah mein eigenes Gesicht. Wenn ich diese Schaufenster geputzt habe, konnte ich uns alle sehen, wie wir zusammen halfen, diesen Raum auf Hochglanz zu bringen.«

Sie seufzte. »Manchmal kann ich nachts, wenn ich im Bett liege, immer noch alles sehen. Meine kleine Welt in einem Spiegel. Ich bin nicht von hier fortgegangen, weil mir Brighton und unser Laden nicht genügt hätten, Rosemary. Nach Papas Tod fehlte in dieser kleinen Welt, die ich im Spiegel sah, etwas, das nie zurückkommen konnte.«

Eine Welle an Gefühlen rollte über Rosemary hinweg und zwang sie, mit dem Fegen innezuhalten. Sie starrte auf ihre Füße hinab und die Atmosphäre im Raum veränderte sich. Sie stand genau an der Stelle, an der ihr Vater zu Tode gekommen war. Ihre Beine versagten und sie sank auf den Boden. »Es tut mir leid.«

Ob sie mit Jessie oder mit ihrem Vater oder mit sich selbst sprach, wusste sie selbst nicht genau. Sie fuhr mit den Fingern über die Bodendielen. Das Holz war gebleicht, geschrubbt und gestrichen worden, damit es sich nicht vom Rest des Ladens unterschied.

Welches Geräusch hatten wohl diese Bodendielen von sich gegeben, als dieser kräftige Mann gestürzt war?

Jessamine setzte sich neben sie. Erst als sie mit dem Daumen über Rosemarys Wange strich, merkte diese, dass die Tränen von ihrem Kinn tropften. Clay, der die Klappstühle gestapelt hatte, die sie von der Kirchengemeinde ausgeliehen hatten, huschte leise zur Eingangstür hinaus.

»Papa wäre durch diese Tür gerast, egal ob du hier gewesen wärst oder nicht. Glaubst du, es wäre besser gewesen, wenn ihr beide gestorben wärt?«

Aus irgendeinem Grund hatte Rosemary das Gefühl, endlich die Wahrheit bekennen zu müssen. »Ja. Er ist hineingelaufen, um jemanden zu retten, der hier hätte sein sollen. Wenn ich hier gewesen *wäre*, hätte ich die Polizei alarmieren können, als dieser Mann vor dem Laden herumschlich. Vielleicht wäre die Polizei eher hier gewesen als Papa. Vielleicht hätte er nie sterben sollen. Vielleicht hätte ich das Opfer sein sollen.«

»Oh, Rosemary! Überleg bitte, was du da sagst. Ich weiß, dass du das Gefühl hast, sein Tod hätte keinen Sinn gehabt. Aber Papas Lebensmission war es, Mama und uns Mädchen zu lieben. Diese Mission hat sein Leben bestimmt. Und sie hat auch seinen Tod bestimmt. Er hat uns geliebt. Wenn er jetzt mit dir sprechen könnte, würde er sagen, dass der Tag, an dem er starb, nur ein ganz gewöhnlicher Tag wie jeder andere war, an dem er das getan hat, wozu er sich berufen fühlte.« Jessie strich eine Haarsträhne von Rosemarys Wange.

»Als ich aus Brighton wegging, wollte ich etwas tun, das Papa stolz machen würde. Für mich bedeutete das, Träumen nachzujagen und Risiken einzugehen. Es bedeutete, die Welt zu sehen, denn sein Tod hat mir gezeigt, wie schnell das Leben vorbei sein kann. Vielleicht bist du sauer, weil ich weggegangen bin und du hiergeblieben bist. Und du hättest recht damit! Aber das war meine Art, den Bezug zu Papa nicht zu verlieren. Er ist zwar nicht gereist, aber er hat jede Gelegenheit ergriffen. Er hat sein Leben genutzt und nicht vergeudet.« Sie drückte die Schulter ihrer Schwester.

»Es wird endlich Zeit, dir selbst zu vergeben, Rosemary. Erlaube dir, dein Leben so zu nutzen, wie es Papa für dich gewollt hätte.«

Rosemary wischte sich über die Augen.

»Pack die Fotos von ihm aus. Häng sie an die Wand. Lass den Schmerz zu. Und lass die Wunden endlich heilen. Erzähl deiner Tochter von dem wunderbaren Mann, der ihr Großvater war. Ich glaube, du findest das Leben, nach dem du dich sehnst, erst dann, wenn du das Leben annimmst, das du jetzt hast. Mit allen Ecken und Kanten. Mit dem ganzen Schmerz. Der Trauer. Einfach mit allem. Bist du bereit, diese Lasten, die du dir auf die Schultern geladen hast, Gott zu überlassen? Oder willst du diesen Schmerz und diese Reue weiterhin mit dir herumschleppen und darunter zusammenbrechen?«

Kapitel 47

Heute

»Danke, Sarah. Es war ein perfekter letzter Tag.« Omas Augen glänzten im Licht der untergehenden Sonne, das durch die große Glasfront des Ladens fiel.

Libby trat zu Sarah und drückte sie mit einem Arm an sich, während die kleine Caroline schläfrig auf ihrem anderen Arm blinzelte. »Du hast diese Abschiedsfeier herrlich organisiert. Wir verschwinden jetzt, damit ihr etwas Zeit für euch habt.« Sie deutete nach draußen, wo ihr Mann die anderen Kinder in den Minivan lud. »Ist Clay schon gegangen?« Sie stieß Sarah in die Seite und flüsterte ihr ins Ohr: »Er hat dich den ganzen Tag nicht aus den Augen gelassen.«

Sarah schüttelte den Kopf und bedachte Libby mit einem gespielten finsteren Blick. Clay war wahrscheinlich nur damit beschäftigt, ihre neuen Zukunftspläne zu verarbeiten. Besonders da sie ihn gebeten hatte, sich zu überlegen, ob er eine Geschäftspartnerschaft mit ihr eingehen wollte. »Hör auf, andere verkuppeln zu wollen, Libby Lou. Es wird so kommen, wie es kommen soll.« Sie tätschelte den Arm ihrer Freundin. »Nochmals danke, dass ihr gekommen seid. Steht unsere Verabredung zum Mittagessen nächste Woche noch?«

»Ben hat fest versprochen, dass ich den ganzen Nachmittag kinderfrei habe. Ich weiß nicht, ob ich überhaupt noch ein richtiges Gespräch führen kann, ohne ständig unterbrochen zu werden.«

Sarah schmunzelte, während Libby zum Rest ihrer Familie hinausging. Sie war sicher, dass Libby der Gesprächsstoff bestimmt nicht ausgehen würde.

Als ihr Vater auf dem Parkplatz vorfuhr, wurde ihr Lächeln breiter. Er kam ein wenig spät, aber er hatte es geschafft. Auch er hatte viel in der *Old Depot Grocery* mitgearbeitet. Es war also nur richtig, dass er an diesem Tag dabei war.

Nachdem die letzten Gäste den Laden verlassen hatten, breiteten Sarah und Jessamine rote Baumwolldecken auf dem Fußboden aus und bereiteten ein Indoorpicknick vor. Oma hatte erzählt, dass sie und Opa Clarence nach langen Arbeitstagen, an denen sie bis spätnachts die Regale aufgefüllt hatten, eine Decke ausgebreitet und einen Mitternachtssnack aus Zitronenkeksen und Glory Anns zuckersüßem Tee genossen hatten, während die kleine Rosemary und Jessamine geschlafen hatten. Sie hatten sich eine Weile unterhalten und die Ruhe nach dem Sturm genossen, bevor sie ihre schlafenden Töchter auf die Arme genommen hatten und nach Hause gefahren waren.

Oma ließ sich auf einer der Decken nieder. »Nach dem Einräumen waren wir hundemüde und konnten uns kaum noch auf den Beinen halten. Aber es war eine zufriedenstellende Erschöpfung. Wenn man weiß, dass man schwer gearbeitet hat, und stolz auf das ist, was man geschafft hat.«

Tante Jessie konnte diese Aussage nicht so stehen lassen. »Das hast du vielleicht so empfunden, Mama. Ich war einfach nur hundemüde«, erklärte sie in ihrem breitesten Südstaatenakzent. »Ihr beide habt Rosemary und mich in diesem Laden schuften lassen, seit wir so groß wie Grashüpfer waren.«

Rosemary lachte. »Wenn Mama und Papa jedes Mal, wenn du gedroht hast, ihnen den Kinderschutzbund auf den Hals zu hetzen, einen Cent bekommen hätten, hätten sie den Laden schließen können. Denn dann wären sie Millionäre gewesen.«

Oma lächelte und ihr Blick wanderte in die Ferne. »Auch wenn ich das damals nicht wusste, war es die schönste Zeit meines Lebens.«

Sarah zog die Knie an und spürte dabei die kleine Wölbung ihres Bauches. »Es wäre schön, wenn wir auf wundersame Weise die schönsten Tage erkennen würden, wenn wir sie erleben, statt sie erst im Rückblick als solche zu bemerken.«

»Soll ich euch sagen, woran ich mich im Hinblick auf unseren Laden am liebsten erinnere?« Tante Jessies Stimme riss Sarah aus ihren Gedanken. Sie stieß Mama mit einem schelmischen Grinsen in die Seite.

»Nein. Bitte! Jessie, erzähl diese Geschichte nicht.« Mama legte in gespieltem Entsetzen ihre Hände an ihre Wangen und versuchte, ein Lachen zu unterdrücken.

»Als wir einmal von der Schule zum Laden gingen – ich glaube, Rosemary war elf und ich war neun –, hat Rosemary dieses kleine graue Eichhörnchen am Straßenrand auf dem Boden liegen sehen …«

»Rosemary Jimson Clearwater Anderson, das warst du? Du kleiner Schlingel!« Omas Augen weiteten sich, aber ihre Mundwinkel umspielte ein Lächeln.

Sarah kniff die Augen zusammen. *Jimson?* Diesen Namen unterschlug ihre Mutter immer beim Unterschreiben. Jimson? Jimmy? Warum hatte Oma ihre Tochter nach ihrer ersten Liebe benannt?

Tante Jessies schallendes Lachen riss Sarah erneut aus ihren Gedanken. »Zuerst dachten wir, das kleine Tier wäre tot, aber Rosemary stellte fest, dass es noch atmete. Sie hob es vom Boden auf und legte es in ihren Rucksack. Ich habe keine Ahnung, was sie mit ihm vorhatte, aber offenbar hatte sie einen Plan. Doch als wir in den Laden kamen, schickte uns Mama sofort an die Arbeit.

Wir waren hinter dem Laden und sortierten Pfandflaschen. Plötzlich ertönten aus dem Laden laute Schreie und ein panisches Kreischen. Rosemary und ich rannten hinein und es herrschte das absolute Chaos.« Sie krümmte sich vor Lachen. »Dieses kleine Eichhörnchen muss ohnmächtig gewesen sein, als wir es fanden, aber nun raste es wie eine Rakete mit seinem dicken pelzigen Schwanz durch den Laden. Es kletterte auf die Regale und sprang von einem zum anderen. Als es auf Miss Claudias Schulter landete, erlebte ich den Schock meines Lebens, denn ich hatte aus dem Mund der Pfarrersfrau noch nie ein so schlimmes Schimpfwort gehört!«

Sarah legte die Arme um ihren Bauch, weil sie bei diesem Bild und der Vorstellung, dass ihre stets verantwortungsbewusste und vernünftige Mutter das alles ausgelöst hatte, herzhaft lachen musste. Sie lachte so sehr, dass ihr die Tränen kamen. »Was habt ihr dann gemacht?«

»Papa hat das arme Ding schließlich eingefangen. Er warf eine Jacke über das Tier, hob es hoch und brachte es nach draußen. Zu diesem Zeitpunkt waren die meisten Kundinnen bereits auf den Parkplatz geflohen.« Tante Jessie konnte vor Lachen kaum weitersprechen.

Oma deutete auf ihre Töchter. »*Du! Und du!* Ihr beide habt mich mit großen Augen ganz unschuldig angesehen. Ihr habt mir erzählt, dass das Eichhörnchen irgendwie durch die Hintertür in den Laden gekommen sein musste.« Sie lachte. »Unglaublich, dass ihr dieses Geheimnis die ganze Zeit für euch behalten habt. Normalerweise habt ihr euch sofort gegenseitig verpetzt.«

Mama lachte. »Erinnerst du dich an den Bee-Gees-Sticker, den ich jahrelang auf meinem Rucksack hatte? Dabei war ich gar kein so großer Fan von ihnen. Cathy hatte ihn mir gegeben, damit ich das Loch verstecken konnte, das dieses Eichhörnchen hineingefressen hatte.«

Oma hielt sich lachend die Hand vor den Mund. »Das erklärt, warum du nie so begeistert warst, wie ich erwartete, als ich dir zu Weihnachten Bee-Gees-Alben kaufte.«

»Das war meine liebste Erinnerung. Jetzt bist du dran, Rosemary.« Tante Jessie biss in ihren Apfelkuchen.

Mama atmete tief ein und trank dann einen langen Schluck von ihrem gesüßten Tee. »Mama, Jessie, erinnert ihr euch daran, wenn Papa gesungen hat? Wenn er samstagmorgens aus voller Kehle ›Mir ist wohl in dem Herrn‹ gesungen hat?«

Oma lächelte. »Er hatte die Stimme eines jaulenden Jagdhunds, aber das hat er mit der Leidenschaft in seiner Stimme wettgemacht.«

Sarah blinzelte die Tränen zurück. Nicht so sehr wegen dieses Mannes, den sie nie kennengelernt hatte, sondern weil Mama endlich über Opa Clarence sprach. Weil sie Dinge ans Licht brachte, die sie lange weggesperrt hatte.

Mama senkte den Blick auf ihre Hände, die sie auf ihrem Schoß hielt. »Das gehörte zu den Dingen, die ich nach seinem Tod am meisten vermisste.«

Oma lächelte sanft. »Ich denke, das war sein Wunsch für uns alle: dass uns, egal, was kommt, wohl in dem Herrn ist.«

Sarah atmete tief ein und stand auf. *Jetzt oder nie.* »Ich muss euch etwas sagen. Es … es gibt eine Neuigkeit.«

Oma stand auf und blickte mit zusammengekniffenen Augen zur Ladentür. »Habt ihr diesen Mann da draußen gesehen?«

Der Parkplatz jenseits der Schaufensterscheiben war bis auf wenige Autos leer.

Tante Jessie schüttelte den Kopf. »Dort draußen ist niemand. Mama, geht es dir gut?«

Oma marschierte zur Tür. »Er war gerade noch da und hat durch die Schaufensterscheibe geblickt. Und ich … ich kann ihn zwar nicht einordnen, aber ich könnte schwören, dass ich ihn irgendwie kenne.«

Als Oma ins Freie trat, tauchte der Mann wieder auf. Sarah hielt sich die Hand vor den Mund, um nicht laut zu stöhnen, und folgte ihr schnell. Die Glocken bimmelten, als die Tür hinter ihr ins Schloss fiel. Knapp hinter Oma blieb sie stehen.

Jimmy wich zurück. Sein Blick wanderte kurz zu Sarah und richtete sich dann wieder auf Oma. Er schluckte. »Es tut mir leid, ich wollte nicht stören. Ich wusste nicht, dass hier eine Feier stattfindet. Ich hätte nicht …« Er wandte sich ab.

»Warten Sie!«, forderte ihn Oma mit klarer Stimme auf und trat auf ihn zu. »Kenne ich Sie?«

Jimmy schaute sie an, atmete tief ein und hielt die Luft an. Sein

Blick wanderte über Omas Kopf zu Sarah. Der Schmerz in seinen Augen bohrte sich tief in ihre Seele, eine stumme Bitte um Hilfe. Sarah zog einen Mundwinkel hoch und zuckte die Schultern.

Er öffnete den Mund und schloss ihn wieder, dann atmete er erneut stockend ein. »Glory Ann, ich bin es. Jimmy. Jimmy Woodston.«

Oma taumelte. Sarah hielt schnell ihren Arm fest, um sie zu stützen.

»Nein ... nein, das kann nicht sein.« Oma blinzelte. »Du bist nicht ...«

»Mutter? Was ist hier los?«, fragte Mamas Stimme hinter Sarah. »Wer ist dieser Mann? Regst du dich seinetwegen auf?«

Sarah drehte sich zu ihr herum. »Alles ist gut. Das ist ein alter Freund von Oma. Jimmy Woodston.«

Mamas Augen weiteten sich und sie trat einen Schritt zurück. Ihre Kinnlade fiel herunter. »Sie ... Sie sind der Mann, der meiner Mutter Briefe geschrieben hat.«

Omas Blick wanderte zwischen Jimmy und ihrer Tochter hin und her. Sie runzelte die Stirn. »Briefe?« Ihre Stimme war ein bebendes Flüstern. »Welche Briefe?«

Mama rang zitternd die Hände.

»Rosemary, welche Briefe?«

Kapitel 48

Heute

Glory Ann drückte eine Hand auf ihr Herz und starrte den Mann an, der ihr in dem schwach beleuchteten Büro gegenübersaß. Sein Stuhl knarzte laut, als er sein Gewicht verlagerte.

Er konnte nicht Jimmy sein. Der Krieg hatte ihr vor Jahrzehnten den Jungen mit den blauen Augen und der Seele eines Dichters geraubt.

Vor dem Büro warteten ihre Töchter immer noch auf eine Erklärung.

Der Mann zog einen winzigen Stoffbeutel mit Wildblumensamen aus der Hemdtasche, der genauso aussah wie der Beutel, den Glory Ann immer noch in der Hutschachtel ganz hinten in ihrem Schrank aufbewahrte.

»Mein Jimmy ist tot.«

Der Mann strich mit dem Daumen über den rauen Stoff in seiner Hand. »Das stimmt vermutlich.«

Glory Ann starrte auf den Boden zwischen ihren Füßen, als könne er ihr Antworten geben. »Ich habe gesehen, wie der Polizeiwagen vor dem Haus seiner Eltern vorgefahren ist. Ich habe bei seiner Trauerfeier eine rote Rose in der Hand gehalten und inständig gewünscht, sie wäre gelb, denn Gelb war die Farbe für die Vermissten. Bei den Vermissten gab es immer noch Hoffnung. Aber ich …«

Glory Ann blinzelte schnell. »Es ist sechsundfünfzig Jahre her. Warum …?« Sie schüttelte den Kopf. Wie?

Die Wände des alten Büros schienen näher zu rücken. Diese Wände kannten ihre Geschichte besser als jeder andere Raum. Wann würde dieser Mann anfangen, ihr zu erklären, dass er möglicherweise doch Jimmy sein könnte? Und warum er so lange untergetaucht war. »Warum bist du gekommen?«

Der Mann fuhr sich mit der Hand übers Gesicht und durchs Haar, bis seine weißen Locken wild hochstanden. »Ich wollte eine … eine Gelegenheit, dir die Sache zu erklären. Dich wiederzusehen.«

»Jetzt?«

Er hob den Kopf. »Ich dachte, du wüsstest, dass ich lebe. Ich dachte, du wolltest mich einfach nicht sehen.«

Glory Ann schüttelte den Kopf. »Ich war bei deiner Beerdigung.«

»Ich habe Briefe geschrieben. Einen an deine Eltern, in dem ich sie bat, dir vorsichtig nahezubringen, dass ich noch lebe. Den anderen habe ich dir hierher in den Laden geschickt. Sarah hat Kontakt zu mir aufgenommen. Sie hatte den Eindruck, dass du diesen Brief nicht bekommen hast. Vielleicht war es falsch, zu dir zu kommen, nachdem so viel Zeit vergangen ist. Aber es fiel mir schon immer schwer zu glauben, du wüsstest, dass ich lebe, und würdest mich dennoch nicht sehen wollen. Aber als ich durch Sarah hörte, dass du vielleicht gar keine Ahnung hattest, dass ich noch lebe, und dass die Erinnerung an dein süßes Gesicht mich an den dunkelsten Tagen meines Lebens davor bewahrt hat aufzugeben ... da … da musste ich einfach herkommen.« Er senkte den Kopf. »Ich habe keine Erwartungen an dich, Glory Ann. Mir war nur wichtig, dass du das weißt.«

Jimmy stand auf und reichte ihr einen vergilbten Umschlag. »Das ist der Brief. Sarah sagt, sie hat ihn bei den Sachen deiner Tochter Rosemary gefunden. Was mit dem Brief passiert ist, den ich deinen Eltern geschickt habe, weiß ich nicht. Wahrscheinlich ging er in der Post verloren.«

Glory Ann konnte sich ganz genau vorstellen, was mit dem Brief an ihre Eltern passiert war. *Aber Rosemary?* Warum hatte Rosemary, die von allem, was passiert war, nichts wusste, etwas so Privates, so Persönliches, vor ihr zurückgehalten?

Sie griff nach dem Umschlag und starrte die Hand an, die ihn hielt – eine Hand, die völlig anders aussah als die Hände, die sie in Erinnerung hatte. Diese Hand war mit Flecken und Falten überzogen. Doch dann sah sie die Narbe an seinem Zeigefinger, gleich über dem Fingerknöchel. Während sie den Umschlag immer noch regungslos in der Hand hielt, blickte sie ihm in die Augen. Sie sah das verblüffende Himmelblau, das sie in Erinnerung hatte und aus dem Licht und Hoffnung gestrahlt hatten. Jetzt waren darin auch Schatten zu sehen. Schatten, die mehr Schmerz verrieten, als Worte je ausdrücken konnten. Ihre Kehle schnürte sich zusammen. Auch wenn dieser Mann, der ihr gegenübersaß, Jimmy hieß, war der Junge mit den strahlenden Augen, der gerade angefangen hatte, ein Mann zu werden, trotzdem nicht mehr da.

Glory Ann zog das Briefpapier aus dem Umschlag und ihre Augen wanderten über die vertraute Handschrift. Sie hielt den Brief hoch. »Der Brief ist von 1986. Einundzwanzig Jahre, nachdem du nach Vietnam gegangen warst?! Du hast gesagt, dass du fünf Jahre vorher meinen Eltern auch einen Brief geschrieben hast, um ihnen mitzuteilen, dass du überlebt hast? Das war dann 1981. Hilf mir, das zu verstehen, Jimmy. Deine eigenen Eltern sind gestorben, ohne zu wissen, dass du lebst.«

»Du bist mit ihnen in Kontakt geblieben?« Tränen glänzten in seinen Augen.

Sie nickte.

Die Anspannung in seinem Gesicht nahm ein wenig ab. »Das war nett von dir.«

Jahrelang hatte sie sich nach dem großen Jungen auf den Maisfeldern gesehnt, der die Hände in die Hosentaschen gesteckt und sie mit seinen Grübchen angelächelt hatte. Mit seinen hellblonden Locken, die sich nicht hatten zähmen lassen. Und Augen in der Farbe des Himmels. Mit sanften Händen, die winzigen grünen Pflanzen geholfen hatten, aus der Erde zu sprießen. Dieser Junge war ihr durch etwas Dunkles und Hässliches geraubt worden. In einem fernen Land jenseits ihrer Kontrolle.

Aber jetzt war er zurück. Mit gebeugten Schultern und ergrautem Haar.

Jimmy senkte den Kopf. »Aufgrund einer Verwechslung, als ich einem sterbenden Mitsoldaten meine Jacke lieh, hielt man ihn für mich und mich für ihn. Nach sieben Jahren in Kriegsgefangenschaft wurde ich freigelassen. Aber der Mann, der wieder amerikanischen Boden betrat, konnte immer noch die Steine und die Erde auf seiner Haut fühlen, die bei den Explosionen durch die Luft geflogen waren. Sie lagen auf mir wie eine dünne Schicht aus Tod und Zerstörung.« Er starrte auf seine Handflächen, als könnte er alles deutlich vor sich sehen. »So, wie ich damals war, hätte ich nie zu dir kommen können. Ich hätte dich zerstört.« Seine Worte waren so schwer, dass sie ihm glaubte.

»Nachdem ich alles getan hatte, um zu zerstören, was von mir übrig geblieben war, und nicht einmal das geschafft habe, bin ich auf die Suche nach dir gegangen. Ich wollte mich vergewissern, dass es das Leben mit dir besser gemeint hat als mit mir. Ich habe deine Mädchen gesehen. Ich habe kurz mit ihnen gesprochen. Ich habe gesehen, dass du hier in diesem Laden ein schönes Leben führtest, und habe mich für dich gefreut.«

Bei diesen Worten stand Glory Ann der Mund offen. Er war im Laden gewesen? Er hatte mit ihren Töchtern gesprochen? Sie klappte den Mund zu und war fest entschlossen, Jimmy seine Geschichte zu Ende erzählen zu lassen.

»Aber es tat weh. Denn in einem leeren Grab in Humboldt lagen die Erinnerungen an einen Jungen und ein Mädchen, die sich auf den Maisfeldern heimlich geküsst hatten. Das zerriss mir das Herz. Das war alles so unfair.« Er atmete stockend ein.

In dem Versuch, ihre aufgewühlten Gefühle zu bändigen, schüttelte sie den Kopf. »Du hast meine Mädchen kennengelernt?«

Er nickte.

Sie hob einen Mundwinkel und biss sich auf die Lippe. »Du hast es nicht gesehen? Rosemarys blonde Locken? Ihre Augen, die so viel Ähnlichkeit mit deinen haben?«

Sein Mund bewegte sich, aber er brachte keinen Ton heraus. »Willst du damit sagen …?«

Ihre Hände wanderten zu ihren Wangen und sie nickte.

Vor dem Büro waren das Quietschen der Toilettentür und das Knarren der Bodendielen zu hören.

»R-Rosemary ist unsere … unsere Tochter? W-wie?«

Die Schritte, die sich von der Tür entfernten, erstarrten. Im nächsten Moment ächzte der Holzboden lautstark, als die Schritte davoneilten und die Hintertür zugeknallt wurde.

Die plötzliche Unruhe vor der Tür ließ Jimmy die Stirn runzeln. Glory Ann stand auf und drückte die Hände auf ihre Brust. Wie sollte sie das je wieder in Ordnung bringen?

Auf dem Parkplatz hinter dem Laden, wo Rosemary immer parkte, heulte ein Motor auf. Glory Ann schluckte ein schmerzliches Stöhnen hinunter und drückte einen Moment die Augen zu.

Eine Träne löste sich aus ihren feuchten Augen und lief über ihr Gesicht. »Sie wusste es nicht.« Sie atmete stockend ein. »Was habe ich nur getan?«

Er deutete mit dem Kopf zur Seite. »Deshalb … deshalb hast du so bald geheiratet.«

Glory Ann nickte. Da sie im Moment zu keinen Worten fähig war, hob sie die Hand und bedeutete ihm zu warten. Dann trat sie aus dem Büro.

Clay und Jessamine standen im leeren Laden, hatten die Köpfe gebeugt und unterhielten sich leise. »Geht es Ihnen gut, Ms Glory Ann?«, fragte Clay besorgt.

»Ja.« Sie räusperte sich, um die Rauheit aus ihrer Stimme zu vertreiben. »Wo ist Rosemary?«

»Sarah und Bo fahren ihr nach.«

Glory Ann nickte. »Gut.« Die beiden waren genau die Menschen, die Rosemary in diesem Moment brauchte. Ihr Herz wollte stehen bleiben. Rosemary würde kein Wort mehr mit ihr sprechen. Jetzt, da der Laden fort war, müsste sie das auch nicht mehr.

Jessamine runzelte die Stirn. »Was ist hier los, Mama? Wer ist dieser Mann? Warum ist Rosemary so verstört davongelaufen?«

»Ich erzähle dir alles später, versprochen. Gib mir aber vorher bitte ein wenig Zeit.« Glory Ann ging in die hintere Ecke des Ladens. Zu der dunklen Stelle, an die nie genug Licht fiel, obwohl sie im Laufe der Jahre die Beleuchtung verbessert hatten. Sie fand die lose Bodendiele. Über diese Diele waren die Leute jahrelang gelaufen, ohne zu ahnen, was sich darunter befand. Hier war etwas versteckt, das so sehr Teil dieses Ortes geworden war, dass Glory Ann es fast vergessen hatte. Mit den Fingernägeln hob sie das Brett hoch und holte den vergilbten, tränenbefleckten Umschlag heraus. Dann kehrte sie ins Büro zurück und drückte ihn Jimmy in die Hände. »Als ich erfuhr, dass ich schwanger war, habe ich diesen Brief geschrieben, aber bevor ich den Mut aufbrachte, ihn abzuschicken, kam die Nachricht von deinem Tod.«

Kapitel 49

Heute

Sarah saß neben ihrem Vater in seinem Pick-up. Sie klammerte sich verkrampft an den Griff, während er in einem rasanten Tempo die scharfen Kurven nahm. Er warf einen Blick auf seine Tochter. »Du hast die Briefe gefunden? Du hast Kontakt zu diesem Jimmy aufgenommen?«

Sarah biss sich in die Wange. »Ich wollte nicht, dass es so kommt. Ich weiß, ich hätte nicht in Mamas Sachen herumschnüffeln sollen, aber als ich diese Briefe an Oma las, stand darin so viel Sehnsucht und Bedauern. Und ich … ich kenne diese Gefühle selbst sehr gut. Also habe ich ein wenig nachgeforscht und mich mit Jimmy getroffen. Er sollte anrufen, bevor er kommt. Ich dachte, dann könnte ich Mama und Oma behutsam vorbereiten. Und ihnen erklären, warum ich das getan habe.«

Papa seufzte. »Hast du eine Ahnung, warum deine Mutter so aufgewühlt aus dem Laden gestürmt ist?«

Sarah schüttelte den Kopf.

Papa bog von der Hauptstraße ab und fuhr auf einer Schotterstraße weiter.

Ein schmiedeeisernes Tor tauchte vor ihnen auf. »Der Friedhof?«, fragte sie.

Papa lächelte sie mit traurigen Augen an. »Wenn sie sehr aufgewühlt ist, kommt sie manchmal hierher.«

»Zu Opa Clarence' Grab?«

Er nickte. »Der Friedhof war für sie immer ein heiliger Ort.«

Gemeinsam stiegen sie aus dem Wagen, traten durch das schmiedeeiserne Tor und marschierten auf dem viel begangenen Weg los. Ihre Mutter saß auf der Bank neben dem Grab, den Rücken kerzengerade, die Augen auf etwas in der Ferne gerichtet. Sarah trat versehentlich auf einen Zweig. Das Knacken ließ ihre Mutter aus ihrem tranceähnlichen Zustand hochfahren.

»Mama, ist alles in Ordnung?« Es war eine dumme Frage, aber etwas Besseres fiel ihr nicht ein.

Mama zuckte die Schultern und blinzelte. »Keine Ahnung. Ich …« Sie verstummte und vergrub das Gesicht in ihren Händen. Sarah und Papa setzten sich und nahmen sie wie zwei Buchstützen in ihre Mitte.

Gemeinsam schwiegen sie und Sarah blickte über die sauberen Grabreihen. Ein Rotkehlchen landete auf dem Grabstein ihres Großvaters und setzte zu einem Trillern und Zwitschern an. Seine Gefährtin, die über ihnen im Kirschbaum saß, antwortete sofort.

Mama hob den Kopf und schaute Sarah durchdringend an. »Wusstest du Bescheid?«

Sarah öffnete den Mund und schloss ihn wieder. »Ich …«

Mit schmerzlich verzogener Miene deutete Mama zum Grab. »Ich frage mich, ob *er* wusste, dass ich nicht seine Tochter bin, oder ob sie ihn auch angelogen hat.«

Papa atmete scharf ein. Sarah blinzelte. Sie wiederholte im Geiste die Worte ihrer Mutter, konnte sie aber nicht zu einem verständlichen Satz zusammenfügen. »Mama?«

Die Schultern ihrer Mutter sackten nach unten. »Ich kann einfach nicht glauben, dass sie eine Affäre hatte. Sie schien Clarence so sehr zu lieben.«

Papa nahm Mamas Hand und drückte sie zärtlich.

Sarah schüttelte den Kopf. »Mama, wovon redest du?«

Sie drückte die Augen fest zu und sagte: »Jimmy ist mein Vater.«

Sarahs Herz stockte. Trotz des tiefen Schmerzes ihrer Mutter breitete sich eine unerwartete Wärme in ihrer Brust aus. *Jimmy ist mein Großvater?*

»Ich habe sie im Büro reden gehört. Ich glaube nicht, dass er von mir wusste. Aber Mama wusste es. Aber wusste es Pa… Clarence?«

Papa legte einen Arm um Mama. »Egal, was passiert ist, macht das Clarence nicht weniger zu deinem Vater. Er war dein Vater und hat dich von ganzem Herzen geliebt.«

Der Blick ihrer Mutter wanderte von Papa zu Sarah und dann wieder zu Papa zurück. Eine tiefe Verzweiflung sprach aus ihrer Miene. »Ich weiß nicht, was schlimmer ist: Wenn er es wusste oder wenn Mama ihn angelogen hat. Denn wenn Pa-Papa es wusste, dann hat er mich auch angelogen.«

Sarah kaute auf ihrer Lippe. Wagte sie es, sich noch tiefer in dieses unbekannte Terrain zu begeben? »Ich weiß nicht, was Opa Clarence wusste. Oder warum Oma das vor dir geheim gehalten hat. Ich kann es nicht mit hundertprozentiger Gewissheit sagen, aber nach allem, was ich von ihm gehört habe, endete Omas und Jimmys Beziehung, bevor sie Opa Clarence heiratete. Sie dachte, Jimmy wäre in Vietnam gefallen. Obwohl sie Opa Clarence von ganzem Herzen liebte, hat sie ihr Leben lang um Jimmy getrauert.«

»Und ich habe seinen Brief versteckt.« Mama starrte geistesabwesend vor sich hin.

Sarah stieß mit dem Schuh gegen den Schotter vor ihren Füßen. »Bitte verzeih mir, dass ich in deinen Sachen gewühlt habe. Ich weiß, dass die Enthüllung dieser Geschichte mit viel Schmerz verbunden ist, aber ich bereue es nicht, dass ich Kontakt zu Jimmy aufgenommen habe.«

Sarah umklammerte die Kante der Betonbank. »Als Aaron starb, war ich so wütend und beschämt.«

Mama schaute sie mit gerunzelter Stirn fragend an.

»Ich brachte es nicht übers Herz, euch zu sagen, dass meine Ehe mit Aaron nicht glücklich war. Ich weiß nicht, woran es lag. Ich wusste, wie sehr du dich bemüht hast, um mir dieses wunderbare Leben zu ermöglichen, wahrscheinlich hatte ich einfach das Gefühl, versagt zu haben.«

»Oh, Liebes …« Mama drückte Sarahs Hand.

»Die ganze Zeit dachte ich, ich wäre wütend, weil Aaron unsere Gegenwart für eine Zukunft opferte, die er nicht versprechen konnte. Alles nur, um die Anerkennung seines Vaters zu erlangen, die er aber nicht bekam. Irgendwann hörte ich auf, seinen Versprechen zu glauben, denn egal was er erreichte, es hätte nie genügt, um die Lücke zu schließen, die sein Vater in seinem Herzen hinterlassen hatte. Ich konnte diese Lücke auch nicht schließen. Und das tat weh.«

Papa trat hinter Sarah und legte die Hände auf ihre Schultern.

Ihre Kehle war so zugeschnürt, dass sie kaum schlucken konnte. »An dem Abend, an dem er starb, hatte ich vor, ihn zu verlassen. Für einen Tag, für immer, ich wusste es nicht. Ich hielt es einfach nicht länger allein in diesem Haus aus. Nach seinem Tod lösten die ganzen Beileidsbekundungen starke Schuldgefühle bei mir aus. Ich dachte, mir ginge es so, weil ich ihn hatte verlassen wollen. Erst als ich Jimmys Brief las, begriff ich, dass ich mich geirrt hatte.« Sie drückte die Handflächen an ihre Augen, dann umklammerte sie wieder die Kante der Sitzbank, hielt sich einen Moment fest und sprach die Worte aus, die sie tief in sich vergraben hatte.

»Mir stand wieder der Moment vor Augen, als Aaron aus dem Haus ging und unseren Hochzeitstag wegen eines Notfalls an der Arbeit opferte. Mir lagen Worte auf der Zunge, aber ich habe sie nicht ausgesprochen. Meine Schuldgefühle hatten weniger damit zu tun, dass ich weggehen wollte, sondern eher damit, dass ich ihn nicht gebeten habe zu bleiben. Wenn er geblieben wäre, wäre er …« Ihre Augen brannten. Sie blinzelte und schüttelte den Kopf.

»Stattdessen ertrank ich in meinem eigenen Schweigen. Ich fürchtete, wenn ich ihm endlich sagen würde, dass ich es müde bin, auf *Irgendwann* zu warten – wenn ich anfinge, für uns zu kämpfen –, würde er sich trotzdem nicht für mich entscheiden.«

Sarah wagte einen Blick zur Seite. Mama hatte die Augen fest geschlossen und die Arme um ihren Bauch gelegt, als versuche sie, ihren Körper zusammenzuhalten, damit er nicht auseinanderbrach. Vielleicht würde ihre Mutter nie verstehen, warum sie

Aaron hatte verlassen wollen. Andererseits wusste Sarah durch diese alte Truhe auf dem Dachboden, dass ihre Mutter ebenfalls mit Dingen lebte, die sie zutiefst bedauerte.

»Ich war zwar wütend auf Aaron, aber am meisten schmerzten mich die Dinge, die ungesagt geblieben waren. Das habe ich durch Jimmys Brief erkannt. Als ich seine Worte las, konnte ich sein Leid nachempfinden. Die Sehnsucht. Der Schmerz des Ungewissen. Ich konnte das, was mit Aaron passiert ist, nicht ändern, aber ich wusste, dass es für Jimmy nicht zu spät war.«

Die Tränen, die sie seit Aarons Tod zurückgehalten hatte, brachen sich Bahn. Sie nahm die Hände ihrer Mutter und zog sanft daran, damit Mama aufhörte, ihre Arme so verkrampft um sich zu legen. Stattdessen hielten sich jetzt Mutter und Tochter fest – verbunden durch ihre Hände und durch so viel mehr. »Ich weiß, dass alles sehr aufwühlend ist. Und dass es schwer ist. Und dass es wehtut. Aber du, ich, Oma, Jimmy, wir alle atmen noch. Für uns ist es nicht zu spät, einen Weg in die Zukunft zu finden. Wir haben immer noch Zeit, das zu sagen, was gesagt werden muss. Wir müssen nicht im Ungewissen bleiben.«

Mama hob den Blick und nickte. »Du hast recht, Sarah. Das müssen wir nicht.«

Sie saßen zusammen, während sich die Sonne dem Horizont zuneigte. Dann fuhr Mama heim, während Papa Sarah zur *Old Depot Grocery* brachte, wo ihr Auto stand. Auf der kurvenreichen Landstraße atmete Sarah tief ein. Etwas hatte sich verändert. Dieser Schmerz, der sie bei jedem Atemzug niedergedrückt hatte, war verschwunden.

Papa hielt vor dem Laden an und ließ Sarah aussteigen. Jimmy stand auf dem Parkplatz und fuhr sich mit der Hand übers Gesicht.

Sarah trat zu ihm. »Wo ist Oma?«

Er deutete mit dem Daumen hinter sich. »Da drinnen. Ich wollte gerade nach Hause fahren, aber ich konnte einfach noch nicht gehen.«

Ein Grinsen zog über ihr Gesicht und sie umarmte ihn herzlich. Ein übermütiges Kichern kam über ihre Lippen. »Ich habe einen Großvater.«

Sie nahm die Arme zurück und schaute in seine tränennassen Augen.

Er lachte leise und schaute sie an, als wäre sie ein kühles Getränk an einem heißen Sommertag. »Ich habe eine Enkelin.«

Sarah nahm seine Hand und legte sie auf ihren Bauch. »Und einen Urenkel.«

Er schluckte stockend und seine Hand zitterte unter Sarahs Hand. »Eine Tochter, eine Enkelin und einen Urenkel. I-ich?«

Sarah nickte lächelnd. »Du kommst ein wenig spät zu der Party.« Sie zwinkerte. »Aber nicht zu spät.«

Jimmys Kinn zitterte. »Gott sei Dank!«

Vielleicht waren alle ihre Wege mit Fehlern und Geheimnissen gepflastert, zu denen es nie hätte kommen sollen, aber Sarah glaubte fest daran, dass die Wahrheit sie alle frei machen würde.

Kapitel 50

Heute

Am nächsten Morgen fuhr Rosemary zum Haus ihrer Mutter und klopfte an die Tür. Wenn das, was sie zufällig gehört hatte, stimmte und dieser Mann tatsächlich ihr Vater war, hätte sie dann bei seinem Anblick nicht irgendetwas fühlen müssen? Hätte ihre gemeinsame DNA nicht etwas zum Klingen bringen müssen? Aber sein plötzliches Auftauchen hatte sie nur wie ein Sog in die Tiefe gezogen. Sie hatte sich durch diesen plötzlichen Eindringling an dem Ort, der Clarence Clearwater gehörte, bedroht gefühlt.

Jessamine öffnete die Tür und zog sie wortlos in die Arme.

»Ist Mama zu Hause?«, fragte Rosemary.

»Ja, sie hat gerade gefrühstückt. Wir haben gestern bis spät in die Nacht miteinander gesprochen. Ich hoffe, du hörst ihr zu und lässt sie ausreden.«

Jessamine hatte leicht reden. »Wie geht es ihr?«

Jessamine schüttelte den Kopf. »Das kann ich nicht sagen. Sie ist schockiert, glaube ich. Es ist nicht leicht zu verarbeiten, dass jemand, um den sie fast sechzig Jahre getrauert hat, die ganze Zeit am Leben war. Aber vor allem sorgt sie sich um dich. Sie will dir die Sache erklären.«

Rosemary trat ein und schlüpfte neben der Tür aus ihren Schuhen. »Dafür hat sie mein ganzes Leben lang Zeit gehabt.«

Jessamine legte eine Hand auf Rosemarys Schulter. »Du hast jedes Recht, wütend zu sein, aber sei nicht zu hart zu ihr. Du hattest auch Geheimnisse.« Sie hob eine kleine Reisetasche hoch.

»Du fährst? Jetzt?«

»Ich muss wieder an meine Arbeit. Aber wenn du mich hier

brauchst, storniere ich meinen Flug. Mama und ich haben Frieden geschlossen. Für mich ist es nicht … so kompliziert.«

Rosemarys Mund verzog sich zu einem halben Grinsen. »Wahrscheinlich nicht. Ich liebe dich, Schwesterherz.«

»Immer noch?«

»Natürlich. Immer, Jessie.«

»Mama wollte nie, dass du dich hier gefangen fühlst.«

»Das weiß ich jetzt. Wirklich. Vergib mir bitte, dass ich oft so hart zu dir war, weil du dein Leben auf deine Weise gelebt hast.« Rosemary seufzte. »Ich wünschte, Papa wäre hier. Er wüsste, was zu tun ist. Er hätte die richtigen Worte gefunden, um dieses Chaos wieder in Ordnung zu bringen. Das war immer seine Stärke gewesen.«

Jessamine verzog das Gesicht. »Erinnerst du dich an diesen Jagdhund, den ich kaputt gemacht habe?«

Rosemary lächelte. »Papa hat ihn für mich wieder zusammengeklebt. Wenigstens so gut er konnte. Ich habe ihn immer noch.«

Jessamine legte eine Hand auf ihre Schulter. »Genau das meine ich: Du hast alles Gute in unserem Leben immer allein ihm zugeschrieben, Rosemary. Aber er hat es nicht allein gemacht. Nichts davon. Er hat nicht einmal diesen kleinen Hund allein geklebt. Ich konnte in jener Nacht nicht schlafen, weil mir das, was ich getan hatte, keine Ruhe ließ. Ich hatte den Hund nur kaputt gemacht, um dir wehzutun. Sobald ich ihn fallen ließ, wusste ich, dass ich etwas Furchtbares getan hatte, aber ich war eigensinnig und wollte es nicht zugeben. Erst in der Stille der Nacht hörte ich auf die leise Stimme in meinem Herzen.«

Sie schob die Tasche über ihre Schulter. »Ich schlüpfte aus dem Bett und fand Mama und Papa, die beide über die Scherben gebeugt waren und den Hund zusammenklebten. Ich war sicher, dass sie mich übers Knie legen würden, wenn ich zugäbe, dass ich ihn absichtlich kaputt gemacht hatte. Aber stattdessen haben sie mit mir gebetet und mir gesagt, wie wichtig es ist, das, was ich falsch gemacht habe, zu bekennen und zu bereuen. Und sie benutzten ausgerechnet diesen kaputten Keramikhund, um mir zu erklären, was Jesus durch sein Opfer für mich getan hat.« Jessamine drückte ihre Hand. »Ich weiß, dass du mir nicht geglaubt hast, als ich am nächsten Morgen sagte, wie leid es mir tue – aber ich habe jedes Wort ernst gemeint.«

»Mama hat geholfen?« Rosemary lachte rau. »Ich dachte immer, der Hund wäre ihr nicht so wichtig, wie ich mir eingebildet hatte.«

»Es geht ihr immer nahe, wenn wir leiden, Schwesterherz. Ich glaube, es fällt ihr manchmal einfach nur schwer, das zu zeigen.«

Rosemary nickte und musste an die steife Großmutter Hawthorne zurückdenken. Von ihr hatte Mama bestimmt nicht gelernt, ihre Gefühle zu zeigen.

Jessamine warf ihren freien Arm um Rosemary und drückte sie herzlich an sich. »Du solltest mich wirklich bald besuchen kommen, wenn Bo wieder unterwegs ist. Die Pazifikküste würde dir gefallen.«

»Ich …«

»Deine Diagnose ist genauso wenig ein Käfig, wie es der Laden war.«

Rosemarys Kinn zitterte leicht.

»Lebe, Rosemary! Tu die Dinge, die du tun willst. Das kann heißen, dass du hier in Brighton bleibst und nie weggehst. Es kann aber auch heißen, dass du dir die ganze Welt ansiehst. Im Leben geht es darum, Herausforderungen anzunehmen und weder der Angst noch falschen Schuldgefühlen zu erlauben, über dein Leben zu entscheiden. Hör auf die Leidenschaften, die unser Schöpfer in dein Herz gelegt hat. Vielleicht sollst du bleiben, vielleicht sollst du weggehen. Aber hör ausnahmsweise einmal auf diese Stimme, statt ständig eine Liste mit Gründen aufzuzählen, warum du das nicht könntest.«

Sie drückte Rosemary einen schnellen Kuss auf die Wange. »Ich liebe dich, Schwesterherz. Du schaffst das. Wenn du jemanden zum Reden brauchst, ruf mich an.«

Damit war Jessamine zur Tür hinaus und sprang mit einem Elan, der für eine Frau ihres Alters viel zu schwungvoll und frei war, die Stufen hinab.

Rosemary stand allein im Flur und sinnierte darüber nach, wie weise ihre jüngere Schwester geworden war. Sie warf die Schultern zurück und war nicht sicher, was sie aus dem, was Jessie gesagt hatte, machen sollte. Aber ihren ersten Rat wollte sie unbedingt befolgen. Sie wollte nicht zu hart sein. Sie wollte zuhören.

Sie ging in die Küche, in der viele Familienmahlzeiten und Familientreffen stattgefunden hatten. An diesem Küchentisch hatten sie immer etwas zu essen bekommen. Hier waren sie immer geliebt worden. Auch wenn sie diese Liebe damals nicht immer verstanden hatte.

Neben dem Tisch stand jetzt ihre Mutter. Ihre Mundwinkel waren nach unten gezogen und ihre Fäuste waren an ihren Seiten geballt, als bemühe sie sich, stark zu bleiben, obwohl die Last auf ihren Schultern sie zu erdrücken drohte.

Mama sank auf einen Stuhl auf der anderen Seite des Tisches und schaute Rosemary durchdringend an. »Na los, sag es schon!«

Rosemary setzte sich ihr gegenüber an den Tisch. »Ich kann nicht glauben, dass du mir das mein ganzes Leben lang verschwiegen hast.« Aber wenn überhaupt, dann hatte Rosemarys Geheimnis das Leben mehr verändert als Mamas Geheimnis. Sie atmete schwer aus. »Und jetzt du.« Sie umklammerte die Stuhlkante und wappnete sich für das, was Mama sagen würde.

»Und ich kann nicht glauben, dass du mir diesen Brief so viele Jahre vorenthalten hast. Er hat die ganze Zeit gelebt. All diese Jahre hätte er Teil deines Lebens sein können. Und meines Lebens. Ich weiß nicht wie. Ich weiß nicht, wie Jimmy in unser Leben passt, aber …«

»Hattest du eine Affäre?«

Mama schüttelte den Kopf und schaute sie mit großen Augen an. Dann beugte sie sich über den Tisch und ergriff Rosemarys Hand. »*Nein. Nie.* Ich war mit Jimmy verlobt. Wir wollten heiraten, aber er wurde eingezogen und nach Vietnam geschickt. Kurze Zeit später erfuhr ich, dass er gefallen war. Ich war schwanger und musste meinen Eltern gestehen, dass Jimmy und ich Dinge getan hatten, auf die ich nicht stolz war.« Sie schaute Rosemary durchdringend an. »Aber ich habe es nie bereut, dich bekommen zu haben. Mein Vater brachte mich nach Brighton und stellte mich deinem Papa vor. Er sagte, dass ich mein Leben und das Leben meiner Eltern ruiniere, wenn ich ihn nicht heirate und so tue, als wäre Jimmys Baby das Kind von Clarence. Ich war in diesem Moment so wütend auf meinen Vater, weil er glaubte, eine solche Entscheidung für mich treffen zu können, dass es mir völlig egal war, ob mein leidenschaftlicher Moment mit Jimmy mir und meiner Familie für immer schaden würde. Aber mir war nicht egal, was das für mein Kind bedeuten würde.« Sie drückte Rosemarys Hand. »Für *dich*. Vielleicht ist das schwer zu verstehen, aber ich war erst neunzehn und es waren völlig andere Zeiten als heute.«

Rosemarys Magen zog sich bei der Vorstellung zusammen, dass eine Hochzeitsnacht arrangiert worden war, um zu kaschieren, dass sie das Kind eines anderen Mannes war. »Wusste er es? Oder hast du Clarence auch angelogen?«

»Rosemary, sag *Papa*, wie du es immer getan hast. Er war dein Papa. Daran wird sich nie etwas ändern. Er hat sich auf diese Ehe eingelassen, obwohl er ganz genau Bescheid wusste. Ich verabscheute ihn und seine bedingungslose Freundlichkeit zunächst sogar. Er ermutigte mich immer, ihn als Freund zu sehen, und erwartete nicht mehr von mir. Aber ich steckte so tief in meiner Trauer, dass ich das Geschenk nicht sehen konnte, das ich durch die Ehe mit diesem Mann bekommen hatte. Einige Jahre später sah ich ihn mit völlig anderen Augen.«

Rosemary kaute auf ihrer Unterlippe. »Warum?«

»Ich war so verletzt, dass ich seine Liebe zu mir nicht annehmen konnte, aber ich sah, wie sehr er dich liebte. Das öffnete die Mauern, die ich um mein Herz herum aufgebaut hatte, einen

Spaltbreit. Und in diesen Spalten blühte die Liebe auf. Wie Löwenzahn im Frühling.«

»Ihr habt immer so verliebt gewirkt.«

»Es dauerte eine Weile, bis ich begriff, welche Gefühle er für mich hatte. Aber schließlich erkannte ich es. Als ich mit Jessamine schwanger wurde, hatte ich Angst, dass er für sie anders empfinden würde. Aber er ließ meine Bedenken keinen Moment zu. Er lächelte nur, fing an, ›My Girl‹ zu singen, und tanzte mit dir auf der Hüfte durch den leeren Gang.«

Rosemary hatte Mühe, den Kloß in ihrer Kehle hinunterzuschlucken. »Als ich diesen Brief öffnete, war ich schockiert. Aus den Zeilen sprach eine so starke Sehnsucht. Und der Brief sprach von Fehlern. Papa war gestorben und ich dachte, dieser Mann, dein Geliebter, würde einfach hier aufkreuzen und das Leben, das mein Vater aufgebaut hatte, an sich reißen. Ich konnte den Gedanken nicht ertragen, dass du einen anderen Mann liebst. Ich hatte die Absicht, dich zur Rede zu stellen. Hundertmal hätte ich es beinahe getan. Aber lieber lebte ich mit meiner Version von der Wahrheit, dass du und Papa euch geliebt habt, als das Risiko einzugehen, dass dies gar nicht der Fall gewesen sein könnte.«

Tränen liefen über Mamas Gesicht. »Es tut mir so leid, Rosemary. Wenn ich dir von Jimmy erzählt hätte, hättest du gewusst, wer er ist, als du diesen Brief gelesen hast. Du hast deinen Papa so sehr geliebt. Der Boden, auf dem er ging, war für dich heiliger Boden und ich hatte Angst, dass es irgendwie deiner Beziehung zu ihm schaden würde, wenn ich dir von Jimmy erzähle. Immerhin ging ich davon aus, dass Jimmy tot war, und je mehr Zeit verging, umso weniger sah ich einen Grund, warum du von ihm erfahren solltest. Wenigstens keinen Grund, der so triftig gewesen wäre, dafür deine Gefühle für den Mann, der dein Papa war, durcheinanderzubringen.«

Stimmen in Rosemarys Kopf schrien, dass es natürlich wichtig gewesen wäre. Aber dann versuchte sie, die Sache mit den Augen ihrer Mutter zu sehen. Sie hatte sich dieses Leben aufgebaut, um ihre Tochter zu schützen. Um sie alle zu schützen. Wie hätte die Stadt reagiert, wenn bekannt geworden wäre, dass diese Familie, die so geachtet wurde, nicht so war, wie alle angenommen hatten?

Mama schaute sie vorsichtig an. »Wirst du … glaubst du, du kannst … mir jemals vergeben?« Rosemary konnte ihren eigenen Schmerz in den Augen ihrer Mutter sehen.

Rosemary breitete die Hände auf ihren Oberschenkeln aus. Fünfunddreißig Jahre. Sie hatte Jimmy und ihrer Mutter fünfunddreißig gemeinsame Jahre geraubt. Damals hatte sie nicht geglaubt, dass ihr Tun solche schwerwiegenden Folgen hätte. Sie hatte gedacht, dass sie höchstens das Unausweichliche ein wenig hinauszögerte: dass Mama über Papas Tod hinwegkäme und einen anderen Mann lieben würde. Dass sie eine unkluge Liebesaffäre verhinderte. Aber sie hätte nie gedacht, dass sie das Wiedersehen ihrer Mutter mit ihrem leiblichen Vater verhindert hatte, des Mannes, um den ihre Mutter insgeheim jahrzehntelang getrauert hatte.

Plötzlich begriff sie. Jede Entscheidung, die sie getroffen hatte, seit Papa gestorben war, war ein Versuch gewesen, die Zeit anzuhalten. Eine gewisse Ähnlichkeit mit dem Leben, das er aufgebaut hatte, zu erhalten. Am selben Ort zu bleiben. Die gleichen Dinge zu tun. Einen Mann zu heiraten, der so viele gute Eigenschaften mit ihrem Vater gemeinsam hatte. Und doch hatte sie Sarah gedrängt, von hier wegzugehen. Sie hatte die *Old Depot Grocery* als Käfig gesehen, obwohl sie doch ein Symbol der Liebe und Familie sein sollte. Genauso wie Mama versucht hatte, Rosemary zu beschützen, hatte sie versucht, Sarah zu beschützen. Aber alle ihre Bemühungen, einander zu beschützen, hatten nur zu Verletzungen geführt.

»Es ist okay.« Mama berührte das Tischdeckchen vor sich und rückte es gerade. »Du brauchst mir nicht zu antworten. Ich … ich weiß, dass es viel zu verarbeiten ist.«

»Natürlich vergebe ich dir, Mama. Ich bin nicht sicher, wie es mir mit allem geht. Aber ich denke, ich verstehe, warum du so gehandelt hast.«

Mamas Stimme zitterte, als sie weitersprach. »Jimmy würde dich gern kennenlernen. Ich soll dir von ihm ausrichten, dass er es versteht, wenn du Zeit brauchst oder ihn überhaupt nicht kennenlernen willst. Aber er will dir unbedingt sagen, dass er dich nicht wissentlich im Stich gelassen hat.«

Rosemarys Kehle schnürte sich zusammen.

»Er hat es nicht gewusst, das musst du mir glauben. Ich hatte nie die Chance, es ihm zu sagen.«

Sarah hatte recht. Man konnte die Zeit nicht zurückdrehen. Aber hin und wieder bekam man eine Gelegenheit, Dinge in Ordnung zu bringen und das, was man bekommen hatte, mit allen Rissen und Narben anzunehmen.

Mama faltete die Hände und drückte sie fest an ihre Brust. »Ich muss mich noch für etwas anderes entschuldigen. Mir war nie bewusst, dass du dich hinter Jessamine zurückgesetzt fühltest. Das wurde mir erst klar, als du das neulich sagtest. Dieser Unterschied, den du fühltest, lag nicht daran, dass ich eine von euch mehr geliebt hätte als die andere. Ich habe dich immer von ganzem Herzen geliebt. Aber ich trug in meinem Herzen auch viel Schmerz mit mir herum. Das musst du gefühlt haben. Wenn ich dir nur von Anfang an von Jimmy erzählt hätte, hättest du vielleicht verstanden, dass es nichts mit dir zu tun hatte. Ich habe einfach den Jungen mit den blauen Augen vermisst, obwohl ich mein Mädchen mit den blauen Augen besser hätte lieben sollen. Ich hätte dankbar sein sollen, dass du ihm so ähnlich siehst, statt mich vor dem Schmerz zu fürchten. Ich hoffe, du kannst mir vergeben, Rosemary, dass ich dir in so vielen Bereichen nicht gerecht geworden bin.«

Rosemary stand auf, nahm die faltige Hand ihrer Mutter und zog sie auf die Beine. Fragen standen in ihren dunkelbraunen Augen. Rosemary zog ihre Mutter fest an ihre Brust. »Wir haben alle Fehler gemacht, Mama. Du, ich, Sarah – wir haben uns so sehr bemüht, unsere Verletzungen selbst in Ordnung zu bringen und dann die Narben, die dabei entstanden, zu verbergen. Es tut mir leid, dass ich deinen Brief genommen habe. Egal, wer ihn geschrieben hat oder warum, ich hatte nie das Recht, ihn an mich zu nehmen.«

Mama trat zurück und die Tränen liefen in Strömen über ihre betagten Wangen. »Ich habe dir nur mein eigenes unvollkommenes Vorbild gegeben. Unsere Versuche, alles selbst in Ordnung zu bringen, haben viel Schmerz verursacht, auch wenn wir das nie gewollt haben.«

Rosemary nickte und die Beklemmung in ihrer Brust löste sich. »Es wird höchste Zeit, dass wir alle drei aus unserem Versteck kommen und das Licht in unser Leben scheinen lassen.«

Kapitel 51

Heute

Drei Tage nach Jimmys plötzlichem Auftauchen hievte Sarahs Vater Rosemarys Truhe hoch und schleppte sie vom Dachboden ins Wohnzimmer hinab. Mama saß vor der Truhe, stieß ein tiefes Seufzen aus und wischte den Staub weg, der gar nicht da war. Sie steckte den Schlüssel ins Schloss und öffnete den Deckel, dessen Scharniere nicht einmal quietschten.

Sie wandte sich Sarah zu. »Ich steige hin und wieder auf den Dachboden und schaue das alles durch. Wenn ich anfange, Papa zu vermissen. Oder wenn die Schuldgefühle zu groß werden. Auf diesem dunklen Dachboden versteckt, habe ich alle diese Artikel immer wieder gelesen und in meinen Schuldgefühlen gebadet. Ich behielt das für mich, weil ich wusste, dass dieses Verhalten nicht gesund war, aber diese Beschämung war wie eine Sucht, von der ich mich nicht befreien konnte. Wenn es jemand gewusst hätte, hätte er mich gezwungen, mir bewusst zu machen, was ich mir jedes Mal damit antat. Ich war nicht dort oben, um mich zu erinnern. Ich war oben, um mich selbst zu bestrafen.«

Sarah saß neben ihr auf dem Sofa und legte eine Hand auf ihr Knie.

Ihre Mutter schaute sie mit Tränen in den Augen grinsend an. »Ich könnte dir den Hals umdrehen, weil du ohne Erlaubnis meine Sachen durchgesehen hast, junge Dame. Aber wahrscheinlich sollte ich dir lieber dankbar sein. Es tut mir leid, dass ich kaum über Opa Clarence gesprochen habe.« Sie lächelte ihren Mann an, der ihnen gegenübersaß. »Bei dir muss ich mich auch entschuldigen, Bo. Du wusstest, dass ich litt, aber ich habe dir verheimlicht, wie sehr ich mich selbst gequält habe. Wie ich das Messer immer tiefer in meine Wunde gebohrt habe, wenn niemand hinsah.« Sie setzte sich aufrechter hin. »Es wird Zeit, in Zukunft einen anderen Weg einzuschlagen.«

Sarah nickte. Frieden legte sich wie eine warme Decke über sie.

Mama zog das Bild heraus, auf dem Opa Clarence mit der kleinen Rosemary auf seinen Schultern abgebildet war. »Dieser Mann hier auf dem Bild war mein Held. Als ich erfuhr, dass der Mann, den ich vergöttert habe, nicht mein leiblicher Vater war, wusste ich nicht, ob ich wütend oder verletzt sein oder mich betrogen fühlen sollte. Aber je mehr ich darüber nachdenke, umso mehr kann ich nachvollziehen, dass der Mann, der sich bewusst entschied, mein Vater zu sein, mich vor gemeinen Menschen beschützen wollte.«

Sarah lehnte sich an die Schulter ihrer Mutter und hörte zu, während sie von ihrer Kindheit und Jugend im alten Laden erzählte. Durch die Geschichten wurde ihr klar, wie Mama zu der Frau geworden war, die heute neben ihr saß. Und warum sie so viel Angst gehabt hatte, dass Sarah in ihre Fußstapfen treten könnte.

Mama seufzte. »Jetzt, da der Laden fort ist, habe ich das Gefühl, dass es ein Fehler war, das Gebäude zu verkaufen.«

Die Worte, die Sarah seit ihrer ersten Begegnung mit Jimmy für sich behalten hatte, platzten aus ihr heraus. »Ich habe die *Old Depot Grocery* gekauft.« Sie biss sich schnell auf die Lippen.

Mama blinzelte und schüttelte den Kopf. »Der Käufer war eine Investmentfirma.«

Sarah nickte und ihre Schultern zogen sich nach oben, da sie nicht sicher war, wie ihre Worte aufgenommen werden würden. »Ja, eine Firma, die mein Anwalt gegründet hat.«

»Liebes, warum? Warum hast du das gemacht? Der Laden kostet nur Geld. Du bekommst ein Kind. Und du bist allein.«

»Ich bin nicht allein, Mama. Ich habe dich und Papa und Oma.« *Und Clay und Libby. Jimmy.* »Ja, mein Mann ist tot. Und vielleicht hat er die wenige Zeit, die wir gemeinsam hatten, zu viel mit Arbeiten verbracht, aber er hat auch alles getan, damit es mir nie an etwas mangeln würde. Seine Firma wird jetzt von einem Vorstand geleitet. Ich bekomme jedes Quartal einen Scheck. Dieses Geld habe ich zusätzlich zu dem Geld aus der Lebensversicherung und zu dem Geld für den Verkauf des lächerlich teuren Hauses, in dem wir gewohnt haben.«

Mama hob ihre leeren Hände. »Und was hast du jetzt vor? Willst du für den Rest deines Leben einen kleinen Lebensmittelladen betreiben?«

Sarah lächelte trocken. »Das habe ich ernsthaft überlegt. Ich weiß, dass du keine allzu hohe Meinung von dem Beruf hattest, mit dem du deinen Lebensunterhalt verdientest, aber ich habe immer eine Familie gesehen, die alles daransetzte, um den Menschen in ihrer Stadt zu dienen. Ihr habt Beziehungen zu Menschen aufgebaut. Und geholfen, wo Hilfe nötig war. Die Liebe und Hilfsbereitschaft, die du, Oma und Opa den Menschen entgegengebracht habt, war unbezahlbar.«

Mama wandte den Blick ab und schniefte.

»Aber nein, ich werde den Laden nicht fortführen. Ich habe eine andere Idee.« Sarah atmete tief ein, bevor sie weitersprach und zweifellos noch mehr auf den bereits aufgewühlten Gefühlen ihrer Mutter herumtrampelte. »Jimmys Leben und Clays Leben haben mich auf diese Idee gebracht. Ich habe den Laden und das angrenzende Grundstück gekauft. Ich werde viel Hilfe brauchen, aber mein Plan ist, den Laden in drei oder vier Wohnungen für Soldaten umzubauen, die frisch aus einem Kriegsgebiet zurückgekehrt sind. Vielleicht kämpfen sie mit einem posttraumatischen Syndrom oder tun sich einfach schwer, sich wieder als Zivilisten zurechtzufinden. Wie Jimmy und Clay bekommen sie die Chance, mit den Händen zu arbeiten. Auf den Feldern Leben hervorzubringen. Samen auszusäen und Pflanzen zu pflegen. Ein Zusammengehörigkeitsgefühl zu bekommen, das ihnen nach der Zeit in den Gemeinschaftsunterkünften mit ihren Kriegskameraden fehlt.«

»Sarah, das klingt nach einem sehr großen Projekt. Dafür ist Fachwissen in Spezialgebieten nötig.«

»Ich weiß, dass ich dieses Wissen nicht habe, aber ich weiß, wie man die Leute findet, die es haben. Und ich habe die Mittel, um es zu finanzieren. Du hattest recht. Diese Kleinstadt verändert sich und vielleicht braucht sie unseren Laden nicht mehr so wie früher. Deshalb habe ich überlegt, ihm eine neue Bestimmung zu geben. So, dass er Menschen in Not hilft. Und Raum für Gemeinschaft bietet. Nur auf eine andere Weise.«

Jetzt war alles heraus. Sie wartete auf die Reaktion ihrer Mutter und rang nervös die Hände.

»Das klingt, als hättest du viel darüber nachgedacht. Ich wünschte, du hättest das schon vorher gesagt. Dann hätten wir dir das Gebäude nie für einen so hohen Preis verkauft.«

»Ich weiß. Mir war es aber wichtig, dass der Laden für das Geld verkauft wird, das ihr braucht. Ich hoffe, das kannst du verstehen.«

Mama atmete langsam aus und lächelte sanft. »Ich weiß zwar nicht, ob das die beste oder die schlechteste Entscheidung deines Lebens war, aber du hast auf jeden Fall meine volle Unterstützung.«

Am nächsten Morgen räumte Rosemary die Reste des Frühstücks in ihre umfunktionierten Margarinedosen. Sarah regte sich jedes Mal darüber auf und beschwerte sich, dass man jede Dose erst aufmachen müsse, bis man fand, was man suchte. Aber so waren die sparsam veranlagten Frauen aus dem Süden nun einmal. Sie nutzten das, was sie hatten.

Sie schloss den Kühlschrank und knetete ihre zitternden Hände. Jimmy wäre jede Minute da. Sie hatte schwer mit dem Gedanken gerungen, diesen Vater zu treffen, der nie in ihrem Leben aufgetaucht war, weil er von ihrer Existenz nichts gewusst hatte. Durch ihre Einmischung hatte diese Zeit ohne ihn noch viel länger gedauert. Sie hatte sich mit Mama versöhnt, aber sie musste sich auch bei Jimmy entschuldigen. In letzter Zeit hatte sie sich oft entschuldigt. Aber es war nicht mehr so wie früher, als sie sich zwar entschuldigt hatte, aber die Last ihrer Schuldgefühle und Scham weiter mit sich herumgetragen hatte. Sie lernte, ihr Bedauern und ihren Schmerz auszusprechen und den Schmerz dann in die Hände ihres himmlischen Vaters zu legen.

Vielleicht würde sie den Schmerz manchmal wieder an sich nehmen, obwohl sie das nicht sollte, aber sie war fest entschlossen, ein neues Leben anzufangen. Ein Leben, in dem sie sich Freiraum zur Heilung gab. Ein Leben, in dem sie den Menschen um sie herum erlaubte, ihr eigenes Leben zu führen, ohne zu befürchten, sie würden dieselben Fehler machen wie sie. Fehler gehörten zur Lebensgeschichte jedes Menschen. Und sie musste Mama und Sarah erlauben, ihre eigenen Lebensgeschichten zu schreiben.

Ein leises Klopfen ertönte an der Tür.

Sie öffnete und blickte den grauhaarigen Mann an, der mit gebeugtem Kopf vor ihrer Türschwelle stand.

»Guten Morgen, Mr Woodston.«

Er verzog das Gesicht. »Bitte können wir uns duzen? Ich bin Jimmy.«

Mit zugeschnürter Kehle atmete sie mühsam ein. »Ja … Jimmy … möchtest du hereinkommen?«

Er nickte und sie machte den Weg frei, damit er eintreten konnte. »Bo ist unterwegs und versucht, seinen widerspenstigen Entenjagdhund zu trainieren. Aber das ist wahrscheinlich nur ein Vorwand, um uns beiden ein wenig Zeit zu geben, damit wir uns kennenlernen können. Er kann es nämlich nicht erwarten, dich auch kennenzulernen.«

Jimmy folgte ihr durch den Flur ins Wohnzimmer. Er blieb stehen und deutete auf die Bilder, die sie am Vorabend aufgehängt hatte, nachdem sie mit Sarah und Bo ihre Truhe geöffnet hatte. »Ist das Clarence?«

Sie nickte.

Er beugte einen Moment den Kopf und blickte ihr dann in die Augen. »Er war gut zu dir?«

Beim Gedanken an Clarence Clearwater breitete sich eine angenehme Wärme in ihrer Brust aus. Ihr Papa. »Er war der Beste.«

Er strich mit zittrigen Fingerspitzen über die Unterseite des Bilderrahmens. »Dafür bin ich so dankbar.«

Rosemary nickte nur, da sie nicht genau wusste, was sie sagen sollte. »Komm herein. Setzen wir uns.«

Sie nahmen einander gegenüber Platz.

»Rosemary, bitte, bitte glaube mir: Ich hatte keine Ahnung, dass ich ein Kind habe.«

»Ich weiß.«

»Ich möchte gern glauben, dass ich mich nach meiner Rückkehr in die Staaten anders verhalten hätte, wenn ich das gewusst hätte. Aber mir ging es nicht gut. Ich wäre dir kein guter Vater gewesen. Damals nicht. Und ich erwarte nicht, dass du jetzt noch einen Vater willst. Aber du sollst wissen, dass es mir eine Ehre ist, dich kennenzulernen.« Er rutschte etwas unbehaglich auf seinem Sessel herum. »Meine Güte, du hast so viel Ähnlichkeit mit Glory Ann.«

Rosemary lächelte. »Nach allem, was ich gehört habe, war ich dir als kleines Mädchen wie aus dem Gesicht geschnitten. Hat Mama dir erzählt, dass sie heimlich mit mir zu deinen Eltern fuhr, als sie noch in Humboldt wohnten? Ich kann mich noch ein bisschen an sie erinnern. Sie waren sehr nett.«

»Dafür bin ich ihr so dankbar. Ich kann mir gar nicht vorstellen, wie schlimm es für sie gewesen sein muss, dass ich angeblich in Vietnam gefallen war.« Er schüttelte den Kopf, blickte auf den Boden und hob den Kopf wieder. »Deine Tochter, Sarah, ist einfach wunderbar. Sie hat mir von ihrem neuen Plan für die *Old Depot Grocery* erzählt. Ich denke, damit könnte sie Menschen, die frisch aus einem Kriegsgebiet zurückkommen, wirklich helfen. Wenn du mir deinen Segen gibst, würde ich sie dabei gerne unterstützcn. Ich will aber dein Leben nicht durcheinanderbringen. Und ich weiß, dass du gemischte Gefühle hast, wenn ich mich im Laden einbringen würde.«

Ihre Augen wanderten zum Foto ihres Vaters an der Wand. Er wäre auf Sarahs neue Pläne für den Laden stolz. Nachdem sie nun wusste, warum Clarence beschlossen hatte, an Jimmys Stelle ihr Ersatzvater zu sein, hatte sie das Gefühl, dass sich der Kreis irgendwie schloss, wenn Jimmy jetzt auch dort arbeitete. Wenn er mithalf, ein Vermächtnis weiterzuführen, das Clarence Clearwater bestimmt unterstützt hätte.

Mit Tränen in den Augen stand sie auf und setzte sich neben ihn aufs Sofa. »Es wäre mir eine Ehre, wenn du dem alten Laden helfen würdest, seinen neuen Zweck zu erfüllen. Und ich fühle mich gesegnet, dass ich dich kennenlernen darf, auch wenn sehr viel Zeit vergangen ist.«

Kapitel 52

Heute

Sarah stieg über die Eisenbahngleise. Hinter ihr stand der alte Laden und vor ihr breitete sich ihr Lieblingsblick aus. Die untergehende Sonne, deren Strahlen durch den hohen Ahorn in der Mitte des Feldes gefiltert wurden. In wenigen Minuten würde sich dieser goldene Schein in die Rot- und Blautöne der Dämmerung verwandeln, die sie so sehr liebte. Sie lächelte. Dieses Feld gehörte jetzt ihr. Auf dem lang gezogenen, brachliegenden Feld könnte etwas Neues wachsen.

»Das ist wirklich ein sehr schöner Anblick.«

Sarahs Herz hämmerte bei dem unerwarteten Klang von Clays Stimme und sie drehte sich um. Er klopfte seinen verbeulten Hut in einem gleichmäßigen Rhythmus auf seinen Oberschenkel.

Sie lächelte. »Einer meiner Lieblingsorte auf der Erde.«

Er zog sie an seine Seite und ließ seinen Blick über das Land schweifen. »Das kann ich gut verstehen.«

»Ich weiß, dass es nur ein Feld ist, wie es hier viele gibt. Aber ich liebe es.«

Clay setzte seinen Hut auf und schob ihn zurück. »Manchmal strahlen die einfachsten Dinge den größten Zauber aus.«

Dem konnte sie nicht widersprechen. »Ehe wirs uns versehen, werden auf diesen Feldern Leute arbeiten, die ein neues Ziel für ihr Leben suchen. Jimmy wird auch mithelfen. Wir haben sogar über Pläne für eine Partnerschaft mit der Organisation gesprochen, die er gegründet hat. Mit dem frischen Obst und Gemüse, das wir hier anbauen, können wir seine mobilen Lebensmittelgeschäfte beliefern, die in Gebiete fahren, in denen es keine Läden mit frischen Lebensmitteln gibt.«

Clay lächelte. »Wie reagieren Ms Glory Ann und Ms Rosemary auf Jimmys Beteiligung?«

Sarah zuckte die Schultern. »Ich weiß, dass jede von ihnen erst einmal ihre eigenen Gefühle verarbeiten muss, aber alles in allem denke ich, dass sie es gut finden.«

Er nickte und schaute sie ernst an. »Es ist herrlich, die Veränderungen, die in nur wenigen Wochen stattgefunden haben, zu sehen. Das alles war nur möglich, weil du den Mut hattest, den Mund aufzumachen.«

Sie rümpfte die Nase. »Ich weiß, dass ich nicht alles richtig angepackt habe, aber ich habe gelernt, dass es besser ist zu handeln, als wie gelähmt zu sein und nichts zu tun.«

Er nahm seinen Hut wieder ab und schlug ihn gegen sein Bein. »Ihr Frauen habt mich inspiriert.«

Sie lächelte ihn an. »Tatsächlich?«

»Ja. Also, um die Wahrheit zu sagen, gibt es da etwas, worüber ich mit dir sprechen muss.«

Sarahs Mund wurde trocken. Sie war nicht sicher, ob sie noch mehr schmerzliche Wahrheiten ertragen könnte, wenigstens nicht im Moment. »Ja?«

»Ich wollte dir sagen, dass ich dich mag.«

Sarah lachte leise. »Warum sagst du das? Ich hatte nie das Gefühl, dass du mich nicht magst.«

»Nein. Ich meine, ich mag dich *sehr*.«

Ihre Wangen wurden warm. »Du magst mich *sehr*? Sind wir wieder Schulkinder?«, neckte sie ihn, um ihre Gedanken zu verbergen.

»Ich weiß, dass du im Moment ziemlich viel um die Ohren hast. Du wirst Mutter und diese neuen Pläne mit eurem früheren Laden kosten dich viel Zeit. Ich weiß, dass der Schmerz, weil du Aaron verloren hast, noch sehr frisch ist. Aber solltest du je an den Punkt kommen, an dem du dir vorstellen kannst, wieder einen Mann in dein Leben zu lassen, wäre es schön, wenn du uns eine Chance geben würdest. Das wollte ich dir nur sagen.«

Sie blinzelte und ihr Herz überschlug sich fast in ihrer Brust. »Das wolltest du mir nur sagen?«

»Ja. Ich dachte, wir könnten uns diese ganze Sache mit versteckten Briefen und jahrzehntelanger heimlicher Sehnsucht ersparen. Deshalb wollte ich dir geradeheraus sagen, dass ich dich für eine wunderbare Frau halte und dich mag, ganz einfach.«

Sie biss sich in die Wange, um ihr Lächeln zu zügeln. »Clay, ich kann dir nicht versprechen, dass ich je für mehr als eine Freundschaft offen sein werde. Und wenn ich Ms Paulette richtig verstanden habe, läuft da etwas zwischen dir und Lissie Baker. Sie saß im Gottesdienst anscheinend neben dir.« Sie verschluckte sich fast an ihrem Lachen. »Ich will mich da nicht einmischen.«

Er bedachte sie mit einem gespielt finsteren Blick. »Nichts als albernes Geschwätz. Zwischen Lissie und mir läuft überhaupt nichts. Sie ist nicht mein Typ.«

»Und wer ist dein Typ, Clay? Durchgeknallte Witwen, die in Familiengeheimnissen wühlen, alte Geister zum Leben erwecken und das Leben anderer Menschen auf den Kopf stellen, während sie ihrer Mutter und ihrer Großmutter ohne deren Wissen den Familienladen abkaufen?«

Er tippte an sein Kinn. »Weißt du, ich habe mir darüber nie wirklich Gedanken gemacht, aber jetzt, da du es ansprichst … ja, diese seltsam konkrete Beschreibung entspricht genau meinem Typ.«

Sie schüttelte den Kopf und lachte.

Er steckte die Daumen in seine Jeanstaschen. »Ich habe es nicht eilig. Ich bin mit meinem Leben ganz zufrieden und dankbar. Aber ich glaube immer mehr, dass es mit dir noch viel besser wäre.« Er legte eine Hand auf ihre Schulter und blickte mit ihr über das Feld, das jetzt in Blau-, Grau- und Rottönen badete.

In dem angenehmen Schweigen atmete Sarah tief durch. Das Leben hatte einige Haken geschlagen, aber Oma hatte recht: Vor ihr lag ein Feld mit vielen Möglichkeiten. Und auf eine Weise, die sie sich nicht hätte vorstellen können, würde die *Old Depot Grocery* auch weiterhin ein zentraler Punkt ihres Lebens bleiben.

Epilog

Neun Monate später

Sarah strich mit der Hand über den hauchdünnen Chiffon und versuchte, die Schmetterlinge in ihrem Bauch zu bändigen. Manchmal staunte sie immer noch, dass ihr Bauch flach war. Nun ja, fast flach. Sie dachte an ihren kleinen Jungen. Hoffentlich zeigte sich der kleine Luke Aaron Ashby bei der Feier von seiner besten Seite.

Es war der perfekte Tag für eine Junihochzeit.

Sarah nahm ihren Strauß, der so bunt wie ein englischer Garten war. Nachdem sie Aaron verloren hatte, hätte sie nie erwartet, dass sie sich je wieder auf einen Tag freuen würde, an dem sie die ganzen Details und die hoffnungsvolle Aufregung einer Hochzeit genießen würde, aber jeder Moment bei der Planung dieses Tages hatte sie mit Freude erfüllt. Es war sogar auf gewisse Weise heilsam gewesen.

Klänge aus Händels »Largo« erfüllten die Luft und sie trat von dem ovalen Spiegel zurück und bereitete sich vor, ihren Platz einzunehmen. Ein Teil von Clays Scheune war in einen Garderobenbereich für die Damen umgewandelt worden. Sarah lächelte über die Zeit und Aufmerksamkeit, die Clay in den Raum gesteckt hatte, der früher ein ungenutzter Geräteschuppen gewesen war. Bodentiefe Spiegel. Paravents. Erfrischungen. Teppiche auf den frisch polierten Betonböden. Die Tiere waren für eine ganze Woche auf die Weide gebracht worden und der Stall glänzte und funkelte fast. Es war eigentlich albern, dass er sich für einen einzigen Tag so viel Arbeit gemacht hatte. Aber sie konnte nicht leugnen, dass seine Bemühungen sie berührten.

Als sie aus dem Geräteraum trat, warteten Tante Jessie und Oma bereits. Beide umarmten sie.

»Du siehst schön aus, Sarah.« Ihre Großmutter legte die Hand an ihre Wange.

Sarah schaute in ihre faltigen Augen. Aus ihnen sprach so viel Freude. »Du auch.«

Sie hatte so viel Angst gehabt, ihre Großmutter wäre verärgert, wenn sie erfuhr, dass Sarah das Familiengeschäft gekauft hatte. Doch sie hatte nur gelächelt, als sie von den Plänen gehört hatte, und gesagt: »Dein Opa Clarence würde sich riesig darüber freuen. Er hat unseren Laden immer als Mittel gesehen, um seinem Land auf seine Weise zu dienen, und jetzt führst du dieses Erbe fort.«

»Wir sollten jetzt lieber gehen, sonst denkt der Bräutigam womöglich noch, wir lassen ihn allein am Altar stehen.« Mama deutete mit dem Kopf zum Ausgang. Ein Weg, der mit einem weißen Läufer markiert war, führte aus dem Umkleidebereich hinaus, wo die Gäste und der Bräutigam warteten.

Sarah trat vor und blinzelte in die Morgensonne. Ihre Augen begegneten Clays Blick. Ihr Partner im neuen Projekt um den alten Laden. In wenigen Monaten dürften sie für ihre ersten Bewohner bereit sein, gerade rechtzeitig für die erste Ernte auf dem Feld nebenan.

Der kleine Luke wand sich in Clays Armen. Der Anblick, wie Clay ihren kleinen Sohn, Aarons Sohn, auf den Armen hielt, erwärmte ihr Herz. Langsam erlernte ihr Herz diesen sanften Walzer, in dem sich Trauer und Freude abwechselten, und ihre Schritte waren nicht mehr so unsicher wie früher.

Sarahs Blick wanderte weiter zu Jimmy. Ihr Großvater. Seine Augen glänzten und sein Kinn zitterte leicht. Sie nahm ihren Platz ein und ließ den Blick über die Gäste wandern. Ein wunderschönes Lied erklang und die Leute standen auf.

Selbst wenn die ganze Welt aufgehört hätte, sich zu drehen, hätte Glory Ann nichts davon abhalten können, ans Ende dieses Ganges zu gehen, wo ein Mann auf sie wartete, hinter dem endlose Reihen junger Maispflanzen wuchsen.

Als Jimmy sie vor neun Monaten eingeladen hatte, mit ihm essen zu gehen, hatte sie sich gefragt, ob das nicht ein großer Unsinn sei, aber sie war trotzdem mitgegangen.

Während ihres gesamten ersten Essens hatten sie sich noch steif unterhalten und nicht richtig gewusst, was sie sagen sollten. Ihre Geschichte war wirklich verzwickt und schmerzlich verlaufen. Aber obwohl ihr der Krieg Jimmy weggenommen hatte, hatte ihn der Herr zu ihr zurückgeführt. Es hatte nicht lange gedauert, bis Glory Ann und Jimmy wieder zueinandergefunden hatten.

Ihre Töchter, die links und rechts von ihr gingen, drückten sanft ihre Arme.

Bei ihrem Anblick wurde Jimmys Gesicht weicher, so als träume er. Das Grauen des Krieges und die jahrzehntealten Geheimnisse hatten ihnen vielleicht viele gemeinsame Jahre geraubt, aber sie waren fest entschlossen, aus den ihnen noch verbleibenden Jahren alles herauszuholen. Sie wollten die Menschen in ihrem Umfeld mit Liebe berühren, denn sie hofften, dass ihre Liebe dazu beitragen konnte, an Stellen, an denen Schmerz gesät worden war, Schönheit aufblühen zu lassen.

Ihr Blick wanderte zu Sarah, die Clay beobachtete, der den zappelnden kleinen Luke auf den Armen hielt. Dieses Mädchen wusste es vielleicht noch nicht, aber es war total verliebt. So sicher wie das Amen in der Kirche würde es bald eine weitere Hochzeit auf dieser Farm geben.

Als sie fast am Ende des Ganges angekommen waren, legte Glory Ann Rosemary einen Umschlag in die Hand. Rosemary und Cathy hatten Tage zugebracht, um für das Brautpaar die perfekte Hochzeitsreise zu planen. Glory Ann konnte es nicht erwarten, Rosemarys Gesicht zu sehen, wenn sie begriff, dass diese Reise von Anfang an für Bo und sie bestimmt gewesen war.

Rosemary schaute sie überrascht an und nahm den Umschlag. Sie drückte Glory Ann einen Kuss auf die Wange und Jessamine küsste sie auf die andere Wange. Glory Ann drückte die Hände ihrer Töchter, bevor beide neben Sarah traten.

Die letzten Schritte ging Glory Ann allein auf ihren Jimmy zu. Die Jahre, die ihnen geraubt worden waren, schmolzen dahin.

»Liebe Gemeinde, wir haben uns heute hier versammelt, um diesen Mann und diese Frau …«

Sie war wieder seine verliebte Braut und er war ihr Junge mit den blauen Augen.